U0109939

白馬湖畔的輝光

——豐子愷散文研究

石曉楓　著

豐子愷像（1962 年）

在孩子們中間

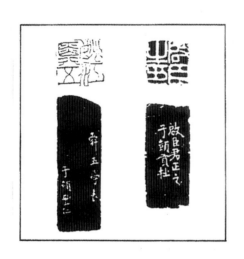

豐子愷自刻印章（浙一師求學後期）

〈賀新涼〉手迹（一九四四年作，一九六二年書）

自　序

　　本書係根據筆者於八十四年六月完成的碩士論文《豐子愷散文研究》修訂而成，之所以於此際決定付梓，源於十數年來關於豐子愷研究的相關書籍與單篇論文，雖然斷續可見，但整體而言，以史料考證、傳記形式及選文賞析為多；在筆者之後完成的學位論文，對於豐式文學內涵的論述，亦不脫本文所歸納生命意義的思考、真善美的理想、民胞物與的觀照、社會批判與文化關懷等主題範疇。再加以時至今日，仍頗有友朋同好欲索取論文，因此決定將八十五年迄今的豐子愷研究相關資料，再作增補並予以出書，兼為個人的學術生涯留存紀念。

　　回想當初此部論文的完成，是在學業與工作雙重重擔下，雜務倥傯裡艱難寫就的。豐子愷是我學術研究生涯的開端；而更重大的意義尤在於，他讓我看到了在不同世代下，一位文人篤定堅持、意態從容的立身之道。當年告別大學階段，初涉人事即遭紛擾，在系裡擔任助教期間，焦躁沉鬱的生活步伐與凌亂纏雜的心思，交相煎迫，而豐子愷在彼時的苦澀相伴裡，竟能隔著遙遠的時空，予我無盡啟迪。他對童真的護持、對藝術的忘我、對人與人之間善意相待的執著，直如一股清流般深入我心；而真善美追求背後的仁者情懷與灑脫風範，尤其令人興起「雖不能至，心嚮往之」的企慕。

最初即是基於無法滿足於其散文中吉光片羽、星星點點洩露的好奇，乃產生想深入探討、一窺究竟的心思：這位在現代中國文學史上，曾經一如其文風般被輕淡帶過的作家，所展現的個人姿采全貌為何？是否他隱然是另一位陶淵明？時代再錯亂，人事再紛雜，豐子愷的生命信念，總能予人無盡的感動與啟迪。

我一直深信，真正有意義的研究，除了必須具備學術價值之外，尤須掌握其內在肌理，契入個人的生命歷程，那才是真正有血有肉的存在。時至今日，檢視自己一路行來的生命軌跡，當年從豐子愷作品中所獲得的人生啟迪，尚未在流轉的人事裡蒙塵，我深自慶幸，也更加警惕。

再有，這本論文紀錄了年少時相當珍貴的一段情誼。時光不能倒轉，謹以此書題獻給生命裡那段最美好的青春歲月。

九十五年九月石曉楓謹識於師大國文系

目　次

自　序 v

第一章　前言 1

第二章　豐子愷的生平經歷及思想成因 7

　　第一節　豐子愷的生平經歷 7

　　第二節　豐子愷思想成因分析 40

　　第三節　小結 75

第三章　豐子愷散文的分期與內涵——人生思想的宣達 79

　　第一節　個別展現與整體統一 79

　　第二節　豐子愷散文中的主體世界 98

　　第三節　豐子愷人生思想分析 135

　　第四節　小結 176

第四章　豐子愷散文的藝術表現——文學形式與藝術理論的互攝 181

　　第一節　文學與藝術的共通性 181

　　第二節　豐子愷藝術思想分析 185

　　第三節　豐子愷散文中的藝術表現 218

　　第四節　小結 252

第五章　結論——豐子愷散文的歷史定位與現代意義 255

　　第一節　「白馬湖」風格的代表 255

白馬湖畔的輝光──豐子愷散文研究

第二節　豐子愷散文的現代意義 ……………………………… 269

附　圖 ……………………………………………………………… 273

附錄一　豐子愷著譯書目 ………………………………………… 299

附錄二　豐子愷生平年表 ………………………………………… 315

參考資料 …………………………………………………………… 339

第一章　前言

在中國現代文學史上，周作人與魯迅是散文理論與創作的二大宗師。周作人為「閒適派」散文的提倡者，其後經林語堂、梁實秋等輩發揚，遂後繼有人，隱然形成中國現代散文的正宗[1]。而魯迅的「雜文」，自二〇年代中期以降，則以一種「投槍匕首」式的姿態興起，並蔚然成風。其體製一方面擴大了現代散文的表現與功能性，另一方面卻也由於水準不齊，而或多或少影響了散文的質地與發展。但在二、三〇年代的時代背景下，雜文確曾發揮了不小的殺傷力，從而在文壇蔚為一股熱潮。此外，尚有徐志摩、何其芳等散文作家，確立了一種精緻、典雅的「美文」格調，此路作品因受西方美學思想影響，向具一定的抒情性，在中國現代散文史上，遂亦別具一格。

相較於閒適派散文的典範性、美文的濃郁味，以及雜文的聳動特質，另有一路「平淡」的文風，在文學史上向少受到注目，有之，則亦僅歸於周作人派下略表一筆。豐子愷的

---

[1] 參見蔣心煥、吳秀亮〈試論閒適派散文——兼及周作人、林語堂、梁實秋散文之比較〉一文。文中指出：「所謂閒適派散文，即是在周作人的影響下，經林語堂、梁實秋的大力倡導和發揚，貫穿於整個現代文學進程的一種散文小品樣式。」「閒適派散文幾乎貫穿於整個現代文學史。周作人、林語堂（在魯迅看來，林氏散文僅次於周作人）和梁實秋無疑代表了該派的最高成就，而且也分別代表了該派三種不同特徵的樣式。」

作品即為個中顯例。坊間所見新文學史，或因其與當時的政治目的無涉，而隻字不提[2]，或僅以「淡樸」、「自然」、「灑脫」等空泛的形容一筆代過[3]。其實豐子愷散文在藝術風格上，並不遜於雕章麗句的美文，甚至其清幽玄妙之處，可能更具備深刻感人的蘊藉力量，與滌淨塵心的永恆價值。它與當時詭譎變異的政治環境，或許聯繫不強，因而不具聳動性。但由眾多的文字記錄中，我們不難發現，在當時，豐子愷的散文、漫畫與童話創作等，均曾廣受平民百姓的喜愛；即令今日，豐氏散文仍受到一定程度的重視[4]。因此在中國現代文學史上，重行對豐子愷散文成就，做一客觀而公允的定位，絕對有其必要性。此為本書研究的宏觀動機。

　　復就個人特質考察，在中國現代散文作家中，豐子愷的人品與藝術表現所呈露者，本為多方兼擅的傳統文人氣

<hr />

[2]　例如林志浩主編，作為「中國人民大學中國語言文學系」教材的《中國現代文學史》，即未嘗提及豐子愷的任何文學表現。

[3]　如司馬長風對豐子愷散文之介紹。見氏著《中國新文學史》，頁122。

[4]　豐子愷的寫作時間橫跨一九一四至一九七二年，發表報刊又幾乎遍及全國各地，席慕蓉便曾指出在民國二十幾年時，豐氏的散文、童話、詩與漫畫，均廣受所有中國人的喜愛，因為作品平易近人，所以連家庭主婦、兒童都能敬他愛他喜歡他。見《有一首歌‧永恆的盟約》，頁230。相近論述尚見於陳星《功德圓滿─護生畫集創作史話》，頁84，及蔣健飛〈一代漫畫大師豐子愷〉等文中。此外，由豐氏散文中亦可見其所辦畫展中觀畫者多、向其索畫者亦多，並時有去信向其請益者。參見豐氏〈漫畫藝術之欣賞〉、〈《子愷漫畫選》（彩色版精裝本）自序〉、〈香港畫展自序〉諸文。至於豐子愷散文於身後受重視的情況，則見於蒍乃福《豐子愷散文選集‧序言》頁二之敘述。當今散文家林清玄，亦嘗自言其最喜愛的作家乃是豐子愷。見徐學《隔海說文‧寧靜致遠與現代藝術─林清玄散文談片》，頁222。凡此無不可證豐子愷作品在過去及今日，所形成的一定影響。

質[5]。他不但在詩、文、書、畫等方面均有所涉獵，並且理論與創作兼擅；尤為可貴者乃在豐氏靄然醇厚的氣質，於諸種藝術表現中又有一體之呈顯。文學是豐子愷人生思想的宣達，然則此中他所架構出的人生思想體系為何？而身為一個兼跨各藝術領域的文人，豐子愷如何將不同層面的美學觀點多方運用？凡此多方培養的藝術才能，又是否豐富了其散文創作？這些都是對豐子愷做個別研究時，所應抉發的特質所在。

　　由此出發，可見本書雖以豐子愷的「散文」作品為主要研究對象，但豐氏的「藝術理論」與「漫畫」，在本文中亦有討論的必要性。文學與繪畫、音樂等藝術之間，本就具有某種程度的同質性，此在第四章中，將另予專節討論。而就豐子愷本人的作品尋繹，在其諸多文字中，亦曾反復強調文學與繪畫間的通似點。豐氏嘗自言：「各種藝術都有通似性。而繪畫與文學的通似狀態尤為微妙，探究時頗多興味。」[6]為此，他不只一次地就觀察、描寫物象時，詩與畫對「遠近法」的共同使用，對「設色」的力求統調，對「夸大」特點的表現，以及中國畫及其本人漫畫之具備文學性；而文學作品又

---

[5]　黃明理在《「晚明文人」型態之研究》中，曾指出晚明文人每每詩文書畫兼擅，並認為此乃「一文人運用不同素材、媒介之美感表現，故可以混同其詩文書畫而施予評價」。近代則因學術分科日細，「研究者或創作者雖或涉獵多方，然因媒介之異，方法技術之殊，能通而習熟者蓋寡。」（頁 11）以此觀察豐子愷的藝術表現，並相較於其時的諸多散文創作者，則不難發現，豐子愷多方涉獵的藝術氣質，實在更近於傳統文人之才調。因此經由豐氏的整體藝術表現，觀察其散文創作，當有其必要性，亦為較全面之觀照。此在下文將續有說明。

[6]　見《豐子愷文集‧藝術卷二‧《繪畫與文學》序言》，頁 455。

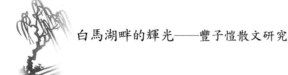

往往能表現繪畫的具象美，兩者彼此互涉[7]等觀點，提出討論。以下文字可總結豐子愷對於文、畫的創作態度：

> ……畫家與詩人，對於自然景色作同樣的觀照。不過畫家用形狀色彩描寫，詩人用言語描寫，表現的工具不同而已。[8]
>
> ……實在，我的作畫不是作畫，而仍是作文，不過不用言語而用形象罷了。[9]

豐氏此種文、畫互為借鑒的創作方式，不僅表現在作品的內容題材上，亦表現在作品的創作風格方面。就題材言，〈三娘娘〉、〈鼓樂〉、〈中國就像棵大樹〉等文，俱曾以散文、漫畫形式同時表現；再就創作風格言，豐子愷的漫畫，每受文學影響，而喜以標題畫龍點睛，由此體現出一種文、畫綜合之藝術，至其散文則每多繪畫與音樂性的觀察，此在本論文第四章中，亦將續有驗證。因此藉由漫畫及藝術理論的提出，觀察豐氏的散文創作，自然有其必要性。

　　基於以上原因，在研究材料的選取上，本書將同時涉及豐子愷的散文與漫畫作品集。「散文」部份主以豐陳寶、豐一吟編就的《豐子愷文集》七冊為據，中含文學卷三冊、藝術卷四冊，幾乎已完整蒐集了豐氏所有文學性散文與藝術理

7　以上論述分見〈文學中的遠近法〉、〈文學的寫生〉、〈繪畫與文學〉及〈具象美〉諸文，收錄於《豐子愷文集・藝術卷二》，頁 456—468、469—485、486—495，以及《藝術卷三》，頁 321—325。
8　見《豐子愷文集・藝術卷二・文學中的遠近法》，頁 456。
9　見《豐子愷文集・文學卷二・隨筆漫畫》，頁 564。

論。所未足者，當以其他各時期的單冊作品，及後人編就的散文選集酌予參考。至於「漫畫」部份，則主以文學禹編就的《豐子愷漫畫文選集》二冊[10]，及豐氏所繪宗教勸善作品《護生畫集》五冊為據。其他如《漫畫阿Q正傳》、《子愷近作漫畫集》、《客窗漫畫》、《人生漫畫》、《豐子愷連環兒童漫畫集》、《豐子愷漫畫選繹》等畫集，則亦酌予參用。

至於在章節的架構上，本書擬先就豐子愷的生平經歷做一簡介，由此觀察其人生思想與藝術思想之成因。而後在第三、四章中，結合豐子愷的思想與創作，分就散文內涵與藝術表現進行討論。「內涵」部份，所欲採取者乃為由「散文」觀其「思想」的進路，亦即經由主題探討，進一步架構出豐子愷整體人生思想體系；「藝術表現」部份所採取者，則為由「思想」觀其「散文」的進路，亦即經由藝術理論的釐析，進而觀察其落實於散文創作之踐履。希望藉由豐子愷人生思想、藝術思想與其散文內涵、形式的交融觀察中，透顯出豐氏人品與文品的圓融氣質。探討既成，則於末章評述豐子愷散文的歷史定位與現代意義。

總結說來，本書的研究目的有三：一是經由對豐子愷作品的整理爬梳與分析詮釋，統整其文藝觀念、考察其文藝表現，並結合其生活型態，以明文與人、與時代環境的關係。

---

10 文學禹所編《豐子愷漫畫文選集》，在材料的蒐羅上最為齊備。計收豐氏在一九四一年前之所有作品結集《子愷漫畫全集》，以及《兒童生活漫畫》、《幼幼畫集》、《劫餘漫畫》三書。其他如《子愷漫畫選》、《漫畫阿Q正傳》、《子愷漫畫及其師友墨妙》等畫集作品，則酌予選錄。

二為對「白馬湖」風格的提出進行討論，並由此重行評價豐氏作品在中國現代散文史上的定位。三則確立豐子愷散文的風格特色，並論其對當代文壇的影響與啟發。

第二章　豐子愷的生平經歷及思想成因

　　一位作家的思想形成及情感走向，往往與其人生經歷有著密切關聯；此種關聯在最不具私密性的散文文類中，尤可歷歷尋得蛛絲馬跡。對作家而言，童年時的情感記憶、青少年時的文化教育、以及中年時的人生際遇，可視為決定其創作心態最重要的三個轉折點。而豐子愷在這些階段中，恰巧或因人事的聚合、或因時代的變亂，令其生活型態發生極大變化。其中尤以青少年期周遭的師長及同儕團體，對其性格及未來發展所造成的影響最深。職是之故，在考察豐子愷的作品前，自應就其生平經歷作番簡要瞭解；而若能經由對豐氏成長過程的掌握，進一步鉤抉出整體思想的成因，則在詮釋文學作品時，對其中所透露的幽微訊息，我們必能有更深刻的透視。此為本章寫作目的所在。

第一節　豐子愷的生平經歷

　　就既有的創作成果觀察，豐子愷確實是位多才多藝的藝術工作者，他一生涉及文學、繪畫、音樂、翻譯、書法等各個領域，並且皆取得卓越成就。這些文藝才能的展現，除了與先天氣稟材質有關外，當亦有其日積月累、潛移默化的影響因素，隱藏於作家成長環境中，本節的探討首重於此。此

外，豐氏一生創作不輟，且自始至終有其大體一貫的創作信念與風格，然而他生逢中國對日抗戰、大陸淪陷、及中共發動文化大革命諸事件，面對這些重要的歷史轉折，作家心靈與作品之生命，難免為時代脈動所牽引，而有或多或少的微妙轉化，此亦為本節探討重點之一。

除了參酌既往的研究成果外，對於豐子愷生平經歷的瞭解，本節擬直接由其散文文本入手，從中抉發幽暗隱微、較少為論者注意之處，以明作者創作心理與藝術個性的形成過程。當中並將酌量引入心理學對人格形成與發展的觀點，予以驗證。此外，配合時代際遇的轉折，我們亦會考察豐子愷不同時期的寫作題材與風格。至於各段中所略於敘述者，則以附錄二〈豐子愷生平年表〉，作為補充與對照。

壹、「認同危機」理論的提出

二十世紀心理學家艾里克森（Erik H.Erikson）對於人格發展進程，曾提出所謂「心理社會」階段理論，他認為人類心理發展的過程，可以分為八個階段，這八個階段之順序由遺傳決定，但每一階段能否順利渡過，卻須由社會環境決定。艾里克森指出，心理發展的每一階段都存在一種「危機」，危機的解決代表著前一階段向後一階段的轉折。順利渡過危機是一種積極的解決，反之則是一種消極的解決。此八個階段分別發生於出生到一歲、一至三歲、四至五歲、六至十一歲、十二至二十歲、二十至二十四歲、二十五至六十

五歲，及六十五歲之後到生命結束。這些時期的心理社會兩極分別為信任與不信任、自律自主與害羞懷疑、創新與罪惡、勤奮與自卑、自我認同與角色混亂、親密與孤獨、關心下一代與自我關注、自我整合與失望。如果在這些階段中所獲得的正面情感居多，危機便能得到積極解決，由此可分別導致希望（hope）、意志（will）、目標（purpose）、能力（competence）、忠誠（fidelity）、愛（love）、關心（care）、智慧（wisdom）諸種美德的形成，否則便將削弱自我力量，阻礙個人適應環境。艾里克森並且表示，人格發展八階段中的每一進程，都有至關重要的相應影響人物，他們分別為母親，父親，家庭，鄰居、學校和師生，夥伴和小團體，友人、異性、一起合作及互相競爭的夥伴，一起工作及分擔家務的人們，最後階段的影響因素則擴大為人類。健康人的自我，以八個階段中各危機解決後所獲致的美德為特徵。但每一危機解決的結果不是一成不變的，在生命之初沒有獲得信任感的人，可以經由以後的發展階段漸漸獲得；而已經獲得的人，亦可能在日後生活中失去這種感情[1]。

　　在艾里克森的「心理社會」階段理論中，「認同危機」（identity crisis）觀點令其學說備受矚目。所謂「自我認同」，按照他本人的說法並不始終如一，它可能指涉「一種熟悉自身的感覺」，「一種知道自己將會怎樣生活的感覺」，或是「在說明被預期的事物時出現的一種內在的自信」，總之艾

---

[1]　關於艾里克森「心理社會」階段理論的詳細內容，參見陳仲庚、張雨新編著《人格心理學》，頁190—200。

里克森認為自我認同是一個複雜的概念，應從不同角度加以探討。「認同危機」大約發生於青少年期，在此一階段進程中，人們開始權衡所有曾經掌握的資訊，為自己提供生活的策略，此際師長、夥伴及周遭種種外在因素，皆會對個人產生不同程度的影響，成功獲得自我認同的青少年將順利邁入成人階段；否則便將產生「角色混亂」及「消極認同」的危機。

　　艾里克森使用「認同危機」概念來描述青少年期的成長經驗，對於人格在該階段所受到的影響，確實具有普遍的可驗證性。他曾依此對美國實用主義心理學家兼哲學家詹姆士早年的心路歷程提出解釋。而余英時在分析清代學者章學誠的學術性格及觀點時，亦曾援引此種「認同危機」理論以為詮解[2]。種種例證顯示，艾里克森的「認同危機」理論，確實深合人格心理學上所要求具備的「描述性」、「預測性」

及「可驗證性」等特徵[3]。本節在敘述豐子愷的生平經歷前，之所以先行提出此一理論，乃因豐氏人格的塑成期，與艾里克森「心理社會」階段理論中的第五階段若合符節。豐氏人生目標的確定與性格傾向的形成，主要得力於十七、八歲之際，李叔同、夏丏尊兩位老師及好友伯豪等的深刻影響。此段時期，他的「認同危機」獲得合理解決，並由此確立一行為目標，畢生信守不移，此點在下文中將有所申述。因此在對豐子愷的生平經歷作概略介紹前，本段先就艾里克森的「認同危機」理論提出說明。以下即擬進行順時性的鋪陳，與心理學觀點之實際驗證。

貳、心路歷程的開展

　　西元一八九八年，豐子愷誕生於浙江省崇德縣的石門灣（今桐鄉縣石門鎮），自此時迄於抗戰前的人生階段，豐子愷分別經歷了思想的啟蒙、塑造、定型與開展。子愷的祖父名小康，排行第八，承祖業於鎮上開設豐同裕染坊，早年病故。祖母沈氏，人稱豐八娘娘，性格豪放好強。父親豐鐄，字斛泉，並不經營染坊店中事，只是埋首讀書，準備鄉試。

---

[3]　所謂「描述性」特徵乃指人格理論必須能夠對大部份行為作出一致的解釋，對不同的行為作出恰當的說明。而「預測性」特徵則指一種人格理論不僅要說明現時和過去的現象，還要能夠預測未來事件。能夠較為精確地預測未來變化的理論，往往也能說明此理論在一定程度上是正確的，這種人格理論就具有「可驗證性」的特點。此三種特徵是心理學上用以檢驗理論是否成立的有效依據。詳參陳仲庚、張雨新編著《人格心理學》，頁7—8。

在豐斛泉二次應舉不第之際，其妻鍾芸芳終於產下一子。由於上已有六姊，子愷自出生起便備受長輩疼愛，父親並為之取乳名慈玉。

慈玉四歲時，父親中舉，但豐鐄遭逢母喪，不得參加會試，此後科舉即廢，只得在家設塾授徒。六歲上，慈玉便被父親收在座下，取學名豐潤，教習《三字經》、《千家詩》等。根據日後的回憶文字顯示，豐子愷的繪畫意識與美術創意，早在兒童時期便已萌芽。父親教習《千家詩》時，他用染坊店中的顏料，將課本上的「大舜耕田圖」，塗成一隻紅象、一個藍人、一片紫地，雖因此遭父親訓斥，但作畫興趣始終濃厚。後並曾趁父親曬書之際，偷取《芥子園人物畫譜》一書，以為描印[4]。凡此種種，皆在其幼小心靈裡埋下美術種子。此外，在晚年的隨筆文字〈清明〉中，豐子愷仍能歷歷描繪童年掃墓時，楊莊墳上一株大松樹臨池，父親名之為「美人照鏡」的美好畫面[5]；而在〈過年〉一文裡，他亦對自己喜好剪紙的行為提出說明：「我那時只七八歲，就喜愛這些東西，這說明我對美術有緣。」[6]可見豐子愷自小對於美的事物，便有極為敏銳的領受力，這些幼年時代的美感啟蒙，深植於內心底層，成為他永難忘卻的經驗。

對豐子愷的美術研究心抽發得更有力的，是童年時期的印塑玩具，及家中父親、姑母共同製作的花燈。當時的印泥模型雖然簡單，卻能作出各種不同造型之人物，甚者可隨己

---

[4] 以上本事敍述見《豐子愷文集‧文學卷一‧學畫回憶》，頁412—413。
[5] 見《豐子愷文集‧文學卷二‧清明》，頁707。
[6] 見《豐子愷文集‧文學卷二‧過年》，頁699。

意雕刻印模，十分合乎兒童歡喜變化的心理，與自由創作的欲望。多年後，豐氏猶頻頻讚賞印泥模型的富於意匠和美術趣味。至於父親與姑母為了迎花燈而作的彩傘，精緻典雅，更在豐子愷幼小心靈裡留下深刻印象。後來的彩傘仿作，使其美術研究興味更加濃厚，也造就了他學書學畫的動機[7]。

　　童年時期的豐子愷，除了對美的事物充滿了觀賞興味與創作欲望外，還是個多愁善感、敏於思索的孩子。掃墓行船之際，手中的不倒翁失足翻落水中，他會對其下落興起種種疑惑與悲哀；與小學校裡的同學郊外散步，將樹枝拋棄田間，他亦會依依不捨、屢屢回顧[8]。這種生命本質中自發的反省與思考，在成年後並未嘗稍減，日後可能亦促成了他往宗教中尋求人生解答的因緣。九歲上，父親死於肺病，豐子愷轉由塾師于雲芝教授《論語》、《孟子》，但在課餘仍喜美術，塾堂中的孔子像為其畫就，遠近親友亦每每央其代畫肖像，子愷因此有了「小畫家」的美譽。這位小畫家所唸的私塾後來改成學堂，稱為「溪西兩等小學堂」。此時地方盛行選舉，為求名字便於書寫，一位老師將其改名豐仁。不久，小學堂改組，將原有高等部份學生歸入「崇德縣立第三高等小學校」，豐子愷於一九一四年畢業，同年與徐力民定親。此段期間，他首次發表四篇文言短篇寓言，刊載於《少年雜誌》[9]。

7　見《豐子愷文集‧藝術卷三‧視覺的糧食》，頁34—35。

8　見《豐子愷文集‧文學卷一‧大帳簿》，頁157—158。

9　此四篇寓言為〈獵人——戒貪心務寡欲〉、〈懷奚——戒詐偽務正直〉、〈藤與桂——戒依賴務自立〉、〈捕雀——戒移禍務愛群〉，為目前

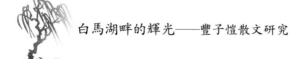

　　在整個童年的思想啟蒙期中，親人、鄉人及故里的風土民情，對豐子愷藝術氣質的養成，起了極大影響。親人中，以疼愛他的祖母潛化之力最鉅，此點在下節「思想成因」部份將有所申述。此外，與兒時玩伴共作蠶豆梗笛子的往事，以及幼時所見新年裡用的鑼鼓、迎花燈時的彩傘、三弦簫笛各種樂器的演奏，一方面形成日後其藝術所展現的素民氣質；另一方面，這些童年經驗也成為創作時的絕佳題材，豐子愷的隨筆與漫畫中，處處可見表現農村生活的作品。

　　不可忽略的是，書香世家的背景，亦由另一層面加強了豐子愷幼時的學習歷程。既是父親復為塾師的豐鐄，對子愷的影響，主要在於古典詩詞的習染與好尚。豐子愷一生愛好詩詞，不僅屢因詩詞激發創作靈感，同時在書信文章中亦每每引用、在日常生活中諷詠以為娛樂，甚至在晚年的家書中，亦勉勵幼子新枚「詩詞莫忘溫」，認為「詩中多樂地」[10]，可見古詩造詣確已融入其生活裡；而此種愛好，實即根源於童年時期父親的陶染。

　　在故鄉的第三小學畢業後，豐子愷前往杭州應考，並同時考取中學、商校和師範學校。因見師範學校的規模宏大，他決定進浙江省立第一師範學校就讀，從此開啟其求學生涯更廣闊的一扇門扉，也進入整體思想的塑造期。浙一師當時受五四新文化潮流的衝擊，在教學上顯示不少新意；教師中

所見作者發表最早的作品，今收錄於《豐子愷文集・文學卷一》，頁1-4。論者評為古文根砥深厚，且頗有伊索寓言之韻味。見陳星《人間情味豐子愷傳》，頁 14。

[10] 見《豐子愷文集・文學卷三》書信部份，頁 819、820。

亦頗多傑出人才，豐子愷在學時期有李叔同、夏丏尊、單不
厂、堵申甫、姜丹書、王更三等。國文老師單不厂很喜歡豐
子愷，便根據原先「仁」的單名，為之取「子顗」號，顗與
愷通，後來豐子愷便一直沿用此名了。

　　浙一師求學時期，是豐子愷人生道路上的一大開展，在
這裡，豐子愷結識了深思又每特立獨行的同學楊伯豪，並得
接受夏丏尊、李叔同兩位先生的教誨，對其畢生個性的形成
與文藝傾向，都起了極大影響。楊伯豪名家儔，年齡較子愷
稍大，是個頭腦清楚、個性強明的少年。據豐氏自述：「我
那時候真不過是一個年幼無知的小學生，胸中了無一點志
向，眼前沒有自己的路，只是因襲與傳統的一個忠僕，在學
校中猶之一架隨人運轉的用功的機器。」[11]楊伯豪對他這種
缺乏宗旨、志向與誠意的態度提出忠告，豐子愷除了深起敬
畏之念外，也開始對以往的學習生活作了認真仔細的反省。
後來伯豪因故輟學，豐子愷自言：

> 我少了一個私淑的同學，雖然仍舊戰戰兢兢地度送我
> 的恐懼而服從的日月，然而一種對於學校的反感，對
> 於同學的嫌惡，和對於學生生活的厭倦，在我胸中日
> 漸堆積起來了。[12]

由豐氏此等心態轉變的敘述，可以明白看出，楊伯豪實是豐
子愷進入浙一師後，第一個在思想觀念上予其啟迪的人，他

---

[11] 見《豐子愷文集・文學卷一・伯豪之死》，頁66。
[12] 同上，頁72。

激發了豐子愷個性中潛藏的反叛特質，並在多次郊外踏青中，培養了豐子愷獨特的審美觀點與藝術心眼。

之後，浙一師的兩位教師：夏丏尊與李叔同，更在學習歷程上給予豐子愷無限啟發。夏丏尊多憂善愁，對於國家社會，充滿了拳拳之忱與殷殷之情。而在國文教學方面，他更是積極提倡新文學，嚴格要求學生作文「不准講空話，要老實寫。」[13]豐子愷寫文章，便是在夏丏尊的鼓勵與指導下一步步習得。兩人後來亦師亦友的交遊，持續一生，豐子愷的入世情懷，頗受夏丏尊影響；而其文章才華與風格，更與夏氏有著密不可分的關聯。李叔同對豐子愷的影響，則主要在於藝術才智、人格陶養與佛學啟發三方面。在浙一師中，李叔同教授繪畫與音樂，他本人具有全面發展的藝術才能，不但首將油畫、鋼琴音樂、話劇介紹到中國，對於文學、書法、金石亦頗有研究。豐子愷受其影響，對藝術起了極大興趣，乃毅然拋棄一切學科，埋頭於西洋畫中，同時還於課餘加入桐蔭畫會、樂石社（金石篆刻組織）等。李叔同的教學感化，除了來自深厚的藝術修養外，尚根源於認真、嚴肅、獻身的教育精神，他的力量，全由誠敬中發出，此點與其「先器識而後文藝」的抱負頗相一致。由於他做人認真至極，終於在走遍藝術園地後，產生脫離塵俗之念，先研道，後學佛，從此徹底進入宗教領域。李叔同將其前半生貢獻於文教，後半

---

[13] 見《豐子愷文集・文學卷二・悼丏師》，頁157。

生歸命於佛法，二者對豐子愷皆造成極大影響，終其一生，豐氏始終將李視之為精神導師[14]。

豐子愷的人生進程發展至此，實已逐步邁入艾里克森所謂「認同危機」的形成階段。就心理學角度觀察，在這段時期裡，楊伯豪可視為豐氏由兒童進入成人階段之際，形成心理認同的第一個對象。在學的諸多夥伴中，伯豪與子愷相處的實際時間甚短，然而他對子愷所形成的影響，就心理時間言卻甚綿長。由豐氏的回憶文字可見，伯豪為其生命型態開啟了另一扇窗，他的特立獨行，他對子愷心無主張、遇事膽怯個性的批判，在在促使豐氏一步步走向自覺自悟的成長。本性淳和的豐子愷，之所以在日後面對生活中的重大轉折時，能強化其堅持，而不致流於軟弱或無所適從，伯豪所給予他的感悟、啟發不可謂不大。明白此點，在閱讀豐氏作品之際，我們當較能在平淡的文字背後，深察其內裡所透顯的反叛氣質。其實豐子愷在超脫的精神生活之外，有其熾熱的入世情懷；在忠厚純樸的本性中，蘊藏著理性的批判精神，這種特質的展現雖然溫和，卻不容忽視。而由心理學立場分析，豐子愷此等剛強氣質的啟蒙，正是源於對伯豪所產生的心理認同。

---

[14] 李叔同為豐子愷在學時的導師，亦為其人生導師，豐子愷一生深慕其為人、深受其影響，此種敬仰之心與追法之意，歷歷呈現於〈法味〉、〈緣〉、〈為青年說弘一法師〉、〈《弘一大師全集》序〉、〈我與弘一法師〉、〈拜觀弘一法師攝影集後記〉、〈《弘一大師紀念冊》序言〉、〈中國話劇首創者李叔同先生〉、〈先器識而後文藝——李叔同先生的文藝觀〉、〈李叔同先生的愛國精神〉、〈李叔同先生的教育精神〉等文中。

　　除了伯豪的啟發外，在此階段的師長及同儕團體中，對豐氏品格之塑造與人生路向影響最大者，首推李叔同。豐子愷於兒時便深具美術創意，但父親的訓斥曾令其繪畫意識產生些微挫折，因此在求學階段裡，他將大部份心力轉於眾人認可的「讀書」一事上。然而豐氏本性裡所含藏的藝術氣質，顯然始終未變。在李叔同一次簡短含蓄的讚美後，他潛在的心理自我終於甦醒，並重新獲得肯定。豐子愷回憶道：

> 有一晚，我為級長的公事，到李先生房間裡去報告。報告畢，我將退出，李先生喊我轉來，又用很輕而嚴肅的聲音和氣地對我說：「你的圖畫進步快。我在南京和杭州兩處教課，沒有見過像你這樣進步快速的人。你以後可以……」當晚這幾句話，便確定了我的一生。可惜我不記得年月日時，又不相信算命。如果記得，而又迷信算命先生的話，算起命來，這一晚一定是我一生中一個重要關口。因為從這晚起，我打定主意，專門學畫，把一生奉獻給藝術，直到現在沒有變志。[15]

關於此等巨大轉變的形成，艾里克森在敘述自我認同與早年經歷之間的關係時，亦曾提出些耐人尋味的線索：

> ……現在發生在自我認同形式中的角色的整合比整個童年期中身份感的整合還要多。利用利比多能量，由天資發展出的才能和社會角色所提供的機會去整

---

[15] 見《豐子愷文集‧文學卷二‧為青年說弘一法師》，頁149。

合所有的身份感是這一時期的自我能力。這種自我認同的感覺也是一種不斷增強的自信心，一種在過去的經歷中形成的內在持續性和認同感（一個人心理上的自我）。如果這種自我感覺與一個在他人心目中的感覺相稱，很明顯這將為一個人的「生涯」增添絢麗的色彩。[16]

顯然李叔同對豐氏的這番讚美，已將豐子愷的心理自我與外人眼中的形象合而為一，因由此種自我感覺與外在評價的相稱，豐子愷的生涯因此「增添了絢麗色彩」，從此毅然拋卻一向名列前茅的課業，全心全意致力於藝術學習。豐子愷由此獲得成功的自我認同，並產生一種人格理想的學習與追尋，而李叔同也成了提供其未來生活策略的最成功典範。他認真、獻身而慈悲的人格，成為豐子愷畢生之行為標竿；而由豐氏日後在文藝上所展現的多方面成就，亦可以看出他對李叔同的文藝愛好，委實是亦步亦趨。除了戲劇的實際演出未曾親身嘗試外，舉凡文學、音樂、繪畫、金石、書法等，豐子愷莫不追隨其師，一一領受學習。可見在「認同危機」階段，李叔同對豐子愷的生命路向及人格塑成，實起了決定性影響。

　　在浙一師修習畢業後，限於現實環境，豐子愷曾有過短暫的教學生涯。當時他與劉質平、吳夢非合辦「上海藝術專科師範學校」，於校中執教。一九一九年，並成立「中華美育會」，在會刊《美育》上，發表諸多論述美術教育的文

---

[16] 轉引自《人格心理學》，頁 195。

章[17]。後有感於知識之匱乏，乃於一九二一年赴日，短短十個月內，豐子愷盡情呼吸東京藝術界的空氣，除了加速學習美術、音樂方面的知識，與日、英等語文外，並經常前往各處參觀遊覽[18]。就在此時，他首度接觸到竹久夢二、蕗谷虹兒等人的漫畫作品，竹久夢二民俗風情漫畫式的小冊子，尤令其傾慕，他欣賞集中筆法的簡練與富於詩趣，又贊其畫人情味、哲理味俱足，受此影響，豐氏開始醞釀一種新的畫風[19]。除此之外，由於閱讀日文小說《金色夜叉》、《不如歸》等，引發了豐子愷的文學興味；而接觸夏目漱石作品與閱讀《源氏物語》的經驗，對他日後的散文筆調、思想觀點[20]及翻譯事業等，更產生了不小影響。

---

17 〈畫家之生命〉、〈忠實之寫生〉、〈藝術教育的原理〉諸文，俱為當時發表於《美育》上的作品。由於學習環境閉塞，豐子愷此期所持論點部份不盡成熟，在後來的論述文字〈我的苦學經驗〉中，他曾有所檢討與修正。

18 豐子愷在日本的學習生活詳載於〈我的苦學經驗〉、〈甘美的回味〉、〈記音樂研究會所見之一〉、〈記音樂研會所見之二〉諸文中，見《豐子愷文集・文學卷一》，頁77—89、186—191、567—575、576—581。

19 豐子愷在其〈繪畫與文學〉（《豐子愷文集・藝術卷二》，頁488）一文中，曾指出竹久夢二的漫畫具有表現方法簡潔、筆致堅勁流利、構圖變化而又穩妥、立意新奇及題字筆劃秀雅等特色，凡此皆深深影響豐子愷日後之畫風。豐氏很多漫畫的創作靈感，俱得之於竹久夢二作品，例如他敘述夢二曾畫〈Classmate〉一圖，描繪一個外出中的貴婦人，坐在人力車上，向站在路旁的另一個婦人點頭招呼。這婦人蓬首垢面，顯然是個貧者之妻，背了孩子在街上走。是以打招呼時，她臉上顯出侷促不安之色；從畫題上則可見出她倆是「同級生」（同見於〈繪畫與文學〉文之敘述）。豐子愷〈小學時代的同學〉（附圖四），在畫題與意趣上，顯然仿自竹久夢二此作；而〈兩家的父親〉（附圖五），應當亦受到竹久夢二此圖一定程度的啟發。

20 夏目漱石的作品對豐子愷影響頗大，豐氏曾先後於一九五六、一九七

在日本的學習生活不能常有，一九二一年底，豐子愷金盡返國，為生活與還債而執教，十年間不斷於各學校教授圖畫與音樂。豐子愷對教育事業的興趣，雖遠不如修習藝術來得濃厚，但他承襲李叔同的認真作風，做一樣像一樣，對這份工作也十分投入，由其因教學所需，而譯述不少西洋文藝理論之舉，便可見一斑。起初，他仍在上海專科師範學校授課，並曾往吳淞中國公學中學部任教。一九二二年，應夏丏尊之邀，豐子愷轉往浙江上虞白馬湖，任春暉中學教職，且在省立寧波第四中學兼課。在白馬湖的教書生涯，是豐子愷畢生最美好的生活片段之一，他在自宅邊手植楊柳一株，據此為居處命名「小楊柳屋」，與夏丏尊的「平屋」相映成趣。當時交往甚密的同事，除了夏丏尊外，尚有匡互生、朱自清、朱光潛、劉薰宇與劉叔琴等，眾人常聚在一起吃酒聊天。朱光潛後曾有回憶文字表示：「酒後見真情，諸人各有勝概，我最喜歡子愷那一副面紅耳熱，雍容恬靜，一團和氣的風度。」[21]此正為其性格的自然流露。在飲酒論學的聚會中，

四年兩度翻譯漱石代表作之一的〈旅宿〉，並在其八篇文章中提及漱石或引用〈旅宿〉，甚至在〈暫時脫離塵世〉中，高度評價夏目漱石「真是一個最像人的人」、在〈塘棲〉中感嘆「知我者，其唯夏目漱石手？」夏目漱石與豐子愷文學觀點上的類近，據論者指出，有下列各點：一、對人生哲理、宇宙奧秘的不懈探究；二、對中國古典文學的神往；三、對藝術、藝術家的近似理解；四、對非人情、絕緣認知的相似。二人最大的共通處是超脫現實，但超脫現實只是一種表象，在作品背裡進行社會批評才是真正的用意。詳參楊曉文〈夏目漱石與豐子愷〉一文。

21　見朱光潛〈豐子愷先生的人品與畫品〉一文，收錄於《豐子愷研究資料》，頁114—116。

各人對文章風格的好尚，與藝術美學的觀點，都彼此影響，此在下文亦將有所論述。除了學術上的討論外，在白馬湖期間，豐子愷尚因師友的鼓勵，而成就日後獨樹一幟的漫畫風格。當時豐氏正處於畫風難以突破的苦悶時期，偶於校務會議中百無聊賴，乃戲繪諸同事垂頭拱手，伏在議席上的倦怠姿態。夏丏尊等人見後大為欣賞，頻頻鼓勵。朱自清並將〈人散後，一鉤新月天如水〉一幅（見附圖六），發表在當時與俞平伯合辦的《我們的七月》上。從此豐子愷以名字的英文縮寫「ＴＫ」為誌，時時發表漫畫。這些漫畫除了描繪生活瑣事外，亦常有回憶過去所讀詩詞，而「譯詩為畫」之作。此段期間為豐子愷創作生涯的起步階段，就漫畫言，即「描寫古詩詞句」時代；就散文言，豐子愷則以中學生為設定讀者，寫作了〈山水間的生活〉、〈青年與自然〉、〈英語教授我觀〉等文，發表於校刊《春暉》上。

　　一九二四年，春暉中學同仁多人的教育主張與校方領導不和，為實現教育自由的理想，乃相繼辭職，陸續往上海創辦「立達學園」與「開明書店」。一九二五年，「立達學會」成立，茅盾、葉聖陶、鄭振鐸、陳望道、夏丏尊、朱自清、朱光潛及豐子愷諸人，皆先後成為會友，豐氏於此結交不少文學同好，其中鄭振鐸、葉聖陶頗致力於兒童文學，與豐子愷喜愛兒童之心恰相一致，鄭振鐸後並曾索豐氏畫稿於《文學周報》上發表，冠之以「子愷漫畫」的題頭，是為中國有「漫畫」一詞之始。在學會所辦刊物《一般》中，豐子愷亦發表了頗多文畫，並從事美術裝幀工作。此段期間，他不但認真參與教育事業與雜誌編輯，同時亦十分多產，在此之前

的寫作範圍，本多屬美術、音樂方面之論文，約自一九二六年起，豐子愷開始發表正式的文學作品；他的第一篇文學傑作，則是寫於一九二六年耶誕節的〈給我的孩子們〉。自此，豐子愷的漫畫與散文創作，開始多方發展，有不少內容並且重複表現，他的畫因此有了文學意味；而他的散文，則亦時時透顯漫畫情趣。同時，他並有首部譯著《苦悶的象徵》問世，由此結下與魯迅的藝術因緣[22]。凡此種種，可說都是文友相互激勵下，所展現的文藝活動成果。

　　豐子愷在中學時代所形成的心理認同，至此時開始有了成果展現；而文友的砥礪切磋，更促使他的人生方向於此際得到強化，同時達成思想的大致定型。然而，儘管文藝創作進行得順利而充實，豐子愷內心對人事情狀的思索，卻無一時稍歇。童年時期的種種疑惑與悲哀，始終伴隨其生命成長，往年弟弟慧珠、蘭弟先後夭折，同事白采君淬逝，皆曾令其興起無常之感；而小兒阿難的夭折，更促使他對生命作了更深層的思考，這些生活體感，在其散文作品中歷歷俱陳。一九二七年，豐子愷在行年三十之際，因深感世相無常，遂請弘一法師為其舉行皈依儀式，並取法名「嬰行」。皈依佛門，使豐子愷精神深處的悲觀、迷惑和憂慮得以昇華解脫，但此種過程並非驟然完成，在以後的歲月中，豐子愷又

---

[22] 關於此事，在豐一吟等著《豐子愷傳》中有所記載，見頁 65。其後朱金順又嘗作〈《苦悶的象徵》的兩種譯本〉一文，駁斥此段文字的史料查考有所謬誤，認為魯迅與豐子愷當於彼此譯本出版後始相識，期間並未有因同譯一書，未知當否出版而討論一事。然而不論事實經過是否為豐子愷誤記，他與魯迅的藝術因緣，皆難免與《苦悶的象徵》一書之翻譯有關。

經歷了不少錘打與考驗，其中最深刻者，當屬一九三〇年春母親的辭世。喪母之痛使豐子愷墮入頹唐狀態，數年內心中都充滿對無常的悲憤與疑惑。其後既是親戚復為好友的小白辭世，更使其飽嘗人生濃烈而熱辣的滋味。這段時間，豐子愷常與人談論生死問題[23]，在現實生活中亦遭逢不少死別之苦，幸有馬一浮先生開導，方將其由「無常」的火宅中救出[24]。在弘一出家之後，馬一浮可說是又一位在生活上予其啟發的精神導師。

喪母之後，豐子愷便遷往嘉興楊柳灣的金明寺弄居住。就在生活轉趨安定之際，傷寒的侵襲又使他一病不起，豐子愷本就渴望自由，自此遂漸漸辭去教職，蟄居嘉興寫作。這段期間作品不多，可見者唯〈我的苦學經驗〉等。

一九三三年春，石門灣的緣緣堂新居落成，豐子愷乃又遷回家鄉居住。在緣緣堂的生活時間雖短，對其一生卻顯然意義重大，由豐氏對建屋過程的慎重處理，便可見緣緣堂在其心目中的地位。豐子愷對住屋中所有傢俱，都一一親繪圖樣，請木工特製，他自稱這所住宅為「靈肉完全調和的一件藝術品」[25]，並謂緣緣堂「全體正直，高大，軒敞，明爽，具有深沉樸素之美。」「我認為這樣光明正大的環境，適合我的胸懷，可以涵養孩子們的好真，樂善，愛美的天

---

[23] 見〈小白之死〉中所述。收錄於《豐子愷文集・文學卷一》，頁192─196。

[24] 豐子愷與馬一浮的交遊因緣，詳見豐氏所作〈陋巷〉一文，收錄於《豐子愷文集・文學卷一》，頁202─206。

[25] 見《豐子愷文集・文學卷二・告緣緣堂在天之靈》，頁58。

性。」[26]凡此種種，莫不一一得自李叔同「生活藝術化」的薰陶[27]，與「器識重於文藝」的處世主張。至於在新居大門上，採用「欣及舊棲」這個有懷舊情味的門額題詞，則是豐子愷對傳統的一個小小反叛。

六年緣緣堂的鄉居生活，是子愷思想成熟開展的代表時期，亦是他創作上最為豐收的黃金時代。此段閒居辰光，他在情緒上保持輕鬆，在生活上則飲酒、讀書、寫文、作畫並行，除了夏冬兩季家居緣緣堂外，每逢春秋佳日，他或往上海客居一時，或到杭州小住數月，五六年間的讀書心得、生活感想、藝術主張及見聞記錄等，都一一以漫畫、隨筆或文藝理論的形式表出。由於躬逢小品文雜誌蓬勃發展的年代[28]，豐子愷將作品大量發表在《東方雜誌》、《新中華》、《現代》、《文學季刊》、《申報月刊》、《太白》、《論語》、《人間世》、《宇宙風》等報刊上，加之以此時已有首部散文集《緣緣堂隨筆》的問世，其文學地位乃逐步受到重視。一九三五年上海良友圖書公司嘗出版《中國新文學大系》，在散文二集中選刊有豐子愷的作品五篇[29]，可以證明

---

[26] 以上二段引文同見於《豐子愷文集‧文學卷二‧辭緣緣堂》，頁125。

[27] 豐子愷在〈為青年說弘一法師〉一文中，曾極力讚美其師生活藝術化的一面：「他是一個修養很深的美術家，所以對於儀表很講究。……今人侈談『生活藝術化』，大都好奇立異，非藝術的。李先生的服裝，才真可稱為生活的藝術化。他一時代的服裝，表出著一時代的思想與生活。各時代的思想與生活判然不同，各時代的服裝也判然不同。布衣布鞋的李先生，與洋裝時代的李先生、曲襟背心時代的李先生，判若三人。」見《豐子愷文集‧文學卷二》，頁148。

[28] 一九三四年曾被傳稱為「小品文雜誌年」。

[29] 此書業強出版社已於一九九〇年重印，其中《散文二集》為郁達夫選

當時文學界對他肯定的評價。豐子愷此期結集成冊的作品亦有不少,計於五年內寫就近二十部創作與譯作,其中僅文學作品便有五部之多[30],計九十八篇隨筆。此外,豐氏本期繪就的漫畫數量亦多、發表範圍又廣,且題材主要來自平凡的大眾生活,因此他的作品廣受讀者喜好,紛紛前來索字求畫。當時社會上處處可見他的創作,連縫紉鋪裡也有他的對聯、粽漿攤中都有他的漫畫,可見作品之普及於民間。此段時期,可說是豐子愷旺盛的創作精力,與特殊的創作氣質之展現階段。他的生活、創作題材與作品流布,莫不與民間大眾息息相關。此正為其自身素民特質的淋漓發揮。

參、歷史悲劇的轉折

緣緣堂的閒居生活,為豐子愷的創作生涯締造了高峰,然而此種承平歲月畢竟難能持久。

一九三七年十一月六日,迫於日軍的步步侵襲,子愷一家不得不踏上逃難之途,從此開始八載的飄零生涯。南深濱的避居,是逃難生活的起點,豐子愷在此首先領略到去鄉流亡的無奈與悲哀。他在〈辭緣緣堂〉文中寫道:

編。郁達夫在導言中讚賞豐子愷的散文有「浙西人的細膩深沉的風致」,其所選入之五篇作品分別為〈漸〉、〈秋〉、〈給我的孩子們〉、〈夢痕〉及〈新年〉。

[30] 此五部文學著作為:《隨筆二十篇》、《車廂社會》、《子愷隨筆集》、《豐子愷創作選》 及《緣緣堂再筆》。出版時地詳見附錄二〈豐子愷著譯書目〉。

> 其實在這風聲鶴唳之中，有許多人想同我們一樣地
> 走，為環境所阻，力不從心，其苦心常在語言中表露
> 出來。這使我傷心！我恨不得有一隻大船，盡載了石
> 門灣及世間一切眾生，開到永遠太平的地方。[31]

由是可見豐子愷悲天憫人、仁厚誠樸的情懷，在面臨此一人
生的巨大轉變之際，不但未曾泯滅，反而更行彰顯。在逃難
途中，他關心親友的安危存亡、接納親友的投奔，對同行者
與逃難途中所見，亦多所愛顧與諒解。他曾因為將年邁難行
的老岳母，安頓於山上友人家中而歉疚不已，最後仍勉力而
為，將岳母接來一起逃難[32]；他曾在自顧不暇之際，猶關顧
家中夥計與親戚，資助他們在內地開設書店[33]；尤有甚者，
在茶店老闆惡形惡狀，欲藉他人逃難之便大發己財，終不得
遂之際，豐子愷猶能細心地觀察到，他的滿臉兇相倏忽不
見，僅餘頹唐，而老闆衣衫之襤褸，更觸動了他的仁心，他
以滿懷感慨的筆觸寫道：「大約他的不仁，是貧困所強迫
而成的。人世是一大苦海！我在這裡不見諸惡，只見眾
苦！」[34]這是他對芸芸眾生同罹災難的諒解與悲憫，也是他
一貫仁厚心性的表現。

　　八年的逃難生活，是豐子愷步入中年後，人生際遇的一
大轉折。在這段離亂歲月裡，他的生活進程大抵是先執教，
後閒居寫作。而無論是教學或創作活動，豐子愷幾乎都擺脫

---

[31] 見《豐子愷文集・文學卷二・辭緣緣堂》，頁140。
[32] 事見《豐子愷文集・文學卷二・桐廬負暄》，頁31—33。
[33] 見豐一吟等著《豐子愷傳》，頁113。
[34] 見《豐子愷文集・文學卷二・桐廬負暄》，頁15。

了過往不食煙火的性格，積極投入抗日宣傳的行列。南深濱避居旬日後，豐子愷轉赴桐廬投奔馬一浮先生，兩人有過一段負暄論學的充實生活。而後，一家人在萍鄉鄉下，度過逃難中的第一個春節，復向西進發，在長沙安家，並往漢口從事抗日宣傳工作。在此之前，豐子愷早於一九三六年「中國文藝家協會」成立之際，便加入成為會員，並簽名於「中國文藝家協會宣言」上，同年發表「文藝界同人為團結禦侮與言論自由宣言」。此時他又加入「中華全國文藝界抗敵協會」，成為會報《抗戰文藝》的編委，並為封面作畫題簽。這段期間，豐子愷發揮他各方面的長才，始終不遺餘力地為抗日而宣傳。

之後武漢疏散人口，豐子愷復帶女兒返回長沙。此時桂林師範來信聘任他往該校任教，豐子愷遂舉家遷往桂林，在脫離教學生活十餘年後，復重執教鞭。後來他並先後任教於宜山浙江大學及重慶國立藝專。在桂師時期，豐子愷除了忙於執教外，又帶學生下鄉宣傳抗日漫畫，並正式開始寫日記，於一九四四年出版《教師日記》。在浙大時期，豐子愷先是教授「藝術教育」與「藝術欣賞」，極受學生歡迎。浙大遷往遵義後，他並開授新文學課程。在遵義的「星漢樓」居住期間，豐子愷授課之餘，主要忙於整理自己的畫、文舊作，以編校出版。除了整理舊作外，他還用心教授子女古文與英文，偶而也與孩子們猜詩謎、作對子，此種與子女間的詩詞遊戲，始終是豐子愷終生的愛好。一九四二年十月，在豐子愷整裝準備前往重慶任教之際，傳來弘一法師圓寂的消息。豐子愷仍於十一月赴藝

專，任教授兼教務主任。至重慶後，他首先舉辦畫展，其後便以教書賣畫維生。

　　一九四三年，因感於抗戰或將持久，豐子愷便以畫展所得，自建住房名曰「沙坪小屋」，從此辭去教職，過著較緣緣堂時期更加隱居的生活，他自認「這是我的性格的要求，這在我是認為幸福的」[35]。此段期間他以賣畫寫作為生，雖地處偏僻，偶爾友好如葉聖陶等亦會前來造訪。除此之外，他尚熱衷於旅行，曾往樂山訪馬一浮、赴隆昌參加立達學園成立二十周年紀念等，足跡遍及成渝一帶。旅行之際，亦常發表演講與個人畫展。

　　在倥傯生活中，豐子愷的文藝創作增添了頗多新內容。即以詩詞為例，平日極少為此道的他，在逃難期間也開始吟詩作詞[36]；他的散文作品向以短小簡潔著稱，此段期間，亦

---

[35] 見《豐子愷文集‧文學卷二‧沙坪小屋的鵝》，頁 165。

[36] 豐子愷逃難期間所作詩詞，較著者有以下三首：〈避寇萍鄉代女兒作〉、〈高陽台‧淥江舟中作〉、〈賀新涼〉。今引錄於下：
〈避寇萍鄉代女兒作〉
兒家住近古錢塘，也有朱欄映粉牆。三五良宵團聚樂，春秋佳日嬉遊忙。清平未識流離苦，生小偏遭破國殃。昨夜客窗春夢好，不知身在水萍鄉。
〈高陽台‧淥江舟中作〉
千里故鄉，六年華屋，匆匆一別俱休。黃髮垂髫，飄零常在中流。淥江風物春來好，有垂楊時拂行舟。惹離愁，碧水青山，錯認杭州。　而今雖報空前捷，只江南佳麗，已變荒丘。春到西湖，應聞鬼哭啾啾。河山自有重光日，奈離魂欲返無由。恨悠悠，誓掃匈奴，雪此冤仇。
〈賀新涼〉
七載飄零久，喜中秋、巴山客裡，全家聚首。去日孩童皆長大，添得嬌兒一口。都會得奉觴進酒。今夜月明人盡望，但團團骨肉幾家有？天於我，相當厚。故園焦土蹂躪後。幸聯軍痛飲黃龍，快到時候。來日

寫就了〈辭緣緣堂〉、〈桐廬負暄〉等長文。這一時期的所有創作活動，幾乎全部指向對日抗戰一事。就散文言，其內容或記敘自己的逃難歷程與感懷；或為文激勵民心士氣。就漫畫言，所作《大樹畫冊》、《客窗漫畫》等，都有抗日情景之描繪，而《漫文漫畫》一書，更是豐子愷收集報刊上的抗日宣傳漫畫，配上說明文字而成的作品。其他音樂美術的論評文字，豐子愷亦都集中闡述抗戰音樂、壁上標語及宣傳漫畫等。唯一與時代動亂較無關聯的作品，是一九三九年完成的《續護生畫集》。此書乃為祝弘一六秩壽而作，內容以顯正為主，所表現者俱萬物自得之趣與彼我之感應同情。對於「護生」的意義，豐子愷在抗戰期間特別提出解釋：

> 「護生」就是「護心」。愛護生靈，勸戒殘殺，可以涵養人心的「仁愛」，可以誘致世界的「和平」。我們是為公理而抗戰，為正義而抗戰，為人道而抗戰，為和平而抗戰。我們是「以殺止殺」，不是鼓勵殺生。我們是為護生而抗戰。[37]

由此可見豐子愷的護生畫作，內容固與抗戰無實際關聯，然其護生觀點，顯然受抗戰影響，而有了新的詮釋。

再就心境而言，豐子愷在抗戰期間，雖然一切創作表現，俱指向與過去完全不同的方向，然而由作品中，我們仍

盟機千萬架，掃蕩中原暴寇。便還我河山依舊。漫卷詩書歸去也，問群兒戀此山城否？言未畢，齊搖手。

[37] 見《豐子愷文集·文學卷一·一飯之恩——避寇日記之一》，頁655—656。

能發現作者內在的本質並未喪失或改變，字裡行間且時時有溫馨熟悉的個性展現。在〈桂林初面〉中，豐子愷藉著風景的賞鑒，展現逃難中的自適之情[38]；在〈宜山遇炸記〉中，豐子愷自我寬慰道：「倘能忘記了在宜山『逃警報』，而當作在西湖上 picnic 看，我們這下午真是幸福！從兩歲的到七十歲的，全家動員，出門遊春，還邀了幾位朋友參加。真是何等的豪爽之舉，風雅之事！唉，人生此世，有時原只得作如是觀。」[39]即使身處逃難時期，豐子愷仍不忘對民俗作品作仔細的欣賞，他在暇鴨塘度送春節之際，對當地以蜜餞冬瓜刻成的剪花贊嘆不已，並認為真正的藝術是從民間創造出來的[40]；在桂林時期，豐子愷亦會隨時留意當地的種種工藝品，並繪圖記錄[41]，凡此俱為其素民性格的一再呈示。顯然，逃難的六千里行程，使豐子愷得到更多廣泛接觸民間藝術的機會；而其心境也在儒佛的入世出世間，不斷變換與調整。此段逃難期，明顯刻畫出了豐子愷曲折的性格轉變歷程。

　　一九四五年，抗戰終於獲得勝利。一家人欣喜若狂地準備返鄉，在等待歸舟之際，豐子愷作了〈讀〈讀《緣緣堂隨筆》〉〉一文，以答復夏丏尊先生抗戰期間的雅望[42]。未料

---

[38] 見《豐子愷文集‧文學卷二‧桂林初面》，頁 64—67。

[39] 見《豐子愷文集‧文學卷一‧宜山遇炸記》，頁 711。

[40] 見汪家明《佛心與文心——豐子愷》，頁 103—104，及豐一吟等著《豐子愷傳》，頁 102 所載。

[41] 見《豐子愷文集‧文學卷三‧教師日記》，頁 37—39，52—53、74—75 等。

[42] 夏丏尊嘗於戰時譯日人谷崎潤一郎〈讀《緣緣堂隨筆》〉一文，發表於《中學生》雜誌上，文前有序言曰：「余不見子愷候逾六年，音訊久疏，相思頗苦……此異國人士之評論，或因余之迻譯有緣得見，不

當子愷提筆為文之際，夏先生業已臥病在床，四月底便傳來丐尊逝世之消息。豐子愷於悲慟中作〈悼丐師〉一文，其後並陸續有〈讀丐師遺箚〉等作品。勝利還鄉本是值得期待的，然而戰後交通的困頓、物價的飛漲、劫收的醜惡及內戰的端倪，都令豐子愷備感憤慨，原先喜悅的心情至此也消失殆盡。一九四六年，歷經艱難的遊子終於重返故鄉，但見緣緣堂舊址已成廢墟，草長過膝，荊棘遍地。豐子愷感慨之餘作〈昔年歡宴處，樹高已三丈〉一圖（見附圖七），寄託一己之悲涼，而後便往杭州另覓新居。

在杭州招賢寺西首的平屋，豐子愷一家人居住年餘，此段期間，他的生活大抵仍是文畫創作不斷，並與友好時相過訪。鄭振鐸曾於一九四八年間訪豐子愷，豐氏有〈湖畔夜飲〉一文，記載此段老友相見，懷舊憶往之因緣。而他亦嘗往上海探訪葉聖陶及梅蘭芳，尤其與梅蘭芳本素昧平生，豐氏但慕其表演藝術，與抗戰期間的堅貞情操，便兩度主動相訪，並曾先後寫就〈訪梅蘭芳〉、〈再訪梅蘭芳〉、〈梅蘭芳不朽〉及〈威武不能屈〉諸文，以記其人其事。從藝術實踐的層面來看，梅氏所從事的平劇演出，是最切合民間特質、也最能深入民心的藝術；而他在抗戰期間所表現的不事敵軍、不求個人名利之風範，尤其符合李叔同一貫「器識先行於文藝」的主張。梅蘭芳所從事的藝術表現，與個人之道德實踐，既與豐子愷的氣質、信念如此吻合，無怪乎豐氏對其崇仰有加了。

知作何感想也。」豐子愷乃於戰後作此讀後感，以答復夏先生。

　　至於文畫創作方面，豐子愷此段賦閒時期，辦過兩次畫展，亦開始大量寫作。由於對當時社會深感不滿，他創作了頗多憂國憂民的漫畫[43]，並印上一方「速朽」圖章，希望畫中景象能儘速消失。而其隨筆則除了回憶抗戰中事，如〈沙坪的美酒〉等文外，亦有〈口中剿匪記〉、〈貪污的貓〉等諷喻憤激之作。除此之外，他尚於兒童故事〈伍元的話〉、〈赤心國〉等文中，寄寓其對社會現象的貶責，與對理想國度的嚮往。整體說來，抗戰的烽火已打開豐子愷的心眼，他的筆下因此出現了更多關注社會現實之作。

　　一九四八年九月，應開明書店經理章錫琛之邀，豐子愷帶女兒一吟同遊臺灣，在兩個多月的遊覽行程中，豐子愷於臺北中山堂舉辦過畫展，並在電台以「中國藝術」為題，發表廣播演講，此次演講雖僅歷時十五分鐘，卻很簡賅地指出寫實、寫意的區別，與四十年前東西方藝術差異的一些重要方面[44]。除此之外，他亦繪作了十餘幅以臺灣為題材的作品[45]。之後，豐子愷轉往廈門南普陀寺憑弔弘一故居，赴泉州參謁弘一講經之開元寺，並於旅途中巧遇神交十七年的廣洽法師。在廈門期間，豐子愷亦舉辦畫展、發表演講，並完成《護生畫三集》之畫作七十幅。對此弘一晚年居息之處，豐子愷備感親切，原有定居廈門的打算，後來終究決定前往

---

[43] 如〈亂世做人羨狗貓〉、〈一種團圞月，照愁復照歡〉、〈屋漏偏遭連夜雨〉、〈魚游沸水中〉等畫俱是。

[44] 豐子愷在臺演講內容手稿，見《豐子愷文集・藝術卷四・中國藝術》一文，頁416—417。

[45] 此些作品首度發表於吳〈豐子愷「台灣之作」探尋小記〉一文中。見雄獅美術第204期，頁36—41。

上海。歸途中他取道香港,一方面請葉恭綽完成《護生畫三集》的題詞,一方面亦藉舉辦畫展,籌措回滬定居之資金。

回滬定居後所遭逢的是大陸淪陷、政權改移的局面,面對中共在文藝界展開的整風學習運動,豐子愷在一九五二年七月十六日的上海《大公報》上,發表了〈檢查我的思想〉[46]一文;一九五八年三月,中共推行「三面紅旗」時期,亦有〈決心書〉[47]之寫作,二文皆將自己置於有錯誤思想、須被改造的地位提出檢討,顯見全係政治因素使然。豐子愷在此段時期參與了一系列社會活動,曾受聘為上海市文史館委員、上海美術家協會主席、上海「中國畫院」首任院長、上海文聯副主席等,然大部份均為虛職。

在創作活動方面,淪陷初期,為「配合社會需要」,翻譯介紹蘇聯的文藝作品,豐子愷以五十三歲高齡重習俄文,

---

[46] 此份檢討書的內容,一方面「批判」自己過去一切作品所犯的「錯誤」:「一、趣味觀點,二、名利觀點,三、純藝術觀點,四、舊人道主義觀點。上述四點,合力造成了我的思想的混亂與錯誤。此外,我的二十六年來的(我三十歲起不任職務,閒居家中,直至現在,惟其中逃難到大後方時,因生計關係,在浙大等校課三年。)離群索居,助成了我的脫離群眾的習慣;解放以來,雖然常出席各種會議,然而舊習的影響還是存在……。」另一方面,他亦提出此後所謂「自我改造」的三項計劃:「一、加強政治學習,普遍地閱讀各種文件和書籍。二、加強業務學習,多多的把今日中國人民所需的蘇聯文藝介紹進來。三、加強集體生活思想,參加各種應該參加的集會。」

[47] 〈決心書〉中,將「個人的總的紅專規劃」分為兩條:「一、精讀報紙上的社論,以及政協印發的學習資料,溫習《毛澤東選集》。二、我本來決心在本年內完成著作和翻譯共六十萬言,創作新畫八十幅;現在也來個躍進,增加為著作和翻譯八十萬言,創作新畫一百幅。這工作必須在一九五八年年底以前完成,不但保證數量,又要盡力顧到質量。」

而後以邊讀邊譯的方式，完成屠格涅夫《獵人筆記》的譯作。
此外亦翻譯出版了十餘冊教學參考書，如《中小學圖畫教學
法》等，對中小學圖畫音樂教學方面，起了一定程度的影響，
顯見他對教育工作仍然重視。除俄文外，豐子愷尚有英文、日
文的其他譯作，整個五十年代，翻譯遂成為豐氏的主業。至於
漫畫創作，豐子愷在一九四九年，曾繪畫魯迅小說八篇[48]，以
一文一畫對照的方式出版，前此豐子愷亦曾於一九三九年作
《漫畫阿Q正傳》，由開明書店出版[49]。但此期由於年老視
力退化，寫生之作已漸趨減少。隨筆方面，豐子愷在一九五
〇至五五年間，曾有一段創作空白期。此後他重編《緣緣堂
隨筆》，並復由現實生活中取材，開始創作。此期作品大都
為歌頌「新社會」之作，如〈致台灣一舊友書〉、〈西湖春
遊〉、〈幸福兒童〉等；間亦有批評社會現象的文字，如〈元
旦小感〉、〈代畫〉。然而未幾，豐子愷便瞭解到當時環境
對此種作品並不歡迎，於是他有意識地讓自己從事更多翻譯
工作，除了譯畢德富蘆花的《不如歸》，及中野重治的《肺
腑之言》外，並以四年時間，完成《源氏物語》的譯作，此
為其畢生耗費最多精力的事業，可見豐子愷雖已年邁，但在
他衰老的軀體中，實仍蘊含著旺盛的創作意志與精力。

---

[48] 此八篇小說分別為〈祝福〉、〈孔乙己〉、〈故鄉〉、〈明天〉、〈藥〉、
〈風波〉、〈社戲〉及〈白光〉。

[49] 《漫畫阿Q正傳》第一次於一九三七年春作於杭州，學生張逸心拿到
上海南市某印刷廠印行，正值「八一三」事起，南市成為一片火海，
漫畫原稿及及鋅版皆成灰燼。一九三八年春抵漢口，學生錢君匋從廣
州來信，要求重畫此稿，連載於《文叢》，但僅刊出兩幅，以後續寄
的又損失於廣州大轟炸中。此為第三次重作。

再就生活狀況言，豐子愷在一九五四年因健康情形不佳，便遷往陝西南路的「日月樓」[50]定居，此為豐氏一生最後棲止之地，他晚年一切寫作活動均在此進行。為了調劑寫作的緊張生活，豐子愷於此段期間，間或出門旅遊。他曾於一九五五年遊莫干山；一九五六年遊廬山；一九五七年游鎮江、揚州；一九六一年遊黃山，並隨上海政協參觀團往江西；一九六二年遊金華；一九六三年再遊鎮江、揚州；一九六六年遊杭州、紹興、嘉興等處。旅遊對其視野之開展，與寫作題材的補充甚有助益，因此這段期間，他也寫就了不少遊記作品。唯因部份遊程乃是中共基於宣傳目的所作的安排，所以在這些旅遊隨感中，便難免摻雜歌功頌德的文字。

由此段時期的創作題材與狀況，不難窺見豐子愷的生活受到政治因素影響，已起了微妙變化。這是繼抗戰後，豐氏生命歷程中所遭逢的又一劫難。大陸淪陷後的五、六年間，這位創作力旺盛的作家一反常態，完全未寫就隻字片語，當中原因頗為耐人尋味。之後，豐子愷重拾寫作之筆，但筆下的文字已蒙上政治宣傳色彩，顯見其時創作自由已受到箝制。此外，亦如朱光潛等著名學者的遭遇般，豐子愷在垂老之年，迫於現實需要，猶須學習俄國文字、翻譯俄文作品。此雖為政策主導使然，但在可能範圍內，豐子愷仍儘量順應自己的志趣及理想，選擇《源氏物語》與教學書籍從事翻譯，

---

[50] 「日月樓」乃豐氏新居之命名。因為寓所二樓書房上方有小天窗，坐在室內，可以看到日月運轉，故稱之。豐子愷初曾順口誦出「日月樓中日月長」之句，後來馬一浮便以此為下聯，撰作「星河界裡星河轉，日月樓中日月長」的對聯相贈。

可見在最大限制裡，這位忠於自我的作家，仍在掙扎著追求心靈的無限自由。

　　然而政治局勢的變化，畢竟令人無從逆料。一九六六年，歷時十年的「文化大革命」正式展開，豐子愷隨即被眾人定為「反動學術權威」，並強予按上「反革命黑畫家」、「反共老手」、「漏網大右派」等罪名，從此列為上海市級的十大重點批鬥對象之一，不斷被進行揭批。揭批者由大量作品中找出豐子愷「反革命」的影射，例如一九五六年所作「城中好高髻」一畫（見附圖八），被指為惡毒諷刺、攻擊「黨」的領導和「黨」的各項方針政策；「船裡看春景，春景像畫圖，臨水種桃花，一株當兩株」（見附圖九）本為繪有水中桃花倒影的風景圖，只因畫家為配合形勢，在畫中添上「人民公社好」的標語，便被指為「惡毒污蔑攻擊人民公社如水中桃花般虛幻」；〈代畫〉一文是醜化新社會，攻擊無產階級專政的證據；〈阿咪〉中的「貓伯伯」諧音「毛伯伯」，是惡毒影射、攻擊「最紅最紅的紅太陽」；尤有甚者，一九六一年參觀江西革命根據地後，所作的歌頌文字〈有頭有尾〉，此時亦被曲解為「只說頭尾，不言魚身，顯然影射革命虛假，對革命懷有刻骨仇恨」。諸如此類，俱可謂「欲加之罪，何患無辭」。

　　自一九六七年起，豐子愷常被突然帶走，不是隔離審查，便是送到郊區勞動。交代與報告更是一份份被迫寫就。對一位知識份子而言，此種人格與理想的凌虐是最為殘酷的。多少作家不堪精神上的種種折磨，忍不住含恨自盡。但豐子愷以其一貫平淡超脫的態度處之：坐牛棚，他視之為參

禪；批鬥，他當作是演戲，在肉體與精神不斷遭受折騰的同時，他猶能或與難友們論學，或自己吟詩填詞，興到時偶而也寫寫遊戲式的連環詩、集句詩等，苦中作樂一番。可見在思想上，豐子愷是堅持不被禁錮的。

至於簡陋的物質生活，對他而言更無須在乎。在上海郊區農村勞動期間，生活備極艱苦，他卻猶能自得其樂地對兒女表示：「地當床，天當被，還有一河濱的洗臉水，取之無禁，用之不竭，是造物者之無盡藏也。」[51]此段期間，友朋的來訪，以及與幼子新枚間的通信，當是豐子愷生活中的無盡樂趣。他在一九七○至七二年間給新枚的信中寫道：「我近來相信一條真理：退一步海闊天空。退一步想，對現在就滿足，而心情愉快。」「近來我對世事，木知木覺，自得其樂。都是養生之道。」「此間，用不滿足的心來說，是岑寂無聊，用滿足的心來說，是平安無事。我是知足的，故能自得其樂。」[52]可見在惡劣的環境中，他始終保持超然的自適之情，無往而不自得，此點不可不謂得自佛學的啟發。

儘管必須面對外在環境的諸種險惡，但在豐子愷心目中，寫文作畫早已成為他一生的堅持。在那段日日須往「牛棚」報到的日子裡，豐子愷每每利用清晨提早起身，在微弱的燈光下伏案工作，或寫字作畫，或從事譯作。文革期間，他陸續作了「紅樓雜詠」詩三十四首；追憶舊作畫題，重畫了一些畫，並名之曰「敝帚自珍」；此外，他仍投注相當多

---

[51] 見豐一吟等著《豐子愷傳》，頁170。
[52] 見《豐子愷文集‧文學卷三》書信部份，頁557、625、661。

心力於譯作上，除了連譯三部日本古典文學名著《竹取物語》、《伊勢物語》及《落窪物語》外，並在一九七四年重譯夏目漱石的〈旅宿〉。此篇小說首段抒寫主人翁於登山時所思及的人生之道，認為唯有以藝術之心觀照世界，方能求得內心的清朗，也方能解脫煩惱。此點與豐子愷一向的人生體感恰相一致，豐子愷重譯此作，亦可謂藉此抒懷。而在諸種創作活動中，最令他深感興味的，則是《緣緣堂續筆》的寫作[53]。在這些隨筆文字中，豐子愷將情思寄託於遙遠的往昔，或回憶故鄉的風土民情，或抒寫孩提時的種種感懷，平易親切，娓娓動人，顯然又回復了作者一貫的創作筆調。

　　對於佛學的研讀與浸染，豐子愷始終持續。一九七一年，他譯出日人湯次了榮的《大乘起信論新釋》。此外，或因預感自己將不久於人世，豐子愷在一九七三年，毅然決定冒險繪作《護生畫集》第六集。一百幅畫果於是年完成，了卻豐子愷半個世紀以來的心願，也達成了他與弘一間的永恆盟約。但豐子愷未及見到《護生畫集》的出版，便於一九七五年九月十五日，因肺癌轉移至腦部，病逝於上海華山醫院，享年七十八歲。早在一九七○年，豐子愷便曾因在鄉下勞動受到風寒，導致肺結核病復發。然他非但不以為慮，反而感到十分快慰，因為藉病情之便，豐子愷終於得請長假，結束日日坐「牛棚」的生活。為此他還有詩吟曰：「歲晚命運惡，病肺又病足。日夜臥病榻，食麵或食粥。切勿訴苦悶，

---

[53] 豐子愷曾在給新枚的書信中，多次表示對《緣緣堂續筆》（原名《往事瑣記》）的寫作深感興味。參見《豐子愷文集・文學卷三》書信部份，頁 618、622、623、626 等。

寂寞便是福。」[54]在十年浩劫的摧殘下，一位終身淡泊名利的作家，最後竟連一絲卑微的願望，亦須以自己生命的安危來換取。吟誦此等詩句之餘，不禁令人欷歔感慨。豐子愷於一九七八年經過上海當局複查，終於得以「徹底」恢復名譽，但對這位老作家而言，「平反」的早到或遲到，此際都已然失卻任何意義了。

豐子愷一生經歷諸多時代離亂，八年抗戰、大陸淪陷及文革等歷史悲劇，在在造成他寫作生涯的諸多轉折。然而無論世局如何動盪、人心如何險惡，這位寬和仁厚的長者，始終以其慈悲的心眼看待整個世界。顯然，青少年時期形塑的心理認同，使他成功獲得對自我「忠誠」的美德[55]，此種美德在往後生活中雖飽經考驗，卻未嘗失去。他始終忠於文藝創作的真實抒發，同時堅持人格節操的傲岸不屈。他的行事、思慮與氣質，在散文作品中一一俱陳。當我們深入解讀作品時，實際上，我們也融入了作者的內心世界，經歷豐子愷所走過的一生、體會他崇高的道德品質。

第二節　豐子愷思想成因分析

本章於首節「生平經歷」部份，已約略觸及成長過程中，形成豐子愷整體思想的影響因素。實際上，二、三〇年代作

---

[54] 見《豐子愷文集・文學卷三》詩詞部份，頁 822。
[55] 根據艾里克森的理論，成功獲得自我認同的個人將形成「忠誠」的美德。所謂「忠誠」，乃指「儘管價值體系有著不可避免的矛盾，仍能效忠發自內心誓言的能力。」見《人格心理學》，頁 196。

家思想內涵的成形，幾乎都是在傳統國學的深層浸染，與西方文化的衝擊激盪中，慢慢得到調解融合的。豐子愷的少年時期，正逢五四將近之際，整個時代環境所營造出的，便是中西文化碰撞而形成的特殊氛圍。相較於俞平伯、朱自清等其時身處北大的高材生，豐子愷所感受到的文化衝突，誠然不及彼等強烈，但五四狂潮的影響顯然全面而鉅大，即使處於校風較為保守的浙一師，豐子愷仍能在課堂上感受到一種新思想、新觀念的萌芽[56]，此當為時代影響下所造就的共質性文化成因。除了受「傳統文化的薰染」，與「外來思潮的衝擊」外，在大環境統攝中，豐子愷又另有其特殊成長背景，如民間藝術的愛賞，與師友交遊之啟迪等，凡此種種，皆造成他獨特的文化修養[57]。是以本節除了以上二層面的探討

---

[56] 在〈悼丙師〉文中，豐子愷對其時浙一師的教學狀況曾有所記述：「他（按：指夏丙尊）教國文的時候，正是『五四』將近。我們做慣了『太王留別父老書』、『黃花主人致無腸公子書』之類的文題之後，他突然叫我們做一篇『自述』。而且說：『不准講空話，要老實寫。』……這樣的教法，最初被頑固守舊的青年所反對。他們以為文章不用古典，不發牢騷，就不高雅。……但這樣的人，畢竟是少數。多數學生，對夏先生這種從來未有的、大膽的革命主張，覺得驚奇與折服，好似長夢猛醒，恍悟今是昨非。這正是五四運動的初步。」見《豐子愷文集・文學卷二》，頁157。

[57] 陸耀東認為中國現代作家文化心理上所受的衝擊，不外出乎以下三方面：中國傳統文化、外來文化，以及現實諸種客觀條件。見《在歷史與現實的交合點上──中國現代作家文化心理分析・序》，頁3－4。而劉艷在〈魯迅小說的繪畫效果及其成因探尋〉一文中，除類似看法之外則另有生發。他指出：就宏觀而言，二十世紀初的中國現代小說家無一例外地承受三種因素的影響：滄桑的時代，悠久的國學，異域的文化。此外，在一種大環境統攝下，又會形成有別於他人的特殊文化修養。見《文藝理論研究》1993年第2期，頁53。本節所提出的思想成因分析，則將「滄桑時代」的影響融匯於中西文化交流的討論中，

外，尤重豐氏在個人「成長環境的造就」下，所形成之思想成因分析。

壹、成長環境的造就

由豐子愷的人生歷程觀察，童年時期的民俗薰染、人格塑造期師長的深刻影響，以及執教後交遊對其思想的多方強化，是形成豐氏氣質有別於眾人的特殊成因。

農村背景的薰陶，首先造就了豐子愷作品的強烈素民性質。若將其童年環境與俞平伯、朱自清等同時代作家作番比較，我們不難發現，豐氏的啟蒙教育，其實更具自然樸拙的生趣。朱、俞之父祖皆曾或任官職，或為彼時之碩學鴻儒[58]；而二人童年所居處之地，又分別為揚州、蘇州等煙花繁華之都。相較之下，豐子愷的父親為不得志的鄉間舉人，加上英年早逝，對豐氏縱有影響，亦僅限於九歲以前詩書典籍的課讀上。倒是豪爽不甘寂寞的祖母，為豐子愷的童年生活增添不少趣味。豐八娘娘性格曠達，識字，喜讀《綴白裘》等舊時小說，亦愛看戲唱戲，良辰佳節尤其不肯輕易放過，必定

而歸結出「傳統文化」、「外來思潮」與「個人成長環境」三項觀察角度。

[58] 朱自清的祖父名則余，號菊坡。曾在江蘇海州擔任十餘年的承審官，負責刑名文牘之類的工作。父鴻鈞亦曾隨菊坡任職江蘇東海，清光緒二十七年才攜眷至高郵的邵伯鎮為官。俞平伯的高祖父俞鴻漸是清朝舉人、詩人，曾祖父俞樾是清代的經學大師，父親俞陞雲則是晚清探花。關於二人的家世背景，詳參陳孝全《散文大師‧朱自清》、許琇禎《朱自清及其散文》，以及孫玉蓉《俞平伯散文選集‧序言》部份。

置辦四時行樂的各種用具。在這等民俗風味濃厚的家庭中成長，自然養成豐氏平易近人的藝術趣味。

此外，豐氏的遊釣之地既是風俗淳厚的石門灣，幼時自亦耳聞目見不少民間藝術。由其晚年的回憶文字可以看出，這些鄉土民情對豐子愷一生的音樂、美術與文學啟蒙，顯然都影響深遠。就音樂言，童年時柴主人阿慶宛轉悠揚的胡琴聲[59]，曾在其腦海中留下深刻印象；就美術教育的啟蒙言，過年時諸如「六神牌」等的剪花剪字[60]，則曾引發他無限興味；再就文學表現而言，民間中元節「放焰口」活動裡召請亡魂的文詞，豐氏亦認為「駢四儷六，優美動人」[61]；而綜合各種藝術手法，將「評彈」演唱得有聲有色的「瘦頭阿三」[62]，尤其教豐子愷畢生難忘。這些自幼形成的民俗薰染，促使豐氏在緣緣堂落成後的數年鄉居生活裡，很自然地參與聽鼓樂、看花燈等民俗活動[63]。而在八年的逃難歲月中，即使身處顛沛流離，他亦不忘對種種民間工藝作美感的鑒賞。豐子愷贊美民間竹籃、竹匣、竹碗等器什「簡樸的巧妙」，心喜竹煙管的富於原始趣味，更歡賞植物油燈造型的單純明快，認為「此乃可獎勵之一種工藝美術品」[64]。凡此種種，

---

[59] 見《豐子愷文集・文學卷二・阿慶》，頁742—743。

[60] 見《豐子愷文集・文學卷二・過年》，頁698—699。

[61] 見《豐子愷文集・文學卷二・放焰口》，頁729—730。

[62] 見《豐子愷文集・文學卷二・四軒柱》，頁739。

[63] 參見《豐子愷文集・文學卷一》的〈看燈〉、〈鼓樂〉諸篇，頁372—379。

[64] 上舉對民間工藝美術品的鑒賞與評價，分見《豐子愷文集・文學卷三・教師日記》頁37—38、52—53、74—75。

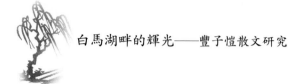

俱可見其長於民間所形成的藝術趣味。日後豐氏所以一再強調文藝「由群眾來，亦當由群眾去」，當是源於此種對民俗入人之深的切身體驗。

除了農村背景的薰陶外，進入浙一師就讀後，李叔同及夏丏尊兩位業師的教誨，無疑對豐子愷樸實的本性有了更深刻的陶養。在「認同危機」方始形成的思想塑造期，李、夏二人對豐氏日後的影響，是全面而深入的。最初，豐子愷深為李叔同多方發展的藝術才能所吸引。李氏在浙一師教習圖畫與音樂，受到學生一致的喜愛，即連素不喜藝術的同學，亦深受其感化，此由豐氏同窗曹聚仁的自白中可以得知[65]。而豐子愷所受感動尤深，他曾自言：「我的崇拜他，更甚於他人。大約是我的氣質與李先生有一點相似，凡他所歡喜的，我都歡喜。」[66]證諸豐氏日後的藝術成就，雖然其漫畫風格與李叔同擅長的西洋畫、圖案畫等並不相類，但他的美術興趣與基本訓練，顯然根源於早年李叔同的指導。而豐氏之孜孜於文藝理論之譯述，亦與其師早年摘錄日本美術家有關繪畫教學的著述，如〈圖畫修得法〉、〈水彩書法說略〉等，用意全同，皆為開西洋藝術理論傳播之風。至於音樂，李叔同早年嘗編寫《國學唱歌集》、《音樂小雜誌》等，可以見出他對音樂普及教育之重視。豐子愷亦曾編就《中文名

---

[65] 曹聚仁在〈記弘一法師〉一文中曾提到：「民國初元，他做我們的美術教師，不獨他的藝術天才在我們眼前閃光，他的語默動止都感化了我們。我自知對於美術並無興趣，也曾為他所鼓舞，發瘋地一早起來唱音階。」見《永遠的弘一法師（二）》，頁 291。

[66] 見《豐子愷文集・文學卷二・我與弘一法師》，頁 369。

歌五十曲》等，並在多篇文藝理論中反覆強調音樂的入人之深[67]。此外，李叔同能詩，但「他不喜歡尖豔，他好陶潛和王摩詰一派的沖淡樸野。」[68]豐子愷對詩歌品味的偏嗜，亦與其相近。甚至在書法的臨帖上，豐子愷也追法其師，致力於《張猛龍碑》之學習。此種亦步亦趨的行徑，充分說明瞭李叔同對豐子愷文藝氣質的影響之深。

但誠如夏丏尊所言，李叔同的教書「是有後光的」，他以其人格為背景而教習諸種學問，因此在文藝修習過程中，特別強調認真的教育精神，與品德重於才藝之觀念。李叔同此種一絲不苟的教學態度，致使豐氏日後無論在進行實際課堂教學，或為文提供中學生修習藝術的具體方法時，都不忘對認真的學習態度多所強調。例如他曾指出音樂的學習法首重嚴正的練習，「帶著笑而任意唱歌的，都不是正當的學習者。他們是以唱歌為遊戲，他們是侮辱聲樂，他們的學習是徒然的。」[69]此中論述便可見到李叔同早年教習豐氏時，所產生的身教影響。李氏日後出家修習律宗，自省自律尤嚴，直至晚年仍秉持此種凡事認真的態度。在這方面，豐子愷顯

---

[67] 如在〈告音樂初步者〉中豐氏言：「故在傳達感情的一點上，音樂比別的藝術，要優勝得多；比其姊妹藝術的詩歌文學，也要優勝得多。」在〈音樂與人生〉中豐氏言：「藝術對於人心都有很大的感化力。音樂為最微妙而神秘的藝術。故其對於人生的潛移默化之力也最大。」而在〈音樂藝術的性狀〉中，豐氏則言：「音樂藝術最富有超時代性……音樂是天生的大眾藝術。」以上引文分見《豐子愷文集‧藝術卷二》，頁 258、《藝術卷三》，頁 287 及《藝術卷四》，頁 431。

[68] 見亦幻〈弘一大師在白湖〉，收錄於《永遠的弘一法師（一）》，頁 86。

[69] 見《豐子愷文集‧藝術卷三‧為中學生談藝術科學習法》，頁 48。

然終生受其感化。「緣緣堂」建造期間的一則軼事,或許可說明此等影響之深。據說當年緣緣堂的地基一邊略斜,呈梯形。木匠為了充分利用空間,起初曾將房屋也造成斜形,當時柱腳都已打好,屋架也已豎起,只等著砌牆了。豐子愷偶來工地巡視,以畫家敏銳準確的眼光一觀察,便發覺房屋的四邊並非直角。他即刻要求停工,並不惜花費數百元,再重打柱石,修正屋架。此事當時在全鎮傳為奇談,而只要略知其成長歷程,便不難發現豐氏此種一絲不苟的態度,正是得自李叔同凡事認真的身教啟發。

李叔同後來對豐子愷產生最大影響者,尤在「出家」一事上。豐氏的接觸佛教、皈依佛教、研讀翻譯佛典、繪就《護生畫集》,乃至與方外友廣洽等的一生交往,皆以弘一為其助緣。由弘一身上,他更領悟到宗教是人生的最高境界,藝術的最高點雖與宗教相通,終究不及宗教對人生體會之深。弘一的棄藝術而入佛教,子愷身雖不能行,然心則嚮往之,此點是他在文章中曾一再提及的。總之,李叔同無論在人生方向或人格陶養上,都給予豐子愷無限啟發,豐氏始終念念不忘。他曾多次為佛徒、為青年講述其師之德性,在諸多文章中,亦反覆對李叔同深致景仰之意,豐子愷一再表示:「弘一法師是我的老師,而且是我生平最崇拜的人。」[70]「弘一法師是我學藝術的教師,又是我信宗教的導師。」[71]由這樣的表白,我們不難看出豐氏對弘一崇仰之深。

---

[70] 見《豐子愷文集・文學卷二・為青年說弘一法師》,頁142。
[71] 見《豐子愷文集・文學卷二・我與弘一法師》,頁368。

　　弘一是豐子愷畢生的精神導師，而夏丏尊所扮演的，則是亦師亦友的角色。在浙一師時，夏為豐氏國文指導老師；入春暉中學後，兩人則又成為同事。對於夏丏尊，豐子愷認為他「與李叔同先生（弘一法師），具有同樣的才調，同樣的胸懷。不過表面上一位做和尚，一位是居士而已。」「李先生……是為了人生根本問題而做和尚的。……他是痛感於眾生疾苦愚迷，要徹底解決人生根本問題，而『行大丈夫事』的。……夏先生雖然沒有做和尚，但也是完全理解李先生的胸懷的；他是贊善李先生的行大丈夫事的。只因種種塵緣的牽阻，使夏先生沒有勇氣行大丈夫事。夏先生一生的憂愁苦悶，由此發生。」[72]這是豐子愷對其師個性的深入剖析。由夏丏尊的行事看來，他對人確實充滿拳拳誠意，且亦十分致力於人格之修養。他深具對苦難的敏感，但又缺乏直視苦難的能力，因而每每多憂善愁，徘徊在消極的逃避與積極的承受之間[73]。此種人格特質對豐子愷的性格不無影響。夏丏尊道德責任感的最直接表現，是其對文化與教育事業的熱忱，他在〈緊張氣氛的回憶〉一文中，曾提及其教書、任舍監時期，「頗努力於自己的修養，讀教育的論著，翻宋元明的性理書類，又搜集了許多關於青年的研究的東西來讀。……自己儼然以教育界的志士自期。」[74]由此可見他對教學之真誠付出。豐氏在兩位恩師的身教感召下，日後亦加入文化教育

---

[72] 以上二段引文見《豐子愷文集‧文學卷二‧悼丏師》，頁 156、159。

[73] 〈怯弱者〉與〈試鍊〉可謂其深刻的自我表白。見《平屋雜文》，頁 1—14、106—108。

[74] 見《平屋雜文》，頁 98—99。

行列。他與夏氏曾一起在春暉中學、立達學園服務，並於開明書店擔任編輯，為《中學生》、《新少年》等刊物共同傾注心血。要之，弘一的廣大慈悲，與夏氏的能仁博愛，融鑄成豐氏以入世為方便，以出世為超脫的文藝與人生思想。從豐子愷身上，不難見到二人品格對其行事影響之深。

除了人格特質的潛化外，夏丏尊對豐氏文藝上的啟導，則彌補了弘一後來不輕言藝事的遺憾。就寫作言，夏丏尊對豐氏的影響，以其師生文風之相近言是顯而易見的。豐子愷在〈悼丏師〉文中曾寫道：「以往我每逢寫一篇文章，寫完之後，總要想：『不知這篇東西夏先生看了怎麼說。』因為我的寫文，是在夏先生的指導鼓勵之下學起來的。」[75]此種指導鼓勵下的最直接啟發，便是樸實風格之繼承，與寫作興趣之持續。

此外，夏丏尊在藝術上其實亦深有造詣。豐子愷嘗言夏氏「自己不作畫，但富有鑒賞力，論畫頗多卓見。」[76]因此在繪畫上，豐子愷亦頗虛心聽取他的意見。抗戰期間夏在內地曾致書子愷，提及繪畫問題。他認為中國畫除了「以人物為主」、「以風景為主」兩種外，人物與風景並重的「第三種畫」尤其值得重視。並勸子愷暫時以此種畫法為目標。觀諸豐氏於抗戰期間的創作，除了保持昔時畫作中「人」的趣味外，尚用了頗多筆墨描繪風景，此種畫風上的轉變，固與其生活環境的變化有關，自另一方面言，亦不能不說係因夏

---

75 見《豐子愷文集‧文學卷二》，頁 160。
76 見《豐子愷文集‧文學卷二‧讀丏師遺札》，頁 86。

丏尊而促成[77]。此外，在〈阮玲玉的死〉[78]一文中，夏丏尊亦提出「文藝大眾化」的看法，足見兩人文藝主張之類近。整體說來，豐子愷的人生路途，受到李、夏的啟迪最大。他的寫作興趣，源自夏丏尊的引導；他的藝術心靈，來自李叔同的啟發；而他對教育的熱忱，以及認真不苟的精神、平易親切的態度，則是李、夏二人的完美融合。豐子愷實在是相容了兩位業師思想深處的精髓，而成就其多姿多采的藝術人生。

　　進入執教生涯後，閱歷的增長與友好間的相互影響，復為豐氏思想注入了新的內容。當年於春暉中學，豐子愷與夏丏尊、朱自清、朱光潛等，隱然形成一同好團體，四人且被並稱為「白馬湖四友」。在教學之餘，「他們談文學與藝術，談東洋與西洋，海闊天空，無所不談，大家感到莫大的樂趣。」[79]豐子愷與二朱相聚時間不長，白馬湖的短暫交往後，諸人便各奔東西。但由散文風格可以看出，豐子愷、夏丏尊與朱自清，顯然都得益於中國古典散文的影響，寫作筆法簡潔老練，各人文風亦較偏向平淡質樸一路。此外，朱自清重視人格品藻、主張內修致善，以及對溫柔敦厚詩教的推崇[80]，於豐子愷應當亦有所啟發。同時於白馬湖期間，豐朱彼此間且有詩詞的交道，離開春暉後，兩人仍神交不斷，

---

[77] 陳星即認為此中夏丏尊的影響是個重要因素。參見《豐子愷的藝術世界》，頁 182。

[78] 見《平屋雜文》，頁 121—124。

[79] 見《回憶父親豐子愷》，頁 42。

[80] 詳參吳周文〈詩教理想與人格理想的互融——論朱自清散文的美學風格〉一文，《中國現、當代文學研究》1993 年 7 月，頁 148—161。

時常由報章雜誌中得見對方作品[81]。此種相交相知、相互影響的過程，應當是畢生持續且滋味久長的。至於朱光潛的興趣則主在美學方面，他雖於留英歸國後，始寫就《給青年的十二封信》、《文藝心理學》諸書，但早在白馬湖時期，各人便常將自身的觀點與他人共用。朱氏後來的美學論著，子愷亦一一拜讀，豐華瞻曾回憶道：「父親對朱先生的論美學的文章也很讚賞。當朱先生的美學思想受到別人指責時，父親說那些指責是不對的。」[82]可見兩人的文藝主張有其類近之處。而豐氏與朱光潛理論文字的深入淺出，亦顯見是本於共同的創作信念。

在此段期間，豐子愷尚加入茅盾、鄭振鐸等人於一九二一年發起組織的「文學研究會」，此點向來較少受論者注意。而長久以來，文學研究會對新文學的歷史貢獻，及其在文學史上的地位雖早有定評，但論者亦每每忽略了該社團曾經發起的「兒童文學運動」，及這場運動所帶來的重大影響[83]。其實依文研會成立時所揭櫫的「為人生而藝術」之主張看來，對當代人類苦痛的關注，自然會促使作家們進一步將目

---

[81] 豐子愷與朱自清間的交往，詳參《回憶父親豐子愷》，頁42─48。

[82] 見《回憶父親豐子愷》，頁54。

[83] 錢理群在論述周作人對兒童文學的探討時曾指出：「一個重要的歷史現象至今似乎還沒有給予足夠的重視：在中國新文學的歷史開端時期，五四新文化運動中曾經出現過一股『兒童熱』。」他並指出當時報刊上曾連續發表有關討論，並出版專門論文集，探討範圍已涉及「兒童文學的哲學觀」層次。參見《周作人論》，頁81─100。此外，王泉根亦有〈略論文學研究會的「兒童文學運動」〉一文，針對此一被忽略的文學史現象提出討論。見《中國兒童文學論文選一九四九─一九八九》，頁704─719。

光轉投於方處於人生起步階段的年幼一代。一九二〇年，周
作人所發表的〈兒童的文學〉一文，可視為新文學史上系統
論述兒童文學之先聲。此後，自一九二二迄一九二五年間，
一批年輕的文學工作者如葉聖陶、茅盾、鄭振鐸、冰心及俞
平伯等，秉持著「為後來者」的強烈使命感，繼承周氏對兒
童的關注，便開始以《兒童世界》與《小說月報》等刊物為
陣地，蓬勃展開了創作、譯介、編輯與研究兒童文學之工作。
葉聖陶的《稻草人》童話系列、鄭振鐸的幼兒圖畫故事、冰
心的《寄小讀者》散文、俞平伯的《憶》詩集等，俱為此段
時期的扛鼎之作。

　　身為文學研究會的一員，與葉聖陶、鄭振鐸、俞平伯等
人又素有交往，在這段期間，豐子愷自然亦曾應同好之邀，
分別寫就了〈華瞻的日記〉、〈給我的孩子們〉及〈兒女〉
等描繪兒童生活情態的作品，發表於《小說月報》上，生動
刻畫了兒童心理與兒童生活的情趣。此外，豐子愷並嘗為《小
說月報》繪製童趣洋溢的兒童漫畫、插圖及封面等，使這份
文學刊物格外充溢一股活躍的童心美。而葉聖陶的童話集
《稻草人》，及俞平伯的《憶》詩集等，亦因有了豐子愷生
動的封面、插圖繪作，而倍增其可讀性。豐氏作品中常洋溢
著對兒童的禮讚之意，此種思想一方面源自該段期間家居生
活的真切體驗，另一方面，文研會同仁間熱烈推動的「兒童
文學運動」，亦在一定程度上激發了他對兒童文學創作的興
趣。其後豐子愷對兒童的關注，並未隨這股文學風潮的日趨
沒落而停歇，他始終延續《小說月報》重視童話創作與譯介
外國文學的信念，畢生致力於童心的護持與兒童教育工作。

一九二七年，豐氏曾譯就日人關寬之〈兒童的年齡性質與玩具〉一文，一九二九年復譯述〈幼兒故事作法研究〉，一九三一年並曾為葉聖陶童話集《古代英雄的石像》作序，至於抗戰期間，豐氏更因對家中幼兒口述童話的需要，創作了不少兒童生活故事。凡此俱為他在早期「兒童文學運動」風潮影響下，所進行的後續研究與創作。可以說，加入文研會對豐子愷關懷兒童之信念，起了一定程度的強化。

除了對兒童之關懷外，豐氏人生信仰的歸趨，尤在於宗教一事上，此點於李叔同出家後，馬一浮則予其更多啟發。馬一浮的博學眾所公認，他是當代理學大師，研究佛經的目的，是想從佛學著作中，找出與儒家心性義理玄學共同之處，可謂為深入研究儒學而學。哲學界曾將馬氏與當時同以研究佛學聞名的湯用彤，並稱為「南馬北湯」。馬一浮雖較弘一年幼兩歲，但因與佛教緣份殊深，弘一乃經常登門求教，其後並賴馬氏接引，而悟道出家。李叔同在俗時嘗自言：「自去臘受馬一浮大士之薰陶，漸有所悟。世味日淡，職務多荒。」[84]出家後他亦常聽馬氏講經。

豐子愷之得識馬一浮，首先因由李叔同之引介。在豐氏十七、八歲之際，李叔同率其前往陋巷中訪馬一浮，當時二人所談的「楞嚴」、「圓覺」等語，在年少的豐子愷聽來仍似懂非懂。弘一出家後，豐子愷於一九二九年與其師合作出版以戒殺為內容的《護生畫集》，馬一浮曾在序文中表明「吾

---

[84] 此言為李叔同於一九一七年致書其高足劉質平時所自述，見錢君匋《李叔同》，頁 60—61。

願讀是畫者善護其心」，一語切中《護生畫集》之精神。此後，豐氏因喪母之慟及緣緣堂題匾[85]等事，與其交往漸密。抗戰起，馬氏由桐廬來信，豐子愷自言「這信和詩，有一種偉大的力，把我的心漸漸地從故鄉拉開了。」[86]於是豐亦惜別親友，往桐廬投奔馬先生。在桐廬短短二十餘天裡，豐子愷與馬一浮常負暄論學，豐由其中深受啟發，對馬氏的博學亦讚佩不已。他指出「無論什麼問題，關於世間或出世間的，馬先生都有最高遠最源本的見解。他引證古人的話，無論什麼書，都背誦出原文來。」馬氏對藝術亦極精通，豐子愷在一次和其論及藝術後記道：「我聽了之後，似乎看見托爾斯泰，盧那卡爾斯基等一齊退避三舍。」[87]之後豐子愷與馬一浮分別，遷往長沙。馬氏仍先後去信八封，希望他為抗戰多寫作。馬一浮在信中鼓勵子愷：「此後撰述，務望盡力發揮非戰文學，為世界人道留一線生機。」[88]此種悲天憫人的宗教精神，影響了豐子愷抗戰期間的諸種創作，他在散文及漫畫中，反覆強調戰爭之殘酷，及中華民族當為人道而戰、為真理而戰的根本信念。此為其宗教情懷受到馬氏感發的真誠展現。

---

[85] 豐氏在緣緣堂建成後，曾商請馬一浮書匾額「緣緣堂」三字，馬氏同時在匾後題偈一首，解釋「緣緣」二字之意義：「能緣所緣本一體，收入鴻蒙入雙眥。畫師觀此悟無生，架屋安名聊寄耳。一色一香盡中道，即此△△非動止。不妨彩筆繪虛空，妙用皆從如幻起。」此偈載於〈告緣緣堂在天之靈〉中，見《豐子愷文集・文學卷二》，頁 57。

[86] 見《豐子愷文集・文學卷二・辭緣緣堂》，頁 139。

[87] 見《豐子愷文集・文學卷二・桐廬負暄》，頁 27—28。

[88] 見《馬一浮評傳》，頁 73。

　　總結以上思想成因的分析，可以看出素民氣質之濃厚，與人格、宗教、藝術之多方薰陶，是豐子愷在其成長環境下所形成的最動人特質。當中關鍵性轉折，則得力於童年時代的民俗習染，與青少年期師長的感發。童年時素民氣質的啟蒙，是形成其日後「文藝大眾化」主張之遠因，而李叔同及夏丏尊，則對豐氏人生路向形成全面而深入的影響。至於執教後諸種文學活動的參與，與交遊的相互影響，不過是在此基礎下，對豐氏童真、文藝與宗教信仰的一再強化。簡言之，豐子愷思想的關鍵成形期，可歸結於其十七、八歲前的人生經歷。

貳、傳統文化的薰染

　　除了成長歷程的特殊成因外，進一步我們尤須注意到，在民初中西交融的環境下，知識份子雖然致力於為本國文化注入新內容，然而另一方面，他們畢竟仍保留了對傳統的吸收與涵納。此等國學浸染，本就是當時讀書人普遍的文化背景，本段即擬以「古典詩詞」及「中國畫論」的薰陶為論述中心，說明傳統文化對豐子愷所形成的影響。

　　豐氏幼時即隨父親於私塾習讀《千家詩》，成年後又自學《白香詞譜》、《隨園詩話》及唐詩宋詞等，長年浸淫於此，致使他對詩詞的藝術品質深有所會。古典詩詞的主題內涵，與豐子愷的人生體驗常彼此扣擊；而其表現形式的特殊性，則更是啟發豐氏諸多文藝理論觀點的根源。子愷曾不只

一次地強調，他喜好「言簡意繁」、深具含蓄美感的藝術；
此種特質，在詩詞中表現得尤其突出。他指出：

> 吾國絕詩，言簡意繁，辭約義富，可謂平凡偉大藝術
> 品之適例。「床前明月光，疑是地上霜。舉頭望明月，
> 低頭思故鄉。」「木末芙蓉花，山中發紅萼。澗戶寂
> 無人，紛紛開且落。」所詠皆極尋常之事，而含意無
> 窮，耐人思索。[89]

類此絕句以短短二十字，集中焦點來寫景、言情，所言雖少，
含意卻多，故為豐氏所深心激賞。豐子愷並由詩詞的鑒賞，
進一步引發對漫畫的美學要求：

> 古人云：「詩人言簡而意繁。」我覺得這句話可以拿
> 來準繩我所歡喜的漫畫。我以為漫畫好比文學中的絕
> 句，字數少而精，含意深而長。[90]

詩詞字數簡約的特質，與漫畫簡筆的表達實有異曲同工之
妙。豐子愷既然將詩詞的表現特點，移諸對漫畫特質的觀察
上；則其散文表現律則，勢必亦受到或多或少的影響，此在
以下各章中將續有驗證。豐氏後來並提出文藝應能由「小中
見大、個中見全」的審美主張，由此我們不難窺見詩詞藝術
對其所形成的潛移默化。此外，在豐子愷言及表現形式的諸
多觀點中，我們還可以看出他借鑒頗多詩詞的藝術成就，來

---

[89] 見《豐子愷文集‧藝術卷四‧平凡》，頁47。
[90] 見《豐子愷文集‧藝術卷三‧漫畫藝術的欣賞》，頁358。

生發其文藝理論。例如豐氏鼓勵讀者當時時吟味詩詞,以體會內中對色彩的描繪、對物象特徵的掌握,以及對萬物有情化的觀察,進一步由此獲得繪畫及為文啟示[91]。因為詩人之眼與畫家之眼根本上正是相通的,因此他強調「習畫應該讀詩」[92]。此等主張自然引發其藝術理論中著重「本相觀察」、「感情移入」及「誇大的描繪」等特點。至於對詩詞「意境美」的體會,則更時時展現於其漫畫與散文藝術的創作手法中,就中尤以漫畫「古詩新畫」系列,表現得最為直接。凡此俱為詩詞藝術對其文藝審美眼光的無形涵養。

以上乃就詩詞形式的普泛表現言。復次,對詩人作品的特殊喜好,亦影響及豐氏的文藝主張。在中國歷代詩人中,豐子愷最推崇者,首推陶淵明與白居易[93]。對白居易,豐氏讚賞其詩的思想內容能反映現實,行文亦平淺易懂,「老嫗能解」。此等風格的偏好,導致豐子愷產生藝術當現實化、當淺近易懂而又能曲高和眾的文學信念與藝術主張。

再就內涵表現觀察,由於豐氏自幼即具備敏於常人的文學氣質,因此他對古典詩詞中所展現的主題,每每深有所感,豐氏曾表示:

> 我從小不歡喜科學而歡喜文藝。為的是我所見的科學書,所談的大都是科學的枝末問題,離人生根本很遠;

---

[91] 以上論點詳參《豐子愷文集・藝術卷二・文學的寫生》,頁 469—485。

[92] 同上,頁 469。

[93] 豐子愷對陶白的喜好,及對二人處事與行文風格之追慕,在豐華瞻〈豐子愷與白居易〉、〈豐子愷與陶淵明〉二文中俱有詳盡闡發。參見《回憶父親豐子愷》,頁 98—106、107—113。

> 而我所見的文藝書，即使最普通的《唐詩三百首》、
> 《白香詞譜》等，也處處含有接觸人生根本而耐人回
> 味的字句。例如我讀了「想得故園今夜月，幾人相憶
> 在江樓」，便會設身處地地做了思念故園的人，或江
> 樓相憶者之一人，而無端地興起離愁。又如讀了「流
> 光容易把人拋，紅了櫻桃，綠了芭蕉」，便會想起過
> 去的許多的春花秋月，而無端地興起惆悵。[94]

中年後豐氏對詩詞的喜好始終未改，且隨著年齡閱歷的增
長，體會愈加深刻。在諸種描寫內容裡，豐子愷最傾心於詩
人慟於無常的情感：

> 在他們的讀者—至少我一個讀者—往往覺到這些
> 部份最可感動，最易共鳴。因為在人生的一切嘆願—
> 如惜別，傷逝，失戀，轗軻等—中，沒有比無常更普
> 遍地為人人所共感的了。[95]

於此可以想見，詩詞中對無常人生之體會，和豐子愷與生俱
來的敏銳氣質，確實有著相發相成的內在關係，此種影響延
續一生。豐氏在中年後寫就的〈看殘菊有感〉、〈無常之慟〉
等文[96]裡，列舉了古詩十九首、陶詩及唐人詩中，藉花、柳、
月等興發無常悲感的詩句，抒一己之議論。在其大量散文作
品中，亦處處可見古典詩詞的引用與意旨之申發。其實花、

---

[94] 見《豐子愷文集・文學卷一・談自己的畫》，頁 468。
[95] 見《豐子愷文集・文學卷一・無常之慟》，頁 614—615。
[96] 見《豐子愷文集・文學卷一》，頁 529—531、614—620。

月等自然狀態作為中國古來詩詞中的主題意象，早已成為一種固定模式。詩人一方面從自然的變化中感受到人生的短暫；一方面亦由自然的永恆中滋生死亡之焦慮，從而產生韶華難久、人生如夢的感慨[97]，當中所寓含的，是作者的無限惜傷。長久下來，古典詩詞中的這些主題意象，實已將生命、自然與時間融為一體。豐子愷對人生的思考，顯然亦由其中得到無盡暗示。試舉〈看殘菊有感〉一文為例，起始豐氏雖曾受「水災求賑」的時事影響，而將凋殘的冬菊聯想為「伏在地上的一群襤褸的難民，正在伸手向人求施」，然而此等頗具現實意義的聯想，究竟不及歷來詩詞中，「落紅」所涵蘊的暗示來得深刻。豐子愷在輕輕點出對百姓的悲憫後，隨即將筆鋒一轉，導入個人生命的惜傷，而後全文俱以無常之嘆鋪陳。此等思維方式，明顯仍是對傳統意象的直接沿用，可見詩詞內涵對其人生思考確實有所影響。

此外，在生命情調的抉擇上，隱逸詩人陶淵明的特殊氣質，顯然也為豐氏提供了一種應世態度的典範。淵明恬淡自居，不為五斗米折腰，在生活上表現出安貧樂道的高士風格。而在文風上，儘管單純自然的詩體，與其時富艷難蹤的時代風尚全不合拍，但他依然堅持以此作為自身人格的表徵，從不趨俗媚世。陶詩中所歌頌的農村風光與田園生活，是淵明躬耕其間的深刻體會，也是他對自然美的表現與展示。而豐子愷所企慕的生活型態，實與其不謀而合。他厭倦都會的擾攘虛偽，偏愛山水間的清靜自然，一九三三至三七

---

[97] 見《死亡·情愛·隱逸·思鄉——中國文學四大主題》，頁57。

年間，豐氏於家鄉自築緣緣堂，四、五年中生活於農村，也寫就了諸多反映民間情態的作品，〈鼓樂〉、〈窮小孩的蹺蹺板〉等俱為彼時之佳作。此外，八年抗戰期間，豐子愷在重慶自建沙坪小屋，所過的亦是淡泊清靜的生活。一九四七年住杭州裏西湖時，豐氏則頗以「居鄰葛嶺招賢寺，門對孤山放鶴亭」[98]自得。凡此種種，俱是豐氏本性的自然流露，而非矯俗以干世。在豐華瞻日後寫就的回憶文字中，嘗提及其父「一生熱心於藝術，而鄙視宦途。他靠微薄的稿酬養活一家，過粗茶淡飯的生活。」[99]抗戰期間及其後，曾有為官者多次許豐氏高官厚祿，要他出仕，但豐子愷俱堅決謝絕[100]，他寧可貧賤而快樂。

　　豐氏不僅在待人處事上，追慕陶淵明不慕榮利、自然率真的風格；在作畫寫文時，亦屢屢引淵明詩句為題材。此外，他尚以陶詩作為家訓期勉子女。豐華瞻記錄父親取「人生歸有道，衣食固其端」句勉勵孩子：做人要歸於「有道」，衣食只是做人的基本條件而已。豐華瞻並回憶：「我在貴州讀

---

[98] 當時豐子愷的居處背靠寶石山葛嶺，門對孤山放鶴亭。該副對聯係友人為其編撰。

[99] 見《回憶父親豐子愷》，頁108。

[100] 根據豐氏子女回憶，他曾對家人言及：「我如想要做官很容易，只要兩個字：吹，拍。」但凡此皆其不屑為之，他寧可「終年帝城裡，不識五侯門」。參見豐一吟等著《豐子愷傳》，頁127。此外，陳星亦嘗記錄一則軼聞：一九三六年左右，當時縣長毛象坤仰慕豐子愷名氣之大，曾事先差人前往豐府預先告知即將來訪，請稍作準備。未料子愷聽聞此消息後，即遣女兒將「子愷有恙，謝絕訪客」之紙條貼於大門。可見豐子愷對名利之淡泊與不屑。參見《人間情味豐子愷傳》，頁205—207。

高中時，父親寫了一張陶詩寄給我，用以勉勵。寫的詩是〈榮木〉四首。其最後一首是：『先師遺訓，餘豈雲墜。四十無聞，斯不足畏。詣我名車，策我名驥。千里雖遙，孰敢不至？』後面寫：『書寄華瞻修文高中座右。』」[101] 此段詩句在豐氏〈不惑之禮〉、〈讀丐師遺札〉等文中亦嘗記載[102]，可見豐子愷畢生受淵明影響之深。

　　人格與生活態度的獨特之外，陶詩對「自然」深加讚美的另一面，其實尚包含了強烈的反物質文明傾向。他的反文明不僅是歸向自然，而且歸向一種生活方式，〈桃花源記〉及詩可說是此種主題的最集中體現[103]。就此點言，豐氏亦與淵明同調。由豐子愷的童話作品中可以看出，豐氏實已將其對桃源世界的嚮往，寄託於純真的兒童世界中。他在一九四七年曾分別寫就〈赤心國〉、〈明心國〉兩則童話故事，無論在架構或主題表現上，都明顯可見〈桃花源記〉的影響痕跡。此外，在散文作品中，豐子愷亦一再提及物質文明對人類社會的斲傷，他認為文明與道德往往反其道而行，文明的增長非但不與道德的完善同步，反而以道德的墮落為其代價。為此豐氏強烈厭棄文明世智，他對科學所帶來的種種便利並不貪戀，反而認為「科學的抵抗自然的努力，可憐得很；地殼形成的時候偶然微微凹進了一塊，科學就須費數千百人的頭腦和氣力來營造船舶，才得濟渡這凹塊。……陶淵明詩云：『榮華誠足貴，亦復可憐傷。』現代科學的榮華正是如

---

[101] 見《回憶父親豐子愷》，頁 110—111。
[102] 見《豐子愷文集‧文學卷一》，頁 644—645，及《文學卷二》，頁 89。
[103] 見《死亡‧情愛‧隱逸‧思鄉——中國文學四大主題》，頁 147—148。

此。」[104] 凡此種種皆在一定程度上，反映了豐子愷反物質文明的觀點，也反映了陶詩對豐氏所產生的深刻影響。

　　除了詩詞的長期薰染外，由豐子愷的文藝理論文字中觀察，亦可明顯看出，儘管他對西方美學思想有頗多介紹，但相對地，對於中國傳統畫論的觀點，豐氏亦未嘗輕忽。就其文藝主張言，豐子愷曾提出「重氣韻」、「尚人品」及「講求意義」等觀點，三者俱直接間接受到傳統畫論的影響。

　　自東晉顧愷之總結前人繪畫經驗，提出人物畫藝術的關鍵在於「傳神」後，中國畫法遂漸由形似的講求，進於對人物氣韻的重視。其後，鄭椿於《畫繼》中又嘗言：「世徒知人之有神，而不知物之有神。」張彥遠於《歷代名畫記》中亦言：「生物有可狀，須神韻而後全。」此外，《芥舟學畫編》中又有這樣的話：「天下之物，本氣韻所積成。自重岡複嶺以至一木一石，皆有生氣，而其中無不貫。」[105]此種繪畫講求「氣韻生動」的論點，對豐子愷顯然影響鉅大。本此理念，他觀察王維畫中的點景人物，並指出其描畫人物的特色，在於把人「也當作一種自然，不當作有意識的人，不必有目，不必有鼻，或竟不必有顏貌。與別的自然物同樣地描出。」[106]如是的創作理念，後來自然展現於其漫畫創作中。豐氏自言：「作畫意在筆先。只要意到，筆不妨不到，非但筆不妨不到，有時筆到了反而累贅。缺乏藝術趣味的人，看

---

[104] 見《豐子愷文集·文學卷一·憐傷》，頁283。
[105] 以上諸種畫論論點在豐子愷文中俱有所引述。見《豐子愷文集·藝術卷二·文學的寫生》，頁471。
[106] 見《豐子愷文集·藝術卷一·中國畫的特色——畫中有詩》，頁47。

了我的畫驚訝地叫道：『咦！這人只有一個嘴巴，沒有眼睛！』『咦！這人的四根手指黏成一塊的！』甚至有更細心的人說：『眼鏡玻璃後面怎麼不見眼睛？』對於他們，我實在無法解嘲……。」[107]可見中國畫論講求神韻、重視氣韻生動的觀點，豐子愷已在其漫畫創作中具體實踐。他並且強調，西方美學的「感情移入」、「美的無關心」說等論點，其實早在南齊時，便被謝赫的「氣韻生動」說一語道破[108]。可見在追尚西方美學思潮之際，豐子愷亦將現代美學學說與中國傳統畫論，作了完整的理解與溝通。

　　至於對人品的重視與講求，豐子愷於早歲便深受李叔同啟發。其後研讀中國畫論，更體會到傳統對畫家人品的講求。郭若虛謂：「……竊觀古之奇跡，多軒冕之才賢，岩穴之上士，依仁遊藝，探跡鉤深，高雅之情，一寄於畫也。人品既高，氣韻不得不高。氣韻既高，不得不生動。所謂神之又神而能精。」[109]此係氣韻出於人品的主張。豐子愷因此指出：「東洋畫家素尚人品，『人品既高，氣韻不得不高』，故『畫中可見君子小人』。」[110]。美的價值即人格生命的價值，豐子愷對此點深有體認，因此他畢生身體力行，致力於人格之涵養。就這方面言，豐氏的信念當是根源於李叔同之教誨；而中國傳統畫論，則起了強化之功。

[107] 見《豐子愷文集・藝術卷四・漫畫創作二十年》，頁388─389。
[108] 見《豐子愷文集・藝術卷二・中國美術的優勝》，頁528。
[109] 轉引自《豐子愷文集・藝術卷二・中國美術的優勝》，頁529。
[110] 見《豐子愷文集・藝術卷一・《谷訶生活》序》，頁299。

　　此外，豐子愷認為藝術領域中，若依描寫題材區分，則有「純粹藝術」與「不純粹藝術」兩種。前者注重畫面，後者注重內容。就接受程度言，純粹畫趣的繪畫宜於專門家的賞識，屬入文學意義的繪畫則適合一般人的胃口。而就東西洋的表現方式言，雖然二者各皆兼有兩類繪畫，但中國畫顯然較傾向於「不純粹藝術」，多注重在畫中表現詩趣，所謂「畫中有詩」是也。相較之下，西洋畫則較傾向於「純粹藝術」，著意於繪畫色彩、光影等的形式表現。以豐子愷的個人觀點而言，他認為「人生的滋味在於生的哀樂，藝術的福音在於能表現這等哀樂。……在繪畫中描點人生的事象，寓一點意思，也是自然的要求。」[111]可見豐氏較推崇畫中別有意境與涵意的藝術，亦即「中國化」的藝術。

　　再就創作的實踐層面言，論者俱曾指出竹久夢二對豐子愷的漫畫創作影響最大。然而在竹久夢二之前，豐子愷亦嘗語及另一位啟發其繪畫風格之先進：陳師曾。早於一九一二年，李叔同任職《太平洋畫報》期間，便曾在報上接連發表了陳師曾的十餘幅作品，對全國影響頗大。豐子愷彼時亦深有所感，他後來並且回憶道：「我小時候，《太平洋畫報》上發表陳師曾的小幅簡筆畫〈落日放船好〉、〈獨樹老人家〉等，寥寥數筆，餘趣無窮，給我很深的印象。」[112]豐氏雖未明言自己的漫畫創作承襲陳風，然而由作畫技巧觀察，其畫面的篇幅、筆法與意境，與陳師曾皆有一定程度的聯繫。此

---

[111] 見《豐子愷文集・藝術卷一・中國畫的特色——畫中有詩》，頁38。
[112] 見《豐子愷文集・藝術卷四・漫畫創作二十年》，頁387。

外，豐子愷漫畫中的文學意味，亦與陳氏所倡「含有文人之趣味，不在畫中考究藝術上之功夫，必須於畫外看出許多文人之感想」[113] 的觀點互相吻合。由此又可證中國畫重意不重形的表現手法，對豐子愷漫畫所產生的影響。

總結以上之探討，我們可以得出兩點結論：其一，傳統畫論與文人畫風，在豐子愷的文藝理論及漫畫風格中，俱有所承襲。由此層面言，豐氏的藝術理論及創作，容或有外來思潮影響之跡，但其本質實仍是相當中國化的。其二，詩詞是中國古來文士人生經驗最精簡的總結，豐子愷不僅對其言簡意繁的表現形式嘆賞有加，同時亦藉著對內容的體味，為自身的生命內涵，注入了更深刻的思考層次。可見中國繪畫的承襲，與古典詩詞的薰染，對豐子愷藝術與人生思想之形成，實有著深遠啟發。

參、外來思潮的衝擊

本段的「外來思潮」所指涉者，一為西方美學思想之衝擊，一則為日本文藝對豐子愷所形成之影響。先就西潮的席捲言。早期中國美學家的理論基礎，大多係經由對西方思想的吸收而形成，即以初始的倡導者王國維、蔡元培、魯迅等人而論，亦皆是先從西方美學取來火種，方才開創出種種美學研究。至於二、三十年代的中國，則更是外來文化衝擊劇烈的時期，彼時林林總總的西方思潮，無不以狂暴之姿襲捲

---

[113] 轉引自陳星《豐子愷的藝術世界》，頁 22。

中國，康德、叔本華、尼采、佛洛伊德，以及移情論、直覺論、距離論、意識流、原欲說等，都一一被引介[114]。知識份子處於此一思想龐雜多樣的時代，自然必須對西方各種美學經典著作，作有效的吸收。由諸多美學家的譯述文字觀察，當時已成歐洲美學思想主流的康德、克羅齊學說，在中國亦獨領風騷。康德之「美的無關心說」及克羅齊的「直覺論」，在朱光潛等代表作家的美學著作中，屢屢受到引介、闡發與申述。此外，谷魯斯的「心理距離說」、立普斯的「移情說」等，在彼時亦風行不輟。

豐子愷嘗言己「也學歐風不喜專」[115]，其文藝理論文字中，亦有對康德、立普斯等人觀點的引述[116]，可見當時諸多美學家所關照的重要論點，豐氏亦多所接觸。除此之外，對西方及日本文藝理論作品的譯述工作，亦成為豐子愷思想的重要來源。鑒於教學所需，豐氏翻譯了頗多日本文藝家著作，如上田敏的《現代藝術十二講》、森口多里的《美術概論》、阿部重孝的《藝術概論》等。而正如大部份留日學生對日本文藝理論所抱持的態度般[117]，豐子愷對日本作家作品的譯述，亦著重經由其介紹世界文藝思想的媒介功用，上引

---

[114] 見《中國現代美學叢編·前言》，頁3。

[115] 見《豐子愷文集·文學卷三》詩詞部份，頁790。

[116] 如〈中國美術的優勝〉一文即嘗提及。見《豐子愷文集·藝術卷二》，頁528。

[117] 鄭清茂在〈日本文學思潮對中國現代作家的影響〉一文中指出，民國初年一般留學生對日本文學興趣之所在，主要著眼於其作為外國文學介紹者的功能；而日本對中國現代文學發展所作的最大貢獻，主要亦是作為西方思想影響的一個渠道，此在文學理論方面尤為明顯。參見《中國現代文學的主潮》，頁1—31。

諸書便是對西方現代藝術的簡要介紹。再以廚川白村而論，其成就並不在文藝理論的獨創研究，而在對歐美文學知識之介紹，及近代思潮的闡釋上，因此論者一般都將廚川白村定位為優秀的文藝「理解者」與「介紹者」[118]，由此可見日本文藝理論作品轉介西方美學的特質。豐氏在翻譯《苦悶的象徵》一書過程中，顯然亦經由廚川白村的理解，對托爾斯泰、立普斯諸人之論點予以吸收，可見豐子愷雖然翻譯頗多日文藝術理論，但其養料的攝取，顯然仍源自西方。在閱讀與譯述雙頭並進下，西方美學遂成為豐子愷文藝思想的一個重要來源。

　　值得注意者，在諸種美學論著中，托爾斯泰的《藝術論》對豐氏顯然影響深遠。托爾斯泰的主要觀點，在闡明其理想中之真正藝術：

> 如要正確的斷定藝術，應當先不要把他看作快樂的方法，而視之如人類生活條件中之一部。如能這樣的觀察藝術，我們便可以發現藝術是人類互相交際方法之一。
>
> 高尚的藝術目的所以成其為高尚的，是因為他們為眾人所明白並且為眾人所達得到。……所以如果藝術不能動人，便不能說這是由於觀者聽者的不明白，而由此可以斷定：這個不是壞的藝術，便根本不是藝術。

---

[118] 見顧寧譯《苦悶的象徵・關於廚川白村》一文，頁 1。此外鄭清茂在〈日本文學思潮對中國現代作家的影響〉一文中亦有類似觀點，他指出廚川白村自逝世以來，被認為既不是有創見的思想家，亦不是個大作家，而係「成功而值得信賴的西方思想傳送者」。同上註，頁 23。

> 總而言之：好的，大的，普遍的，宗教的藝術，不明
> 白的人不過是一小部份的惡劣階級，而決不是大多數
> 樸實清潔的勞動人民。[119]

由以上引文可見托爾斯泰對藝術的看法，正與豐氏「藝術大
眾化」之主張若合符節。對尼采和托爾斯泰要求簡單、明快、
通俗而能「曲高和眾」的音樂觀，豐子愷曾一再明白表示支
持[120]，甚至其重視舒伯特甚於貝多芬的論點[121]，亦隱然有托
爾斯泰在《藝術論》中對村婦歌唱與貝多芬音樂作比較的影
子在[122]。豐子愷在其文藝理論中，雖然一方面提醒讀者，托
爾斯泰對高深藝術之極端排斥稍欠中肯，然而另一方面，他
亦能以持平的態度，適度接受當中某些「文藝大眾化」的理
念，認為此乃提高大眾藝術素養的先決條件。此外，豐子愷
亦曾對托爾斯泰「以愛為本，以善為歸」的藝術主張深加讚
賞[123]。豐氏文藝理論中的類此觀點，所產生源頭雖未必根源
於此，然而托爾斯泰的主張，無疑在一定層面上強化了他的
文藝信念。是以豐氏不但翻譯《藝術論》，同時對托爾斯泰
的部份論點，亦屢作引述與推介。

---

[119] 以上三段引文分別見托爾斯泰《藝術論》，頁 61、148、150。

[120] 見《豐子愷文集・藝術卷四・音樂藝術的性狀》，頁 434—438。

[121] 豐氏曾表示：「我私淑修裴爾德（按：指舒伯特）在裴德芬（按：指
貝多芬）之上。大概是為了裴德芬專作長大的器樂曲，交響樂，朔拿
大（按：指奏鳴曲），不易引起非專門者的我的興味；修裴爾德多作
小小的歌曲，……容易使一般人愛好的原故。」見《豐子愷文集・藝
術卷一・修裴爾德百年祭過後》，頁 289。

[122] 見托爾斯泰《藝術論》，頁 192—194。

[123] 見《豐子愷文集・藝術卷四・平凡》，頁 48。

以上所言係西方美學思潮的普泛影響。再結合當時的時代環境作番考察，則不難發現，除了上舉諸家文藝論點的吸收外，在時勢趨導下，其時的美學家尚關注於以下數個論題的討論。一是中西文化的比較問題。自蔡元培就中西之繪畫、雕塑等作過簡單比照後[124]，便為其後學者對中西藝術的深入比較，提供了基礎。在三、四十年代作家的文藝理論作品中，鑒於外來思想的劇烈衝擊，有頗多作家由中國畫論自形似達至傳神的審美要求論起，進一步比較中西畫論的異同。如宗白華嘗有〈論中西畫法之淵源與基礎〉[125]等文，俞劍華有〈寫形不難，寫心惟難〉之作[126]，林風眠則有〈東西藝術之前途〉[127]等。比較的目的本是為了求進步，因此中國美術的前途與歸向，遂成為其時美學家關注的第二焦點。關於此，葉秋原嘗寫就〈思想動搖期中之中國藝術界〉[128]，林風眠則有〈致全國藝術界書〉、〈中國繪畫新論〉[129]等文。此外，對創作真誠度的要求，亦是美學家們所孜孜從事的。此點「求真」態度，自五四以來便已形成悠久的傳統[130]。至

---

[124] 參見敏澤《中國美學思想史・第三卷・第五十七章》，頁636—637中，對蔡元培所作論述。

[125] 見《美學散步》，頁123—140。

[126] 見《中國現代美學叢編》，頁491—503。

[127] 見《藝術叢論》，頁1—16。

[128] 見《藝術之民族性與國際性》，頁39—50。

[129] 見《藝術叢論》，頁17—46、105—134。

[130] 龍泉明在《在歷史與現實的交合點上──中國現代作家文化心理分析》一書中，對魯迅、胡適諸人此方面的論點曾有所闡發。此外，他對創造社成員「求真」的信念尤多所推崇：「創造社的郁達夫提出『唯真唯美』的原則，其『真』主要是內在情緒的真摯抒發。成仿吾也說，沒有真摯的熱情就沒有文學的生命。在中國文學思想史上，像這樣重

於對文藝大眾化、民族化的主張，則更是順應當時的時代背景而生發[131]。既有對以上諸議題的熱烈討論，則豐子愷的文藝思考進路，亦不免受到時代影響，而對類此問題多所關注。在豐氏諸多作品中，〈中國畫的特色〉、〈西洋畫的看法〉[132]等文，所作便是中西繪畫的比較；〈中國美術的優勝〉、〈談中國畫〉[133]諸篇，則多涉及國畫的討論，並針對國畫不合時宜處，試圖提出解決之道；此外，文藝創作所須抱持的真誠態度，及大眾化、民族化的主張，在豐子愷的藝術理論中則俯拾俱是，可見當代討論課題對其所產生之影響。

　　在外來思潮的衝擊上，最後尚須一提者，是遊學日本對豐子愷所產生的諸種啟發。此又可就漫畫與文學兩方面分別言之。豐氏對日本漫畫家投注最多關注者，首推蕗谷虹兒與竹久夢二，而竹久夢二的作品，尤其成為豐氏漫畫最主要的仿效對象。在〈繪畫與文學〉[134]一文中，豐子愷述及自己與夢二漫畫的結識因緣，同時對其作品擇要介紹。在〈談日本的漫畫〉[135]、〈漫畫的由來〉[136]等文中，語及日本畫壇現況

視感情的真實，把感情的真實視作文學的本質、文學的源泉的文學流派（按：指創造社），尚無第二個。」（頁223）對照前後文可知，龍氏於該段分析中所指涉之真，一為反映現實生活之「真實」，一則為文學情感表現之「真誠」，二者俱為豐子愷所抱持之文藝信念。

[131] 對日抗戰開始後，基於民族自救心理，及順應時代要求所作的文藝思考，一般文藝理論家更注意提倡文藝的大眾化與民族化。此與豐氏一向的主張不謀而合。

[132] 見《豐子愷文集・藝術卷一》，頁34—51、81—96。

[133] 見《豐子愷文集・藝術卷二》，頁514—545、613—614。

[134] 見《豐子愷文集・藝術卷二》，頁486—495。

[135] 見《豐子愷文集・藝術卷三》，頁404—421。

[136] 見《豐子愷文集・藝術卷四》，頁264—273。

時，亦不忘對夢二的畫風做番簡要述評。豐氏對竹久夢二的偏愛與稱贊，實意味著某種程度上的共鳴。首先，竹久夢二著重民俗風情描寫的小畫，一方面符合豐氏以廣大人生為描寫對象的入世情懷；一方面亦具有行遠及眾的功能，與豐氏「文藝大眾化」的理想相一致。其次，夢二畫中所富含的人情味與哲理味，亦與豐子愷向來主張文藝內容當「以善為美」的要求相合。然須強調者，夢二以毛筆為工具的速寫筆法，在形式上實與中國書法相通，豐氏在夢二畫風的基礎上，實已滲入了中國民間的藝術趣味，從而創造出漫畫的新生面，可見豐子愷漫畫的本質，實仍是相當中國風的，此在上文業已提及。

除了竹久夢二漫畫對豐氏所產生的影響外，在日本文學作品中，他尤其鍾情於夏目漱石的〈旅宿〉與紫式部之長篇名著《源氏物語》。《源氏物語》的翻譯，後來成為豐子愷晚年文學工作的重點，而紫氏部文風之典雅簡樸，在《緣緣堂續筆》的諸多回憶文字中，亦可見到影響之跡。至於〈旅宿〉，則更因作者夏目漱石與豐氏文藝氣質之相近，而備受其青睞。此篇小說記述一位中年畫家厭惡都市生活，為躲避塵囂，乃隻身前往偏僻的鄉下消閒度日，熟思冥想，藉以體味自然，享受超離世俗的生活。夏目漱石於內中所反映的，一方面為其生活體感，另一方面實亦為他「在東方思維和西方文明、在虛幻理想與殘酷現實、在迂腐守舊與拜金大潮之間的艱辛求探與慘痛折磨。」[137]我們試行深入檢視此部作

---

[137] 見于雷譯《我是貓》譯者前言部份，頁 2。

品，便可得到以下數點線索。首先，豐氏與夏目漱石所處的時代背景，恰巧俱為東西文化交匯時期，因此在看待歐亞二洲的藝術交流時，自會有某些共同的文藝觀點[138]。其次，夏目漱石在《旅宿》中以一個畫家的視點作文學的寫生與抒發，他認為繪畫與文學的觀點應該是相通的，實際上，書中的畫家其實也是個詩人。此種觀察世事的視點，亦是豐氏在其文藝理論中所屢屢強調者。《旅宿》中所呈顯的文藝觀察，在某些方面與豐子愷觀點有著驚人的一致性[139]，試引述其小說中數段文字以作比較：

> ……忘掉實在的自己，而用純客觀的眼光觀察時，自己才能成為畫中人物，與大自然的景色保持美麗的調和。
>
> 可怕的事物，只要露出本來的面目，也可以成詩。恐怖的事物，如能離開自己，只單獨成為恐怖的事物，也可以入畫。失戀能成為藝術的題材，也完全如此。忘掉失戀的痛苦，只客觀地想著其優雅之處，值得同情的地方，令人憂傷的事實，或再進一步想著橫溢失戀之苦的種種，就可以成為藝術的題材。[140]

---

[138] 古田島洋介認為夏目漱石的《旅宿》，係以他和名叫「那美」的女主角間的交往為經，歐亞二洲的藝術論為緯所寫就之作品，他名之為一部「思想性的藝術小說」。此篇評述收錄於當代世界小說家讀本《夏目漱石》，頁169—178。

[139] 夏目漱石與豐子愷論點的一致性，已有論者做過詳細的比較，詳參楊曉文〈夏目漱石與豐子愷〉一文。

[140] 上引二段譯文見當代世界小說家讀本《夏目漱石·草枕（即旅宿）》，

以上所言實即豐子愷在語及對藝術的詮釋態度時，所強調須與自然、世事保持「客觀距離」，以得見事物本相的觀點。此外夏目漱石又言：

> 我人俗稱的畫，是把目前的人事風光原原本本地，或透過審美的眼光移到畫布上而已。……如想出人頭地更上一層樓，就必須把自己所感覺到的物象，加上自己所感受到的情趣，淋漓盡致地表現在畫布上。把一種特別的興趣，寫放在自己所捕捉到的森羅萬象之中，便是這類藝術家的主要旨意。[141]

此處又強調客觀物象外，「主觀個性」之抒發，凡此俱與豐子愷的論點處處契合。其他如二人對藝術家的近似理解，與對「以善為美」理念的共同堅持等，在《旅宿》一文中俱可得見，與豐氏文藝觀恰巧互為補充。可見豐子愷對夏目漱石的激賞，實在其來有自。

　　而豐氏對〈旅宿〉產生最大共鳴之處，尤在於其中「揄揚大自然」與探索人生哲理、宇宙奧秘的諸多觀點。在豐氏的隨筆文字中，由早歲迄於晚年，皆曾援引〈旅宿〉語以印證自身的體感。在〈秋〉一文裡，他寫道：

> 夏目漱石三十歲的時候，曾經這樣說：「人生二十而知有生的利益；二十五而知有明之處必有暗；至於三

十的今日，更知明多之處暗亦多，歡濃之時愁亦重。」
我現在對於這話也深抱同感……[142]

這是豐氏在行年三十之際，對這位日本作家經驗之談所產生
的深切共鳴。而在晚年歷經滄桑之後，他愈發將夏目漱石的
感觸引為知己之言：

> 夏目漱石的小說〈旅宿〉（日本名〈草枕〉）中有一
> 段話：「苦痛、憤怒、叫囂、哭泣，是附著在人世間
> 的。我也在三十年間經歷過來，此中況味嘗得夠膩了。
> 膩了還要在戲劇、小說中反覆體驗同樣的刺激，真吃
> 不消。我所喜愛的詩，不是鼓吹世俗人情的東西，是
> 放棄俗念，使心地暫時脫離塵世的詩。」[143]

為此，豐子愷盛讚夏目漱石「真是一個最像人的人」，因為
他能適時擺脫世俗塵網的羈絆，遂得享有心靈的一片明淨樂
土，此點為豐氏所深心贊許。此外，在〈塘棲〉文中，他又
援引夏目漱石語：

> 夏目漱石的小說〈旅宿〉（日文名〈草枕〉）中，有
> 這樣的一段文章：「像火車那樣足以代表二十世紀的
> 文明的東西，恐怕沒有了。把幾百個人裝在同樣的箱
> 子裡驀然地拉走，毫不留情。把裝進在箱子裡的許多
> 人，必須大家用同樣的速度奔向同一車站，同樣地薰

---

[142] 見《豐子愷文集‧文學卷一》，頁 164。
[143] 見《豐子愷文集‧文學卷二‧暫時脫離塵世》，頁 662。

> 沐蒸氣的恩澤。別人都說乘火車，我說是裝進火車裡。
> 別人都說乘了火車走，我說被火車搬運。像火車那樣
> 蔑視個性的東西是沒有的了。……」[144]

此處對夏目漱石嫌惡物質文明，重視個性的態度亦甚感心有戚戚焉。就很多方面看來，這種影響的形成也實在其來有自。夏目漱石是日本作家中，深具中國古典文學深厚素養的一位，在其創作中時有中國文人的詩詞典故出現。而對陶淵明的淡泊與王維的悠閒，他尤有偏愛，〈旅宿〉本身可說便是一部桃花源記風格的作品。而豐子愷散文中所透顯的氣質，在日本作家筆下亦被評為：「如果在現代要想找尋陶淵明、王維那樣的人物，那麼，就是他了吧。」[145]二人對陶淵明平淡生活情調的偏愛，可說是促成豐子愷對〈旅宿〉產生共鳴的內在因素。

由以上之檢視我們不難看出，在接受外來思潮影響的過程裡，豐子愷對西方美學的攝取，其實並未形成較他人與眾不同的觀點，此自有其學力背景與時代環境的限制。倒是對日本文藝的重點吸收，反而造就他特殊的漫畫成就與別具風格的藝術體會。竹久夢二的畫風，在豐子愷筆下有了成功的轉化；夏目漱石的〈旅宿〉，對豐氏人生觀、文藝觀的影響，亦持續一生。而對這兩位日本文藝工作者的偏愛，又是豐子愷基於個人才調之相近所作的抉擇。由此我們或許可得到如

---

[144] 見《豐子愷文集‧文學卷二》，頁 673。
[145] 此為吉川幸次郎語。谷崎潤一郎〈讀《緣緣堂隨筆》〉中曾有所引述。
見《豐子愷文集‧文學卷一》，頁 112。

下啟示：作家的個人氣質與觀察視野，在其創作過程中，往往起了決定性的影響。因此如何善用個人特質，有意識地進行思想的發揮與補充，當是值得吾人深思的。

　　總結本節所言，豐子愷在傳統文化的薰染中，猶不忘對外來思潮多方吸收涵納，由此形成其豐富的文藝、人生思想體系。而在此等融合的過程裡，童年時的民俗薰染，與少年期的師長啟發，對其知識之接受取捨，尤其起著決定性的影響。值得注意的是，豐子愷始終本其先天的氣質傾向，自覺或非自覺地揀擇與其才質相近，或文藝理念共通者為學習對象，如夢二，如漱石。而執教後的友好同事，如夏丏尊、朱自清、葉聖陶、鄭振鐸諸人，顯然又各與其有某些共通的特質，這些因素環環相扣，彼此互為因果，從而形成了豐子愷一生的人品、文品與畫品。

第三節　小結

　　在本章的論述暫告一段落前，我們不妨再就整體思考進程作一重點歸納：對於豐子愷成長背景的瞭解，乃是為了作為詮釋作品之預備。而在探討過程中，我們首先對其生平經歷作縱時性的回溯，而後復將此個人成長進程置於時代的大背景下，從中鉤勒其思想成因，由此作並列式的分析。經由如是探討，我們發現在豐子愷思想形成的過程中，他所多方借鑒的典範，或為靜態的文藝作品，或為活潑的人物行止，可見豐氏實是由知識的廣泛吸收，與生活的多方歷鍊中，去架構其整體思想體系。

在此思想成因的追溯過程裡，有兩點特殊現像是值得吾人提出討論的。

　　首先，無論是縱向的瞭解或橫面的剖析，在豐子愷的生命進程中，始終有一樞軸貫穿其整體的人格思想，此即「自我認同」階段中，李叔同、夏丏尊對豐氏所形成的啟導。一九一四至一九二一年的學習生涯，對豐子愷可謂影響至深，他的文學創作與藝術風格，於此段時期深受啟發。而就性格的養成而言，李、夏兩位業師，對豐子愷影響尤鉅：李叔同飄然不群的出世行徑，與夏丏尊憂國憂民的入世情懷，分別造成豐子愷性格上的兩個不同面向。此後，在面對各階段的人生考驗時，豐子愷的因應態度，亦每每可見出世與入世交相遞嬗之跡，此種性格表現，顯然受到二師不同程度的影響。而比較起來，李叔同對豐氏的啟導尤大，無論在人格陶冶、行事理念、藝術學習或宗教信仰上，李氏都對豐子愷起了決定性影響。

　　此等思想的塑造自有其正面意義，在前文已經詳述。然而，我們亦不應忽略負面影響的檢討。在子愷思想成因的尋繹過程中，可以發現，由於李叔同對豐氏人生路向的籠罩面太大，因此子愷儼然成為弘一的影子。就較嚴苛的觀點言，他的諸種學習層面，雖都追慕其師，亦步亦趨，然而在自我格局的開展上，寬闊性仍有不足。此外，修習律宗的弘一法師，無論在執教時或出家後，都一本認真嚴肅的態度行事。此種生活理念誠然可敬，然而在實際行為的踐履上，實應掌握其精神，而不必拘泥於形式。趙景深於〈豐子愷和他的小

品文〉[146]中，曾閒筆提及他兩次見到子愷的不同感受。一九二八年，他所看到的子愷「態度瀟灑，好像隨意舒展的秋雲」。然而「後來有一次，子愷到開明書店來玩，使我很詫異的，竟完全變過一個子愷了。他坐在籐椅上，腰身筆一樣的直，不像以前那樣的銜著紙煙隨意斜坐；兩手也垂直的俯在膝上，不像以前那樣的用手指拍著椅子如拍音樂的節奏；眼睛則俯下眼皮，仿彿入定的老僧，不像以前那樣用含情的眸子望看來客；說起話來，也有問有答，不問不答，答時聲音極低，不像以前那樣的聲音之有高下疾徐。……」此等記敘，讀之不免令人莞爾。而拘謹的行事態度，反映在創作中，便展現為濃厚的衛道氣息。豐氏在詠物抒情的筆調裡，每每忍不住要說教一番，如〈楊柳〉中對植物枝條的自然下垂，引申為「高而能下」、「高而不忘本」[147]，而賦與其道德涵義；又如〈手指〉一文，在以五指與社會各式人物作類比後，還要附加「團結力量大」的蛇足[148]。凡此種種，都不免迂腐氣重之弊。

　　再者，於思想成因的追溯過程中，我們還應注意到：相較於同時代作家，豐子愷雖亦受西方、日本文藝美學的多方影響，然而濃厚的「傳統氣質」，其實才是他真正特出之處。此可由以下兩點分析印證：其一，一般論者在語及豐子愷的繪畫表現時，多認為他之所以描繪富於人情、重視詩趣與文學意味的漫畫，主要受到日本畫家竹久夢二的影響。然而筆

---

[146] 見《人間世》第三十期，1935 年 6 月。
[147] 見《豐子愷文集‧文學卷一》，頁 386—389。
[148] 見《豐子愷文集‧文學卷一》，頁 596—601。

者以為，豐氏的漫畫風格或許受其啟發頗大，但他之所以對
竹久夢二的作品多所注意，主要仍是因為竹久夢二的筆法、
畫意等，皆洋溢著濃厚的中國風味，甚至在畫材的選取上，
竹久夢二亦有頗類中國畫的作品出現（參見附圖十至十
三）。促使豐氏對其漫畫多所關注的深沉本質，正是國畫表
現中，向來將繪畫與文學相互交涉的獨得特色，此點在竹久
夢二畫作中得到充份發揮，遂引起豐氏之注意，並進而加以
仿效。可見豐子愷的漫畫所呈顯者，追根溯源，仍為濃郁的
中國畫氣質。其次，一如對竹久夢二畫風的吸收，是源自其
作充溢著傳統中國濃郁之情味般；對夏目漱石〈旅宿〉的激
賞，亦是因由小說中所透顯的氛圍，深具中國隱士生活淡遠
的情趣。可見豐子愷的思想成因雖然中西涵容，四方兼具，
但其中顯然又以傳統文士的氣質為其人生本調，此點自是不
容忽視的。

第三章　豐子愷散文的分期與內涵

——人生思想的宣達

　　由上章之探討，我們不難看出，豐子愷思想受到過往經驗的極大啟發；而其作品也向以思考性敏銳見長。本章所欲探討的重點是：在經過思想的多方融匯後，豐氏如何將其人生體驗發抒為文學作品？而由為數眾多的散文創作中，讀者又是否得窺其整體人生思想體系？若果得見，則豐氏的思想內涵對於普泛人生是否具有指導作用？其展現的意義為何？以下即擬分別對豐子愷作品進行分期、分類的討論，並由此將其單篇散文中的思想精華一一連綴，從而架構出整體人生思想體系。

第一節　個別展現與整體統一

　　本節討論要點有二：首先，對豐子愷散文內容作縱時性的分期，各階段區分，係在上章豐氏「生平經歷」探討的基礎上劃定，所重在其「轉變」的軌跡上；其次，除了階段性的個別轉化外，豐子愷作品內涵亦有其「多樣統一」的整體性，此種特質在第二段中將予探討，所重則在其「融貫」的思想表現上。以下即分別論述。

壹、時代影響下的階段轉變

　　豐子愷在〈漫畫創作二十年〉、〈談自己的畫〉等文中，曾約略提及他各個人生階段的心境轉變[1]，這些轉折又影響及其漫畫創作。豐氏曾將自己繪作的漫畫分為幾個階段：「古詩詞相」、「兒童相」、「社會相」及「自然相」時代[2]，這些漫畫創作的階段轉變，乃是在其人生體驗有所差異的前提下而發生；而就整體觀察，此種人生階段的不同體驗，既然反映於漫畫中，則其同期散文亦必會有一致的表現。

　　論者嘗為豐氏的散文作過分期。前述漫畫創作四階段的演進，其實只反映了他早期思想的變化軌跡，嚴格說來，亦僅涵括了其散文創作第一、二階段的轉變。依照各家看法，子愷整體散文的創作，或可分為三期，如張華所主張；或可分為四期，如葛乃福、汪家明所列舉；或可分為五期，如湯哲聲之看法等[3]。而本段所欲論述的階段轉變，則將豐氏的

---

[1] 〈談自己的畫〉一文寫於一九三五年，所敘者為其成家後十年間心境的轉變。起初，家庭生活曾令其心境愉悅，兒童的歡笑也強固地占據其心。大約至一九三〇年前後，種種現實生活的磨難開始襲擊心靈，令豐氏備感空虛寂寥。此為其一九二五年左右迄一九三五年間的心態轉化。參見《豐子愷文集・文學卷一》，頁461—471。〈漫畫創作二十年〉則未署明寫作時間，在豐陳寶等人編纂的文集中，將其歸入一九四三年前後之作品。在此文裡，豐氏將自己過往二十多年的漫畫創作分為四個時期，各時期俱為其人生體感之反映，其所述大約為二〇年代迄四〇年代初之心境。參見《豐子愷文集・藝術卷四》，頁387—391。

[2] 見《豐子愷文集・藝術卷四》，頁388。

[3] 張華認為豐子愷的文學創作階段，可分為三期：一為抗戰爆發前，主題有關於人生哲理的玄思、兒童的純真無邪及對現實生活的審視、玩

散文創作區分為四期：第一期（一九二六迄三七年）大抵為豐氏思想的定型與開展階段，為時十一年；第二期（一九三七迄四九年）乃豐氏人生遭逢第一轉折的抗戰期及其後數年，為時十二年；第三期（一九四九迄六六年）為豐氏人生遭逢第二轉折的大陸淪陷後十七年期間；第四期（一九六六迄七三年）則為豐氏人生遭逢第三轉折的文革期，為時九年。唯須提出說明者，此種分期係以上章「歷史悲劇的轉折」為觀照基點，因此與葛、汪二氏的「四階段說」，在時代斷限上遂不盡相同，而與上章「生平經歷」部份則形成有機之聯繫。

　　第一期（一九二六迄三七年）為豐子愷文學創作的起始階段。隨著思想的定型與開展，他的寫作重點亦由無常、真我的探索，及於對平民生活的關切。本期子愷嘗出版《緣緣堂隨筆》、《隨筆二十篇》、《車廂社會》、《緣緣堂再筆》

味與批評等；二為一九三七至四九年，主題有抗戰文學及諷喻現實之作等；三為解放後迄豐氏逝世，作品或服務於政治，或沿襲過往創作特點。見《車廂社會‧前言》，頁7—13。至於主張創作階段「四期」說者，如葛乃福曾將豐氏的思想脈絡分為：抗戰前、抗戰開始至抗戰勝利、抗戰勝利後至解放前夕、解放後四期。見《豐子愷散文選集‧序言》，頁4。汪家明亦總括豐氏一生創作為四個階段：抗戰前、抗戰後、解放後文革前、文革中，不同時期之創作則各有側重。見《佛心與文心──豐子愷》，頁200。此外，豐一吟等著《豐子愷傳》中，亦嘗約略言及豐子愷各階段的寫作重點，見該書頁85—92。而對於上述諸人的分期觀點，提出更細緻看法的則是湯哲聲，他在〈豐子愷散文論〉一文中，復將豐氏抗戰前的作品區分為二：二○年代後期所重者為家庭、兒童生活之描寫；進入三○年代後，豐氏開始對社會關心起來；直至抗戰開始，社會生活方成為他作品的主要內容。見《文學評論》1991年第2期，頁125。

等散文集，就數量言乃是創作的黃金時期，為日後各階段所
難以企及。

在一九三三年遷居緣緣堂前，豐氏的寫作重點有三：一
為兒童生活的描繪，如〈華瞻的日記〉、〈從孩子得到的啟
示〉[4]等文；二為對無常、真我所作的宗教思考，如〈緣〉、
〈大帳簿〉、〈晨夢〉等篇，必須說明的是，皈依佛教的背
景，促使子愷於此期寫就諸多類此作品，也反映了他思考的
敏銳性；三則為對大同世界的期盼，如〈東京某晚的事〉、
〈樓板〉等。

一九三三年後迄抗戰前，由於遷入緣緣堂，與農村生
活也有了較為長期深入的接觸，因此除了上述三項創作重
點外[5]，豐氏散文中復加入了「關懷平民生活」的質素，此
種轉變在〈窮小孩的蹺蹺板〉、〈鼓樂〉、〈肉腿〉諸文中
均有所展現。然而子愷此期對現實生活的關注，顯然僅是旁
觀之看世，他與人事仍保持一定客觀的距離。值得探討的
是，豐氏於此段期間嘗接觸夏目漱石的作品，而〈旅宿〉等
文所反映的視角，乃是「從旁邊觀看，含有微笑的憐憫的那
種同情。」[6]因此我認為，豐子愷本期散文的關懷視角，應

---

[4]　各「階段分期」部份所列舉之代表作，俱收錄於《豐子愷文集・文學
　　卷》一、二冊中，以下不再詳注出處頁數。

[5]　對「兒童」的關懷與「無常」、「真我」的思索，豐子愷於一九三三
　　年後仍然持續。例如〈作父親〉、〈送阿寶出黃金時代〉為初期〈給
　　我的孩子們〉等文的延續；〈大人〉、〈夢耶真耶〉、〈兩個「？」〉
　　則為〈大帳簿〉等的後續思考。

[6]　見鄭清文〈超越世俗的草枕境界〉，收錄於《當代世界小說家讀本・
　　夏目漱石》，頁19。

該受到夏目漱石某種程度的影響。然而此種觀照事物的態度，其實不是冷酷，只是不隨世人般搖旗吶喊、忿忿不平而已。從另一層面言，此點顯然亦為子愷本性的自然流露；而夏目漱石的文學手法恰為其所深許，遂予以借鑒。

　　第二期（一九三七迄四九年）則為豐子愷文學創作產生強烈轉變的階段。整體說來，抗戰的烽火打開了豐子愷的心眼，他開始積極介入人世，把注意力從個體轉向歷史、壓迫等更廣泛的層面上。在為期十二年的歲月中，他關懷眾生之心態始終如一，但關切焦點則由於抗戰勝利前後的社會情狀，而有不同的反映。此可細分為二階段言之：

　　首先，在抗戰期間，大環境本不適合於抒情散文的發展[7]，大部份作家的思考重心，亦顯著集中於現實的政治問題上。豐子愷此期作品也充滿了戰時的煙塵，此在〈不惑之禮〉中首見端倪[8]，其後他的創作內容遂集中於兩大類：一為逃難生活記事，二則為激勵民心之作。〈還我緣緣堂〉、〈告緣緣堂在天之靈〉、〈辭緣緣堂〉、〈宜山遇炸記〉及〈荒冢避警〉等，為記事的代表作，當中頗有憤懣之語[9]；

---

[7]　關於抗戰期間的文學創作情況，詳參陳信元〈談抗戰時期的散文創作〉一文，收錄於《文訊》第十四期，頁128—147。

[8]　豐子愷在〈不惑之禮〉一文中說道：「設若豺狼當道，狐鬼逼人起來，我還可以收下這柄雨傘來，充作禪杖，給他們打個落花流水呢。」此處已透露了他將以宗教對抗人世亂象的決心。見《豐子愷文集・文學卷一》，頁644。

[9]　如在〈辭緣緣堂〉中，豐子愷寫道：「我們忍痛抗戰，是不得已的。而世間竟有以侵略為事，以殺人為業的暴徒，我很想剖開他們的心來看看，是虎的？還是狼的？」此中已可看出豐氏心境的變化。見《豐子愷文集・文學卷二》，頁130。

《漫文漫畫》一書則為勵志的代表作，此書為作者於抗戰期間編就的一冊文、畫對照讀物，就內容看來，無不是對民族自尊心、自信心的價值肯定，亦無不是對民族魂的再塑與重鑄[10]。整體說來，此段時間豐氏的文學創作走向民族化、大眾化、通俗化，與「時代選擇文學」的趨勢相呼相應，然因作為「政治傳聲筒」的實用性太迫切，部份作品也就失卻了對散文品質的堅持，如〈散沙與沙袋〉、〈我悔不早點站起來〉、〈中國就像棵大樹〉諸短文，俱平白淺露，毫無新意，顯然已淪為純粹的抗戰宣言。其後，在抗戰勝利迄大陸淪陷前，豐子愷仍一本抗戰期間的信念，以社會生活為其創作主要內容。在此短短四年間，他的寫作題材集中於三：一為戰時生活的回顧，二為對戰後民生的批判，較特殊者則為「兒童生活故事」[11]之創作。〈謝謝重慶〉、〈沙坪的酒〉及〈防空洞中所聞〉等，為第一類的代表作，重在抒發個人感懷；〈貪污的貓〉及〈口中剿匪記〉等，借物喻事，諷刺當時社會上的貪官污吏，類此作品雖已恢復對文學技巧的講求，但文筆犀利而辛辣，顯然與二、三〇年代前期的創作風格截然不同，是為第二類之代表作。而第三類的「兒童文學」，則係豐子愷此段期間口述故事的結集。以今日對「童話」與「兒

---

[10] 此為當時創作的普遍內容，參《在歷史與現實的交合點上——中國現代作家文化心理分析》，頁68。

[11] 此處以林良對兒童文學名詞使用之理解為據。他認為「兒童故事」的含義太模糊，童話也可視為一種兒童故事。因此應以「兒童生活故事」替代向來「兒童故事」的稱呼，而與「童話」形成區別。見〈童話的特質〉一文，收錄於《兒童文學論述選集》，頁140—141、144—145。

童生活故事」的界定標準[12] 觀察，豐氏寫就的十八篇創作
中，有三篇可納入「童話」範疇：其中〈伍元的話〉僅「主
角」具備童話質素——非「人」而能言；而〈大人國〉、〈赤
心國〉二文雖在人物、情節及時空的描寫上，均具備童話的
「異常性」特質，然因受〈桃花源記〉、〈鏡花緣〉及〈格
列佛遊記〉等作品的影響太大，藝術獨創性亦不高。整體說
來，此三篇「童話」與豐氏創作的其他「兒童生活故事」，
都具有以下數點共同特色：一是現實層面的極大介入，如〈夏
天的一個下午〉、〈種蘭不種艾〉等，顯然為豐氏家居生活
之實錄；〈銀窖〉、〈毛廁救命〉等，則係抗戰見聞之實錄；
至於〈伍元的話〉則藉著童話包裝的外衣，反映了抗戰期間
物資下跌的經濟狀況，並在其中寄寓成人對社會亂象之批
判。二是道德教誨的用意濃厚，如〈生死關頭〉明示兒童須
有毅然決然的果敢力；〈博士見鬼〉、〈一簣之功〉則對兒
童強調科學態度的重要性。此等創作，可能受到早期文研會
強調「表現人生」的主張影響，因此特別重視兒童文學的「實
用性」。從藝術角度觀察，它們或可視為兒童教育的直接產
品，但由於文字平淡，又含有太明顯的說教意味，顯然藝術

---

[12] 「童話」與「兒童生活故事」的區別，根據林良的說法，乃在「描繪
　　對象」的不同：「兒童生活故事」描繪的是「現實世界」裡兒童生活
　　的情趣；「童話」繪描的是「童話世界」。此外，「兒童生活故事」
　　以年幼的「人」為主角，童話則不只以人為主角。說見上註，頁140。
　　林文寶則指出：「兒童故事」（即林良所謂「兒童生活故事」）的角
　　色、背景皆須不離「真實性」；至於「童話」則是想像的產物，其環
　　境背景、人物形象或故事情節中的任何一方面，都常存在著「異常」
　　的藝術要素。詳參《兒童文學故事體寫作論》，頁111—116、129—132、
　　221—229及244—249。

境界並不高。唯對抗戰時期兒童生活教育之實施,則頗有助益,附帶言及。

　　第三期(一九四九迄六六年)為政治上又一風雲變色的轉折點。由現存作品看來,大陸淪陷後的五、六年間,豐子愷創作成果上一片空白。直至一九五六年,他的寫作活動方又正式展開,但此時的散文內容,顯然與第二期又有了極大不同。批判性質稍強烈的作品,至此期唯有〈代畫〉與〈元旦小感〉二文,〈代畫〉由路旁被鐵鍊所拴住的「人字梯」,聯想及人類社會的醜惡與羞恥,遂以文代畫,抒發感懷;〈元旦小感〉則為「城中好高髻」一圖(見附圖八)的引申文字。二文皆略示批評之意,日後隨即成為受人揭批的材料,顯見該階段的創作自由業已受到箝制。基於此,豐子愷發表了一段頗耐人尋味的聲明,他自言「近來我少創作而多翻譯,正是因為腦力不濟而避重就輕」[13],其中自有他對當時寫作環境的敏銳體認。

　　這個階段時間雖不短,但豐子愷的創作數量並不多,題材則集中於二:一為頌世的違心之作,如〈我的心願〉、〈致臺灣一舊友書〉、〈幸福兒童〉等,一望而知係在政治主導下的歌功頌德文字;二則為見聞遊記,如〈揚州夢〉、〈西湖春游〉、〈黃山松〉等。有趣的一點是,與中國傳統文人相較,彼等於政治黑暗或不得志之際,往往藉著遊山玩水,在大自然中寄託一己之懷抱。豐氏此期的生活狀況,表面看來似乎亦是此種心態之反映,然而可悲的是,當中的諸多旅

---

[13] 見《豐子愷文集・文學卷二・隨筆漫畫》,頁 562。

遊活動猶是當局所刻意安排[14]，寫就的遊記不消說，自亦是政治宣傳意味濃厚的文字。在此階段中，唯有為數不多的寫人詠物之作，如〈南穎訪問記〉、〈阿咪〉，及創作論性質的作品，如〈爆炒米花〉、〈隨筆漫畫〉等文，能稍稍得見豐氏真實情性。

　　第四期（一九六六迄七三年）正逢文革浩劫時期。在一片批鬥聲中，作家的思想與創作自由，顯然已受到全面打壓。豐子愷此期儘管亦須受「揭批」，坐「牛棚」、寫「交代」，然而對於畢生念茲在茲的寫作生活，他依然堅持，並視此為心靈的最大慰安。他曾繪就畫作一批，輯為《敝帚自珍》，並在〈序言〉中寫道：「今老矣！回思少作，深悔諷刺之徒增口業而竊喜古詩之美妙天真，可以陶情適性，排遣世慮也。」[15]由此可見豐氏步入晚年後的心境轉化。面對較過往數十年來更為惡劣難堪的生活景況，他不再做激烈的諷刺與批評，唯以智慧之心眼冷然相待。此段期間他私下寫就了三十三篇隨筆，名為《緣緣堂續筆》。在彼時社會動盪、諸害猖獗的背景下，這些隨筆所反映的，是豐氏對過往歲月的追思。他將寫作重點俱繫於童年與故鄉的回憶上，或描繪孩提時所見的人物情景，如〈癩六伯〉、〈五爹爹〉、〈酒令〉、〈食肉〉等；或回憶故鄉的風土民情，如〈過年〉、〈清明〉〈放焰口〉等，或抒寫日常生活體感，如〈眉〉、

---

[14] 如往江西革命根據地的參觀活動等。豐氏於參觀後便嘗寫就〈飲水思源〉、〈化作春泥更護花〉、〈有頭有尾〉等文，見《豐子愷文集‧文學卷二》，頁599—610。

[15] 見《豐子愷文集‧文學卷二‧《敝帚自珍》序言》，頁583。

〈牛女〉等。字裡行間俱顯示作者寧願把情思帶回遙遠的往昔，也不願順隨強勢政權說空話、說假話。而就寫作風格言，此期作品顯然又恢復往日淡雅醇淨的筆調，且轉以更短小的篇幅，抒無盡之情味。對於無關緊要的部份，作者往往以「這是後話」，「這且不談」等語[16]表過。閱讀此類作品如與老友相對娓娓而談般，輕鬆中蘊含著歷盡滄桑的人世情味，也顯現了豐子愷的睿智與慈悲心懷。

總結以上豐氏散文創作的階段轉變，我們可以得到兩點重要訊息：

其一，豐子愷對人世的關懷重點及其生活理念，在第一階段的文學創作中，其實已有了具體而微之展現。他對兒童生活的描繪，是日後產生「童真」信仰之所由來；他對無常、真我的思考，則形成日後往藝術、宗教中尋求解答之契機；而豐氏對平民的關懷，與其對大同社會的企盼又有著密切聯繫。可以說，一九二六至三七年間之創作，實已開展了他人生思想的雛型。至於晚年，在經過人生經歷的多方轉折後，豐子愷的散文表現已由階段性的憤激、壓抑之情，復歸於精簡樸實，部份文字甚至清淡到極點。此時散文寫作已成為豐氏心靈的精神慰安，他視之為一種「無所為而為」的創作活動。晚年的《緣緣堂續筆》，可與其早期作品並列為代表作，

---

[16] 如〈中舉人〉文中，於敘述父親中舉情景之際，對於其日後在家設塾授徒，坐冷板凳一事便略筆表過。見《豐子愷文集·文學卷二》，頁679。而在〈戒孝子與李居士〉文中，既敘及與李圓淨結識因緣，便對日後《護生畫集》的創作始末僅作簡筆交待。見《豐子愷文集·文學卷二》，頁686—687。

二者在風格上且有「復歸於一」的傾向。是以本文對豐子愷散文的關注，亦主要以第一、四期中，較具藝術價值的篇章為討論重點。

　　再者，抗戰的爆發，是促使豐氏散文寫作與關照層面更趨完整的契機。就正面的影響言，豐子愷開始將藝術的根源植於「民族的永恆」中，而不僅止於「普遍的人性」探索而已。換言之，除了早期對個人內心世界「超越性」課題的關注外，豐氏亦開始正視文學的「民族性」和「時代性」問題[17]，深入發掘他和社會現實生活間的真正聯繫。此種轉變歷程無疑是積極健康的。然而，除了「創作題材」的開展外，抗戰烽火的開啟，與其後數十年政治局勢的變化，對豐子愷「創作品質」的維繫，卻起了更深的負面影響。由一九三七迄七〇年左右，豐氏有為數眾多的創作在時勢所趨下，風格起了極大轉向，或憤激，或淺薄，部份作品且不得不順隨時代變化，而強作違心之論。如他在一九五八年寫就的〈西湖春游〉一文中，不但須以醜化「舊社會」來反襯「新社會」之美好，同時在文中他亦首度對李叔同寫就的「西湖歌」詞意表現提

---

[17] 林幸謙在探討白先勇小說中有關人類生命情結的主題思想時，曾開宗明義地將其分為「人類命題」和「中國命題」兩大部份加以論述。人類命題屬世界性的生命主題，此種人類所共有的情感乃不分種族、文化、宗教、語言和國度；而中國命題則屬民族性的生命主題。在文學上，前者是超越性的，而後者是時代性的，兩者各代表個體與民族的生命主題及其反思。說見《生命情結的反思》，頁 16—17。事實上，此等「人類命題」與「中國命題」的思考，對身處於大時代中的作家言，俱是不可逃避的關懷主題。即連與時代影響較無相涉的豐氏，我們在檢驗其作品時，亦時可見他對這兩種主題交相遞嬗的關切。是以此處乃採用林氏之說法。

出批評，認為他不敢面對現實人事[18]。此外，豐氏亦將自己
舊時所主張的「藝術之絕緣觀察」，視為「資本主義社會」
中，「教人屏絕思索，不論好壞，不分皂白，一味欣賞事
物的外表，聊以滿足美欲」的「可笑、可憐的美學」[19]。凡
此種種，俱顯然是外在環境影響下所作的自我檢討。由此亦
可見三、四〇年代以來身陷大陸的作家，在創作方面「身不
由己」的悲哀。

　　整體說來，豐子愷各階段創作題材的轉變，俱與其人生
經歷密切相關。此種轉變以散文寫作為主，然而繪畫情況亦
可持以驗證。例如豐子愷所言漫畫的「古詩詞相」，在散文
中便表現為對詩詞體會的抒發。而「兒童相」、「社會相」、
「自然相」的繪作，在散文中則表現為對兒童生活的描寫、
對平民百姓的關懷，以及對自然的觀照。豐氏自言這三個階
段是難以判然劃界的，因此在其終生的散文創作中，亦每每
可見彼此交縱錯雜之跡。此外，抗戰期間豐子愷不但散文筆
鋒有了極大轉向，其繪畫作品亦在題材、畫幅上有了明顯變
化，他嘗自言「我的畫以抗戰軍興為轉機，已由人物主變為
山水主，由小幅變為較大幅，由簡筆變為較繁筆，由單色變

---

[18] 見《豐子愷文集・文學卷二》，頁 515—522。豐子愷指出李氏在長長
的歌曲中，「幾乎全部是描寫風景，絕不提及人事。因為那時候西湖
上盤踞著許多貪官污吏，市儈流氓；風景最好的地位都被這些人的私
人公館、別莊所占據。所以倘使提及人事，這西湖的美景勢必完全消
失，而變成種種醜惡的印象。」豐氏並認為「這彷彿是自己麻醉，自
己欺騙。採用這種辦法，雖然是李先生的一片苦心，但在今天看來，
實在是不足為訓的！」
[19] 見《豐子愷文集・文學卷二》，頁 520。

為彩色了。」[20]可見豐氏文、畫的轉變是一致的，此種變化又以人生各階段的轉折為基點。可以說，豐子愷的作品，實即其個人生活之真切反映。

貳、「多樣統一」的思想展現

作品反映思想與生活，在豐子愷的散文創作裡業已作了展現。此中不可忽略的一點是，面對人生各階段的轉折，豐氏作品自然會順隨時勢而有所變化。在「人生經歷」的探討部份，對於豐子愷的心境轉化，我們曾就心理學觀點中，「認同危機」圓滿解決後所獲得的「忠誠」美德，解釋其內在品質的始終如一；然而就外在的創作表現言，當中所經過的諸多轉挫，於從事作品研究時，我們又當如何看待？

在此我們暫時跳離對豐子愷作品「階段分期」的討論，而由「思維方式」的角度，先行作一分析。如前所述，豐子愷深具中國傳統文士的內在氣質；而就中國人的思維方式言，李約瑟（Joseph Needham）與史華慈（Benjamin I. Schwartz）在探討中國文化時，曾分別提出中國人的思考模式，具有「聯繫性思維」與（correlative thinking）與「聯繫性的人為宇宙論」（Correlative anthropocosmology）之特色[21]。然而此種說法乃直線的因果式思考，且有濃厚的「有

---

[20] 見《豐子愷文集・藝術卷四・畫展自序》，頁257。

[21] 見 Joseph Needham，Science and Civilization in China，vol.2:History of scientific Thought（Cambridge University Press，1956），p.279。及 Benjamin I.Schwartz，The World of Thought in Ancient China

機體論」理論背景，一方面與強調「循環往復」的中國思維方式有所差距，另一方面亦忽略了中國思維方式裡，對「部份」的獨立自主性之重視[22]。基於此，林啟屏乃又提出「應然演繹」（Obligative Deduction）與「融貫性」（Coherence）兩觀點，藉以說明傳統儒家的思維方式[23]，其中「應然演繹」所重在其變動過程之解釋，此種改變並非著意於「量」的改變，而係在「本質」處加以薰染，因此在此動態的實踐過程中，最後會達到不同領域的「同一化」與「同質化」；「融貫性」所強調者則在變動關係的闡述上，亦是本段藉以解釋豐子愷思想「多樣統一」的重心所在。

所謂「融貫性」概念所指涉者，乃是在變動的過程中，時間 $\alpha 1$ 到 $\alpha 2$ 有了移動，然就變動的主體 A'言，在此時間的轉換過程中，A'或許已蛻變為 A"，然而所改變者仍只是「性質」（quality）或「量」（quanity）的差別，二者在「本質」（Enssence）上卻沒有變動。也就是在此「不變」中含有「變動」，「變動」中又見出「不變」的過程中，A'與 A"形成了所謂的「融貫性」特徵。

在此理論前提下，我們試行對豐氏作品做番觀察，便不難發現，就人生各時期的創作表現言，抗戰及大陸淪陷後，為其作品產生較大變化時期，這些階段中的散文創作，由於

（Cambridge，Mass:Harvard University Press，1985），p.350。

[22] 對於李約瑟與史華慈「聯繫性思維」與「聯繫性的人為宇宙論」觀點之檢討，詳參林啟屏《先秦儒法思想中的血緣問題與國家》，頁 153—154。

[23] 以下對於「應然演繹」過程的闡述，及「融貫性」特徵之解釋，同上，頁 155—156。

時間及政治情勢有了轉換，因此內容也有了甚大改變。然而我們若深入體會，便會發現此中的轉化，畢竟仍屬散文「附質」之改變。如日軍之侵略與社會局勢之腐敗，曾使豐氏向來關懷大眾、民胞物與的心懷受到強化與刺激，其散文遂有了憤慨之聲。然而此種激烈筆調的產生，乃是因應時代環境而起，其根本情懷，則仍繫於豐氏對平民百姓一貫的「同情」上；又如在政治壓迫下，豐子愷於大陸淪陷後，不得不寫就諸如〈揚州夢〉、〈幸福兒童〉等歌頌「新社會」的作品，然而在〈揚州夢〉中，他所著意者為都市景觀的「自然」維護，而在〈幸福兒童〉中，豐子愷筆下所關懷的主體，仍是他向來心念繫之的「兒童」。可見由「本質」層面觀察，豐氏始終未放棄其一向堅持的某些基本信念。此種思想上「多樣統一」的「融貫性」特徵，在以下三方面中，表現尤其顯著：

其一，是對「兒童」的關懷。早年豐子愷曾在自己孩子身上，見到成人已然失卻的「真誠」之心，此段時期，他亦寫就了〈兒女〉、〈給我的孩子們〉、〈作父親〉等膾炙人口的作品，歌頌童心之真實無偽。後來的緣緣堂生活時期，復令豐氏關懷兒童之心，有了更廣闊的開展，〈窮小孩的蹺蹺板〉、〈閑〉等文，顯示了他對周遭兒童的普遍注目，也標識著其關懷視角不再侷限於自家兒女。抗戰時期，豐子愷以兒童為描寫對象的散文篇章明顯減少，就表面的創作題材言，「兒童」似乎已不再成為他生活思考的重心，但由另一方面觀察，抗戰時為數眾多的故事寫作，其實正顯示出豐氏對兒童的關懷之意，仍未嘗稍歇，只不過此等關切，已轉以

更實際的「教育」方式表達。其後，對童心的禮讚與嚮往，在第三期「歌功頌德」文字的包圍下，依然有所展現，不過其描寫對象已由兒女轉為孫女。在〈南穎訪問記〉中，豐氏寫道：

> 由於接近南穎，我獲得了重溫遠昔舊夢的機會，瞥見了我的人生本來面目。有時我屏絕思慮，注視著她那天真爛漫的臉，心情就會迅速地退回到六十多年前的兒時，嘗到人生的本來滋味。這是最深切的一種幸福，現在只有南穎能夠給我。[24]

可見在不同世代的孩子身上，豐氏始終對兒童純真可愛的特質多所注目，並深能領會，此非「設身處地」之投入不為功。而此種對「純真」的敏銳感受，又遠涉及其自身童年生活的追念，是以在晚年寫就的隨筆文字中，豐子愷復將筆觸轉於王囡囡、樂生、菊林等幼時玩伴的描寫上，於精簡的敘事裡，寓託了兒童世界的悲歡。由此可見，在豐氏各個時期的寫作階段中，無論是對兒女、孫女、週遭兒童及幼時玩伴的描繪；或是對兒童生活、美術與音樂教育之致力，凡此俱歷歷顯示，對「童心」的欣賞與護持，儼然已成為豐子愷生活的一大重心，是以他在各時期中，俱會有眾多環繞兒童而寫就的散文篇章。

再者，對眾生的「悲憫」情懷，亦是豐子愷散文中所展現的一貫特質。無論是在人情或物趣之描繪上，豐氏此種仁

---

[24] 見《豐子愷文集·文學卷二》，頁482。

者心懷俱有極自然的流露。他對廣大百姓的關心，在〈肉腿〉、〈雲霓〉等早期散文裡首度展現。豐子愷認為當時民間充斥著種種美好假象，然而一如大旱之望雲霓般，這些雲霓終究「只是掛著給人看看，空空地給人安慰和勉勵而已」[25]，受苦的仍是廣大的農村平民。抗戰起，民眾的生活愈發苦不堪言，豐子愷在〈還我緣緣堂〉、〈告緣緣堂在天之靈〉、〈辭緣緣堂〉等文中，一方面歷敘其逃難經歷，一方面亦以慈悲心眼，看待旅途中之眾生情態。勝利還鄉後，面對其時百廢待舉的混亂社會，豐氏復在〈貪污的貓〉、〈口中剿匪記〉等文中，寄託他對社會亂象的嘲諷。就表象的創作題材言，豐子愷的關懷焦點，似乎隨著時代背景的不同，而有相應的轉變；其接觸社會的角度，亦由對農民生活的體會，一轉為戰時悲懷的抒發，再轉為戰後社會之批判。然而相異的寫作素材，其實不過是時代影響下「附質」的改變罷了！從根源處觀察，豐子愷散文的創作本質，仍是植根於其對眾生的「悲憫」情懷上，因此他對廣大平民的苦難，會有不同層面的體會與關切。大陸淪陷後，迫於政治情勢，作家不再能倡所欲言，然而此種悲憫心懷，在另一類不涉政治因素的「物趣」散文中，則有始終如一的展現。前期豐氏在〈勞者自歌〉、〈清晨〉等文裡，曾描述他觀察螞蟻移行的情景，由此展現其對生命的愛護與尊重態度。他在〈清晨〉中寫道：「這也是一種生物，它們也要活。人類的生活實在不

---

[25] 見《豐子愷文集・文學卷一・雲霓》，頁452。

及……」[26]而在一九五六年寫就的〈敬禮〉中,我們復可看出豐氏對萬物的關懷與尊重之心,其實始終未變。於該文中他對自己無意中以手臂碾傷螞蟻,復不予理睬的行為深感慚愧。而此種對生物一視同仁的悲憫與關切之情,無論是在早期〈憶兒時〉文中,對幼年養蠶、吃蟹、釣魚等行為所表現的追悔,或是抗戰時期及其後寫就的〈養鴨〉、〈白象〉、〈阿咪〉諸文中,對鴨、貓等動物的擬人化觀察,俱為豐子愷關懷萬物心情的自然流露。此等仁者胸襟無遠弗屆,由自身親人、周遭平民及於萬事萬物,一一沾概,遂形成豐氏散文中,始終一致的溫暖情懷。

最後,對「藝術生活」的重視與提倡,更是豐子愷在其散文中所反復致意者。早期在春暉中學執教之際,豐氏便嘗寫就諸多提倡美感生活之文字,如〈山水間的生活〉、〈青年與自然〉、〈藝術的創作與鑒賞〉等。身為教育工作者,豐子愷對音樂、美術教育之倡導向來不遺餘力,抗戰前夕,他並曾於《新少年》雜誌上分別連載音樂故事十一則、少年美術故事二十四則[27],藉著生活化的內容,對青少年進行藝術氣質之涵養。而在抗戰期間,因應時代要求,他也寫就了〈談壁上標語〉、〈漫畫是筆桿抗戰的先鋒〉、〈藝術必能建國〉等文字,發表於報刊雜誌。雖然此類藝術創作的內容,因為時代環境的轉換,已有了戰時煙塵;而因應抗戰時期之

---

[26] 見《豐子愷文集・文學卷一》,頁637。
[27] 《少年美術故事》於一九三六年一至十二月分別連載,《音樂故事》則連載於一九三七年一至六月。

需求，他對藝術功能的反省，也有了與前相異的觀點，例如
豐氏曾發出如下的慷慨之言：

> 音樂是精神抗戰的利器。而口琴音樂，尤為短小精悍。
> 口琴的形狀像手槍，放在衣袋裡，隨時隨地可以拔出
> 來用。其作用像機關槍；一串無形的子彈，個個可以
> 打中敵人的要害。……[28]

他並將自己所編選的《口琴歌曲集》，稱之為「口琴抗敵的
一個機械化部隊」、「一部簡單的兵法書」，可見於抗戰期
間，豐氏已將音樂視之為團結民心的利器。然而在同一時
期，他亦不忘強調所謂文藝的「常態」與「變態」[29]說，豐
子愷表示：

> 我們中華民族因暴寇的侵略而遭困難，……一切救亡
> 工作就好比是劇藥，針灸和刀圭，文藝當然也如此。
> 我們要以筆代舌，而吶喊「抗戰救國」！我們要以筆
> 當刀，而在文藝陣地上衝鋒殺敵。
> 但這也是暫時的。等到暴敵已滅，魔鬼已除的時候，
> 我們也必須停止了殺伐而回復於禮樂，為世界人類樹
> 立永固的和平與幸福。[30]

在豐氏心目中，真正藝術的常態，仍應是和平安寧、充滿美

---

[28] 見《豐子愷文集・藝術卷四・《口琴歌曲集》序》，頁 12。
[29] 此處的「變態」意類「變風」、「變雅」，非今日所指涉之特殊詞意。
[30] 見《豐子愷文集・文學卷一・勞者自歌》之「粥飯與藥石」一則，頁
652。

感的，以音樂、漫畫等作為抗戰工具，不過是權宜之計。而戰後，豐子愷果然又寫就了《音樂知識十八講》等書，及種種藝術評論文字。可見從本質言，豐氏對藝術涵養人心和平的作用，始終深信不渝。

由以上論述可知，豐子愷在人生各時期創作中所作的調整，其實始終未脫離他一貫的基本認識；此種「融貫性」的思維特徵，展現在他對兒童的關懷、對眾生的悲憫，以及對藝術生活的提倡上。這些理想與堅持，一方面體顯了豐子愷作品中「多樣統一」的思想，另一方面，也為他「文如其人」的藝術風格，下了極適切之註腳。

第二節　豐子愷散文中的主體世界

本節擬在上節對豐氏散文作縱向探討的基礎上，復進行橫向的分類剖析，由此透視豐子愷散文中的主體世界。在實際討論之前，有兩點須提出說明者：首先，「主體」一詞在本文中的使用，並非以哲學性的名詞或某些家派為準的，它所指涉的，只是最廣泛的一種解釋，即：相對於「我」者為客體，而「我」本身便為主體。

其次，關於「分類」問題的探討，一般不外就作品的「內容功能」與「形式體裁」兩大設準分類。鄭師明娳曾對過去諸家在此基礎下的分類方式，進行逐一的批判，並依此二大角度區分散文為兩大體系，一者側重內容功能之特質，一則

側重特殊結構而形成的個別類型[31]。其實，由於散文內涵本身的流動與龐雜性，截至目前為止，實難找出一種全面概括的分類方式。然而本節的目的，也不以建構一個放諸四海皆準的散文「類型」論自期，僅就豐氏個人的散文討論，便可以採取較為單純的處理方式。先就形式層面言，豐子愷散文的體裁甚為單一，少數以日記、書信、遊記、序跋形式表現者，文字數量既少，亦無特殊之處；大部份作品的展現，仍屬隨筆性質，若由形式層面立論，顯然失其意義，是以本文不予考慮。再就內容功能言，誠如鄭氏所言，敘事、抒情、說理等分類方式，並不能彰顯散文有別於其他文類的特質[32]，因此本文亦不予採用。要言之，為配合主體思想的探討，此處擬依豐子愷筆下的關懷焦點，區分其散文內涵為以下四類：生命意義的思考、真善美的理想、民胞物與的觀照、社會批判與文化關懷，希望由此凸顯豐氏散文的表現內涵。復有以下數點須予說明者：

一、歷來對豐子愷散文的探討，大都集中於兒童、宗教等創作素材的強調。本節則期望透過不同的分類方式，能在這些表象的題材觀察之外，見出其內裡含藏的主題意蘊。

二、在散文篇章的選取上，豐氏所寫就的抗戰宣傳文字，及大陸淪陷後所作的政策性文章，由於思想價值不高或不

---

[31] 以「內容功能」為標準區分之體系，並可再別為「情趣小品」、「哲理小品」及「雜文」三大類；以「特殊結構」為標準區分之體系，則可再分為「日記」、「書信」、「序跋」、「遊記」、「傳知散文」、「報導文學」、「傳記文學」等。詳參鄭明娳《現代散文類型論》，頁37—42。

[32] 同上，頁40。

盡真切，本文不擬列入討論。此外，少數遊記及兒童文學作品，本文亦僅在「分期」部份略做交代。

三、在對豐氏散文篇章進行詮釋之際，本節除了寫作技巧的分析外，更看重整體特質之攝取，希望由此展現豐子愷人生關懷的各個層面。

四、各項歸類仍不免有重疊交叉之處，例如〈車廂社會〉一文便兼有「生命意義思考」與「民胞物與的觀照」兩項主題意涵；而〈閒〉文一方面展現出豐氏對「童真」的禮讚，另一方面亦寄寓了他對「社會的批判」。此等分類重疊的困擾本在所難免，但以各項主題分量之多寡，作為取捨準的。

以下便展開對豐子愷散文的內涵探討：

壹、生命意義的思考

寫作必須根源於內在的需要[33]，豐子愷創作的原始驅力，便是來自其內心對生命意義的思索與窮究。此等思考過程，

---

[33] 奧地利詩人里爾克在《給一個青年詩人的十封信》中曾如此勸告年輕的創作者：「向著內心走去。探索那教你寫的理由，考察它的根是不是生在你心的深處；……一件藝術品是好的，只要它是從『需要』裡產生。這樣，他的根源便包含著它的評判：別的地方是沒有的。……向內心走去，探索你生命發源的深處；在它的發源處你就會得到那個答案，是不是『必須』創造。……不要關心那外來的報酬。因為創造者必須自己是一個完整的世界，在自身和自身所聯接的自然界裡得到一切。」（頁9—11）此言或可視為對一位真誠的文字工作者，內在創作動機的根本解釋。是以由「生命意義的思考」角度，對豐氏作品展開分類探討，自有其源頭意義。

實即對人類「超越性」命題之體會，在豐子愷畢生的散文創作中，亦以該類作品所顯示的意義最為深刻。經由此類散文，豐子愷展現了他「文學家」身份之外，哲學思辨深刻的另一層面；而豐氏的人生智慧，亦經由此類散文傳遞、釋放而出。

　　根本說來，對生命「短暫」與「無常」的敏感，是促使豐氏思考人生意義的主因所在。就「時間久暫」的體會言，〈漸〉可視為其代表作之一。在此文裡，豐子愷承襲傳統中國文士對生命的探索，而由另一嶄新角度，解說變化的現象與意義。藉著一步步連鎖性的展演，他在文中緩緩鋪陳「漸」漸流失的人生真相：

> 在不知不覺之中，天真爛漫的孩子「漸漸」變成野心勃勃的青年；慷慨豪俠的青年「漸漸」變成冷酷的成人；血氣旺盛的成人「漸漸」變成頑固的老頭子。巨富的紈袴子弟因屢次破產而「漸漸」蕩盡其家產，變為貧者；貧者只得做佣工，佣工往往變為奴隸，奴隸容易變為無賴，無賴與乞丐相去甚近，乞丐不妨做偷兒……由萌芽的春「漸漸」變成綠陰的夏；由凋零的秋「漸漸」變成枯寂的冬……[34]

從個人成長、境遇變遷與時序遞嬗等角度，豐子愷以舒緩的文氣細細描述、歷歷鋪陳時間的流失，行文間「漸」的真相乃在讀者心中絲絲縷縷成形。此外，豐氏更運用「具象」的譬喻，如「從斜度極緩的長遠的山坡上走下來」、「時辰鐘」

---

[34] 見《豐子愷文集・文學卷一》，頁 96—97。

之行走於無形,及農人抱犢跳溝的故事等,來說明時序運轉
在人類生命中之難以察覺。並用「比較」的手法,將人類一
生的時間與抽象的空間,及具體的搭車乘船等事相提並論,
從而造成讀者的緊張感,加強時間「漸漸」流失的急迫性。
然而,豐子愷心中自有定見,他在文末始輕輕點出,真正的
「大人格」、「大人生」,是不為「漸」所迷的,他們自能
收縮無限的時間並空間於方寸心中,文章至此主旨乃豁然彰
顯。其實,自古以來人類對時間、空間的思索早已成老調,
其「理」常存,但「事」則因人而有所不同。以「變」、「化」
等觀念嘗試解說宇宙萬物,是古代哲人的重要理念,但豐子
愷本文並不由此出發,他轉以另一角度——「漸」的主題,
更深入解說「變化」的現象與意義,因此其文遂能在平凡中
展現新意[35]。

〈漸〉文所陳述的,是昏昧眾生錯認時間為「綿長永恆」
的無知;另一類凡夫俗子,則又懾於自然之無可測度,而對
自我生命之短促灰心消沉,從而迷失本體的認識,此於〈大
人〉裡復有所點明。豐子愷在此文中以平穩的架構反復致
意,說明客觀層面的時間、空間、智力、物力之廣遠無邊,
在在令俗眾迷真莫返,遂俯首聽命於自然。此等生活態度與
上述的昏昧無知,同樣不可取。在對生命意義的思考進程
裡,豐子愷所追尋的,是「自我」在宇宙自然中的適當定位,
不是渾渾噩噩的蒙昧,亦並非無從著力的消沉。而他最終所

---

[35] 此處「下筆角度之特殊性」乃李豐楙所抉發。見《中國現代散文選析》,
頁 332—333。

獲得的體認是：每一個生命都是完整自足的個體，都是宇宙具體而微的展現，都是大自然一視同仁的兒女。唯有自我心靈，方是大江河的泉源，它含括了一切世智。因由此等對生命本體的肯定，人類之存在與奮鬥乃有了更深刻的意義。豐子愷此種體會在〈阿難〉、〈藝術三昧〉與前述〈大人〉等文中，是互為發明、彼此補足的，今試就〈阿難〉一文加以申發。

〈阿難〉本文在思考的進境上，可謂層層深入。此可分三大段落言之：首先，豐子愷以敘事筆調簡短交代么折小兒的出生與命名，而將鏡頭凝結於阿難短短的「一跳」中：

> 阿難！一跳是你的一生！你的一生何其草草？你的壽命何其短促？我與你的父子的情緣何其淺薄呢？[36]

作者以特寫的手法，將阿難形象表出的同時，其對世間常情的悲悼亦至此為止。以下，他便展開生命意義的思索，並轉以冷靜筆調，抒寫明淨生命一經開竅後，便失落本性的悲哀。豐氏以阿難代表完全的「天真與明慧」，這種特質在與阿寶、阿先、瞻瞻等人的兒童生活對照之下，愈發顯出：

> 所謂「兒童的天國」，「兒童的樂園」，其實貧乏而低小得很，只值得顛倒困疲的浮世苦者的艷羨而已，又何足掛齒？像你的以一跳了生死，絕不攖浮生之苦，不更好嗎？在浩劫中，人生原只是一跳。我在你的一跳中，瞥見一切的人生了。

---

[36] 以下〈阿難〉部份引文見《豐子愷文集・文學卷一》，頁 146—148。

此中有豐氏對人生意義的認索與體悟，亦儼然含藏著佛家「納須彌於芥子」的意涵。然而他的悟性尚不僅止於此，在本文末，豐子愷又推進一層，以簡短的篇幅再現其智慧光華：

> 然而這仍是我的妄念。宇宙間人的生滅，猶如大海中的波濤的起伏。大波小波，無非海的變幻，無不歸元於海，世間一切現象，皆是宇宙的大生命的顯示。阿難！你我的情緣並不淡薄，你就是我，我就是你；無所謂你我了！

於此豐氏將哲學上「本體」與「現象」的思考，轉化為「大海」與「波濤」的形象表出，經由文學性處理，揭示哲學層面的結論，是以備顯具象貼切、生動傳神，而敘事亦由此轉入深沉的哲理之境，這可說即是前文所謂「大人格」、「大人生」的真切體認了。通觀全文，豐氏以淡筆寫濃情，「我們可以體會豐子愷當時一定是含淚疾書的，然而他竟能在激情感傷中，脫出哀痛的狂流，化解一切悲傷為哲學的思維，這是他的大徹大悟。」[37]而悟境一旦完成，他又立即作結，遂留予讀者無窮餘味。無怪乎楊牧要讚歎：「這可能是近代中國散文中最簡單而深刻的小品文之一[38]了！

除了時間「久暫」的辨證思考外，豐子愷對生命意義的另一項體悟，是「無常」疑惑的化解，此亦有賴宗教信念為之。在〈大帳簿〉、〈秋〉、〈小白之死〉、〈陌巷〉、〈梧

---

[37] 以上為楊牧語，引自〈豐子愷禮讚〉一文。見《豐子愷文選 I》，頁4。
[38] 同上。

桐樹〉、〈無常之慟〉等文中，豐子愷歷歷展現其深密的思慮，就中尤以〈秋〉及〈梧桐樹〉的情調最為悲涼，體認亦最為深沉，而二文又皆以自然界生態為其情感的寓託客體。〈梧桐樹〉以樹木的生與滅，為其寫作之著力對象，於文章末尾，始揭示作者主觀的人生感動與情境；而在〈秋〉一文中，豐子愷則又藉著節候與年齡、心境的變化，抒發其與「自然」合而為一的深切領會，他寫道：

> ……我每逢早春時節，正月二月之交，看見楊柳枝的線條上掛了細珠，帶了隱隱的青色而「遙看近卻無」的時候，我心中便充滿了一種狂喜，這狂喜又立刻變成焦慮，似乎常常在說：「春來了！不要放過！趕快設法招待它，享樂它，永遠留住它。」[39]……
> 自從我的年齡告了立秋以後，兩年來的心境完全轉了一個方向，也變成秋天了。……我只覺得一到秋天，自己的心境便十分調和。非但沒有那種狂喜與焦灼，且常常被秋風秋雨秋色秋光所吸引而融化在秋中，暫時失卻了自己的所在。……

的確，春天萬物生機萌發所展示的無限可能性，在朝氣蓬勃的青年看來，確實會引發狂喜之情，而渴欲有所作為；但在行年三十之際，既已閱歷人事，對世事明暗之間略有所會，則心境必然不再躁進，對境遇亦較能隨順自化，淡然處之。此種由狂喜、焦慮進於調和的心態，乃至其後對「春」所展

---

[39] 以下〈秋〉部份引文見《豐子愷文集・文學卷一》，頁 162—165。

示的凡庸、貪婪、無恥之厭惡，在在顯示，豐氏的人生體感，實已與外在節候融合為一、渾然難別，這正是宇宙大小生命的同步展示。豐子愷在行事、思慮間，其實無不一一具顯其「融貫性」思維的特徵，此等將自身置於宇宙自然中的思考，正是〈阿難〉等文「理悟」後的具體展示；而種種精確的描繪與扣合，又非對人生有深刻敏銳體感者不能為之。可喜的是，豐氏於篇末又突轉一筆，展現其慧心：

> 我正要擱筆，忽然西窗外黑雲瀰漫，天際閃出一道電光，發出隱隱的雷聲，驟然灑下一陣夾著冰雹的秋雨。啊！原來立秋過得不多天，秋心稚嫩而未曾老練，不免還有這種不調和的現象，可怕哉！

這無疑是更深密細緻的人生體驗了！在而立之年，介乎少年的熱情與中年的沉穩之間，人便不免有其性情模糊、未盡調和地帶；而此等情狀以初秋的天候為擬，不亦宜哉！至此自然現象與人生進程的不同體驗，在豐子愷散文中，遂有了微妙、貼切又圓融的結合。而此等表白，復令本文在對「死亡」發出讚頌的消沉情調之外，又有了一絲生意，於此可看出豐氏對無常人生的領悟與化解。

上文一方面展現了豐子愷對「無常」、「死亡」的體感，另一方面亦是其人生「階段進程」的表白，同樣的思考亦可見之於〈車廂社會〉、〈夢耶真耶〉等文。在〈車廂社會〉裡，豐氏更將自我各階段的心境體會，與旅途中對人性的觀察融合描繪，遂使其生命觀照有了更廣闊的內涵。「車廂社會是人生的縮影」本屬老生常談，但在本文中，豐子愷藉著

或縱或橫的剖析、或泛寫或集中的觀察，把對人生的反省一層層托出；將欲收尾之際，每又有新境展現，是以讀來頗有「柳暗花明又一村」之感。全文思考進境可分三層：在第一層理趣的揭示上，豐氏將人生各時期的體會，以三階段的乘車心情具體表出，其所指涉者，實為青、中、老年三境界之遞嬗；在第二層理趣的揭示上，豐子愷以車廂中「爭坐位」一事的集中描繪，凸顯人世種種不平等情狀的可驚、可笑與可悲，也從中表達他對眾生的悲憫心懷；而在第三層理趣的揭示上，豐氏更進一步觀照自我人生進程，從中傳達了他對自己乘火車三期中，時序、心情遞變的感懷。全文由「哲理的體會渡到人性的刻畫再渡到生命本質的揭示，不斷接觸全新的意趣，擴大了一般散文的體式與技巧」[40]，是以文境深邃，令人低迴。而結尾尤似佛偈般警醒人心。

在此我必須強調的一點是，豐氏對人生意義的思考，在很大層面上，實融匯了佛理對世界、存在的探索，而啟導其對生命的了悟。例如在〈大帳簿〉、〈大藝術家的孫子做騙子〉等文中，豐子愷所傳達的，是「天道有知」、「盈虧有數」的佛教命運觀；〈阿難〉一文則是從佛教的人生觀出發，認為生即是苦，唯有尋求解脫才能超越苦海；而解脫之道，即是將小我擴大，換言之，人須有包容宇宙之心，方能離苦得樂[41]。此外，〈家〉一文亦從佛教觀點，解說人類「本宅」之意義。豐氏將自身的實際體驗，以文學性的層進方式表

---

[40] 見何師寄澎《采菊東籬下》，頁108。

[41] 佛教思想有關此部份意旨之申發，詳參星雲大師《佛教的真諦》，頁15—20，及《佛教僧伽的十有思想（上）》，頁2—6。

述，對眾生進行宗教點化，他認為唯有洞察「我」的虛妄性，方能證悟本來無所得的性空妙理，如此也才能超越一切痛苦[42]。

由此我們不難尋索當中某些微妙之關聯：原來在豐子愷生命的求索歷程裡，凡其對時空無常之悲感，與清明真我的窮究，莫不與宗教本初所欲解答的人生困境一一相扣。根據佛陀教示，人生宇宙的實相，不外即苦、集、滅、道四種道理，苦諦是以智慧觀察出三界是個充滿痛苦的火宅；集諦是以智慧徹悟貪嗔癡為造成生死痛苦的原因；滅諦是透過智慧證得清淨的涅盤自性；道諦則是尋出離苦得樂的出世法門[43]。唯有了悟迷界的世間因果，與悟界的出世間因果，方能破除我執，領悟到生命的奧秘、時間的永恆與空間的廣遠無邊[44]。此外，佛教主張個人在渺小的一生中，應該探索自我內心，從變幻靈動的心中找到真正的自己。這個「自己」並非外形外相的眼耳鼻舌貌，而係真如自性的心識[45]。此等真我窮究亦與豐氏一向的求索扣合。豐子愷的作品裡，之所以常含藏著濃郁的宗教氣質，一方面固然源於其自身早慧的思考；另一方面，前文所言李叔同的啟蒙與馬一浮之引導，亦顯然是成就其深入宗教世界，從而獲得人生解答的後天助力。

---

[42] 參閱星雲大師《佛教的真諦》，頁 5─15，及《佛教僧伽的十無思想（上）》，頁 27─32。

[43] 關於四聖諦的闡發，詳參《佛法概論‧我論因說因》，頁 135─136、143─144、星雲大師《佛教的真諦》，及《佛法知見‧從好奇談到佛教的宗旨以及正確的修行觀念》，頁 49─68。

[44] 詳參星雲大師《人證悟之後的生活怎麼樣》。

[45] 見星雲大師《佛教僧伽的十有思想》，頁 3。

貳、真善美的理想

本段所討論作品，以豐子愷寫「人物」的篇章為主。透過對此類散文的整體披覽，我所得到的觀點是：豐氏在觀察或描繪周遭人物時，所重乃在人物「特質」之突顯；此等特質又可以「善」、「真」二字概括之。再深入剖析，豐子愷描繪人物的篇章可分為兩類：一是記敘其對師長的懷念、朋友的關切與對雙親之追憶，此等散文主要透過人與人之間的互動關係，彰顯豐氏筆下人物「善良」的本質，進達「以善為美」的理想；另一類子愷散文中為數眾多的篇章，則是對兒童生活情態之描繪，此等散文又是經由「真」的描摹，而追求「美」的世界。其實，對人物性情中「真」、「善」特質的敏銳體感，就深層的心理結構言，實亦體顯了豐氏對「真善美」理想境界的融合與追求。以下擬擇取代表性篇章分別論述。

首先，豐子愷寫師長、交遊與親友的代表作，有〈法味〉、〈為青年說弘一法師〉、〈悼丏師〉、〈白采〉、〈伯豪之死〉、〈訪梅蘭芳〉、〈懷太虛法師〉、〈憶弟〉及〈我的母親〉等。而其筆下的記人之作，所重俱在拈出人物足堪作為吾人立身行事典範的某種「人格特質」。例如寫弘一法師，子愷在許多篇章中所反復強調的，都是法師凡事認真的態度，與多才多藝的藝術表現。試舉〈法味〉為例：在此文中，豐氏藉著與弘一在一九二六年暮春之際兩度會面的感懷，細細描摹法師日常形象與氣質。全文的主眼，雖旨在抒寫自己

堕入塵網後，困頓無明的悵惘心境，然而在平實的敘事筆調
中，其師之言行笑貌，亦隨著豐子愷的精確記錄而如實呈
現。首先，豐氏以接獲法師的來信起筆，對信中「筆力堅秀，
布置妥貼的字跡，和簡潔的文句」之贊嘆，其實已為法師的
「藝術」氣質與「認真」態度之展現，預先作了鋪墊。其次，
豐子愷在行文中又有意以法師臉上「深歡喜的笑顏」，為讀
者留下深刻印象，他首先描述：

> 弘一師見我們，就立起身來，用一種深歡喜的笑顏相
> 迎。我偷眼看他，這笑顏直保留到引我們進山門後還
> 沒有變更。[46]

之後豐氏又屢次提及「弘一師用與前同樣的笑顏，舉右手表
示請他坐」、「弘一師只得保持這笑顏，雙手按膝而聽他講」、
「他又用與前同樣的笑顏送我們到山門外」。此種「深歡喜
的笑顏」，當是法師明見世態、無罣無礙的法喜展現；而經
由豐氏此等描繪，弘一平和親切的宗教氣質，亦由言行中自
然表出，無須再下一語。之後，豐子愷又屢次藉著細微的觀
察與描述，呈現法師的人格氣質：他所久未嘗領略的「丁寧
鄭重的態度」，是法師凡事認真的表示；他對法師「絆著草
鞋帶的細長而秀白的足趾」所以起異常感覺，正因過往法師
曾有過特殊的藝術經歷；而在二度會面之際，法師面對紀錄
自己昔時生活的照片，所露出之「超然而虛空的笑容」，復
對豐氏及讀者暗示了一種佛教的憧憬。正是通過這些細節的

---

[46] 以下〈法味〉部份引文見《豐子愷文集・文學卷一》，頁 21─34。

描繪，豐子愷在不言中表明一切，行文間法師的藝術生涯、宗教氣度與凡事認真的人格特質，在讀者心目中乃一一成形。寫人及此，實已在平凡中具顯了深刻的描摹功力。試將此文與葉聖陶的〈兩法師〉相較，葉文兼寫弘一與印光法師，而以弘一為主。其字裡行間的虔敬之心，雖亦令讀者同感肅然，但聖陶與弘一究竟並無深識，因此在文中便僅止於表達敬慕之情而已。對弘一法師人格與情態描摹之深刻，仍非豐子愷散文莫屬。不可忽略的一點是，豐子愷在文中所著力彰顯的，始終是弘一「善」、「美」的行事與氣質。

　　再以〈我的母親〉為例，豐氏此文「以筆墨代替顯影液和定影液」，而將焦點集中於母親「坐像」的描寫上：「我的母親坐在我家老屋的西北角裡的八仙椅子上，眼睛裡發出嚴肅的光輝，口角上表出慈愛的笑容。」[47]豐氏以此形象起筆後，下文便展開順時性的階段記錄，他並有意選取平穩均衡的行文架構，加強母親此種坐像畢生未改的一致性。作者回憶幼年母親給他零食吃時，「眼睛裡發出嚴肅的光輝」，而勉勵他時，口角上又「表出慈愛的笑容」；九歲之際父親辭世，母親開始掌理家務，「她用了眼睛的嚴肅的光輝來命令，警戒或交涉；同時又用了口角上的慈愛的笑容來勸勉，撫愛或應酬」；作者十七歲離家求學，母親則「眼睛裡發出嚴肅的光輝，誡告我待人接物求學立身的大道；口角上表出慈愛的笑容，關照我起居飲食一切的細事」；廿二歲後每次假期歸省，母親仍是「眼睛裡發出嚴肅的光輝，口角上表現

---

[47] 以下〈我的母親〉部份引文見《豐子愷文集·文學卷一》，頁 640—643。

出慈愛的笑容。她像賢主一般招待我，又像良師一般教訓
我」。此後三十歲、三十三歲……，豐子愷心目中的母親形
象始終如一。全文藉著平穩反復的結構，對母親「眼睛裡發
出嚴肅的光輝，口角上表出慈愛的笑容」之神情反復強調，
初為抽象的概述，後又逐步加入細節的描繪與補充，當情感
醞釀完足之際，豐子愷遂於文末輕輕點題：「她是我的母親，
同時又是我的父親。她以一身任嚴父兼慈母之職而訓誨我撫
養我。」文章至此旋即戛然而止，豐子愷的寫作匠心於此文
亦展露無遺。相較於胡適〈我的母親〉一文，本文表現了截
然不同的寫法，胡文以具體、動態之敘事勝，在單一事件的
集中描繪裡，展現了母親「嚴師慈母」的氣質。豐氏此文，
則以抽象之形容與母親靜態的坐像起筆；由「靜」著墨，而
猶能做到描摹立體生動，尤屬難得。必須注意的是，豐子愷
在文中所反復強調的，始終是母親「行事認真，待人寬和」
的氣度，及此種人格日後對他造成的潛化。

　　第一類「記人」代表作的分析暫止於此。其他如〈悼丏
師〉中，以夏丏尊「多憂善愁」的氣質為行文主眼；〈白采〉
文中，以白采的「真心」激發己之熱情；〈伯豪之死〉裡，
以具體言談刻畫好友「頭腦清楚，個性強明」的形象；〈懷
太虛法師〉文裡，又以「正信」、「慈悲」及「勇猛精進」
之形容加諸太虛法師；而〈憶弟〉中慧弟心思的「別致」，
亦為豐氏所衷心贊賞，凡此俱為豐子愷「志人小品」中，對
人物特質所著意拈提的重點[48]。

---

[48] 必須指出的是：豐子愷部份「志人小品」中所描繪的人物，本為其所

　　由以上諸篇「志人小品」的探討，我們可以看出，豐子愷頗善於抉取人物的「關鍵特質」，以為行文主眼，再藉由動態言談與靜態形貌的描繪，逐步突顯人物性格。其實志人小品寫作的最先決條件，本就在於對人物需有深刻了解，方能進一步抓住對方最精神的部份。因此以人物為主作散文，必然只能集中火力描繪他們身心的某一特色，並強化此等特色，顯示其「不朽」的地方[49]。就此方面言，豐子愷對個別人物的敘寫，無疑是深刻而成功的；而他所心儀的人格典範，亦從中可見。歸結言之，此等典型不外具備以下兩種氣質：一為「器識」之高，一為「趣味」之深。前者具顯了豐子愷對「善」的追求，以人格之「善」可進達於「美」；後者則體現了豐子愷對生活之「美」的嚮往。是以「善」、「美」的理想在其第一類志人小品中，乃有了確實之展現。

　　第二類人情小品，則是對兒童情態的描寫。此部份作品於二○年代末期創作最多，其時豐氏以自家兒童為模特兒，繪就了諸多「兒童相」漫畫，亦用有情筆觸描寫了他和孩子們生活在一起的溫馨情懷。豐子愷曾自我剖析其時的創作動機，指出「熱愛」、「親近」及「設身處地」體驗孩子們的生活，是促成他當時寫就諸多此類佳構的原因[50]。相較於前類作品，豐氏描寫兒童的筆調顯然更為輕鬆自然，行文間更

　　不甚熟悉者，如〈白采〉，如〈懷太虛法師〉。因此在這些篇章中，便往往只能對其人做浮光掠影的一瞥。此等文章雖由於主眼選取的別致，而尚具可讀性，但到底不算深刻的作品。

[49] 見鄭明娳《現代散文類型論》，頁49—50。

[50] 見《豐子愷文集・藝術卷四・《子愷漫畫選》自序》，頁545—548。

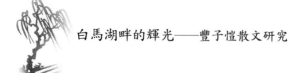
是氣韻飽滿、感情豐富。〈兒女〉、〈從孩子得到的啟示〉、〈華瞻的日記〉、〈標題音樂〉、〈給我的孩子們〉、〈作父親〉、〈送阿寶出黃金時代〉及〈南穎訪問記〉等,俱為寫兒童的代表作。今即以〈給我的孩子們〉、〈作父親〉及〈兒女〉三文為例,試對此類散文作一詮釋。

〈給我的孩子們〉是作者於一九二六年出版的《子愷畫集》代序之作,豐氏在文章一起始,便直接拈出全文主題:

> 我的孩子們!我憧憬於你們的生活,每天不止一次!
> 我想委曲地說出來,使你們自己曉得。[51]……

於文末,豐子愷復再一次呼應篇首,衷心地寫道:「我的孩子們!憧憬於你們的生活的我,痴心要為你們永遠挽留這黃金時代在這冊子裡。……」此等「憧憬」,實即豐氏對童心一貫護持之所由來,亦是其所有描繪兒童生活情態篇章的基調。除了前後的反覆表白外,豐子愷此文又分四個層次逐一敘寫,以第二人稱筆調向讀者娓娓而談:第一個層次,集中在對孩子「真率」性情的贊美上;第二個層次,則側重體顯孩子們的「創造力」;第三個層次,以成人和兒童世界做對比,敘寫自己在有意無意間,摧殘和扼殺兒童天性的懺悔之情;最後一層次則集中展現成人的悲哀:

> 但是,你們的黃金時代有限,現實終於要暴露的。……
> 我眼看見兒時的伴侶中的英雄,好漢,一個個退縮,

---

[51] 以下〈給我的孩子們〉部份引文俱見《豐子愷文集・文學卷一》,頁253—256。

> 順從，妥協，屈服起來，到像綿羊的地步。我自己也
> 是如此。「後之視今，亦猶今之視昔」，你們不久也
> 要走這條路呢！

實則豐氏在前三層次的夾敘夾議中，對於此等感懷，業已預
作鋪墊。兒童世界的真誠儘管可貴，卻難能久長，這是豐氏
在初為人父之際，便有所體會者，是以他在且喜且悲之餘，
更痴心欲留住孩子們兒時生活的情態。在〈作父親〉文中，
透過兒童言語、神態的細膩描繪，豐子愷尤其將童真之情，
描繪得躍然紙上：

> 一個孩子從算草簿中抬起頭來，張大眼睛傾聽一會，
> 「小雞！小雞！」叫了起來。四個孩子同時放棄手中
> 的筆，飛奔下樓，好像路上的一群麻雀聽見了行人的
> 腳步聲而飛去一般。[52]
> ……元草立刻離開我，上前去加入團體，且跳且喊：
> 「買小雞！買小雞！」淚珠跟了他的一跳一跳而從臉
> 上滴到地上。

豐子愷在諸多篇章中，俱是以此種漫畫筆法，展現兒童純真
未加矯飾的言行。而於譬喻、夸飾等技巧運用之外，他尤其
藉著細緻的描繪與觀察，凸顯了「小小孩」與小孩、小孩與
大人間強烈的對比。當父親為是否該買小雞而遲疑時，孩子
們的喊聲由「命令」變成「請願」的語氣，但仍不敢輕舉妄
動，獨有「小小孩」元草，「直接拉住了擔子的繩而狂喊」；

---

[52] 以下〈作父親〉部份引文俱見《豐子愷文集·文學卷一》，頁 257—260。

而當挑擔的雞販遠去，父親安撫孩子們時，「小的孩子們聽不懂我的話，繼續抽噎著；大的孩子聽了我的話若有所思」，此處大、小孩子的對照，儼然顯示了世智對他們程度不一的污染，亦再一次印證作者在〈阿難〉文中的觀點與省察。其後，與「作父親」標題互為呼應的主旨，於文末輕輕逗點而出：

> 「我們等一會再來買吧，隔壁大媽會喊我們的。但你們下次……」
> 我不說下去了。因為下面的話是「看見好的嘴上不可說好，想要的嘴上不可說要。」倘再進一步，就變成「看見好的嘴上應該說不好，想要的嘴上應該說不要」了。在這一片天真爛漫光明正大的春景中，向哪裡容藏這樣教導孩子的一個父親呢？

文章至此，實已在敘事與作者自我的反覆思辨中，展現了成人世界的虛偽，與純真兒童生活的對比。由此亦不難發現，儘管豐子愷寫兒童的筆調甚為輕鬆自然，但其實當中亦隱藏了成人的深沉悲感，此種悲感是對童真喪失的哀悼；而「童真」的憧憬與追求，則始終是豐子愷此類散文所展現的主題所在。

我們再以豐氏與朱自清的同題散文〈兒女〉相較，以明豐子愷此類題材寫作的特色所在。

〈兒女〉是葉聖陶在一九二八年《小說月報》第十九卷第十期中，安排二人所寫的同題之作，當時朱、豐俱年當三十，亦都恰有五個子女，然而對「兒童」的看法，兩人在文

中所展現者則各有差別。朱自清〈兒女〉的開頭：「我現在
已是五個兒女的父親了。」[53]已隱約點出面對現實環境的無
奈，果然，在其後的段落鋪陳中，讀者不難發現，「只為家
貧成聚散」的悲哀，以及作者本身矛盾複雜的個性，在在造
成朱自清在與兒女相處的過程中，煩擾勝過欣賞，憂心多於
快樂。相較於此，豐子愷散文所展現的，不是「朱自清式的
憂心忡忡」，而是「一切淡淡然，欣欣然」[54]。這並非意味豐
氏享有較為優渥的物質環境，而是由本性言，他對兒童生來
有更真切的感情、更強烈的同理心[55]，此為其人最大特質所
在，是以他能設身處地融入兒童世界的悲歡，體切抒寫兒童
的真性情，而無矯揉虛飾之跡。無怪乎楊牧要衷心地發出禮
讚：

> ……冰心的同類文字之所以逐漸被淘汰在文學的泥
> 淖裡，無非濫情做作使然，經不起時間的考驗，勢
> 必消逝於我們記憶的背面。豐子愷恆久鮮明，動人
> 最深，因為他除了敏感和想像，還保有一份可貴的
> 赤子之心。[56]

---

[53] 見《朱自清名作欣賞》，頁 234。

[54] 此為殷琦語。見〈讀〈兒女〉──談朱自清、豐子愷同題散文〉，《中
國現代文學研究叢刊》1986 年 3 期，頁 187。

[55] 此在朱自清亦曾自我承認己不及之。於〈兒女〉文中他寫道：「我的
朋友大概都是愛孩子的。……子愷為他家華瞻寫的文章，真是『藹然
仁者之言』。……」見《朱自清名作欣賞》，頁 239。

[56] 見《豐子愷文選 I‧豐子愷禮讚》，頁 7。

此外，豐氏此類散文的第二項特質，是他不僅能看出兒童的
「可愛」點，尤其能見其「偉大」處，因此每每能從孩子身
上獲得無盡啟示。兒童的真實無偽、勇敢專一，兒童對事物
絕緣的「本相」觀察，與豐富的想像創造力，應用到「藝術」
與「世事」的對待態度上，無不遠勝於成人。豐子愷在描繪
兒童的同時，其實是把成人世界作為對比的大背景來反襯，
由此嘲諷大人種種虛偽、愚蠢和不合理的作為。因此其描繪
兒童生活的篇章，乃有了更深沉的思考內容。

　　最後尚須一提者，豐子愷的思想體系既是一貫的，則其
寫兒童篇章所展現的情思，亦必與其他題材的創作一一扣
合。即以〈兒女〉一文為例，豐氏與朱自清此文都是「除了
記述父親與子女的共處情形外，還能提昇而思考親子關係的
調和問題。豐子愷的著眼點更高，從小我的親子關係推衍至
大我的層次，並肯定兒童的天真純美可媲美天上的神明與星
辰、人間的藝術等。」[57]由大量抒寫「童真」之美的散文篇
章可見，除了對孩童的喜愛之情外，豐子愷於大部份作品
中，亦以夾敘夾議筆法，展現了他一貫深密的哲理思考；而
這些思考的歸趨，又無不與其藝術、宗教的信仰相合。如他
對孩童純淨眼光，與藝術觀物眼光一致性的體會；如他對棄
絕世智污染所提示的途徑與努力方向，一朝宗教，一則朝向
兒童世界，凡此在下文皆將續有申述。可見抒寫孩童生活的
篇章，儼然亦是豐氏一以貫之的思想體系中，有機且意義重
大的一部份。

---

[57] 見鄭師明娳《現代散文類型論》，頁64。

　　要之，豐子愷以文字、漫畫所描繪的兒童題材作品，所展示者乃是以「愛」和「誠」來維繫的純美世界。他向讀者闡明：人生最美的心靈是兒童的心靈，世間最美的社會是兒童世界，因此豐氏極力倡導「童心」的培養[58]，希望由此進達「真」中求「美」之境。可以說，描繪兒童生活的「真誠」之美，與前一類志人小品的由「善」體顯「美」，俱完整表達了豐子愷思想內涵中，對真善美理想境界的永恆追求。

參、民胞物與的觀照

　　本段所討論主題有二：一為豐子愷對他人境遇感同身受之創作表現，一則為其對萬物的深刻觀察，二者皆是豐氏「悲智雙運」之體顯。如首節所述：對眾生的悲憫，是子愷一貫的思想內容，此等情懷在人生各時期俱有展現，本段則擬就其前期藝術價值較高之作品略作交代。此外值得注意的是，豐氏民胞物與的觀照，在「詠物」篇章中體現得尤為圓融，是以本段的探討重點亦集中於此。

　　先就對「人」的深刻觀察言：此部份的代表作有〈舊地重游〉、〈窮小孩的蹺蹺板〉、〈肉腿〉、〈鼓樂〉、〈錢江看潮記〉、〈車廂社會〉、〈雲霓〉等。在〈肉腿〉中，豐子愷以細膩，甚至可說是「繁冗」的描述，鉅細靡遺地呈

---

[58] 參〈童心的培養〉一文，收錄於《豐子愷集外文選》，頁 71—79。豐氏在此文中指出，培養童心是兒童教育的要項，亦是藝術教育的要項。經由此，人們方能享受純真、和平而充滿趣味的生活。

現農民踩踏水車之辛勞,與自身觀察後心情的轉變。全文以
對比手法,形成情緒的一再強化,前段為自己無法獲得悠閒
情趣而懊惱的鋪陳,在與農民為基本物質生活而賣命的情況
相比下,始知並非贅筆,全為反襯百姓之辛勞。而在結段的
描繪中,鄉下踏水農民的肉腿,與都會舞場舞女的肉腿兩相
對照的畫面,對讀者尤其造成觸目的視覺效果:

> ……那活動的肉腿的長長的帶模樣,只管保留印象在
> 我的腦際。這印象如何?住在都會的繁華世界裡的人
> 最容易想像,他們這幾天晚上不是常在舞場裡、銀幕
> 上看見舞女的肉腿的活動的帶模樣嗎?踏水的農人
> 的肉腿的帶模樣正與這相似,不過線條較硬,色彩較
> 黑些。近來農人踏水每天到夜半方休。舞場裡、銀幕
> 上的肉腿忙著活動的時候,正是運河岸上的肉腿忙著
> 活動的時候。[59]

全文至此戛然而止。豐子愷藉此等聯想深化主題,亦使名為
「肉腿」的本文,產生畫龍點睛之妙。於此豐氏不由正面作
種種不平之鳴,卻轉以細膩的畫面呈現,傳達了更動人的悲
憫情懷。其他如〈窮〉文中,對窮的小孩不知己苦,猶一味
追求生之歡喜的同情;〈鼓〉文中,因孩子背鼓受打而全身
肌肉瑟瑟顫動的情景,所興發的悽慘之心;以及〈舊〉文中,
為自身拜勞動人民所賜遂享特殊清福的不安與不快,俱一一
體現了豐子愷關心自己,同時亦不忘民生的寬廣胸襟。

---

[59] 見《豐子愷文集・文學卷一》,頁 356。

　　再就詠「物」篇章討論：此類散文在對物象「設身處地」
的觀察中，尤其展現了豐氏民胞物與的深刻底蘊。依觀照角
度，復可將豐氏詠物篇章歸為兩類，一為純粹對「物」的描
寫，所重或在其性行，或在其趣味性；一則寫物而兼及對「人」
之思考。

　　純粹物趣的描寫，是一種較單純的詠物形式。基本上，
「物」本身並無情趣可言，它的情趣全由作者外鑠而成。作
家用有情之眼觀物，以有情之心體物，而賦予萬物生命之光
華，此即為「物趣」，其能源仍由「人情」而來[60]。豐子愷
此等描寫文字，重由「趣味性」方面鋪陳者，代表作有〈沙
坪小屋的鵝〉、〈阿咪〉等，以凸顯鵝、貓風姿靈性的種種
可愛為主調，並交代動物與作者之間的親和關係；重由「性
行」方面鋪陳者，以〈清晨〉、〈養鴨〉、〈白象〉、〈敬
禮〉等為代表作，焦點則放在發揚動物的可貴物性，並由動
物身上見出與人類相同的倫理親情，而給予肯定與讚美。

　　〈沙坪小屋的鵝〉可說是豐子愷詠物文字的極致。作者
在此文中，集中筆力描寫鵝的「高傲」氣質。「觀察細緻」
與「對照鮮明」，是本文寫作成功的主要原因，試看文中種
種生動傳神的敘述：

　　　　凡動物，頭是最主要部份。這部份的形狀，最能表明
　　　　動物的性格。例如獅子、老虎，頭都是大的，表示其
　　　　力強。麒麟、駱駝，頭都是高的，表示其高超。狼、
　　　　狐、狗等，頭都是尖的，表示其刁奸猥鄙。豬玀、烏

---

[60] 見鄭師明娳《現代散文類型論》，頁99。

龜等，頭都是縮的，表示其冥頑愚蠢。鵝的頭在比
例上比駱駝更高，與麒麟相似，正是高超的性格的表
示。而在它的叫聲、步態、吃相中，更表示出一種傲
慢之氣。

鵝的叫聲，與鴨的叫聲大體相似，都是「軋軋」然的。
但音調上大不相同。鴨的「軋軋」，其音調瑣碎而愉
快，有小心翼翼的意味；鵝的「軋軋」，其音調嚴肅
鄭重，有似屬聲呵斥。……

鵝的步態，更是傲慢了。這在大體上也與鴨相似。但
鴨的步調急速，有局促不安之相。

鵝的步調從容，大模大樣的，頗像平劇裡的淨角出
場。……[61]

作者有意以其他動物為陪襯，分由叫聲、步態、吃相等方面
作比較，以凸顯白鵝「高傲」的氣質。然而，豐子愷雖一面
寫鵝的睥睨軒昂之態，一面卻也不忘對白鵝的愚傲深加調
侃：它雖步調從容，大模大樣，卻絲毫不知讓人，有時甚至
主動向人進攻；它狂妄的本性，導致自己容易被人捉住，但
卻從不知記取教訓；而盲目的高傲，更使白鵝在吃飯時亦飽
受雞狗捉弄。總之，本無「情」、「趣」的白鵝，在作者深
刻細緻的筆墨渲染下，完全具備了「人」的趣味：有其可愛
處，亦有其可笑可憫處。誠如豐子愷於文末所言：「現在我
寫這篇短文，就好比為一個永訣的朋友立傳，寫照。」作者

---

[61] 以下〈沙坪小屋的鵝〉部份引文，見《豐子愷文集‧文學卷二》，頁
161—166。

在提筆為文之際，實在已以鵝為友，注入了豐厚感情，遂能展開無比生動的描摹。而在文末，作者尤其以大篇筆墨敘寫自己喜愛白鵝的原因，除了因為它有物質上的實際貢獻——生蛋外，更在於它為作者抗戰期間寂寥的鄉居生活，增添了不少情趣。文末之大段鋪敘，與起始戀戀不忘白鵝的伏筆形成呼應；而作者亦經由此將動物拍合到「我」，從而展現無限溫暖的氛圍。詠物小品及此，確已飽含豐厚情味；至於其寫作的情感基礎，則是植根於子愷「民胞物與」的真誠觀照。

〈養鴨〉是作者另一篇以「對比」形式強化主角特性的作品，但此文的敘寫角度則側重「性行」之描繪。豐子愷以狗的貪婪、無恥、勢利，貓的兇狠和諂媚，與鴨的廉恥相對照。此外，「狗走起路來皇皇如也，好像去趕公事；貓走起路來偷偷摸摸，好像去幹暗殺」[62]，相形之下，鴨子的步態搖搖擺擺，天真自然，反而深具滑稽之美。此文與〈沙坪小屋的鵝〉相較，雖同以對比手法呈現，但在取材方面，〈沙〉文分就白鵝形態上的不同層面觀察，〈養〉文則集中筆力描述雌鴨的一段「哀史」，角度不一，但在夾敘夾議的筆法中，對物象同樣作到精準的繪寫，此自當歸功於豐子愷「設身處地」的體會。而作者視萬物為一體之心，於此亦有了自然深刻的展現；唯其如此，豐氏方能以寫「人」之筆寫「物」。此類特重「性行」的詠物小品，雖有時因文意太露而有說教之弊[63]，但整體說來，卻也從另一層面體現了豐子愷受其師

---

[62] 見《豐子愷文集・文學卷二》，頁81。

[63] 如前嘗提及的〈楊柳〉，及〈清晨〉一文中作者直接的現身說法：「這也是一種生物，它們也要活。人類的生活實在不及……。」（文學卷

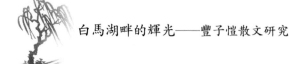
影響之深：悲慈萬物的心懷、器識先行的原則，在這些詠物小品中，都有程度不同的表現。

　　另一類寫物而明喻「人類」生活情境的篇章，則又展現了豐子愷宗教情懷的另一層面：「人本」的、不徹底的佛教觀[64]。在〈蝌蚪〉中，豐子愷藉著兩次與蝌蚪結緣的敘事，強調純任天然的發展，方是它們應當享有的合理生活情態：「它們指望著生長，發展，變成了青蛙而在大自然的懷中唱歌跳舞。」「這些蝌蚪倘有耳，一定也會聽見它們的同類的歌聲。聽到了一定悲傷，每晚在這洋瓷面盆裡哭泣，亦未可知！」[65]在這等設身處地的同情中，作者最後則將其悲憫情懷延伸至對人類的關切上：「這是苦悶的象徵，這象徵著某種生活之下的人的靈魂！」此外，在〈蜜蜂〉文中，豐子愷由為玻璃所擋而尋不到出路，四處碰撞的蜜蜂，感嘆「求生活真不容易，只做一隻小小的蜜蜂，為了生活也須碰到這許多釘子。」「求生活在從前容易得多，不但人類社會如此，連蟲類社會也如此。」[66]在〈隨感十三則〉中，豐氏則又由

一，頁 637）凡此俱與《護生畫集》的繪作，同樣犯了平白淺露、說教太濃之弊。

[64] 豐子愷在〈護生畫三集自序〉中嘗言：「『眾生平等，皆具佛性』，在嚴肅的佛法理論說來，我們這種偏重人的思想，是不精深的，是淺薄的，這點我明白知道。但我認為佛教的不發達，不振作，是為了教義太嚴肅，太精深，使末劫眾生難於接受之故。……」於此豐子愷所主張者，乃一種以「人」為重的宗教觀，「護生」乃為「護心」，是以對眾生的悲憫，最終仍須落實於對人體切的同情上。

[65] 以下〈蝌蚪〉部份引文見《豐子愷文集‧文學卷一》，頁 245─252。

[66] 見《豐子愷文集‧文學卷一》，頁 384。

盲目生長的瓜藤，聯想及世間種種不幸[67]。凡此種種，俱體現了豐子愷在《護生畫集》及〈佛無靈〉中，所一再強調的觀點：愛物並非愛惜物的本身，乃是愛人的一種基本練習。換言之，豐子愷的悲憫情懷普及萬物，但由根本而言，他對人類社會所寄予的同情實尤深尤切。以「不問世事」觀點理解豐氏的評論者，不妨由此類詠物篇章，重行思考豐子愷對民生的悲憫與關愛。

總結以上所言，豐子愷之寫「物」，實與寫「人」融然無分。民胞物與的同情，在其散文中有極深刻展現；而此等襟懷之所由來，基本上仍源自他某些一貫的信仰：兒童、藝術與宗教。豐子愷對萬物擬人化的觀察，源自「兒童」純淨眼光之啟迪，亦是「藝術」觀物眼光的流露；而他對萬物設身處地的體感，則更是「宗教」泯滅物我界限情懷之朗現。豐子愷用此無垢之心，洞見天意的本來平等，是以他能以更廣闊的胸襟，看待天地萬物，從而展現民胞物與的深沉觀照。

肆、社會批判與文化關懷

相較於同代作家，豐子愷筆下似乎較多日常化的展示，較少大環境之煙塵，他以個人情性與日常體感的抒寫為主。

---

[67] 見《豐子愷文集・文學卷一》，頁306。其他如寫老羊而乃以「羊奸」隱喻人類社會的害群之馬（頁313）；寫老鼠而直言「我所感慨而憐惜的，不是老鼠本身，而是老鼠所象徵的人生。戒殺護生，皆當不失此旨。不然，今恩足於及禽獸，而功不至於同類者，獨何歟？」（頁223）等，皆是寫物及人之例。

然而若深入對豐氏整體作品做一披覽,我們便不難發現,當中仍有若干時代影子的投射,是為豐子愷對當代社會之批判。而因歷史時期不同,其筆下所反映的批判對象復有所差異。例如〈夢耶真耶〉、〈五月〉、〈九日〉、〈閒〉等文是對抗戰前社會亂象之譏刺,〈閒〉文並將此等不滿寓於對民間兒童「遊戲方法」的敘寫中。如寫及孩童遊戲口訣「鄉下人怕大老爺」、「大老爺怕洋鬼子」、「洋鬼子怕鄉下人」等時,豐子愷便忍不住夾敘夾議一番:

> 這三句口訣似是前時代——《官場現形記》或《二十年目睹之怪現狀》的時代——遺留下來的。但是兒童們至今只管沿用著。聽說兒童是預言者,童謠能夠左右天下大勢。或許他們的話不會錯,現在社會還這般,或者未來的社會要做到這般。[68]

文中類此批評為數不少。整體言之,寫兒童的長閒無聊,與由之發展的種種遊戲,不過是豐子愷所選取的表面題材;本文的真正旨意,其實是在反襯鄉村現象之可悲,與兒童、成人的普遍苦痛。由此可見豐氏對其時種種顛倒黑白、失卻理序的社會情狀,確實充滿慨歎,是以不免藉題發揮一番。此外,〈蜀道奇遇記〉寫抗戰所造成的人倫錯亂;〈貪污的貓〉、〈口中剿匪記〉諷喻戰後劫收、貪污等等腐敗亂象,筆調尤其激烈;而〈元旦小感〉、〈代畫〉等文則是對淪陷後社會情狀所作的含蓄批判。凡此種種,俱是豐子愷在時代變動下,所作的思考與反映。

---

[68] 見《豐子愷文集・文學卷一》,頁 430—431。

　　除此以外，豐氏另有一類作品所諷喻之社會情狀，至今猶具有針砭時弊之效。此又可分就數方面言之：其一，是對人際關係之日益疏離、冷漠所作的批判，〈樓板〉、〈鄰人〉等為代表作；其二，是對教育問題的反思，〈送考〉、〈文藝與工商〉等可見一端；其三，則是對國民性之強烈諷刺，〈吃瓜子〉、〈愛子之心〉、〈作客者言〉、〈兩場鬧〉及〈畫鬼〉等文，俱有不同層面的抒發，表現尤為精采深入。以下即擬取〈吃瓜子〉及〈畫鬼〉二文分別討論。

　　〈吃瓜子〉一文在進入主題前，先以與「吃瓜子」並列為三大「國粹」的「拿筷子」、「吹煤頭紙」二事為引子，寫中國人對此兩種技術之純熟深造與變化多端，陳述儘管精采，然仍非主題，僅為「吃瓜子」一事預作鋪墊。其後，作者開始進入主題之描寫：先以細緻的筆法，描繪自己吃瓜子之經驗，及其間種種糗態；再以己對照於人，先後描繪少爺們從容自由、小姐太太們姿態窈窕的吃法，筆法詼諧，寓諷於褒；再後一段，豐子愷寫自己以此等拙劣的技法，猶能在日本人面前占勝，因而倍覺驕矜自誇。明為誇耀，實則在當時列強交侵的時代背景下，思及中國人只以此等技藝勝人，反嘲尤甚。敘事性的描繪之後，作者又另闢角度，開始論說「吃瓜子」所以成其為最有效的「消閒」法的理由。主眼「消磨歲月」於此被拈出，而後三段在「吃不厭」、「吃不飽」、「要剝殼」三項特色分別論述的過程中，「消閒」的主眼且時時出現其間，試觀以下數段文字：

……賑災的糧食求其吃得飽，消閒的糧食求其吃不飽。……最好越吃越餓，像羅馬亡國之前所流行的「吐劑」一樣，則開筵大嚼，醉飽之後，咬一下瓜子可以再來開筵大嚼。一直把時間消磨下去。

……而能盡量地享用瓜子的中國人，在消閒一道上，真是了不起的積極的實行家！試看糖食店、南貨店裡的瓜子的暢銷……便可想見中國人在「格，呸」、「的、的」的聲音中消磨去的時間，每年統計起來為數一定可驚。[69]

行文間警語隨時出現，頗令人觸目驚心。在反諷的筆調中，作者以小見大，對國民只於「吃瓜子」一事積極，相對在其他方面，反因消極而付諸闕如的痛心之情，亦湧現於字裡行間。要之，全文無論是觀察之細膩、思考之深入，或情態之敘寫、議論之精準，俱可圈可點，允為諷喻佳作。

〈畫鬼〉所採取的，則又是另一種嶄新的寫作角度。全文由對「畫理」的翻案說明始。作者認為《後漢書》等相關記載中，諸如以下說法是錯誤的：

畫工惡圖犬馬，好作鬼魅，誠以事實難作，而虛偽無窮也。[70]

因為此等論述就畫法而言，乃是以「形似」為主要標準而立言。然而真正高明的繪畫，當「以形體肖似為肉體，以神氣

---

[69] 見《豐子愷文集・文學卷一》，頁237—238。

[70] 轉引自《豐子愷文集・藝術卷三》，頁385。以下〈畫鬼〉部份引文同此，頁385—391。

表現為靈魂」。依此角度言之,「犬馬旦暮於前,畫時可憑
實物而加以想像;鬼魅無形不可睹,畫時無實物可憑,全靠
自己在頭腦中 shape」,是以倍感艱難。此為豐子愷於畫理
上所持論點:不由「形似」立論,而以「神氣」之描寫為重,
由此認為鬼魅較實物尤難繪寫,因其神氣畢竟難摹。畫理之
闡述告一段落後,作者又開始以故事之穿插,說明想像世界
中之鬼魅,有「兇鬼」、「笑鬼」二類,其間對種種民間傳
說之描繪十分生動;然而在談玄說鬼中,作者其實另有深意
寄寓,此於結段的精簡敘說中,可見端倪:

> 我在小時候,覺得青面獠牙的兇鬼臉最為可怕。長大
> 後,所感就不同,覺得白而大而平的笑鬼臉比青面獠
> 牙的兇鬼臉更加可怕。因為兇鬼臉是率直的,猶可當
> 也;笑鬼臉是陰險的,令人莫可猜測,天下之可怕無
> 過於此!……

全文由此轉入深沉的世象描寫。豐子愷以己之人生體會,說
明其時世間,齜牙咧嘴的兇神惡煞猶可當,可怕的是「笑面
鬼」漸行漸多;表面上寒暄道好,背地裡卻居心叵測。此等
世態之反映,移至現今人世,可謂有過之而無不及。其他如
豐氏在〈愛子之心〉文中,對世人意欲不勞而獲的想法,與
眾生不平等觀念的譏嘲;在〈夢耶真耶〉中,對其時社會毫
無理序,充斥荒誕不合理情事的無奈;以及〈作客者言〉、
〈宴會之苦〉中,對國人虛偽、多禮、好面子、講表面功夫
種種行為的描寫,在現今社會猶屢見不鮮,讀之不免令人對
此等國民性感到汗顏。甚而〈送考〉一文描述孩子重視大考

成績的心態，乃源自家庭、社會之期望與引導，此等對教育弊端所作的分析，亦隱然與今日「升學主義」掛帥的教學趨向若合符節。五、六十年前的隨筆，讀之猶如寫現今情狀，可見豐子愷的社會批評文字，就某些層面言，仍是深具時代意義的。

再就其表現「文化關懷」的篇章討論。豐子愷身為藝術教育工作者，在二、三〇年代，便曾花費不少時間，寫就諸多文藝理論，其中尤以美術、音樂方面，論述最多。此為其文化關懷的第一層面，所重在青少年美感教育的涵養。豐氏此類作品的最大特色，在於他能以通俗簡明，並且條理暢達的文字，將枯燥的文藝理論，經由故事化的展演，如《近世西洋十大音樂家故事》、《西洋名畫故事》；或循序漸進的鋪陳，如《音樂十課》等，達到一種趣味盎然的知識傳遞。此外，他又時而借第二人稱方式表意，以「你」為訴說對象[71]，娓娓而談種種藝術理論，類此文字尤具平易近人的親和力。豐子愷文藝理論方面的文字極多，舉凡音樂知識的介紹、繪畫理論的提示，乃至兒童藝術教育的關懷[72]，豐氏俱一一涉及。他並不吝以自身的摸索歷程，做為青少年學習的借鏡，〈我的苦學經驗〉、〈舊話〉、〈學畫回憶〉等，即為類此篇章。關於豐子愷文藝理論方面的觀點，由於本書於後將有專章討論，此處暫且從略。

---

[71] 如〈藝術的眼光〉、《音樂十課》等的寫作方式便是如此。
[72] 豐子愷對兒童的美術教育，著重啟發性教學，其觀點見之於〈美的教育〉、〈美與同情〉、〈談兒童畫〉等篇章，三者俱收於《藝術卷》。

　　豐氏文化關懷的第二個層面,是對中西文化所作的諸種比較。如前所述,二、三〇年代是處於衰落的舊文化,與方興的新文化相互夾擊的「夾縫」文化,在中西思潮的激盪下,它一方面表現出對「承襲」的偏愛,另一方面卻又展現著對「開放」的躊躇,是以社會上每每充斥諸種不協調情狀[73]。豐子愷注意到了當時社會的此等特殊性,並力圖做到中西文化的比較與融合。對於此,豐氏表現出細緻入微的觀察,他曾由東西洋對「春」的看法與命名,比較東西方民族性之差異:

> 講求實利的西洋人,向來重視這季節,稱之為 May
> (五月)。……May 這一個字,原是「青春」、「盛
> 年」的意思。可知西洋人視一年中的五月,猶如人生
> 中的青年,為最快樂、最幸福、最精彩的時期。這確
> 是名符其實的。但東洋人的看法就與他們不同:東洋
> 人稱這時期為暮春,正是留春、送春、惜春、傷春,
> 而感慨、悲嘆、流淚的時候,全然說不到樂。東洋人
> 之樂,乃在……新春,……這時候實際生活上雖然並
> 不舒服,但默察花柳的萌動,靜觀天地的回春,在精
> 神上是最愉快的。……May 是物質的、實利的,而
> 春是精神的、藝術的。東西洋文化的判別,在這裡也
> 可以窺見[74]。

---

[73] 見《中國現代美學叢編》,頁 2—3。
[74] 見《豐子愷文集‧文學卷一》,頁 296—297。

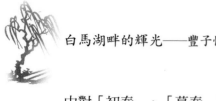

由對「初春」、「暮春」不同程度的喜好，說明東、西洋對「精神」與「物質」層面，各有所重的特質；此等差別，亦是造成其他種種文化差異的基本原因。由此延伸，對東西方文藝表現的諸層面，豐氏亦曾一一比較。例如言及「工藝」成品時，豐子愷指出東、西洋的差別，在於「約略的寫實」與「精密的寫實」；此外，東洋服裝具有「飄然」的美，西洋服裝則具有「稱體」之美[75]；再就東西洋的「美術」表現言，豐子愷由線條、透視法、解剖學的運用，以及背景、題材描寫的差別，分別列舉，從而得出東洋畫重「空想」、西洋畫重「寫實」的結論[76]。以上種種東、西方的差異，都是互為影響、彼此聯繫的。豐氏並且在此基礎下指出，未來的繪畫，勢必向著「形體切實」與「印象強明」兩大目標展進，而兼容東西方繪畫之優點。是以國人在汲取西洋繪畫的長處時，尤其不可忘卻自身的國民性與時代精神[77]。

關於東、西方文化的比較，豐子愷之立論雖不免有「二分法」之弊，然大體說來，他的觀察還算正確，亦能確實掌握東、西方文化型態的基本差異。尤其難能可貴者，是豐子愷在當時文化衝擊的迷亂中，猶能清楚地作一省思，從而提出中國文化的新方向，此點誠懇之心與中肯之論，是最值得稱賞的。

---

[75] 見《豐子愷文集・藝術卷四・東西洋的工藝》，頁 368—376。

[76] 見《豐子愷文集・藝術卷四・中國畫與西洋畫》，頁 208—210，及《藝術卷二・中國畫與遠近法》，頁 509。

[77] 見《豐子愷文集・藝術卷四》，頁 90、342—347、572。

　　最後，豐子愷的文化關懷層面，尚表現在為數不多之以
「女性」為論述中心的文字中，此亦儼然有時代影響之跡。
原來自五四以來，由於價值觀念的變化，現代意識的許多重
要側面，如科學、民主、個性、婦女、兒童問題等，都凸顯
而出[78]，其時的作家對婦女問題，亦嘗有過形形色色的討論。
早期的周作人，是對婦女、兒童最為重視的作家之一，此中
包含著周氏對「弱小者」——被損害與侮辱者的深刻同情。
在周作人那一代人心目中，婦女之能否解放，實與人性的健
全發展密切聯繫。他們對婦女問題的思考，實即包含對整體
人性發展的省思[79]，命題顯然十分龐大。與豐子愷同代之其
他作家，雖然亦或多或少觸及婦女問題的討論，但相較之
下，似乎都偏重「點」的發揮，較少如周氏般全面涵蓋者。
例如夏丏尊曾有〈聞歌有感〉、〈對了米萊的「晚鐘」〉[80]等
文，重在呼籲婦女由內部態度的改變做起，體認自己地位的
優越，並力求經濟、人格的獨立；俞平伯則有〈性（女）與
不淨〉[81]一文，大抵由平等立場，表達他對部份人將性與女
子、不淨等聯想一處的不以為然。以上諸文，俱偏重在女性
社會地位的爭取上，與豐氏此類作品主題並不相侔。唯一與
豐氏意稍近者，當推朱自清的〈女人〉[82]一文，但朱氏此文，
雖已轉由藝術層面闡揚婦女的優點，所重畢竟仍在容貌、身

---

[78] 見吳其南《中國童話史・五四時代精神和中國童話的現代化》，頁 162。
[79] 關於周作人對婦女問題的重視與思考內容，詳參《周作人論・性心理
　　研究與自然人性的追求》，頁 51—79。
[80] 二文分見《平屋雜文》，頁 59—66、67—76。
[81] 見《俞平伯散文選集》，頁 154—155。
[82] 見《朱自清名作欣賞》，頁 163—168。

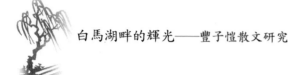

材、體態等外在美的歌頌上。真正能由「內涵」層面抉發女性特質者，仍以豐子愷散文為代表。豐氏對女性內在氣質的讚頌，以「真」為先：

> ……人類之中，小兒最為天真，最保全人的本性，其次要算女子，大人們都已失其本性了。[83]

可見豐子愷對女性之所以讚頌，首因其具有天真明淨的本質。其次，女性尚是「美」的表現者與實踐者：

> ……女子在天賦上有與美的世界接近的點。或者可說優美的女性的故鄉，是美的世界，所以女性原不必求人引導到這美的世界去，……[84]

豐氏並且認為，女性本身便是音樂，無須創造自能享有[85]。以上論述顯示，豐子愷對女性的尊重，實不由外在的社會地位出發，乃是由「內質之可貴」一點立言。而他對女性「真」、「美」氣質的讚頌，又是源自其一向的人生信念，當中隱然有通貫之脈絡可尋。此一特殊點，與豐氏整體人生思想體系相聯；亦是其對女性問題之切入角度，不同於其他作家的根本原因所在。

　　對豐子愷作品的分類探討，至此暫告一段落。由以上分析可見，豐子愷散文中的主體世界，實在涵括了人類的「超越性」思考，與文學的「時代性」反映雙重課題──「生命意義的思

---

[83] 見《豐子愷文集・文學卷一・《古代英雄的石像》讀後感》，頁 176。
[84] 見《豐子愷集外文選・美的世界與女性》，頁 9。
[85] 見《豐子愷文集・藝術卷二・女性與音樂》，頁 637。

考」及「真善美的理想」兩類，可略歸於「人類命題」的關懷主體上；至於「民胞物與的觀照」與「社會批判與文化關懷」兩類，則在很大層面上，體現了豐氏對「民族命題」的關切。豐子愷散文的取材，實在是涵蓋多方、包羅萬象的；由其中尋繹整體人生思想，亦當會有更全面的觀照與領會。

第三節　豐子愷人生思想分析

　　由上節豐子愷「主體世界」的探索中，可以看出：兒童、藝術、宗教及自然的啟發，在其不同類別的作品裡，都有散點之呈現；而於首節「散文分期」的討論過程裡，我亦曾提出「童心、悲憫及美感生活，為其一生不懈追求」的結論。更進一步，本節則試圖以「無限時空的有限悲感」、「主體自我的探索」與「理想世界的架構」三者，將以上意念予以有機之貫串，從而架構豐子愷的人生思想體系。經由此等統攝，豐氏的作品將開展出更恢宏的氣象；而其單篇散文，亦將循此找到更深入的透視點。

壹、無限時空的有限悲感

　　追根溯源，對「時空推移」的疑惑與「運命流轉」的悲哀，是豐子愷創作生涯的起始動機。豐氏在〈兩個「？」〉及〈大賬簿〉二文中，詳細記錄了此等自幼年起即具備的敏銳氣質：

我孩提時跟著我的父母住在故鄉石門灣的一間老屋
裡，以為老屋是一個獨立的天地。老屋的壁的外面是
什麼東西，我全不想起。有一天，鄰家的孩子從壁縫
間塞進一根雞毛來，我嚇了一跳；同時，悟到了屋的
構造，知道屋的外面還有屋，空間的觀念漸漸明白
了。……空間到什麼地方為止呢？……我進師範學
校，先生教我天文。……先生說：「天文書上所說的
只是人力所能發現的星球。」又說：「宇宙是無窮大
的。」無窮大的狀態，我不能想像。……我眼前的「？」
比前愈加粗大，愈加迫近，夜深人靜的時候，我屢屢
為了它而失眠。我心中憤慨地想：我身所處的空間的
狀態都不明白，我不能安心做人！世人對於這個切身
而重大的問題，為什麼都不說起？[86]

因由這些體驗，豐子愷開始由「知覺空間」，進入「概念空
間」[87]的早慧思考。除此之外，他心中深藏的另一個「？」，
則是「時間」：

我孩提時關於時間只有晝夜的觀念。月、季、年、世
等觀念是沒有的。……我入小學校，歷史先生教我盤

---

[86] 見《豐子愷文集・文學卷一・兩個「？」》，頁 277—278。

[87] 「知覺空間」（perceptual space）或稱「經驗空間」（Empirical space），
乃指由感官與距離所建立之「關係狀態」，所發生之「容積性」
（voluminousness）；此由感覺可以獲得物體之左右、上下、前後等知
覺。而「概念空間」（conceptual space）所指涉者，則是吾心所思及的
空間，它缺乏知覺所知之實在性。參見黃公偉《哲學概論・形上學・
宇宙論》，頁 161—162。

古氏開天闢地的事。我心中想：天地沒有開闢的時候狀態如何？盤古氏的父親是誰？他的父親的父親的父親……又是誰？……我入師範學校，才知道盤古氏開天闢地是一種靠不住的神話。又知道西洋有達爾文的「進化論」，……但宇宙誕生以前，和寂滅以後，「時間」這東西難道沒有了嗎？「沒有時間」的狀態，比「無窮大」的狀態愈加使我不能想像。而時間的性狀實比空間的性狀愈加難於認識。[88]……

以是豐子愷又經由「知覺時間」的體感，進入「概念時間」[89]的窮究。空間及時間狀態之大與性質之神祕，自此遂在幼小的子愷心目中，形成難以解答的困惑；日後豐氏對其所引發的思考，就哲學層面言，實俱屬「宇宙論」範疇的探索。而更切身的命運問題，則於不倒翁躍入河中那一剎那，在他心中翻騰而起：

我看看自己的空手，又看看窗下的層出不窮的波浪，不倒翁失足的傷心地，再向船後面的茫茫白水悵望了一會，心中黯然地起了疑惑與悲哀。我疑惑不倒翁此去的下落與結果究竟如何，又悲哀這永遠不可知的命運。……然而誰能去調查呢？誰能知道這不

---

[88] 見《豐子愷散文集‧文學卷一‧兩個「？」》，頁 279—281。
[89] 所謂時間，由其變化過程可分為「過去」、「現在」、「未來」三部份。吾人能感知者唯有「現在」，故稱「現在」為「知覺時間」（perceptual time）；至於過去化為記憶，未來懸為預想，皆因吾人概念而存在，故此二者則稱為「概念時間」（conceptual time）。見黃公偉《哲學概論‧形上學‧宇宙論》，頁 161。

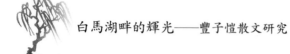

可知的命運呢？這種疑惑與悲哀隱約地在我心頭推移。[90]

一個不倒翁的失足掉落，開啟了豐子愷對於生命的扣問。其實，不僅不倒翁的失去令幼年的豐子愷深自悼惜，對於生命中因緣聚散的種種瑣事瑣物，諸如隨意折取的樹枝、偶然翻落衣襟的飯粒，以及化為灰燼的字紙等，他明知惜不勝惜，卻仍止不住頻頻回顧、屢屢太息，空自對其來處與歸向興起諸種揣測與悲哀，這就是豐子愷幼年時代文學氣質的表現。由於對人生世相生來具備敏銳的感受，他的悲感因此無時不生，也無處不在。豐氏於成年後曾經自我表白道：「歡喜讀與人生根本問題有關的書，歡喜談與人生根本問題有關的話，可說是我的一種習性。」[91]可見其愛好深思的特質，畢生未改。

豐子愷此等由幼年思索所延伸出的、對個體存在有限性之自覺，至一九三〇年前後四、五年間，由於遭逢親人故舊間的種種變故，感受更形深刻；其中又以母親逝世，對他所產生的衝擊最大。豐氏在當時的多篇文章中，表達了他對慈母謝世的悲悼：

> 我那時初失母親——從我孩提時兼了父親撫育我到成人，而我未曾有涓埃的報答的母親。痛恨之極，心中充滿了對於無常的悲憤和疑惑。自己沒有解除這悲和疑的能力，便墮入了頹唐的狀態。[92]

---

[90] 見《豐子愷文集·文學卷一·大帳簿》，頁157。
[91] 見《豐子愷文集·文學卷一·談自己的畫》，頁468。
[92] 見《豐子愷文集·文學卷一·陋巷》，頁204。

長者既逝，而幼小的孩子又即將走出童稚的黃金時代，去面
對塵世種種悲歡[93]，無常迅速，此等轉變讓豐子愷不得不深
結中腸。行走於擾攘塵世的艱難，他在行年三十之際，開始
有了些微體悟，並且一步步逼近了人生的意義與死亡問題之
思考，〈秋〉的寫作，不過是開啟此種感慨之先聲。好友伯
豪一九二九年之死，首先讓豐子愷體認到了死別的況味，在
深惜彼此塵緣告終的同時，他不得不相信「死亡」是伯豪在
世境遇的解脫。其後母親的辭世、一二八事件的衝擊，與親
友小白之淬逝，更讓他飽嘗激烈而熱辣的人生滋味，進一步
確認死是人類永久的本宅。之後復有舊戚「太」的來訪，更
勾起他對墓木已拱的慧弟之思念，而再一次體會了無常的悲
哀[94]。對於命運幾番的捉弄，他再無法以超脫的態度淡然處
之。此際，對時空運命的疑惑，已轉為深沉的無常之慟，與
對個體生命意義、價值之思考。幸有馬一浮即時開導，方將
其由「無常」的火宅中救出。馬一浮告訴豐子愷，「無常就
是常」，簡短一語令豐氏心境上頓感無限清涼，他終於體悟
到：

> 人類的理想中，不幸而有了「永遠」這個幻象，因此
> 在人生中憑添了無窮的感慨。……其實「人生無常」，
> 本身是一個平凡的至理。「回黃轉綠世間多，後來新
> 婦變為婆。」這些回轉與變化，因為太多了，故看作

---

[93] 見《豐子愷文集・文學卷一・送阿寶出黃金時代》，頁 446—450。
[94] 上述諸事豐子愷分別有〈伯豪之死〉、〈小白之死〉、〈憶弟〉等文
記述。見《豐子愷文集・文學卷一》，頁 65—73、192—196、210—213。

當然時便當然而不足怪。但看作驚奇時，又無一不可
驚奇。[95]

此時豐子愷已能以較平和的心態，看待生命的流轉與滅逝，
行文間也不再處處語出憤激。實際上，豐氏此時抱持的思
想，頗類蘇軾在〈前赤壁賦〉中所發之議論：「逝者如斯，
而未嘗往也；盈虛者如彼，而卒莫消長也。蓋將自其變者而
觀之，則天地曾不能以一瞬；自其不變者而觀之，則物與我
皆無盡也。而又何羨乎？」然而豐氏對人世無常的種種變
化，果能以如此超然的心態因應了嗎？此等曠達語背後，畢
竟仍有不勝惆悵之感，是以在其後的逃難歲月中，豐子愷或
以廣遠的角度，看待旅途中所聞所見：

> 離村半里，有蕭王廟。廟後有大銀杏樹，高不可仰。
> 我十一二歲時來此村蔣五伯（茂春同族）家作客，常
> 在這樹下遊戲。匆匆三十年，樹猶如此，而人事已數
> 歷滄桑，不可復識。我偃臥大樹下，仰望蒼天，緬懷
> 今古。又覺得戰爭、逃難等事，藐小無謂，不足介意
> 了。[96]

或因訪梅蘭芳有感而發，乃對造物者的旨意申發不平之鳴：

> 依宗教的無始無終的大人格看來，藝術本來是曇花泡
> 影，電光石火，霎時幻滅，又何足珍惜！獨怪造物者

---

[95] 見《豐子愷文集・文學卷一・無常之慟》，頁 617—618。
[96] 見《豐子愷文集・文學卷二・辭緣緣堂》，頁 136。

太無算計；既然造得這樣精巧（按：指梅蘭芳之身段
唱腔），應該延長其保用年限；保用年限既然死不肯
延長，則犯不著造得這樣精巧；大可馬馬虎虎草率了
事，也可使人間省卻許多痴情。[97]

可見在宇宙主宰的安排下，豐子愷對於無常的悲感，仍是時
而作自覺的超脫，時而又不免沉溺其間，難以自拔。終其一
生，豐氏始終以敏銳的思索與體感，對此種「無限時空的有
限悲感」，扣發一連串深沉的質問。他的創作源頭產生於此，
他的思考所得亦歸結於此。

　　其實，「人生無常」的感慨，本就是自古以來東西方文
學所共有的內容之一[98]；就生命實相的體悟言，這是一種「無
可歸咎」的「命定」悲劇，既根源於個體本身的「有限性」，
便永遠無能擺脫或改變[99]。在中國文學中，此等悲感往往以
「傷春」、「悲秋」的典型，及「浮生若夢」的表述呈現；

---

[97] 見《豐子愷文集・文學卷二・訪梅蘭芳》，頁 213—214。

[98] 關於此點，林幸謙在分析白先勇小說中的主題思想時，曾有過精確的
剖析，見《生命情結的反思》，頁 143—144。此外陶東風亦指出「死
亡」是中國文學傳統中所著意探索的主題之一，詳參《死亡・情愛・
隱逸・思鄉——中國文學四大主題》，頁 7—68。

[99] 勞思光在〈關於悲劇之原理〉一文中，曾區分「悲劇」為三大型態：
以「命定」為基礎的悲劇、以「缺陷」為基礎的悲劇及以「衝突」為
基礎的悲劇。其中前者尤其「無可歸咎」，故其意哀亦更深。此外，
勞氏並提出「有限性」原理，以統攝此三者：由於生命的有限性，人
類不能超越「命定」的力量，不能全無「缺陷」，也因此常在各時代
中犯各種錯誤而造成「衝突」。見《思光少作集（七）書簡與雜記》，
頁 312—317。就人類對「無常」的體會言，此等悲感是命定的、是無
奈的，故在勞氏所區分的類型中，是為無可歸咎之悲劇。

而由豐子愷的散文作品觀察，他對生命有限性的悲感，亦時常以此兩種方式表出。

首先，就「浮生若夢」的課題言，〈晨夢〉、〈夢耶真耶〉二文，是直接以此為主，而進行情感抒發的；至於〈法味〉、〈舊地重游〉、〈隨園詩話〉等，則因人、因事之不同，而一再有相近的「如夢」感慨[100]。於類此喟嘆中，豐子愷一方面展現了他對「無常」人生的敏感；另一方面亦透露出其思想之所由來。如前所述，豐氏深具傳統文人之氣質，其散文中所選用的「如夢」譬喻，亦是中國文學的普遍論題。而從源流探討，「浮生若夢」一詞的意旨，首見於莊周夢蝶式的夢遊境界；其次，它亦深受佛家文化的薰染，佛經中以夢譬喻人生的例子俯拾皆是，《金剛般若波羅密經》中，即有「一切有為法，如夢幻泡影，如露亦如電，應作如是觀」之偈，其他類近言語亦所在多是[101]。可見「浮生若夢」之主題，其實瀰漫著濃厚的佛道氣息。依此可以確定，豐子愷人生思考的底蘊，實在受到佛、道很大層面的影響，此等特質與第二節「生命意義的思考」部份所歸納的結論一致，亦與前章「思想成因」的探討互有生發，三者不妨參看。

---

[100] 在〈法味〉中，豐子愷一再言及自己沉酣於浮生之夢，而面見弘一法師，則猶如「是連續不斷的亂夢中一個欠伸」，使其得暫離夢境；在〈舊地重游〉文中，茶伙計的背影則讓他「似覺這兩年間的生活是做一個夢，並未過去」；而在〈隨園詩話〉中，豐子愷重閱舊書，更發出「六七年的歲月，渾如一夢，不禁感慨系之」的喟嘆。由此可體會豐子愷心思之柔軟易感。以上引文分見《豐子愷文集》，頁 21、25、264、316。

[101] 參見吳盛青〈浮生若夢——由中國敘事文學的一個課題所引發的思考〉，收錄於《國文天地》第 10 卷第 11 期，頁 94—100。

再就「傷春」、「悲秋」典型的承續言，豐子愷在二〇年代末、三〇年代初，亦曾有〈春〉、〈惜春〉、〈秋〉等作品。就主題來說，此本為中國人在面對人與自然的思考時，所慣用的一種特殊思維方式；從中亦可體會中國人對時間、空間所懷具的一種特殊鮮明意識[102]。然而若就意涵討論，豐子愷則在傳統模式之外，又做了不同層面的開展：「傷春」之多愁，已轉化為對時間流逝的自我警惕，與對他人之積極勸勉；至於「悲秋」的蕭索，亦因轉自我為主體、宇宙為客體的心念，而由自傷嗟嘆的「恐老」與「不遇」主題，進達「物我合一」的成熟觀照，從而展現宇宙大小生命的融和。由豐氏此等將自我生命歷程與自然合而為一的信念，可見他相信在無限時空中，個人有限悲感的化解，最終仍須歸於「自然」的啟導。此點在下文將續有逐步的申發。

貳、主體自我的探索

由對時空與運命流轉的不斷窮究，豐子愷覺悟到個體存在的有限性，並由此展開自我的尋索。他曾回顧過往生活，並自敘家中孩童幼小時，由其妻抱著在家門前等候爸爸返家，他遠遠見著孩子雀躍地對其招手時之感受：

---

[102] 關於「悲秋」原型之樹立、內涵之擴展及「悲」之轉化歷程，詳參何師寄澎〈悲秋——中國文學傳統中時空意識的一種典型〉一文，發表於國立臺灣大學與荷蘭萊頓大學所主辦的「中國文化中的時空觀念」學術研討會上。

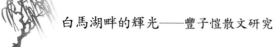

當這時候，我覺得自己立刻化身為二人。其一人做了
他們的父親或丈夫，體驗著小別重逢時的家庭團圞之
樂；另一個人呢，遠遠地站了出來，從旁觀察這一幕
悲歡離合的活劇，看到一種可喜又可悲的世間相。[103]

真實生活中，豐子愷常以此種「自我外化」的方式跳脫自身，
從另一個「我」的角度省察自我、省察人生世相。然而數十
年的世智塵勞難免令其本真失卻，意志腐朽。在豐氏自覺的
回顧歷程中，也因此不得不反復掙扎於迷夢與真我、自然與
造作、真實與虛偽之間。掙扎無力之際，他偶爾也學習眾生
的痴迷世間，然而此等墮落行徑只有導致其「彷彿一隻久已
死去而還未完全冷卻的鳥，發出一個最後的顫動」[104]，對
於真實人生的解脫則毫無助益。最終，豐子愷仍須自覺地由
迷夢中醒轉，進一步認清自我本質。他於是憬悟：衣食飽暖
的愉快、戀愛的甘美、結婚的幸福，以及爵祿富貴的榮耀，
每每將人們騙住，致使眾生無暇回想，得過且過，提不起窮
究人生根本的勇氣。為此，他深表感慨：

> 我覺得，人生好比喝酒，一歲喝一杯，兩歲喝兩杯，
> 三歲喝三杯……越喝越醉，越醉越痴，越迷，終而至
> 於越糊塗，麻木若死屍。……我已經喝了四十杯酒，
> 照理應該麻醉了。幸而酒量較好，還能知道自己醉。
> 然而「人生」這種酒是越喝越濃，越濃越兇的。只管

---

[103] 見《豐子愷文集・文學卷一・談自己的畫》，頁464。
[104] 見《豐子愷文集・文學卷一・伯豪之死》，頁72。

> 喝下去，我將來一定也有爛醉而不知其醉的一日，為
> 之奈何！[105]

在此等狀況下，他所藉以醒酒的藥方，一為古代文人在體認
「浮生若夢」之理後，所作的詩文；一則經由自然的偉大啟
示，返照人世的虛妄與渺小[106]。因由此等自覺，豐子愷方能
在短暫的生命進程中，隨時保持警醒，以進行人生目標之探
尋，與個人應世態度的調整。

　　自我的尋索之外，豐氏並曾藉一則簡短的夢境，表達了
他對眾生痴迷的擔慮：

> 我夢見一隻大船，在一片茫無涯際的大海上飄搖。船
> 裡的乘客，有的人高臥著，有的人閒坐著，有的人站
> 立著，有的人連立腳地都沒有，攀住了船沿而蕩空著。
> 為了艙位不均，各處都在那裡紛爭。有的說高臥的應
> 該讓位，有的說閒坐的應該站起來，有的說站立的應
> 該排緊些，有的說蕩空的應該放下來，議論紛紛，莫
> 衷一是；聲勢洶洶，滿船鼎沸。就中有少數人提議說：
> 「我們是同船合命，應該大家覺悟，自動地坐均勻來，
> 討論一個最重大的根本問題：我們這船究竟開往哪

---

[105] 見《豐子愷文集‧文學卷一‧不惑之禮》，頁645。

[106] 豐氏曾表示：「回想我的生涯中的種種愚癡，迷妄，苦惱，煩悶，和
　　悲哀的發生，都是為了熱中於世間而忘卻了世外的緣故；都是為了注
　　目於地上而忽視了天上的緣故，都是為了房屋的形式使我低頭，把我
　　籠閉，不許我常常親近天界的偉大的現象而覺悟人世的虛妄藐小的緣
　　故。」因此他常常自覺地親近自然。見《豐子愷文集‧藝術卷二‧玻
　　璃建築》，頁451。

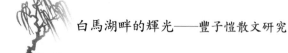

裡？」但是他們的聲音細弱，有的人聽不到，有的人聽到了，卻怪他們迂闊，說現在爭艙位都來不及，哪有工夫討論這種問題？

我在夢中希望他們的聲音放大來。不然，我想，要到艙位終於爭定了或終於爭不均勻的時候，大家才會想起這根本問題來。[107]

此處所謂的「根本問題」，實即人生終極意義與生命價值的探尋。對於眾生的輾轉於塵世，豐子愷曾不只一次地藉其散文發出警語，兼以自勉。早期〈晨夢〉所做的是直接之籲求，此處的夢境則是含蓄之隱喻。甚至一九四八年前後，豐子愷在為小讀者寫就的一連串兒童故事中，亦以一則為商請鎖匠開窗以求光明，主角不惜四處借船借刀借傘借梯，卻全然不管天已放晴、梯傘已無用……的故事，諷刺主角所作的一切都只顧目前需要，而不追究根本意義[108]。這位姓「萬」名「夫」的主角，其實正是作者對芸芸眾生的諷指：懶於窮究人生根本意義的習性，「萬夫」均然。無怪乎豐子愷要反復發出沉痛的質問：「我們這船究竟開往哪裡？」

一、「本真」的提出

對於主體自我的探索，與人生根本意義的窮究，豐子愷所獲得的體悟是：欲觀照真實生命，首先須具有洞見世態的明淨心眼；而此等心眼的護持，又首在於謹守「本真」而勿

---

[107] 見《豐子愷文集·文學卷一·勞者自歌》第五則，頁220。
[108] 故事內容詳見《豐子愷文集·文學卷二·為了要光明》，頁369—374。

失。豐氏指出：自然真率的本性為人所原具，然而世智塵勞的造作，往往令眾生迷塞心眼，在塵網中掙扎因此備感苦勞。他曾藉著對么折小兒阿難的自白，低訴心中的慨嘆：

> 你的一生完全不著這世間的塵埃。你是完全的天真，
> 自然，清白，明淨的生命。世間的人，本來都有像你
> 那樣的天真明淨的生命，一入人世，便如入了亂夢，
> 得了狂疾，顛倒迷離，直到困頓疲斃，始倉皇地逃回
> 生命的故鄉。這是何等昏昧的痴態！[109]

豐子愷在警惕自身勿墮入世俗顛倒迷夢的同時，其實也隱然譴責了「知識」對人所造成的霧障。他認為兒童生活雖然天真清白，然而由於漸具知識，受了世間的種種誘惑，生活中乃逐漸染上俗世色彩，終究不如初生即死的阿難明淨，此中頗有老子「絕聖棄智」之思想。在豐氏眼中，一切知識技術的學習，只徒然令人墮入迷途，羈絆在以「關係」為經、「利害」為緯而織就的塵網中，致使真相難明。此種鄙棄智巧的言論，與老子對「認知我」的否定正相一致。豐子愷所信守的，顯然是老莊「抱樸守真」式的信念，以是他崇尚任天而動的自然，認為「被造物只要順天而動，即見其真相，亦即見其固有的美」[110]。對於文學創作的信念，豐氏亦以自然真率為最高境界，只要任情所至，即使表達的思想粗陋質樸又未加修飾，亦無傷大雅。〈勞者自歌〉可謂其夫子自道[111]。

---

[109] 見《豐子愷文集・文學卷一・阿難》，頁147。
[110] 見《豐子愷文集・文學卷一・自然》，頁105。
[111] 豐子愷在〈勞者自歌〉第三則中寫道：「勞者休息的時候要唱幾聲歌。

也正是基於此等觀念,他極端排斥人類世界中的智巧之言:

> 人們談話的時候,往往言來語去,顧慮周至,防衛嚴密,用意深刻,同下棋一樣。我覺得太緊張,太可怕了,只得默默不語。
>
> 安得幾個朋友,不用下棋法來談話,而各舒展其心靈相示,像開在太陽中的花一樣![112]

此中所寄寓的,是豐氏對人與人之間坦誠相待的自許與期望。他崇尚真實,甚而在反復的自省中,時時拿成人與兒童世界對比。相較於成人言語間包藏的虛偽與陰險,孩子更常是誠實純潔,毫不虛飾的。為此,他對兒童發出真誠的禮讚,並為自己一向的矛盾做了真誠之告白:

> 我自己明明覺得,我是一個二重人格的人。一方面是一個已近知天命之年的、三男四女俱已長大的、虛偽的、冷酷的、實利的老人(我敢說,凡成人,沒有一個不虛偽、冷酷、實利);另一方面又是一個天真的、

他的聲音是粗陋的。……他的歌是短簡的。……他的歌是質樸的,不事誇張,不加修飾。身邊的瑣事,日常的見聞,斷片的思想,無端的感興,率然地、雜然地流露著。他原是自歌,不是唱給別人聽的。但有人要聽,也就讓他們聽吧。聽者說好也不管,說不好也不管。『聾人也唱胡笳曲,好惡高低自不聞。』勞者自歌就同聾人唱曲一樣。」見《豐子愷文集・文學卷一》,頁218—219。在譚桂林〈豐子愷與佛教文化〉一文中,亦曾指出此點,詳參《中國現代、當代文學研究》1993年10月,頁177。

[112] 見《豐子愷文集・文學卷一・隨感五則》,頁304。

> 熱情的、好奇的、不通世故的孩子。這兩種人格，常常
> 在我心中交戰。雖然有時或勝或敗，或起或伏，但總歸
> 是勢均力敵，不相上下，始終在我心中對峙著。為了這
> 兩者的侵略與抗戰，我精神上受了不少的苦痛。[113]

這就是痛飲人生苦酒的豐子愷，在窮究真我與顛倒癡迷之間
所做的掙扎。此種掙扎畢生未休，其內心自覺的警醒亦終身
不止。文學，在某些時候正是他對自我及眾生的期許與勉勵。

二、回歸本真的途徑

（一）童心的護持

　　正是由於在真我窮究的過程中，由兒童身上返照了成人
世界的冷酷無情，因此豐子愷對於天真的兒童世界分外嚮往
留戀。他不但記述自己的童年時代，在回憶中編織一面面彩
色的網紗，令人為之神往；同時在為數眾多的兒童生活情態
描寫作品中，亦以自家孩子為觀察對象，或藉漫畫繪出他們
天真的姿態，或用文采記錄他們童稚的言語。豐子愷由兒童
身上所體會到的第一項特質，是他們生活的「認真」：花生
米吃得不夠，便要認真地嚎啕大哭一場；扮起結婚遊戲來，
也要認真地戴上銅盆帽，蓋上紅帕子，面孔板板，跨步緩緩，
儼然成人結婚的翻版；盛夏酷暑，年幼的瞻瞻則似乎不知熱
為何物，猶把扇子當成腳踏車，認真地騎了跑路[114]。在豐子

---

[113] 見《豐子愷文集・文學卷二・〈讀《緣緣堂隨筆》〉讀後感》，頁 108。
[114] 豐子愷曾為以上兒童生活情態，分別描繪了〈花生米不滿足〉、〈弟

愷眼中，兒童猶如「快活的勞動者」，「他們幹無論什麼事
都認真而專心，把身心全部的力量拿出來幹」，「他們好像
為生活而拼命奮鬥的勞動者，決不辭勞」[115]，沉浸在種種遊
戲的興味中。

　　兒童除了做事專一忘我外，猶有太多成人遠不及之的特
質。他們心眼明慧，獨能體會世間事物的本相，因而能將萬
物視為同類，設身處地拿了自己與妹妹的小鞋，為桌子穿
上，全然不介意齷齪了自己的襪子（見附圖十七），豐子愷
不禁讚嘆：

> 天地間最健全的心眼，只是孩子們的所有物，世間事
> 物的真相，只有孩子能最明確、最完全地見到。我比
> 起他們來，真的心眼已經被世智塵勞所蒙蔽，所斲喪，
> 是一個可憐的殘廢者了。[116]

大人們的舉止謹惕，言談中矩，其實都是縛於世網下遂至痙
攣窮屈所致，哪裡及得上兒童元氣之真樸與身手之健全？然
而昧於世智的成人，卻猶以自身的標準強加於兒童身上，一
再要求並予以牽制，此等行為真是何其乖謬！豐子愷在描寫
兒童世界的同時，其實也藉此諷刺了成人社會的隔膜，進而
「從反面詛咒成人社會的惡劣」[117]：

弟新官人，妹妹新娘子〉、〈瞻瞻底車〉等三幅畫。分別見附圖 14—
16。
[115] 以上引文見《豐子愷文集・文學卷一・談自己的畫》，頁 466。
[116] 見《豐子愷文集・文學卷一・兒女》，頁 114。
[117] 見《豐子愷文集・藝術卷四・漫畫創作二十年》，頁 389。

> 我似乎看見，人的心都有包皮。這包皮的質料與重數，
> 依各人而不同。有的人的心似乎是用單層的紗布包
> 的……，有的人的心用紙包……，有的人的心用鐵皮
> 包，甚至用到八重九重。那是無論如何摸不出，不會
> 破，而真的心的姿態無論如何不會顯露了。
>
> 我家的三歲的瞻瞻的心，連一層紗布都不包，我看見
> 常是赤裸裸而鮮紅的。[118]

通過兒童明慧的赤心，他見著物象廣大真實的一面，同時也看到成人社會種種虛偽的行止，因此他更加渴望「返樸歸真」。豐子愷堅信，天真是人類的本性，歸返本性方有兒童大無畏的丈夫氣概，否則終將沉淪於成人世界的卑怯、虛偽與冷酷中。他自認是個兒童的崇拜者，終其一生，亦始終將自己與兒童置於平等的地位，他以友朋的態度[119]，設身處地體會兒童世界的悲歡，與他們同哭同笑。由豐氏對兒童生活真切的體感與評價，正可見其自然率真的本性。

　　以上係豐子愷對於「回歸本真」的思考與試圖提出之第一項解決路徑。而就豐氏此等對兒童的禮讚之情言，尚有兩點須予補充說明者：

---

[118] 見《豐子愷文集・文學卷一・隨感五則》，頁303—304。

[119] 豐子愷認為人類並育於大地，都是同類的朋友，共為大自然之兒女，只有「自然」方是人們的大父母，兒女則猶如其好友。因此阿寶將改變生活型態，走出人生的黃金時代時，他覺得彷如失一舊友，而得一「新相知」。此種觀念表現在〈兒女〉、〈送阿寶出黃金時代〉等文中，見《豐子愷文集・文學卷一》，頁115、446。

　　首先，論者曾循豐氏類此思路推斷，「由於生活天地的狹小，致使他的苦悶、徬徨往往採用迴避現實的方法來解脫，從而自然地進入一個『純真』的兒童世界。」[120] 此種說法，在我看來是不足為據的。事實上，豐子愷對兒童生活儘管嘆賞，卻從不曾因此而沉溺其間，或迴避現實；他本以積極恢復人類的本真自期，而兒童生活，正是指引其生活與處世方向的明鏡。在豐氏眼中，中國的孩子太少了，成人們大都熱中於名利，失卻咀嚼人生滋味的餘暇，遂再無做孩子的資格；孩子們則一再被強迫「大人化」、「虛偽化」，幾乎要成為世故的老人了。因此迄於晚年，他始終堅持：

> 我相信一個人的童心，切不可失去。大家不失去童心，則家庭，社會，國家，世界，一定溫暖、和平而幸福。所以我情願做「老兒童」，讓人家去奇怪吧。[121]

這是豐子愷對兒童世界真誠的信仰，也是一種積極維護真我、讚頌童心的行為。此種觀念與日本大正時期的「童心主義」頗有共通之處。「童心主義」將人生處於兒童期中純真善感的心態稱為「童心」，而把回歸童心作為成年人的生活理想[122]。此種信念的產生，本就有其正反兩面的意義，由正

---

[120] 見《中國現代作家評傳》第四卷，頁 80。此為陳星對豐子愷歡喜描繪兒童世界所作的解釋，他認為豐子愷崇奉佛教「無常便是常」的信條，但又不願意墮入宗教圈子永不自拔，因而迴避入兒童世界中，藉此反映他對理想世界的嚮往。實際上豐氏對兒童與宗教的信仰進程並非如此，此在「小結」部份將有更深入的說明。

[121] 見《豐子愷文集・文學卷二・我與《新兒童》》，頁 408。

[122] 「童心主義」是日本大正（一九一二—一九二六）後半期的兒童文學

面言，它積極歌頌兒童世界；從負面看，它亦難免墮入「逃避現實」的泥淖。但若對照豐子愷整體人生思想的進程，便知他的歌頌童心，實是源於對真我的不斷窮究與護持，其本初動機是積極自覺的，當中何嘗有任何逃避現實的痕跡？

再者，描繪兒童生活情態的篇章，由於為數眾多，儼然已成為豐氏散文中動人的特質之一，不少研究者讚賞他對童心的深刻體感與生動描述[123]，然而卻少有人對其背後的創作動機，做更深入的尋索。針對這個問題，我所要提出的是：豐子愷對於這些兒童情態的描寫，就深層的心理面觀察，實更包藏著他對自己童年生活，與故鄉風土的眷戀。豐氏曾在一則隨感中表示，他少時在寄宿學校養成吃飯快速的習慣，之後始終未改。猶如牛野生時為防猛獸迫害，故養成反芻習慣，家養後雖已無須如此，卻仍不改舊習。豐氏最後輕描淡寫地表示：「牛也許是戀慕著野生時代在山中的自由，所以不肯改去它的習慣的。」[124] 在我看來，此處之「野生時代」，

主流思想，其倡導時期與豐子愷致力兒童題材的散文創作，及譯述日本與兒童教育相關文字之時間相近。中國現代作家魯迅等亦嘗引用「童心」一語，然「童心主義」一詞由現代中國作家沿用後，其內涵已有差異，故此處仍以日本兒童文學界對「童心主義」之義界為據。儘管如此，朱自強仍指出，由魯迅、冰心、豐子愷等推崇童心的作家作品中，確可體會到某些與日本童心主義兒童文學相似的心境。詳參〈中日兒童文學術語異同比較〉一文，頁44—46。

[123] 此點由早期趙景深〈豐子愷和他的小品文〉，迄晚近明川〈從隨筆看豐子愷的兒童相〉、楊牧〈豐子愷禮讚〉、張香還〈一個對孩子有赤誠之心的作家〉、殷琦〈豐子愷散文初探〉、湯哲聲〈豐子愷散文論〉、畢克官〈小中見大，弦外餘音——讀《子愷漫畫》札記〉等文中，皆有或多或少的論述。詳參《豐子愷研究資料》一書及相關之期刊論文。

[124] 見《豐子愷文集・文學卷一・隨感十三則》，頁312。

實隱隱指涉其青少年時期無憂無慮、不解世事的生活。墮入
紅塵既久，豐氏已然沾染太多世俗的羈絆，在無可如何之
際，少年時期一二習性的殘留，遂成為紀念其童真生活的精
神象徵。關於此點，復有以下〈夢痕〉一文，可茲為證：

> 這（按：指兒時與友伴嬉戲不慎留下的傷疤）是我的
> 兒時歡樂的佐證，我的黃金時代的遺跡。過去的事，
> 一切都同夢幻一般地消滅，沒有痕跡留存了。只有這
> 個疤，好像是「脊杖二十，刺配軍州」時打在臉上的
> 金印，永久地明顯地錄著過去的事實，一說起就可使
> 我歷歷地回憶前塵。彷彿我是在兒童世界的本貫地方
> 犯了罪，被刺配到這成人社會的「遠惡軍州」來的。
> 這無期的流刑雖然使我永無還鄉之望，但憑這臉上的
> 金印，還可回溯往昔，追尋故鄉的美麗的夢啊！[125]

可見在豐子愷的深層意識中，實已將故鄉、童年與其成年後
對周遭兒童生活的禮讚合而為一。

豐氏在喪失童年、送盡青年、初入中年的時代，便有一
連串子女接踵而來，同時他亦開始為了家庭生計四處營生，
此種強烈轉變促使其不得不奔波塵俗；而子女的童稚笑貌，
又引發他對童年生活無盡的追思。為此他不得不向兒童世界
中，尋求幼年生活的遺跡。在其描繪小兒女生活情態的諸多
篇章中，除了對兒童生活的普泛禮讚外，其實更深藏了他對
人類心靈本鄉——童年生活的眷慕與回顧。此種眷慕與其晚

年寫就諸多回憶故鄉風土民情的散文，又是有著遠承後續關
係的。以上為其深層創作動機的探索。

　　然而，無論豐氏對兒童生活何等留戀，最終他仍必須面
對時間不斷流轉的事實。豐子愷的童年生活早已失去，在送
阿寶出黃金時代的同時，他再一次由兒女身上獲得體證，領
受了人類對時空命題的無可抗拒，知道兒童世界的純真，終
有一天會隨著時間的流逝而化為泡影。因此他不得不進一步
積極追尋，追尋護持真我的更深層信念。

（二）藝術的陶養

　　在一面吟味兒童世界的純真，一面感嘆真我難能久持、
無常難以超脫的同時，豐子愷慢慢體會到，兒童對萬事萬物
歡喜窮究的本性，與其生活的真實無欺，儘管將因時間與世
智的增長而斲喪，然而人類自能發展維護真我與超越時空的
另一片樂土，此即「藝術」的園地。豐子愷認為，人生苦悶
的由來，實是源於兒時自由奔放的情感，於長成後受到世智
之壓抑：

> 　　我們誰都懷著這苦悶，我們總想發洩這苦悶，以求一
> 次人生的暢快，即「生的歡喜」。藝術的境地，就是
> 我們大人所開闢以發洩這生的苦悶的樂園，就是我們
> 大人在無可奈何之中想出來的慰藉、享樂的方法。所
> 以苟非盡失其心靈的奴隸根性的人，一定誰都懷著這
> 生的苦悶，誰都希望發洩，即誰都需要藝術。[126]

---

[126] 見《豐子愷文集・藝術卷二・關於學校中的藝術科——讀《教育藝術

可見藝術的本質，實與兒童之心相近；藝術教育的涵養，亦是為了讓人類重新面見兒童世界之本真。可以說，兒童生活的純淨明慧，基本上是「與『藝術的世界』相交通，與『宗教的世界』相毗連」[127] 的，豐子愷表示：

> 兒童的本質是藝術的。換言之，即人類本來是藝術的，本來是富於同情的。只因長大起來受了世智的壓迫，把這點心靈阻礙或銷磨了。唯有聰明的人，能不屈不撓。外部即使飽受壓迫，而內部仍舊保藏著這點可貴的心。這種人就是藝術家。[128]

基於此，豐子愷認為學藝術便是向兒童學習。因為兒童對萬事萬物都富於同情，在他們眼中，物我關係早經泯滅，孩子能自然地與貓犬說話、認真地和玩偶玩耍。藝術家若能學習兒童此種「物我合一」、「一視同仁」的觀物眼光，將世間萬物擬人化，並給與深切的同情，則其眼中所見必然處處有情，萬象生動。

此外，兒童能撤去因果關係的塵網，以無所為而為的態度觀察世態，因此每每易得事物本相。豐子愷曾援引史震林在《西青散記》中自敘其初生時「怖夫天之乍明乍暗」，「怪夫人之乍有乍無」的心情，說明「人之初生，其心都是全新而純潔，毫無惡習與陳見的迷障的。故對於晝夜生死，可怖可怪。這一點怖與怪，就是人類的宗教、藝術、哲學、科學

論》》，頁 226。
[127] 見《豐子愷文集・藝術卷二・關於兒童教育》，頁 248。
[128] 見《豐子愷文集・藝術卷二・美與同情》，頁 584。

的所由起。」[129]藝術創作的動機，既是根源於此種看待宇宙
事相的純然眼光，則藝術家更應當學習孩子，擺脫實利成見
與世智作用，才能得到「全新的頭腦」與「潔淨的眼」，也
才能把事物視為獨立完整的存在物，看出其真相，從而描繪
形狀色彩的本態。此種「解除畫中物對於世間的一切關係，
而認識其本身姿態」的方式，除了是繪畫必備的觀物眼光
外，其實亦為理想人生所須持有的應世態度。唯有如此，人
類方能在紛紜的世態中剪破世網，得見世界真相[130]，從而做
取捨適當的抉擇。

　　最後值得一提者，即藝術教育的可貴價值，尤在於能對
生活進行「趣味」的陶養。豐子愷認為「趣味」是人類活動
必不可缺的需求之一[131]，然而成人或為「欲」所迷，或為
「物質」的困難所壓迫，早已失卻體會生活趣味的能力。唯
有兒童才能完全以趣味為本位，他們為趣味而遊戲，為趣味
而忘寢食[132]，此種態度正可救濟大人生活的枯燥與苦悶。

　　要之，藝術是人類久在塵世沉淪所作的自覺性救贖，唯
有經由藝術陶養回復兒童世界的「有情」、「本真」與「趣
味」，人類方能擺脫時空的壓迫與世智之摧殘，從而享有藝
術超越世間一切榮華的尊貴性。

---

[129] 見《豐子愷散文集・藝術卷二・關於兒童教育》，頁256。
[130] 豐子愷在〈剪網〉一文中，主張一種剪除世網，以照見世界真相，與
　　事物存在真意義的觀世態度，此種態度與藝術的觀照眼光相同。詳參
　　《豐子愷文集・文學卷一・剪網》一文，頁93—95。
[131] 見《豐子愷文集・藝術卷一・工藝實用品與美感》，頁53。
[132] 見《豐子愷文集・藝術卷二・關於兒童教育》，頁254。

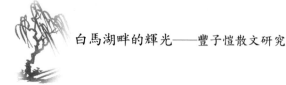

　　再進一步言，藝術陶養不僅能令成人恢復兒童的真樸，更能藉此達到「道德涵養」與「美化人生」的目的。豐子愷認為藝術家必須以藝術為生活，將藝術眼光活用於日常行事。例如若能以寫生法來觀看世間，則藝術家的同情心豐富、博愛心廣大，必然更能惜物護生，長養仁心[133]。藝術陶養的重點，其實不在於技術形式的學習，而在於人格精神的掌握。豐氏特別強調，學習藝術「『要用眼睛看物象的本身，又看物象的意義。』看物象的本身能發現其美，看物象的意義能發現其真和善。真善美三位一體，不能分割。」[134]可見他確實相當重視藝術的教化作用，此自與其師的教誨薰陶有關。

　　道德涵養之外，藝術活用的另一功能，便是美化生活、滋潤人生。豐子愷曾經興味盎然地表示：

　　　「人的生活」何等地高而且廣！假使我們沒有多方面的常識，何能全般領略這高泛的「人生」的趣味呢？[135]

通過藝術的陶養與潤澤，人生將愈顯滋味久長。因為藝術世界即美的世界，它可以令人解脫煩惱，長保天真明淨，是以萬事萬物只要一入藝術觀照者的眼中，便莫不可愛可玩，「一茶一飯，我們都能嘗到其真味；一草一木，我們都能領略其真趣；一舉一動，我們都能感到其溫暖的人生的情味。……所以說，藝術教育是人生的很廣泛的教育，不是局部份小知

---

[133] 見《豐子愷文集‧藝術卷四‧桂林藝術講話之一》，頁15。
[134] 見《豐子愷文集‧藝術卷四‧藝術的學習法》，頁75。
[135] 見《豐子愷文集‧藝術卷一‧《音樂的常識》序》，頁31。

識、小技能的教授。」[136] 於此可見豐氏確實掌握了藝術教育的本質。

經由藝術陶養回復兒童世界的本真，並進而涵養道德、美化人生，是豐子愷維護「真我」的方法，亦是其生活樂趣之泉源，與處世之指導原則。此外，豐氏亦經由藝術啟示，洞見了宇宙的秘密與造物者之旨意。他曾經從吳昌碩寫的一方字中，體認到美學上「多樣統一」的原則。吳昌碩的字在一筆中已經表出全體，而全體只是一個個體，是以單看各筆畫、各個字、各行字都不出色，但整體欣賞則甚為美觀。豐子愷體會到這是一個不可思議的藝術三昧境，他並由此悟出：

> 如果拿看書畫的眼來看宇宙，必可發現更大的三昧境。宇宙是一個渾然融合的全體，萬象都是這全體的多樣而統一的諸相。在萬象的一點中，必可窺見宇宙的全體；而森羅的萬象，只是一個個體。勃雷克的「一粒沙裡見世界」，孟子的「萬物皆備於我」，就是當作一大藝術而看宇宙的吧！藝術的字畫中，沒有可以獨立存在的一筆。即宇宙間沒有可以獨立存在的事物。倘不為全體，各個體盡是虛幻而無意義了。那麼這個「我」怎樣呢？自然不是獨立存在的小我，應該融入於宇宙全體的大我中，以造成這一大藝術。[137]

---

[136] 見《豐子愷文集‧藝術卷二‧學校中的藝術科——讀《教育藝術論》》，頁 227。
[137] 見《豐子愷文集‧文學卷一‧藝術三昧》，頁 153。

豐子愷在此以「多樣統一」的眼光看待人類與宇宙的關係，從而洞見人生之歸向，這是他對個體我所作的廣角觀照。由此亦可看出，豐氏在童年時代對於「物質宇宙」的探索，至此已轉為更深刻的「心靈宇宙」之領會了。他同時並將此種「多樣統一」的美學規範，引申到人情世態的處理原則上。豐子愷認為個人行事態度有權有變，但在權變的衡量中，仍應有統整的信念一以貫之，此即其「融貫性」思想的表現，於此，「多樣統一」遂又成為人生處世之達道了。[138]

總之，「藝術」是人類保住純淨心眼，從而體認生命真相的憑據。豐氏始終堅信，在文藝的創造性領域中，個人生命必能得到解脫與無限的延長；至於無法成為藝術創作者的一般人，在短暫生命中若能得到文藝的滋潤與陶養，亦必可體驗到人類精神世界之廣大，與肉體生命之不足悼惜，從而涵養更為寬廣的胸襟。豐氏指出：

> 我們的身體被束縛於現實，匍匐在地上，而且不久就要朽爛。然而我們在藝術的生活中，可以瞥見「無限」的姿態，可以認識「永劫」的面目，即可以體驗人生的崇高、不朽，而發現生的意義與價值了。[139]

兼具文藝創作與鑒賞者身份的豐子愷，對於此等生活確實深有體會。無怪乎他對「藝術」始終信仰不渝，並且畢生沉潛其中了[140]。

---

[138] 見《豐子愷文集・藝術卷四・桂林藝術講話之三》，頁22—26。
[139] 見《豐子愷文集・藝術卷二・關於學校中的藝術科——讀《教育藝術論》》，頁226。
[140] 豐子愷曾在〈訪梅蘭芳〉一文中表示，儘管生活上遭逢戰亂流離，然

（三）宗教的啟信

除了藉由「藝術涵養」回歸本真之外，宗教的啟信，尤其能予人深沉之感發。

由於受到李叔同影響，豐子愷一生與佛教俱有頗為深刻的淵源。他雖未能如其師般，以出世之身行入世事業，但因長年受宗教薰染與感召，佛教信仰不覺滲入其思慮與行文中，因此豐氏散文每每帶有濃厚的宗教氣質，此在上文業已有所申述。可以說，豐子愷的佛教信仰，便是其哲學思想之表現，他一生都在探究人生宇宙的究竟。由兒童的觀物眼光中，豐氏首先探得天機。為了保藏此等明淨心眼，他致力於藝術教育的涵養與提倡，希望藉此維護人類自我的本真。然而藝術果真是人類生存意義與價值的終極歸趣嗎？在早年尚處於半知半解的求索狀態時，李叔同的出家，為豐子愷日後的人生思考開啟了另一扇窗，也促成他由藝術進一步跨向宗教的因緣。

豐子愷對佛教的體悟與信仰，經歷了數個階段。三十歲皈依前，他由李叔同身上尋到對佛教的朦朧憧憬。在〈法味〉中，豐子愷自陳從步出校門後，「想起十年來的心境，猶如常在驅一群無拘束的羊，才把東邊的拉攏，西邊的又跑開

而他「十年流亡，一片冰心，依然是一個藝術和宗教的信徒。」見《豐子愷文集・文學卷二》，頁209。此種對藝術與宗教的信仰，迄於豐氏晚年回憶文字〈阿慶〉中，猶可見其痕跡。豐子愷由柴主人阿慶將生活樂趣寄託於胡琴一事，體會到音樂感人之深，並作出「精神生活有時可以代替物質生活。感悟佛法而出家為僧者亦猶是也」的結論。見《豐子愷文集・文學卷二》，頁743。可見藝術與宗教，確實對豐子愷畢生形成難以言喻的深刻影響。

去。拉東牽西，瞻前顧後，困頓得極。不但不由自己揀一條
路而前進，連體認自己的狀況的餘暇也沒有。」[141] 因由與弘
一及弘傘法師的會面，方使其從連續的亂夢中暫時醒轉，重
新體驗了人生無常的悲哀，與緣法的不可思議。相較於自身
的沉酣於浮生之夢，弘傘所表現出的是時間「無老死」的平
和泰然；而弘一在面對早歲生活的紀錄照片時，亦以一種虛
空超脫的笑容因應之。豐子愷於此體會了佛法的入人之深：
正是由於了解到人生困苦所以生、所以滅的條件，弘一與弘
傘對於世間法，方能予以合理的解釋，也才能度送一種「深
歡喜」的生活，此點是豐子愷所深心企慕的。是時豐氏對佛
教產生些微嚮往，以藝術、宗教來剪斷世網的念頭，也開始
在他心中慢慢成形。

　　皈依佛教後，豐子愷開始將其由宗教中獲得的人生啟
示，以平易近人的方式展現於散文裡。人的「生從何來」、
「應做何事」、「死歸何處」三重問題，是此時期豐氏思考
的主題所在；而〈晨夢〉、〈阿難〉、〈藝術三昧〉、〈漸〉、
〈緣〉、〈大帳簿〉等文，則可視為其思考的結晶。豐子愷
由藝術與宗教裡，得到了「一有多種，二無兩般」的啟發：
個人是宇宙大生命之顯示，一己的生命看似短促，實則綿
長；看似渺小，實則廣大無量。真正偉大的人格，不自迷於
浮世塵夢中，他能時時觀照自我、觀造生命，遂得免為造物
者所欺，也方能體認人生宇宙的真相。喪母的悲慟雖於其後
令豐子愷再度跌入無常的火宅，但馬一浮適時的點醒，又讓

---

[141] 見《豐子愷文集・文學卷一・法味》，頁 25。

豐氏對生命本質作了更深的反省與提昇。在〈緣〉、〈我的苦學經驗〉、〈舊話〉、〈楊柳〉等文中，豐子愷暗示緣法的不可思議，說明世間事莫不起因於偶然。從佛學角度言，「緣起」本就是所有教義的理論基石，此點撞擊到豐子愷自幼隱約存在的生命體感，遂成為其吸納佛學思想的起點。原來「緣起」與「性空」本屬分析命題，宇宙萬象因眾多條件和合而成，諸法既依因待緣而生，則其本身便無自性；無自性也就不存在絕對與永恆的實體，故言「性空」[142]。從「緣起」說可推衍出世界萬有變化無常的色空觀念，而豐子愷對於宇宙的疑惑，亦由此得到解答。因由此等了悟，他在往後生活中，遂更能跳開一步，對人生苦象作睿智的觀照。例如〈半篇莫干山遊記〉中，豐氏對鄉間老婦全無長物的「永遠之家」，由讚嘆進一步再發議論：「我又想起了某人題行腳頭陀圖像的兩句：『一切非我有，放膽而走。』這老婦人之家究竟還『有』，所以還少不了這扇柴門，還不能放膽而走。」[143]這是擺脫物質生活所作的宗教觀照，它暗示「貪癡」為苦的緣起。人生既是變化不居的，那麼諸種執著與貪求，終了無非都是空幻，對此末劫眾生每每難悟；而佛門智慧所要普渡的，便是此等貪嗔和癡迷。豐子愷於敘事中摻雜議論，點到為止，卻直如當頭棒喝！而在〈實行的悲哀〉中，

---

[142] 「緣起性空」觀念之闡明，詳參《中國哲學十九講・略說魏晉梁朝非主流的思想並略論佛教「緣起性空」》，頁254—257，《佛法概論・緣起法》，頁254—257，及〈豐子愷與佛教文化的關係〉，《中國現代、當代文學研究》1993年10月，頁171—172。

[143] 見《豐子愷文集・文學卷一》，頁484。

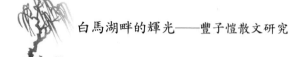

他更藉由生活瑣事的記載申明:「世事都同風景一樣。世事之樂不在於實行而在於希望,猶似風景之美不在其中而在其外。身入其中,不但美即消失,還要身受蒼蠅,毛蟲,囉唆,與肉麻的不快。世間苦的根本就在於此。」[144]此處豐氏復以一種洞徹世事的態度,怡然進出塵俗,其文寓哲理於平淡人事中,自然展現了無限宗教風光。

在行年四十之際,豐子愷以〈不惑之禮〉一文,表明了他將藉宗教對抗人世亂象的決心,他說「設若豺狼當道,狐鬼逼人起來,我還可以收下這柄雨傘來,充作禪杖,給他們打個落花流水呢。」[145] 時值抗戰將始,豐氏行文間不免義憤填膺,然由此亦可看出,宗教儼然已成為其生活中的重要部份,他以之應對塵世萬狀。逃難歲月開始後,豐子愷更由人情變化之迅速,體會了無常至理。八年抗戰期間眼中所見、耳邊所聞,俱為人命之渺小輕微,與運命之無可抗拒。豐氏終於由對童心的護持、藝術的信仰,進達以宗教來徹悟人生的圓熟境界。在〈為青年說弘一法師〉、〈藝術的逃難〉、〈我與弘一法師〉諸篇回憶文字中,他一方面尋索其師走入宗教的因緣,一方面印證自身的人生體驗,而得出以下結論:

> 我以為人的生活,可以分作三層:一是物質生活,二是精神生活,三是靈魂生活。物質生活就是衣食。精神生活就是學術文藝。靈魂生活就是宗教。……藝術家看見花笑,聽見鳥語,舉杯邀明月,開門迎白雲,

[144] 見《豐子愷文集・文學卷一》,頁 555。
[145] 見《豐子愷文集・文學卷一》,頁 644。

> 能把自然當作人看，能化無情為有情，這便是「物我
> 一體」的境界。更進一步，便是「萬法從心」、「諸
> 相非相」的佛教真諦了。故藝術的最高點與宗教相
> 通。……吟詩描畫，平平仄仄，紅紅綠綠，原不過是
> 雕蟲小技，藝術的皮毛而已。藝術的精神，正是宗教
> 的。……在世間，宗教高於一切。在人的修身上，器
> 識重於一切。……文藝小技的能不能，在大人格上是
> 毫不足道的。[146]

至此豐氏實已將人類生活的本質歸於宗教。事實上，宗教經驗確是一種非常複雜的直覺。我們在情感中有純愛，在道德行為中有高善的理想，在文藝中有美感，在理性中有無所為而為的愛智；而宗教則可說是由以上諸層面組織而成的、複雜的心理狀態，此中有對宇宙、人生、文化、價值的深沉認識與實踐[147]。豐子愷於此顯然深有體會，是以他指出李叔同放棄教育、藝術而修習佛法的行為，實好比出於幽古，遷於喬木，不但不足惜，反而令人深感可慶[148]。豐氏雖未能達彼境界，但對以宗教為人生究竟的歸宿者，肯定是深心傾慕的。

　　豐子愷雖謙稱自身腳力小，無法隨弘一法師上達三層樓，追求充實的靈魂生活。然而由其畢生不斷的求索與體悟過程，可見佛門智慧實已成為他生活體味與哲理探求的最佳解答。可以說，豐氏實是融「體系架構」與「行為實踐」於

---

[146] 見《豐子愷文集‧文學卷二‧我與弘一法師》，頁399—402。
[147] 參閱傅統先《哲學與人生‧宗教之本質》，頁284—285。
[148] 見《豐子愷文集‧文學卷二‧為青年說弘一法師》，頁154。

一爐的哲學家與宗教家[149]。以上所言，係為其哲理體系形成的進程，以下則再就豐氏實際層面的踐履作一說明。

豐子愷的宗教信仰與活動，明顯展現於其文藝創作中。就散文言，除了佛理思考的紀錄外，凡其寫眾生苦難、詠生物情態的篇章，亦莫不體現出佛教「眾生一體」的觀念。因為他能「祇將此心，推及物類」，萬事萬物便一一有情；而豐氏人格的高尚溫潔，亦於字裡行間自然湧現，此點文格表徵與其素來「器識先行於文藝」的主張是深相一致的。再就漫畫創作言，秉持文藝觀中一向的「導俗」意念[150]，豐子愷對佛教的傳播，亦「以藝術作方便，人道主義為宗趣」[151]，先後繪作了《護生畫集》六冊，費時四十餘年。此等事業若非源自對眾生的護持之心，與對其師的崇仰之情[152]，恐難經

[149] 傳統先曾指出，由對宇宙和人生作全盤把握的一點比較，哲學與宗教實甚為相近。宗教家與哲學家都是在現實的宇宙和人生中，看到一個超越現實的世界。哲學家是用理智去分析和研究這個境界，目的在成就融貫的思想體系；宗教家則是要從體驗中去表現和實現這個境界，從而成就一種圓融的行為修煉。換言之，哲學家的工作在於體系的架構；宗教的工作則在於精神的鍛鍊。（《哲學與人生》，頁294。）由於豐子愷在宗教的理論與行為層面，俱有所申發與實踐，故此處言其融「體系架構」與「行為實踐」於一爐。

[150] 所謂「導俗」意念，便是豐子愷文藝觀中「器識為重」與「文藝大眾化」思想的結合。就某一層面言，此種導俗觀念可能係得自佛教啟發。譚桂林在〈論豐子愷與佛教文化的關係〉一文中嘗指出：論文藝功用，佛家與儒家都強調文藝的教化效果。而豐子愷對文藝教化作用的強調，亦以佛教語言表述，他所提出者為「顯正」和「斥妄」二途（《中國現代、當代文學研究》1993年10月，頁175）。此種「導俗教化」的觀念，亦與其師對《護生畫集》「意在導俗，不尚文詞」的期許是相一致的（《護生畫集》第一集末弘一大師迴向偈）。

[151] 見《護生畫集》第一集末弘一大師語，頁101。

[152] 豐子愷在《護生畫集》第三集的序言中，詳細紀錄了他繪作《護生畫

年累月謹記在心，而於漫漫四十年間勉力完成。《護生畫集》
的內容繁多，或取材於古典詩文，或取材於現實生活，亦有
冊籍記載之諸種軼聞。各畫俱有其主題思想，如「開棺」、
「蠶的刑具」二幅，意在戒殺；「盥漱避蟲蟻」、「將裝義
翅的蜻蜓」、與「獨立無言解蛛網，放他蝴蝶一雙飛」諸作，
則倡導慈悲護生的平等觀念；此外，「蝴蝶來儀」、「燕子
飛來枕上」[153]等，展現的則是物我一體，彼此和諧共存的美
好理想。畫集之圖意雖平淡直露，但為導俗方便，其用心亦
能理解體諒。散文與漫畫創作以外，豐子愷於晚年尚翻譯了
日人湯次了榮所著《大乘起信論新釋》一書，並自署譯者為
「無名氏」，廣洽法師認為其意乃「體佛無我大悲之心，原
空四相者也。」[154] 法師並評其譯本「字字珍重，句句珠璣，
純出於自性真如性海澹淨波之表露，其深心普利眾生之願

集》的因緣：「弘一法師五十歲時（一九二九年）與我同住上海居士
林，合作護生畫初集，共五十幅。我作畫，法師寫詩。法師六十歲時
（一九三九年）住福建泉州，我避寇居廣西宜山。我作護生畫續集，
共六十幅，由宜山寄到泉州去請法師書寫。法師從泉州來信云：『朽
人七十歲時，請仁者作護生畫第三集，共七十幅；八十歲時，作第四
集，共八十幅；九十歲時，作第五集，共九十幅；百歲時，作第六集，
共百幅。護生畫功德於此圓滿。』那時寇勢兇惡，我流亡逃命，生死
難卜，受法師這偉大的囑咐，惶恐異常。心念即在承平之世，而法師
住世百年，畫第六集時我應當是八十二歲。我豈敢希望這樣的長壽呢？
我覆信說：『世壽所許，定當遵囑。』」此外，在同文中豐子愷亦提
出「護心」之說，闡明護生的宗旨並非要人絕不殺生，而是為長養人
類的仁心。故此處言豐氏創作《護生畫集》的支持力量，源本於對其
師的崇仰，與對宇宙萬物的護持之心。

[153] 以上諸畫分見附圖 18—24。

[154] 見《大乘起信論新釋‧「影印本」跋語》，頁 255。

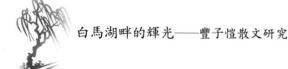

望，老而彌篤。」[155]可見豐子愷晚年宗教涵養之深，與悲慈
眾生之切。《大乘起信論》揭示「一心二門三大四信五行」
等教義，其理論基礎，在於人的本心為一清淨無垢之真如
心，此真如心因為無明的插入，遂產生有漏染污的生滅變
化，故須修養本心，始得生出無漏清淨法[156]。論中肯定眾生
皆有佛性，此等看法與豐氏向來對人性的信仰，與對兒童的
禮讚之心恰相一致[157]；而其對人心所施的諸種修習，亦與豐
子愷素來自覺的本真維護步調相投。可見宗教典籍的研讀與
信仰，亦是豐氏對治塵俗迷夢的一帖良藥。以上諸種創作，
便是豐子愷在宗教啟信下所從事的具體活動。

　　其實由本質言，宗教與藝術間存在著頗多共通點，例如
藝術強調擬人的觀察，宗教則展現了物我一體的觀念；藝術
把人和物的距離縮小，宗教則縮短人與神的距離，二者俱為
對宇宙的生氣化和人情化[158]；藝術追求美，但又以「無所為

---

[155] 同上，頁 256。

[156] 對《大乘起信論》教義的理解，詳參《中國哲學十九講・大乘起信論
之「一心開二門」》頁 290—298，及《大乘起信論新釋》，頁 17—21。

[157] 關於此點，譚桂林在〈論豐子愷與佛教文化的關係〉一文中曾表示：
「佛家以心為本，……但在關於心與六塵境界如何發生關係的問題
上，各部派意見各異。有的認為心性本淨，後來才為客塵煩惱所染，
有的認為性具善惡，心性天生便具二重屬性，豐子愷顯然傾向於後者。」
（《中國現代、當代文學研究》1993 年 10 月，頁 173）。譚氏據豐氏
言頑童有殘忍之心，須加以規勸的說法，推論其人性觀點，認為豐子
愷主張性具善惡，此等說法實有待商榷。因為豐氏此處所言頑童之心
顯然已受世智污染。由其對兒童本真深加禮讚的種種文字可見，從本
質言，豐氏仍是信仰人類心性本淨的。

[158] 見朱光潛《談美・子非魚安知魚之樂？》，頁 25。

而為的美」為「至高的善」，於此美善合一[159]。而宗教所展現的良善境界，亦為一種美的境界，在此美善也彼此相通。此外，宗教與藝術俱為對人生問題的解答。宗教將物質人生予以精神化、理想化，藝術亦以此為改善人生之張本[160]。因此豐子愷主張藉由藝術的涵養與宗教的啟悟，共同保守人類的赤子之心。然而若再將藝術與宗教做一比較，就探究宇宙人生究竟的高度言，宗教的境界仍是遠在藝術之上的。豐子愷崇仰弘一法師的能行大丈夫事，而其一生無論在人格、信仰、學理與實用諸層面，亦無不綜合體現著佛教文化精神的影響。

參、理想世界的架構

　　由對無常所興發的悲感，與對真我的不懈窮究，體悟到成人須藉由藝術、宗教的陶養，回復人類本然的赤子之心，並成就不受時空羈絆的偉大人格。此中除了豐子愷個人生命意義的窮究與道德實踐外，擴大而言，其實尚牽涉到豐氏對人類社會的理想與認同；而此種大同模式的提出，與豐子愷對文明的黜斥與自然的歌頌又有著內在的牽連。

　　「厭朝市」與「愛自然」本為一體之兩面，亦是中國文學史上從未曾斷流的一種思潮。由魏晉謝靈運、陶淵明迄晚明公安竟陵派，此等心態儼然已成為中國部份文人所深許的

---

[159] 見朱光潛《談美‧慢慢走，欣賞啊！》，頁125。
[160] 見徐慶譽〈美的根本問題〉，《中國現代美學叢編》，頁46。

應世之道[161]。豐子愷之生活環境，及其對自然、都會的好惡原因，雖與前代有所差異，但從本質言，由於深受傳統文化影響，他的處世態度與這一文學潮流，實隱然有著追蹤之跡與承襲之意。豐氏痛恨文明所造就的諸種虛偽與混亂，他認為物質文明的發展，往往負面意義大於正面效果。在為數眾多的散文篇章中，豐氏以自身的體驗，表達了對現代化都市生活的拒斥。由分居上海與白馬湖山水間的不同經歷，他感受到了「上海是騷擾的寂寞，山中是清淨的熱鬧。」[162]上海的都市生活，令其精神上至感不快，豐子愷不只一次地在文中透露，冷漠與空虛是城市給人的唯一感受，生活於都會中，鄰人之間「隔重樓板隔重山」，彼此幾乎全不相識[163]。其實相較而言，農村文化裡的親情與鄉情，本就是護衛人際關係最基本的動力，此種動力在逐步邁入工商社會的過程中突然消失，難免造成個人獨立性的疏離，與人際關係中群體性的改變，這是當代的人生問題[164]，而豐氏早在彼時即深有所感。他並且指出，都會亦是罪惡滋生的場所，物質文明愈進步，各種犯罪手法愈是推陳出新。因此豐子愷語重心長地表示：「『物質文明』決不可脫離了『精神文明』而單獨發

---

[161] 見譚桂林〈論豐子愷與佛教文化的關係〉，《中國現代、當代文學研究》1993 年 10 月，頁 177。

[162] 見《豐子愷文集‧文學卷一‧山水間的生活》，頁 12。

[163] 此等感受參見〈樓板〉、〈談自己的畫〉二文之描述，《豐子愷文集‧文學卷一》，頁 130、463。

[164] 此等問題的揭示，見鄔昆如《哲學概論‧人生哲學的當代意義》，頁 465。

達。兩者必須提攜並進，方能為人類造福。」[165] 此等言語於今日讀來，尤其發人省思。

　　事實上，豐氏對都會生活與物質文明的惡感，原有其時代背景。當時歐風東漸，國人一味崇洋改革，卻未曾考慮中西國情之差異，因此生活上出現頗多但慕虛榮，卻盲目附和，甚至破壞美感的不協調情狀[166]。在此等惡風流衍下，豐子愷對物質文明所帶來的負面影響不禁發出感嘆。就豐氏個人好尚言，他認為鄉居時日縱有不便，卻遠較都會生活來得親切有味。人須自足，豐子愷於此提出一種耐人尋味的觀念：

> 愛一物，是兼愛它的明暗兩方面。否則，沒有暗的明
> 是不明的，是不可愛的。我往往覺得山水間的生活，
> 因為需要不便而菜根更香，豆腐更肥。因為寂寥而鄰
> 人更親。[167]

以是之故，他在病中無法顧及鄉間的醫術及藥質時，猶能自我寬慰；在日常生活中，亦能細心體認到都會文明亦有求助於鄉間老舊工具的時候[168]，可見豐子愷對於農家生活，真是衷心接受且樂在其中了。必須注意的是，此種對鄉居生活的

---

[165] 見《豐子愷文集・文學卷一・物質文明》，頁 701。

[166] 關於當時社會上諸種不協調情狀之列舉，詳參豐氏〈都會之音〉、〈二重生活〉二文的記述，見《豐子愷文集・文學卷一》，頁 454—460、498—501。

[167] 見《豐子愷文集・文學卷一・山水間的生活》，頁 15。此處文字有所錯漏，引文乃據殷琦《豐子愷集外文選》一書予以校正。

[168] 分見〈勞者自歌〉首則及〈半篇莫干山遊記〉二文之記述，《豐子愷文集・文學卷一》，頁 217、486—487。

好感，其實與豐氏向來對兒童的禮讚之心恰為一致。相較於虛偽做作的「文明人」，農村平民既單純又質樸，反而更接近兒童尚未被扭曲異化的本性。對於大同社會的憧憬，豐子愷在成人世界既求之不得，便轉往兒童天地尋找；在城市生活既無法實現，便轉而寄託於鄉居生活，此中的思想脈絡是一貫的。

與此相關的是他對自然的全面歌頌。豐子愷在〈作父親〉、〈兒女〉、〈山中避雨〉等文中，不斷將兒童置於「自然」的場景中予以描繪；在〈赤心國〉中，則對野人社會予以真誠的讚美，其實野人社會即人類的童年社會，野人的質樸與兒童的天真，同為自然生命的源頭象徵；而在藝術的領域裡，豐子愷更深切地領會到：「自然永遠調和，美滿，而美麗。唯人生常有不調和，缺陷與醜惡的表演。然而人生的醜，終不能影響大自然之美。」[169]。此外，在對宇宙人生的思考中，豐氏更進而體悟「並育於大地上的人，都是同類的朋友，共為大自然的兒女。」[170] 為此他指出：

> 一切自然，常暗示我們美和愛：蝴蝶夢縈的春野，木疏風冷的秋山，就是路旁的一草一石，倘用了純正的優美又溫和的同感的心而照觀，這等都是專為我們而示美，又專為我們而示愛的。[171]

自然既是美善的結合體，又是人類共同的「大父母」，則人

---

[169] 見《豐子愷文集・文學卷二・桐廬負暄——避難五記之二》，頁 16。
[170] 見《豐子愷文集・文學卷一・兒女》，頁 115。
[171] 見《豐子愷文集・文學卷一・青年與自然》，頁 11。

類背棄自然的懷抱，摒棄自然的陶養，豈非大不智？其實人文世界本就是在一方面順應自然，一方面又超越自然的交互運用中，得到發展與進步的。與自然和諧的生活，即是最妥善的生活模式。因此豐子愷認為無論習畫或生活，人類皆當由自然中探求珍貴的啟示；而他本人顯然亦時時在體現這種思想。

由豐氏此等好惡態度，其實已可見出其所謂「大同世界」的雛型。豐子愷眼中理想社會的第一條件，是「藝術化」的生活。他嘗謂「人生隨處皆不滿，欲圖解脫，唯於藝術中求之。」[172] 理想的人生，原當人人皆得讀書，皆得接受音樂、美術等之陶冶，然而在當時的中國社會裡，或因精神物質兩俱飢荒，人們遂因陋就簡，拋撇人生的遠大理想[173]；或因盲目崇洋，而未能將中西文化予以有效化合，導致生活上缺乏調和的美感[174]。種種可笑醜惡的生活，實皆因一般人缺乏藝術陶養而導致，因此豐子愷認為，欲求理想社會的實現，首須以「藝術」生活之構築為要務。

其次，真誠、自然而無隔閡的人心表現，亦為豐氏所衷心推崇。在童話故事〈赤心國〉[175]裡，豐子愷以桃花源型態呈現他夢想中的樂土，在彼等世界中，人人皆擁有顆赤心，皆能以己度人，相互扶持。反映到真實生活裡，豐子愷則渴盼「天下如一家，人們如家族，互相親愛，互相幫助，共樂

---

[172] 見《豐子愷文集・文學卷一・山水間的生活》，頁 15。
[173] 見《豐子愷文集・文學卷一・房間藝術》，頁 524。
[174] 見《豐子愷文集・文學卷一・二重生活》，頁 498—501。
[175] 〈赤心國〉一文見《豐子愷文集・文學卷二》，頁 284—300。

其生活」[176] 的世界，如此人與人之間也將解除言語間的種種
防衛，而享受「肯與鄰翁相對飲，隔籬呼取盡餘杯」的趣味
生活了。此等和平幸福的理想，唯能由兒童中求之，因為「和
平之神與幸福之神，只降臨於天真爛漫的童心所存在的世
間。」[177] 可見「兒童化」的生活，亦是豐子愷理想社會中的
必備條件之一。至於物質文明之高低，其實已遠在精神生活
良窳的考慮之下了。

　　以上所言「藝術化」與「兒童化」的生活，其實均統攝
在「自然」的啟導之下。就此點言，豐子愷所抱持的信念，
與其一向的求索頗相一致，亦與古代文人縱情於山水自然間
的渴望，有著一定程度的聯繫。抗戰爆發後，豐氏對大同的
憧憬，在時代襯托下不但未曾泯滅，反而愈發迫切，〈桐廬
負暄〉於逃難記錄之外所瀰漫的，便是濃濃一股追尋桃源的
意念。儘管身世飄零，但豐子愷在戰亂洗禮下，對人性及生
活反而抱持更為樂觀的看法，他相信人的本性如水火之屬性
般，是既和平又向上的[178]，殘忍嗜殺之心不過是人類社會暫
時的變態而已；他也相信「人生苦到了極點，必定會得福。
好比長夜必定會天亮一樣。」[179] 終有一天，光明將永遠不熄。
因此豐氏一再強調在醜惡不合理的現世之外，另有一個十全
的世界，如兒童般純真潔淨。豐子愷信心堅定地表示，雖然

[176] 見《豐子愷文集・文學卷一・東京某晚的事》，頁 128—129。
[177] 見《豐子愷文集・藝術卷二・兒童與音樂》，頁 629。
[178] 見《豐子愷文集・文學卷一・歡迎和平之神》，頁 700。
[179] 見《豐子愷文集・文學卷二・新年小感》，頁 247—248。

「理想往往與現實相左，然而不能因此而廢棄理想。」[180]因此他始終致力於「藝術」的陶養與「宗教」的感悟，亦始終不忘「自然」與「兒童」帶給他的啟發。相較於同時代作家冰心「愛的哲學」之三鼎足：自然愛、母愛與兒童愛[181]，可以說，豐子愷對大同世界的憧憬，則是架構在自然、兒童、藝術與宗教之上的[182]。

　　由以上對豐子愷思想進程的整體剖析，可知自幼敏於常人的文藝氣質，早早便引導豐氏致力於宇宙人生之根本窮究。而少年時期受教於李叔同、夏丏尊的因緣，又促使他一方面對真我情性的護持，與人格道德的涵養多所措意，一方面復對文藝、宗教產生了濃厚興趣。成家以後，小燕子般的一群兒女純真無邪之生活情態，令豐子愷為人類本初的天真未鑿深受感動，在年歲漸長的深層思考中，他慢慢領悟到少年時期所接觸的藝術與宗教領域，其實正是人類回歸本真的最佳助力。自此豐子愷對藝術、宗教的醒世作用深信不渝；

---

[180] 見《豐子愷文集・藝術卷三・禁止攀折》，頁309。

[181] 見劉岸汀〈論冰心前期創作的浪漫主義傾向〉，《中國現代、當代文學研究》1990年11月，頁55。

[182] 豐子愷在早年所寫就的〈兒女〉一文中，曾發表此等言論：「近來我的心為四事所占據了：天上的神明與星辰，人間的藝術與兒童，這小燕子似的一群兒女，是在人世間與我因緣最深的兒童，他們在我心中占有與神明、星辰、藝術同等的地位。」（《豐子愷文集・文學卷一》，頁116。）對照其後豐子愷散文寫作的題材揀擇，及其中所呈現之思想，可見早年此段文字實已透露若干玄機，直可視為豐氏對其人生思想具體而微的註腳。此外，劉岸汀在分析冰心的創作傾向時，曾指出「其實，母愛與童心之形上意義，都是一個『自然』。冰心就是把它們作為自然來謳歌的。」（同前註）循此思路，則豐子愷的四項人生信仰，似亦可以「自然」一語概括；此在「小結」部份將有更詳細的說明。

而經由藝術、宗教的啟導,回歸兒童的本真與自然的生活,亦成為豐子愷畢生之堅持,此即豐氏基本關懷所在。

第四節　小結

　　文學是創作者對人生的感悟,是作家展現自身生命思考的一種方式。現代小說家白先勇曾在一次訪談中表示:「一個作家,一輩子寫了許多書,其實也只是在重覆自己的兩三句話,如果能以各種角度,不同的技巧,把這兩三句話說好,那就沒白寫了。」[183] 這「兩三句話」,其實也正是作家對生命思索後的呈顯與解答,在文學作品反覆的辯證表現中,作家整體的人生思想,乃逐步得到完整的呈現。由以上對豐子愷散文分期、分類的探討,可以看出童心的積極護持、藝術的美感追求與宗教的仁者心懷,在其生命進程中,有始終如一的展現。此種思想呈顯由抗戰前的成形,經戰時的離散、戰後的混亂,迄於文革的箝制,當中雖有不同形式的附質改變,然而整體說來,豐氏的人生進程所表現者,實為一種循環回歸的路徑,由青年時的思考,迄於晚年《緣緣堂續筆》的寫作,此等思想本質始終未變。

　　借用奎英在建構一套「知識理論」系統時的思考模式來解釋:他曾指出一項理論的建立,應該是由一個「核心信念」(basic belief)為中心,擴充為一張「信念之網」(The web

---

[183] 見林懷民訪問稿〈白先勇回家〉。此文收錄於白先勇《驀然回首》一書中作為附錄,上段訪錄語載於該書頁 176。

of belief）。這張信念之網以同心圓的方式，從「核心信念」到「周邊信念」，組成種種複雜的關係網[184]。豐子愷在其散文中所宣達的人生思想，雖不盡屬知識理論的範疇，但當中自有其個人體系之架構。由此理論觀點出發，我們可以說，豐子愷思想的「核心信念」，實即「自然」的信仰：對兒童的禮讚，是其渴望返樸歸真的證明；對藝術創作的堅持，則主在宣示人應向自然探求珍貴的啟示；而宗教的啟信，最後其實亦在帶領人進入「物我一體」、「天人合一」的理想境地。總括來說，「童心」、「藝術」與「宗教」，是環繞在「自然」的核心信念下，所涵攝的真、善、美種種周邊信念，它們彼此間的關係，是和諧一致而互不衝突的。豐子愷思想的「融貫性」特徵由此展現，而其一生所要表達的「兩三句話」，也可以簡約地歸結於此。

在本章結束前，復有以下兩點須予澄清：

其一，在整體思想的探討中，論者或謂豐子愷先是神遊於兒童的世界，他自稱是「兒童崇拜者」。但這樣做，並不能使他對人生作出圓滿的答案，這才「跌入了宗教的羅網」，才去「皈依佛教的虛幻世界」。[185] 或謂「他崇奉佛教『無常便是常』的信條，但又不願意墮入宗教圈子永不自拔，他畢竟還是想找到一個理想的世界。……他的苦悶、徬徨往往採用迴避現實的方法來解脫，……用人間的隔膜和兒童的天真

---

[184] 詳參林啟屏《先秦儒法思想中的血緣問題與國家》，頁156。

[185] 見林非《現代六十家散文札記·豐子愷》，收錄於《豐子愷研究資料》，頁308—311。

對照，反映自己對理想生活的嚮往，寄托自己的感情。」[186]
對於此兩種說法，首先，我認為無論是由兒童進達宗教世
界，或由宗教進達兒童世界，兩者的認知都不免各有所蔽。
其實在豐子愷生命的求索過程裡，兒童、藝術與宗教因緣，
是以交相錯雜、互疊互發的姿態出現的，當中並無信仰先
後之差別。其次，豐氏對童真的眷戀，與其說是逃避，不
如視為一種正面的謳歌與呼籲，此在前文業已闡明；而他
對宗教的信仰，根據以上討論，亦顯見係植根於積極用世
的基礎上，當中何嘗有墮入虛幻之跡？復有須予說明者，
即豐子愷提倡藉由藝術、宗教來涵養人心，用意雖為歸返
本真，但此種救贖過程，實已非回復兒童未知世事時的渾
沌，而係有意識地藉此護持更成熟的真我、展現更圓融的
處世態度，此為在對豐氏思想進行追索的過程中，所須認
清的一點。

　　再者，所有人生哲學的討論，最終其實均不外指向對
「真」、「善」、「美」境界的追求。唯須提出說明者，哲
學上所指涉的「真」，乃是對外在「知識理解」的真實；但
豐子愷人生思想中的「真」，則指向更內在的「心靈本真」。
他強調兒童自具純淨的心思，此等心念因為明澈活潑，所以
更能表現出盎然生意，而與生命的普遍流行，展露出相同的
創造機趣。因此豐氏所追求的此種「童真」，當更能貼近生
命的偉大處。然而亦有不容諱言者，即相較於他所崇仰的詩
人——陶淵明之「任真自得」，豐氏所信仰的「童真」，似

---

[186] 見《中國現代作家評傳》第四卷，頁80。

乎還缺少些對世事的洞察與明白觀照；相對而言，在人生境界的展現上，也就無法那麼深刻了。

　　要之，生命歷程本身具有目的性，此等目的除在求生存外，尤須進一步追求精神價值的建立[187]。豐子愷散文所展現的意義正在於此，經由人生思想的宣達，他向讀者暗示：「真」、「善」、「美」乃是人類最高的精神價值所在，它們統整於「自然」的狀態下，因由懸此理想，人類在現實生活裡，乃有了更高的追求目標。其實，人在宇宙中的定位，本就不是寂然不動的，它是一種動態的座標尋找[188]。人須有所自覺，由對個體問題的討論，尋思自己為何生活？當如何生活，方能展現自身意義？具備了此等知性，人類方能擺脫物性及獸性之束縛，發揚人性的真善美，進而修成人格。豐子愷在其人生思想裡，一方面提出回歸本真的途徑，努立朝向個人「獨立性」的完美邁進；另一方面，他亦提出大同社會的架構，從而朝向「群體性」的理想追求；豐子愷所展現的生命進程，正是一種動態的、完整的人性定位，讀者循此亦當有所啟發。

---

[187] 見傅統先《哲學與人生・人生之目的》，頁 79。
[188] 參閱鄔昆如《哲學概論・人生哲學的內在涵義》中，言及「人的定位」部份，頁 457—459。

第四章 豐子愷散文的藝術表現

——文學形式與藝術理論的互攝

　　本文在上章豐子愷散文的內容探討上，所採取的乃是由「內涵」透顯「思想」的進路：藉著對散文主題分期、分類的探討，架構出豐子愷整體人生思想體系。而在此章散文的形式探討部份，本文所欲採取的論述進路則恰恰相反，亦即經由藝術「思想」印證豐子愷散文的「形式」表現。文分三節如後：首敘文學與藝術之間的共通性，以為此等思考進路，尋求合理之論述依據；次對豐子愷藝術思想作一整體梳理，以為下節散文形式的表現，架構出理論基礎；最後再勾抉出豐子愷散文形式的表現特色，並與上節之藝術理論互為印證，以明彼此間的有機聯繫。以下即分別論述。

第一節　文學與藝術的共通性

　　何謂藝術？托爾斯泰在《藝術論》中曾指出，藝術乃是「以傳達人類最高善的情感為目的的一種人類行為。」[1]準此定義，不但繪畫、音樂、雕塑、建築等表現形式可稱之為藝術，「文學」顯然亦包含在所謂「藝術」的範疇中。文學

---

[1] 見該書頁 62－63、83。

是語言的藝術、文字的藝術，同時也是思想和情感的藝術。因此舉凡一切關於藝術研究、原理、解釋、批評的方法，無一不可應用於文學方面；甚至於談到藝術的起源、特性、美學等問題時，亦每每包含文學和其他藝術在內[2]。

除了就「定義」的規範作詮釋外，我們尚可經由以下幾點論述，更清楚地說明文學與藝術之間的共通性：

首先，就「分類」精神的比較來說。一般將藝術的類別統括於兩大範疇內，一為唯美藝術，傾向為藝術而藝術，並不包含任何功利目的；一則為實用藝術，傾向教化目的，具有特定的社會任務。而就文學來說，一般區分出的兩大分野：「美文」與「質文」，亦可涵括於全藝術的範疇內：所謂美文，即唯美的純自由藝術；所謂質文，則為功利的實用藝術[3]。依此看來，文學實具有與藝術一致的分類精神，此為其第一點共通處。

再者，就「理論」的相似性來說，我們從過往的藝術史及文學史中不難發現，各種藝術——造形藝術、文學，和音樂等——都有它們自己的演進歷程、發展之緩急程度，以及基本的內在結構。然而在某種共同的社會文化背景下，它們往往又彼此影響，以某一風潮引領另一風潮。就西方的藝術發展史而言，藝術史上所有式樣的概念，幾乎也適用於文學。如斯賓塞〈仙女后〉一詩的結構，曾被取來與一座哥特式教堂華麗錯雜的式樣，作了無數比較；史賓格勒在《西方

---

[2]　見涂公遂《文學概論》，頁 266。

[3]　同上，頁 267—268。

的沒落》中，亦把一種文明的所有藝術作了類比[4]。而文藝復興以後的繪畫發展，如古典、浪漫、寫實、印象、象徵、神秘主義等，在文學上亦有相同的派別。可見所有的藝術創作行為，都隱然存在一種共通性，此種理論表現的相近，即為其第二點共通處。

除了以上兩者外，最重要的證據尤在於文學與繪畫、音樂間，無論在「題材」或「表現手法」上，往往都是彼此借用、互為補充的。就題材言，文學中所包含的歷史、神話、民間故事、宗教故事，以及一切詩境，都是繪畫的主要來源。西方自文藝復興後，聖書中的事跡便成為繪畫的重要題材。而中國繪畫的取材，尤其含具多量文學分子，最古的中國畫，如顧愷之〈女史箴圖〉，直可視為張華文章之插畫；〈蘭亭修禊圖〉、〈歸去來圖〉等，則顯然取自王羲之與陶淵明文；而王維的「詩中有畫，畫中有詩」，更可說是文學和繪畫高度融和的最佳說明。至於音樂由文學方面所採擷的多量素材，在西方的「標題音樂」中，亦早已多所實例。

再就表現手法言，口語乃由聲音組織，在口語文學時期，聲音美化的結果便是一種音樂，此時音樂便是文學的形式，文學則為音樂的實質。文字代替口語之後，口語的音樂性自然遺傳給文字，文學的體質中，也就先天具有了音樂性。文學的聲調、節奏等表現手法，與音樂隱然有著密切關聯[5]。至於繪畫的表現手法，諸如「夸大」特點等等，在文

---

[4]　參見韋勒克等著、王夢鷗等譯《文學論》，頁 212—221。
[5]　見涂公遂《文學概論》，，頁 275—276。

學作品裡則亦所在多是。「水是眼波橫，山是眉峰聚」、「芙蓉如面柳如眉」等詩句，都是對人面形態的夸大描寫；「摘盡枇杷一樹金」、「春日凝妝上翠樓」等詩句，則為對色彩的強化與夸大。此外，王維的「山中一夜雨，樹杪百重泉」，李白的「山從人面起，雲傍馬頭生」詩句，所採取的乃是繪畫中「遠近法」的觀察視角；至於立場無定而畫面不統一的中國畫山水立軸與圖卷，則又是以「詩」的一般看法來作畫的實例。誠然，各種藝術或許會因材料之差異，與表現的可能性不同，而各有其特點及限制[6]，然而在大部份情況下，文學與繪畫、音樂等其他藝術，往往都可以互相借用各自的效果，並且亦相當程度地達到那些效果。

總結以上而言，文學本為藝術的一部份，因此文學所表現的思想、情感、想像力，以及真、善、美等情操，顯然亦是藝術所包含的重要因素。此點是我們在論述文學與藝術間的共通性時，首須注意到的。

文學與藝術之間，既已具有如是密切的關聯，若創作者本身再兼跨其中諸多範疇，則在不同的藝術領域裡，作者所作的意圖表白，自會有某些相同或相似的地方。豐子愷可謂

---

[6] 此種審美特點及限制，在萊辛《詩與畫的界限》（《拉奧孔》）一書中，有極詳細的討論，可參閱。此外，韋勒克、華倫在《文學論》中亦曾表示道：「一件藝術作品的『媒介』（一個不幸容易使人懷疑的名詞）不但是藝術家為著表現自己的個性所不能不克服的藝術上的障礙，而且也是傳統上的先決條件所預先形成的因素，還具有左右及改進藝術家個人態度和表現之強有力的決定性。」（頁210）事實上，藝術的理念雖有其共通之處，但落實到藝術形式時，由於藉以表達的媒介物不同，內容難免就會各生差異，此自不容諱言。

其中代表。以他散文作家兼畫家的身份來說，在繪畫中攙入
些文學，於文學中表現些繪畫感，本屬理所當然。況且豐子
愷亦曾明白表示：文學所主雖為思想美（即意義美），但
在其中加入適量繪畫的「具象美」，往往更有助於意義的
傳達[7]；繪畫所主雖為形象美，但在當中滲入些文學的意味，
亦為有利於普遍的方法，豐氏之所以對竹久夢二的漫畫多所
偏愛，意亦在此。可見豐子愷相當贊同文學與繪畫多方借鑒
的表現手法。因由此等融合表現，豐子愷的文學創作，遂有
了更豐富的表現形式；而其漫畫亦因此遠承中國「詩畫交流」
的傳統畫風，而在現代繪畫史上別樹一格。

　　豐子愷的文學與繪畫創作之間，本有如是密切的關聯，
而在多方涉獵並消化中西文藝美學後，他也形成了自己的藝
術思想體系，並以此從事教育工作。豐氏的文藝主張，除了
對當時教育界有所影響外，亦隱然成為其文學創作形式上的
指導原則，因此以其大量的繪畫理論，對散文之形式表現作
一審視，當亦有其合理性，此正為本章寫作的理論基礎所在。

第二節　豐子愷藝術思想分析

　　本節所勾理出的豐氏藝術思想重點有三：一為對創作的
起始至完成過程之闡述；二為對創作者人格特質的要求；三
則論藝術來源與藝術價值及功能的關係，凡此俱為豐子愷藝
術理論的關懷主題所在。整體看來，豐氏此等討論廣泛涉及

---

[7]　見《豐子愷文集・藝術卷三・具象美》，頁 321—325。

了藝術工作者、藝術品創作及其來源、價值、對接受者所展現的功能探討，思考面可謂相當完整。

壹、藝術的詮釋與重構

一、創作動機論

　　西洋學者在論及藝術的起源，即所謂「創作的原始動機」時，有「模仿說」、「遊戲說」、「表現說」、「裝飾說」、「美欲及藝術衝動說」等理論，而在諸種說法中，豐子愷認為「美欲及藝術衝動說」，最足以概括說明藝術的起源，且為最根本、最完全的說法，因為一切藝術的共通點，實即「美的感情的發現」[8]。確實，藝術作為一種表現形式，本有其「傳達人類情感」的前提，龍協濤便曾指出「情感性」是藝術符號所具有的特徵之一；他並援引蘇珊·朗格的說法，指出藝術品便是「將情感呈現出來供人觀賞的，是由情感轉化成可見的或可聽到的形式」[9]。

　　藝術既是人類情感的表現，則在傳達此種情感時，創作主體自須有其內在的、自發的表現衝動，如此其情感的表現方能真誠無欺。基於此，豐子愷深信文藝創作的動機，當以自然的有感而發為前提。他贊同某位批評家所言：「文藝創

---

[8] 見《豐子愷文集·藝術卷三·藝術的起源》，頁116—119。
[9] 見《文學讀解與美的再創造》，頁277—279。

作是盲進的，不期然而然的。」[10]因此就作畫言，他表明「我一向歡喜自動，興到落筆，毫無外力強迫，為作畫而作畫，這才是藝術品。」[11]就為文言，他則率性地表示：「我只是愛這麼寫就這麼寫而已。」[12]「隨筆總得隨我的筆，我的筆又總得隨我的近感。」[13]至於創作出來的成品，是否具備公諸於世的價值，豐子愷則始終是不甚在意的，只以「聾人也唱胡笳曲，好惡高低自不聞」[14]的態度因應之。

必須闡明的是，豐子愷所謂的「自然」、「隨興」，與「隨便」又有所不同。他的創作緣起，是由於對人生的瑣事細故有所縈心[15]，在種種因緣觸發下，才有了文藝作品的產生，初非有意而為，但亦非草率成就。他曾明白表示：「我認為隨筆不能隨便寫出，……漫畫同隨筆一樣，也不是可以漫然下筆的。我有一個脾氣，希望一張畫在看看之外又可以想想。我往往要求我的畫兼有形象美和意義美。」[16]此處所謂「意義美」，亦即豐子愷對人間萬象所生的觸發。可見豐氏並不將「自然」、「隨興」等同為「隨便」，自然的寫作動機是在長久的情感醞釀下引動的、是基於對人世情狀的關懷而產生的，並非無病呻吟或信手拈來。

---

[10] 見《豐子愷文集・文學卷二・〈讀《緣緣堂隨筆》〉讀後感》，頁 107。

[11] 見《豐子愷文集・文學卷二・藝術的逃難》，頁 173。

[12] 見《豐子愷文集・文學卷二・〈讀《緣緣堂隨筆》〉讀後感》，頁 107。

[13] 見《豐子愷文集・文學卷一・惜春》，頁 390。

[14] 見《豐子愷文集・藝術卷四・畫展自序》，頁 257。

[15] 豐氏對自身創作緣起的自白，詳載於〈《子愷漫畫》題卷首〉一文，見《豐子愷文集・藝術卷一》，頁 29。

[16] 見《豐子愷文集・文學卷二・隨筆漫畫》，頁 563。

要言之，動機的自然引發，便是豐子愷認為在進行實際創作前，創作者所應有的自許與認知。

二、詮釋重構的完成

落實到創作層面來談，豐子愷則認為欲進行藝術之詮釋與重構，便應培養如下各項觀照態度：首是適當「距離」的保持；二是「絕緣」眼光的觀察；三則為「設身處地」的投入。

首先，是觀察能力的培養與適當距離的保持。由於繪畫與文學在某些方面確實呈顯著極大的同質性，因此豐子愷在其藝術理論中，每每將詩與畫並舉。他指出「山遠始為容」雖為唐人詩句，其實卻更像畫論中的文句[17]。此文句表明：欲正確觀察物象，首應隔遠距離，始得見事物的全體姿態。其次，則須戴上「絕緣」的眼鏡，如此所見森羅萬象，方能成為獨立的存在物[18]。人生原應具備科學、道德、藝術等不同的眼光，而當我們以藝術的眼光觀察萬物時，便須解除物象「對於世間的一切關係，而認識其物的本身的姿態」[19]。此時畫家的頭腦，是「全新」的頭腦；畫家的眼，是「純潔」的眼[20]。藝術家對於一物，必須能胸中毫無成見，「斷絕其

---

[17] 見《豐子愷文集‧藝術卷二‧文學的寫生》，頁 485。
[18] 見《豐子愷文集‧藝術卷一‧看展覽會用的眼鏡——告一般入場者》，頁 301。
[19] 見《豐子愷文集‧藝術卷一‧西洋畫的看法》，頁 84。
[20] 見《豐子愷文集‧藝術卷二‧藝術鑒賞的態度》，頁 572。

在世間的種種傳統習慣，而觀看其本相」[21]，如此藝術才有其真價。總而言之，藝術家必須具備「能屈能伸」[22]的眼光，曲折的眼光用以穿透種種世相；直線的眼光則用以觀察事物本相。如果在進行藝術觀察時，苦於俗世思慮的遮蔽，那麼便看不清物象本身的姿態了；唯有以絕緣的眼光作藝術觀照，始能得見宇宙真相。

談到「絕緣」眼光的培養，豐子愷鼓勵習畫者由無名物象的寫生練習入手：「我覺得學中國畫從石入手之說，比從四君子入手之說更為合理。理由這樣：無名的形象（例如石），比有名的形象（例如四君子）宜作基本練習的題材。因為它無名，觀察時可以屏棄一切先入觀念而看到純粹形象。西洋畫的基本練習雖然是人體，（石膏模型或莫特爾），但專門研究者常不畫全體而畫 torso，就是肢體的一部份。便是取其近於無名的純粹形象而適於基本練習的原故。」[23]可見豐子愷在作理論申述的同時，亦不忘指示習畫者確實的入手門徑。

最後，除了須保持距離、解除世相，以得到本真觀照外，藝術詮釋過程的完成，尤在於須對所觀對象賦予「有情化」的描寫[24]。此種創作心理，西洋美學者稱之為「感情移入」，在中國畫論中則稱為「遷想」。畫家或鑒賞者在觀察事物時，其自我若能「因了『感情移入』的作用而沒入在對象的美中，

---

[21] 見《豐子愷文集・藝術卷四・藝術與革命》，頁 323。
[22] 見《豐子愷文集・藝術卷四・藝術的眼光》，頁 378。
[23] 見《豐子愷文集・文學卷一・我的書：《芥子園畫譜》》，頁 475。
[24] 見《豐子愷文集・藝術卷二・文學的寫生》，頁 470。

成『無我』的心狀」[25]，便是「物我合一」的藝術境界了。
此種移情作用的表現，往往僅見之於原始人、兒童、文學家
及藝術家的心眼中；其中表現得較為完整者，則為文學家與
藝術家。此二者在觀察物象時，一方面把人當風景看，即藝
術的「絕緣」；一方面則把風景當人看，亦即藝術的「有情
化」。如此，便達到了物我合一、一視同仁的最高藝術境界，
亦達到了藝術重構的完成。

　　相較於當時諸多美學家的藝術理論，豐子愷所提出的文
藝創作觀點，其實不算新穎。即以其摯交朱光潛為例，在《談
美》一書中，朱氏嘗指出「詩人和藝術家都有『設身處地』
和『體物入微』的本領」[26]，此與豐氏認為繪畫、文學頗有
共通之處的理念相同，同時亦強調觀察能力的培養，與感情
的投入。朱氏同時並指出「注意力的集中，意象的孤立、絕
緣，便是美感態度的最大特點」[27]，全書對「絕緣」眼光的
觀察與強調，亦多所論及[28]。此外，朱光潛在其理論文字中
並表示：「詩人對於出於己者須跳出來視察，對於出於人者
須鑽進去體驗」[29]，此即豐氏所言適當距離的保持，與人情
化的觀察描寫[30]。

---

[25] 見《豐子愷文集・藝術卷一・西洋畫的看法》，頁 96。
[26] 見朱光潛《談美・超以象外・得其環中》，頁 87。
[27] 見朱光潛《談美・對於一棵古松的三種態度》，頁 6。
[28] 參見朱光潛《談美》，頁 10—18、51、178 等。
[29] 見朱光潛《談美》，頁 93。
[30] 朱氏與豐氏說法有所不同之處，是朱光潛在〈子非魚安知魚之樂〉(《談
美》頁 22) 一文中，語及移情作用的經驗時表示：「美感經驗中的移
情作用不單是由我及物的，同時也是由物及我的；它不僅把我的性格
和情感移注於物，同時也把物的姿態吸收於我。所謂美感經驗，其實

　　實際上，當時眾多美學理論文字，幾乎都是西方思想的介紹與移植，由於同具相似的文化吸取背景，因此在重要觀點的闡釋上，自然各家一致，不過表述方式相異罷了！豐子愷與眾不同之處，在於他以更為深入淺出的文字，及親切平易的筆調，將複雜的西方美學思想表出，而傳播於中學界、大學界，又能輔以日常生活之實際例證，故能免於思想空疏之弊，也更合乎將美學知識普及化的要求。豐子愷以如是筆調、手法從事藝術理論的創作，除了有其思想因緣外，當亦與其處身於教育界的背景有關。

貳、藝術創作的美感經驗──美感質素的表現

一、從「形似」到「傳神」

　　豐子愷在說明藝術修習的進程時，常以其本身的學習經驗為例。他回憶自己直至執教初期，猶囿於過往的習畫觀念，而竭力主張「忠實寫生」的畫法，以為「繪畫以忠實模寫自然為第一要義。又向學生演說，謂中國畫的不忠於寫實，為最大的缺點；自然中含有無窮的美，唯能忠實於自然模寫者，方能發見其美。」[31]此時他確曾有〈忠實的寫生〉

不過是在聚精會神之中我的情趣和物的情趣往復迴流而已。」此處朱氏重視物我雙向的交流與溝通，而非單向的以我觀物，是為豐氏所未嘗申明處。

[31] 見《豐子愷文集・文學卷一・我的苦學經驗》，頁 78。豐子愷對其學畫歷程的記敘與回憶，除上文外，另可參見〈我的學畫〉（《豐子愷

等文，發表於《美育》雜誌上[32]，而當時教育界，亦頗重視基礎的寫生工夫。迄至一九二九年，林風眠在其〈中國繪畫新論〉一文中猶強調：「繪畫上基本的訓練，應採取自然界為對象，繩以科學的方法，使物象正確的重現，以為創造之基礎。」[33]可見其時確有不少美術家認為繪畫乃忠實的寫生，此當為藝術環境閉塞所造成的時代偏限。

然而豐子愷在接受了更多西洋與日本美術界觀念的激盪後，終究意識到了自己的粗疏與偏執。他憬悟：「我所最後確信的『師自然』的忠實寫生畫法，其實與我十一二歲時所熱中的『印』《芥子園畫譜》，相去不過五十步。前者是對於《芥子園》的依樣畫葫蘆，後者是對於實物的依樣畫葫蘆，我的學畫，始終只是畫得一個葫蘆！」[34]可見此時，豐子愷對藝術的表現進程，已開始有了更深一層的體會。

簡言之，豐氏創作觀念的改變，主在於他確認了美感質素的表現，當循序由「形似」達於「傳神」，二者不可偏廢。豐子愷指出，在經過主觀的感情移入與「讀萬卷書，行萬里路」的客觀發現後，除了基本寫形技巧的練習外，藝術之能事，尤在於對自然物象作適度刪改，以求全體的集中與調和，並表現物象生動的神態。他首先指出：

文集·藝術卷二》，頁 594—598）、〈視覺的糧食〉（《豐子愷文集·藝術卷三》，頁 340—350）等文。

[32] 今收錄於《豐子愷文集·藝術卷一》，頁 5—10。此文曾發表於 1920 年 5 月的《美育》雜誌第 2 期。

[33] 見林風眠《藝術叢論》，頁 133。

[34] 見《豐子愷文集·藝術卷二·我的學畫》，頁 597—598。

> 我始終確信，繪畫以「肖似」為起碼條件，同人生以
> 衣食為起碼條件一樣。謀衣食固然不及講學問道德一
> 般清高。然而衣食不足，學問道德無從講起，除非伯
> 夷、叔齊之流。學畫也如此，單求肖似固然不及講筆
> 法氣韻的清高。然而不肖似物象，筆法氣韻亦無從寄
> 托。……[35]

可見學畫仍以「形似」為基本要求，習畫者應該「用謙虛的
心，明淨的眼，向『自然』中探求珍貴的啟示。」[36]形似的
訓練既成，則須進一步要求表現自我個性。在〈談像〉一文
中，豐子愷進一步明確揭示：

> 繪畫既然以自然界事物為題材，自然不能不模仿自
> 然。不過要曉得：這模仿不是繪畫的主要目的，繪畫
> 中所描寫出的自然物，不是真的自然物的照樣的模
> 仿，而是經過「變形」，經過「美化」後的自然物。
> 所以要「變形」要「美化」者，就是為了要使之「悅
> 目」。故繪畫是美的形與色的創造，是主觀的心的表
> 現，故繪畫是「創作」。[37]

為了去蕪存菁，表現最美好的畫面，適度的刪改自然是絕對
必要的。此亦正是繪畫不同於照相之處，「蓋繪畫雖然也照
客觀物體的形象而描寫，但其中盛用心的經營，和腕的活

---

[35] 見《豐子愷文集・藝術卷三・視覺的糧食》，頁 346—347。
[36] 見《豐子愷文集・藝術卷二・野外寫生》，頁 612。
[37] 見《豐子愷文集・藝術卷二》，頁 591。

動，好像寫字一般，各人有各人的筆致，明顯地表出著各人的性格。」[38]

豐氏此種看法，實深合藝術的本質。事實上，「藝術」本就是通過一些特定形式對現實的移植，因此必有「適度的刪改」，必有「人為的自然」，缺乏思想的無意識複製，是不能稱為「藝術」的。在此等思想主導下，繪畫的技法表現，遂有了「自我」個性，萬物皆因「我」的存在而產生。

為了明確揭示「我」的藝術性格，豐子愷強調「相當地誇張不但為藝術所許可，而且是必要的。因為這是繪畫的靈魂所在。」[39]因此，在刪去瑣屑無須表達的繁複物象後，繪畫者須摘取物象的特點，誇張地描寫出來，始能使畫面簡單化、明快化，此在中國畫裡表現得尤其明顯。豐子愷相當重視繪畫的能否「傳神」，他表示：「作畫意在筆先。只要意到，筆不妨不到，非但筆不妨不到，有時筆到了反而累贅。」[40]在此前提下，藝術表現不求筆筆工細肖似，在適當處加以誇張技法，反倒能達畫龍點睛之效，從而神態畢出。就此點言，速寫實較工筆更能得傳神之妙，因此豐子愷的漫畫，俱以幾筆速寫為其精神。

總之，「繪畫以形體肖似為肉體，以神氣表現為靈魂。」[41]其最後目的，在求達到繪畫上「氣韻生動」的效果。豐子愷不斷強調：

---

[38] 見《豐子愷文集‧藝術卷三‧照相與繪畫》，頁338。
[39] 見《豐子愷文集‧藝術卷三‧畫鬼》，頁386—387。
[40] 見《豐子愷文集‧藝術卷四‧漫畫創作二十年》，頁388。
[41] 見《豐子愷文集‧藝術卷三‧畫鬼》，頁386。

　　氣韻生動是藝術的活動的根元。倘不經驗氣韻生動，
　　而茫然取筆，就是所謂囚於形似，拘於末節，到底不
　　能作出真的藝術。[42]

由豐子愷對藝術表現的終極要求，可見儘管他廣泛吸收西方
各種文藝理論，但在經過消化咀嚼後，這些觀點終究脫離不
了傳統畫論的廣大籠罩。在〈中國美術的優勝〉與〈讀畫史〉
二文[43]中，豐子愷對中國藝術的精髓，作了頗為深刻的論述，
他並曾肯定表示：「所謂『傳神寫照』，只有繪畫——尤其
是中國畫——最擅長。」[44]中國畫以「簡化」與「摘要」的
象徵手法，所展現出的寫意境界，其實也正是子愷漫畫風格
的一大特色。豐子愷的漫畫筆觸簡淨而精要，往往寥寥幾
筆，便將事物的形態完全表出，可謂深得傳統畫論重傳神、
講求氣韻生動之精髓。此外，豐氏認為版畫與兒童畫重興味
而輕寫實，在表現技巧上與中國畫法頗為相通[45]；對齊白石、
陳之佛畫作的評述，則強調由寫生入手，在師法自然、結合
實際後，再以單純明快的線條表現[46]。凡此種種，皆有其一
以貫之的創作信念，亦即強調藝術表現的進程當由基礎的寫
生始，從自然中去獲得觸發，再結合自身獨特的感興，以單
純明快的手法表現，以達氣韻生動的傳神境界。這是豐子愷

---

[42] 見《豐子愷文集・藝術卷二・中國美術的優勝》，頁 539。

[43] 見《豐子愷文集・藝術卷二》，頁 514—545、615—617。

[44] 見《豐子愷文集・文學卷二・上天都》，頁 597。

[45] 見《豐子愷文集・藝術卷三・版畫與兒童畫》，頁 366—375。

[46] 見《豐子愷文集・藝術卷四》，〈看了齊白石先生遺作展覽會〉（頁
565—566）及〈《陳之佛畫集》編者序言〉（頁 573—574）二文。

心目中，最理想的繪畫表現形式。

　　擴及於戲劇、音樂等方面的鑒賞，豐氏亦本此要求。他喜愛平劇藝術，因為平劇的音樂與扮演，都用夸張、象徵而明快的形式，就音樂言，「青衣唱腔的音樂，是以自來女子的尋常語調為原素，擴張，放大，變本加厲而作成的。」[47]再就扮演言，平劇藝術中的「開門，騎馬，搖船，都沒有真的門，馬，與船，全讓觀者自己想像出來。想像出來的門，馬，與船，比實際的美麗得多。倘有實際的背景，反而不討好了。」[48]豐子愷並且認為平劇扮演形式，與其漫畫創作中的省略筆法，有異曲同工之妙。此外，對於抗戰音樂，他則提出在激發士氣之外，猶能展現獨特個性的期許[49]。甚至在社會文化活動的推行上，豐子愷亦以其一貫的藝術表現準則，作為認同與否之標準。豐氏嘗寫就〈我與手頭字〉、〈簡化字一樣可以藝術化〉二文[50]，說明他贊同簡化字推行的理由，除了因為簡化字具有大眾化的特質外，更由於它富有美術的意義，能從「意到筆不到」的簡寫中，得見本字的全體。此種觀點的切當與否姑且不論，單由造型藝術及傳播廣度考察，可知豐子愷的主張背後，本有其一貫的文藝理念以為支撐。

　　值得注意的是，豐子愷對於藝術表現循序漸進的過程與要求，花了相當多筆墨反覆申述。

---

[47] 見《豐子愷文集・文學卷一・談梅蘭芳》，頁 496。
[48] 見《豐子愷文集・文學卷二・再訪梅蘭芳》，頁 387。
[49] 見《豐子愷文集・藝術卷四・談抗戰歌曲》，頁 5。
[50] 二文分別見於《豐子愷文集・文學卷一》，頁 320—323；《文學卷二》，頁 645—646。

例如在《藝術修養基礎》一書中，豐子愷除了說明藝術的起源、性狀、種類、形式等基本知識之外，對於繪畫的用具、形體色彩的描法，以及音樂的讀譜法、歌唱法、各種樂器的奏法等，又特別另立繪畫、音樂二編分頭論述。而在講解野外寫生種種技巧層面的問題時，他尤其不憚其煩，由寫生用具的選用，至寫生態度、畫法等問題，一一詳盡解說[51]。此等論述方向，可能有配合教學需要，做基礎練習的考慮在；而我們由此亦不難感受到，豐子愷對青少年修習藝術過程的啟發，甚為著重入手的實際學習門徑。

豐氏所學廣博，多才多藝，早於浙一師求學時期，對素描、寫生、書法、篆刻及風琴奏法等，便做了多方面的學習。游學日本期間，復拜師習奏提琴、習繪西畫，凡此種種，皆為他建立了豐厚的寫作資源。相較於其它美學家，豐子愷更具理論與實際創作結合的背景，也更符合在學府中傳播基礎知識的大眾化特質。而實際上，他正是以此不斷從事對學生之藝術養成教育的。

二、審美標準與藝術表現

美感質素的表現，既要求由肖似達於傳神，則「傳神」本身，便已成為文藝賞鑒的要件之一。此外，豐子愷所揭櫫的審美標準，尚包括以下數端：一為「小中能見大，弦外有餘音」，二為「多樣的統一」；至於「平凡之美」及「以善為美」，則是豐氏理想中藝術表現的最高要求。以下便分別詳述。

---

[51] 見《豐子愷文集・藝術卷二・野外寫生》，頁605─612。

首先，是豐氏在〈《豐子愷畫集》代自序〉中的夫子自道：「泥龍竹馬眼前情，瑣屑平凡總不論。最喜小中能見大，還求弦外有餘音。」[52]此數語雖專對畫事而言，然而實際上卻也涵蓋了他對隨筆創作的孜孜追求。基於此一標準，豐子愷亦曾盛讚唐詩言簡意賅，餘味曲包，為文學中最能表現「小中見大，個中見全」的絕佳典範[53]。葛乃福就認為，「小中見大、弦外餘音」二語，實概括了豐子愷的美學思想，他並就散文創作部份，分析豐子愷隨筆的「小」，一表現在題材之小，一則表現在篇章之小上[54]。至於其寫作的含蓄筆法，則是「弦外求餘音」的具體體現[55]。豐子愷嘗引陳亦峰語：「沉鬱者，意在筆先，神餘言外，寫怨夫思婦之懷，喻孽子孤臣之感。凡交情之冷淡，身世之飄零，皆可對一草一木發之；而發之又必若隱若現，欲露不露。反復纏綿，終不許一語道破。」以為此言「先得我心」[56]。可見豐氏的創作觀，是以含蓄筆調所造成的弦外之音，作為文藝的審美要求。

　　其次，豐子愷復以自然物象為例，說明繪畫上「多樣統一」之定律。他指出桃花、梅花的外形，具有「複雜的統一」之美[57]，此種觀察反映到繪事上，便是對畫面構圖、色彩表現的統調要求：

---

[52] 見《豐子愷文集・文學卷三》詩詞部份，頁789─790。

[53] 見《豐子愷文集・藝術卷四・藝術的學習法》，頁80。

[54] 豐子愷的散文作品大都以二千字左右為度，篇幅短小，唯抗戰時所創作的少數篇章為例外。

[55] 葛乃福之評論詳見《豐子愷散文選集・序言》，頁9─12。

[56] 見《豐子愷文集・藝術卷四・漫畫創作二十年》，頁391。

[57] 見《豐子愷文集・文學卷一・青年與自然》，頁9。

> 構圖法中有一種叫作「多樣統一」。構圖就是布局，
> 就是各種物象在畫面上的安置法。畫中物象盡管多，
> 盡管大大小小，高高低低，遠遠近近，形形色色，各
> 種都有，然而並非散漫無章地塞進畫面裡，卻是按照
> 一定的規律而布置，具有統一的中心點。……這就是
> 說，又多樣，又統一。……所以物象盡管多，形色盡
> 管各不相同，只要有一個共通的中心，就會顯出多樣
> 統一的美。[58]

豐子愷在其藝術理論中，屢次強調畫面的安排須妥當、安定、落位，才算合乎美的條件，也才能達到「多樣統一」的要求。除了構圖的考量外，繪畫的色彩表現，亦需具備「統一的調子」，始能讓整體畫面融為一氣[59]。此種表現技法不僅用於繪畫，文學上的色彩描寫亦須如此，方能使讀者所感受到的文字情境，呈現和諧之美感。豐子愷便曾舉「月光如水水如天」一句，指出此詩自然寫出了各物色調互相影響，而融合一氣的光景[60]。

　　上述色彩描繪的準則，對繪畫與文學可同時指涉；至於畫面「構圖」與文字「結構」上的安排，自亦同須符合「多樣統一」的條件。更進一步，若再擴及文學本質性的討論，則創作本身就是「從紛雜的自然物象、社會生活中提取素

---

[58] 見《豐子愷文集‧文學卷二‧談「百家爭鳴」》，頁 422。

[59] 某一種色彩分布於畫面各處，成為色彩的主調而統御全畫面，在繪畫技法上稱為色彩的「統調」。此定義見於《豐子愷文集‧藝術卷二‧文學的寫生》，頁 484。

[60] 同上。

材、思想,從形形色色的生活場景提取藝術情境,把眾多的人物模特兒捏成一個藝術典型」[61]的過程,其中舉凡素材選取或人物塑造,莫不追求「由多到一」的典型性,此種表現進程與畫理正相一致。

再就整體風格的呈現言,豐子愷所追求者,是文藝的「平凡」之美。他曾寫就〈平凡〉一文,言簡意賅地表示:藝術不求艱深的技巧,但重豐富的內容;將內容以深入淺出的形式表出,方為「平凡的偉大」[62]。藝術表現本不在於刻意求奇,平凡即是大雅[63],具足圓滿就體現了藝術的大美[64]。為此豐子愷鼓勵人們多向孩子學習,因為孩子能在平凡的生活中發現豐富的趣味,而時時作驚人的描寫[65]。此外,豐氏尚贊賞自然純正的行文風格,他推重「直直落落,明明白白,天真自然,純正樸茂」[66]的詩。豐子愷也堅持真誠的創作態度,由其在〈《初戀》譯者序〉[67]一文中對全書譯法反覆說明的態度,即可見豐氏對讀者的一片真誠之心。此種自然真誠的藝術見解反映至其散文創作上,一方面令讀者感受到作品中思想情感的誠摯,另一方面在形式上也展現出素樸自然、極少雕飾的寫作風格。此在下節將有所詳述。

---

[61] 見《文學讀解與美的再創造》,頁 11。
[62] 見《豐子愷文集・藝術卷四・平凡》,頁 47—48。
[63] 見《豐子愷文集・藝術卷四・評中國的畫風》,頁 248。
[64] 見《豐子愷文集・文學卷二・桂林的山》,頁 191。
[65] 見《豐子愷文集・藝術卷二・關於兒童教育》,頁 250。
[66] 見《豐子愷文集・文學卷二・湖畔夜飲》,頁 382。
[67] 見《豐子愷文集・文學卷一》,頁 60—64。

　　為文、作畫若能秉持真誠、自然之心，自能具備「善」的感情。文藝的「以善為美」，可說是豐氏最高審美要求，亦是其文藝理論最大的特色所在。

　　豐氏所謂的「善」，並不單就狹隘的道德教訓立論，它廣泛地指涉：文藝創作動機，是基於對廣大人生之興發與思考；而此種興發思考，不但能展現世相，同時亦體顯了情感、思想之真實性，因而對於閱讀對象及作者本人，都是深有助益的。豐子愷曾經明確表示：「最大的詩文，大都以人生為主要的內容，而以自然為附屬的內容。」[68]至於其本人的文與畫，亦以此為標竿，表現出豐富廣大的人生意涵。其實就藝術賞鑒層面言，「以善為美」的創作動機及審美觀，原是不純粹的，真正的藝術應以無目的為目的，以純美為美，但豐子愷依然偏嗜此種「非正統」的藝術。他表示：我「希望一張畫在看看之外又可以想想」[69]，此點正與下文所言「器識先行於文藝」的創作主張相互呼應，皆強調人生道德的充實與陶鑄。

　　總之，豐子愷所認同的完整藝術表現進程，由創作前的器識涵養，至創作時的文藝薰染，迄於創作成品所展現的效果，莫不以「善」為第一考慮要件。他曾自記其任教桂師時對學生的臨別贈言：「總之，藝術不是孤獨的，必須與人生相關聯。美不是形式的，必須與真善相鼎立。」[70]所謂「真

---

[68] 見《豐子愷文集・藝術卷四・藝術的內容》，頁100。
[69] 見《豐子愷文集・文學卷二・隨筆漫畫》，頁563。
[70] 見《豐子愷文集・文學卷三・教師日記》，頁97。

善生美，美生藝術」[71]，藝術上的真善美，其實是無法截然分離的，這是豐子愷始終抱持的信念。

參、藝術創作與人格特質

豐子愷於少年時代既受李叔同、夏丏尊等人的教誨，且對李叔同的人格才學深表敬仰，則其受業師影響，將「器識先行於文藝」的主張，視為藝術表現的先決條件，自亦理所當然。在〈先器識而後文藝——李叔同先生的文藝觀〉一文中，豐子愷回憶自己曾在李先生的宿舍裡，見到一冊《人譜》，封皮上寫有「身體力行」四字，每字旁邊加一紅圈。有一次，李叔同指出其中一節給學生們看：

> 唐初，王、楊、盧、駱皆以文章有盛名，人皆期許其貴顯，裴行儉見之曰：士之致遠者，當先器識而後文藝。勃等雖有文章，而浮躁淺露，豈享爵祿之器耶？……[72]

李叔同以此段文字期勉學生：欲作一位好文藝家，首重人格修養，次重文藝學習。這一幕令少年時代的豐子愷印象深刻。而在出家後，李叔同亦曾致書其友許霏云：

> ……朽人剃染已來二十餘年，於文藝不復措意。世典亦云：「士先器識而後文藝」，況乎出家離俗之侶！

---

[71] 見《豐子愷文集·藝術卷四·藝術與藝術家》，頁401。
[72] 見《人譜》卷五，頁45。本節乃節錄《唐書·裴行儉傳》。

> 朽人昔嘗誡人云：「應使文藝以人傳，不可人以文藝傳」，即此義也。……[73]

可見李叔同重視德業甚於文藝才能的看法，終身未改；而此種「器識先行於文藝」的主張，對豐子愷畢生顯然也起了極大影響。豐氏在論及為詩之道時，曾明白表示：

> ……別的事都可有專家，而詩不可有專家。因為做詩就是做人。人做得好的，詩也做得好。倘說做詩有專家，非專家不能做詩，就好比說做人有專家，非專家不能做人，豈不可笑？……[74]

在豐子愷心目中，人品與文品顯然是合而為一的。在此前提下，他更進一步闡明，不僅文藝表現須以人格修養為底蘊；落實到創作層面言，其重點也不在於手腕的練習，而在乎繪畫者眼光與心靈的陶養，因此「習描須先習看，練手須先練眼」[75]。他表示：

> 藝術不是技巧的事業，而是心靈的事業；不是世間的事業的一部份，而是超然於世界之表的一種最高等的人類活動。故藝術不是職業，畫家不是職業，畫不是商品。故練習繪畫不是練習手腕，而是練習眼光與心靈。故看畫不僅用肉眼，又須用心眼。[76]

---

[73] 見《豐子愷文集・文學卷二・先器識而後文藝——李叔同先生的文藝觀》，頁 533—534。
[74] 見《豐子愷文集・文學卷二・湖畔夜飲》，頁 382。
[75] 見《豐子愷文集・藝術卷二・文學的寫生》，頁 469。
[76] 見《豐子愷文集・藝術卷二・藝術鑒賞的態度》，頁 573。

可見藝術創作的真正目的，在於陶冶人心。一個人若具備了藝術眼光，即使沒有描寫能力，亦不失為解藝術而知畫者；反之，僅有描寫能力而沒有眼光，其人便難免淪為畫匠。是故要從事創作，首須拓展心眼。眼光與心靈的培養，涵括了閱歷的豐厚、知識的積累、思想的精研與藝術的磨礪，因此豐子愷強調學畫之法，在於多讀書、多觀察自然，亦即必須「讀萬卷書，行萬里路」[77]，如此方能達到成就「藝術的心」之效果；藝術的心既經成就，其人便自然有自由、天真、遠功利、歸平等[78]的襟懷了。本此心胸所創作的藝術，便是善與巧、質與文的結合。

真正的藝術家，必須兼有技術和美德[79]。豐子愷以其師李叔同，作為此種典型藝術家的代表。他在追憶少年時代的求學經歷時表示：「就人格講，他（李叔同）的當教師不為名利，為當教師而當教師，用全副精力去當教師。就學問講，他博學多能，……他是拿許多別的學問為背景而教他的圖畫音樂。夏丏尊先生曾經說：『李先生的教師，是有後光的。』」「李先生的人格和學問，統制了我們的感情，折服了我們的心。」[80]可見他對其師至表推崇。

---

[77] 豐子愷對閱讀的積聚與觀察思維的的強調，在其〈中國美術的優勝〉、〈新藝術〉等文中亦曾提及。見《豐子愷文集‧藝術卷二》，頁 545、575。

[78] 見《豐子愷文集‧藝術卷四‧藝術的效果》，頁 120—126。

[79] 《豐子愷文集‧藝術卷四‧桂林藝術講話之二》，頁 19。

[80] 以上二段引文，見《豐子愷文集‧文學卷二‧我與弘一法師》，頁 399、398。

　　除此之外，對於當時享譽平劇界的伶王梅蘭芳，豐子愷亦一再表示不但仰慕其藝術，更贊佩他抗戰期間不事日軍的人格[81]。在評述西方美術家時，豐子愷則特別推崇米勒，並嘗寫就〈畫聖米葉（即米勒）的人格及其藝術〉[82]等文，強調米勒創作所具有的道德特質，他認為米勒所以能在法國藝術界佔一席之地，正是根源於道德、宗教力所培養出的情操。凡此俱可見豐氏對藝術創作者「人格特質」的重視與強調。

　　豐子愷「器識先行於文藝」的主張，不但於承平時強調，即令身處顛沛流離的戰時，他亦堅信不渝。八年抗戰期間，豐氏讚賞馬一浮以橫渠「四句教」勉勵浙大學生，隨即依「四句教」意進一步譜曲[83]；對於戰時壁上標語的審美準則，他認為「精神的美更強於形式的美」[84]，因此標語即使夾雜於自然美景中，因其精神意義重大，所以也不顯唐突或殺風景了。此外，在一系列的〈桂林藝術講話〉演說稿[85]中，他亦一再強調「藝術以仁為本，藝術家必為仁者」的主張。

　　由此可見，在豐子愷心目中，「器識」早已成為藝術創作的先決條件；而藝術教育，實際上便是一種人格涵養教

---

[81] 豐子愷對梅蘭芳的敬仰之意，歷見於其〈訪梅蘭芳〉、〈再訪梅蘭芳〉、〈梅蘭芳不朽〉、〈威武不能屈——梅蘭芳先生逝世周年紀念〉等文中。以上諸文收錄於《豐子愷文集‧文學卷二》，頁 209—214、385—390、485—486、545—546。

[82] 見《豐子愷文集‧藝術卷三》，頁 90—103。

[83] 見《豐子愷文集‧文學卷一‧橫渠四句教附說》，頁 659—663。

[84] 見《豐子愷文集‧文學卷二‧談壁上標語》，頁 47。

[85] 見《豐子愷文集‧藝術卷四》，頁 13—26。

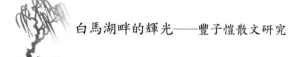

育。李叔同以如是信念身體力行，在教學活動中對學生進行潛移默化，豐子愷則進一步發揚光大，於其文藝理論及畫作中，不遺餘力地反覆強調。此種文藝創作的態度，拓及於文藝鑒賞時自亦如此：

> 萬人皆得發表其對於名作的理解的程度及好惡的心情。但非確有見識，不宜妄評其好壞。這一點不但有關於美術修養，又有關於德業。……[86]

凡此均可見豐子愷對道德涵養的重視。修習藝術的最終目的，本就在於能以藝術態度來觀看世間、處理人生。有藝術之心而欠缺手腕技術的人，「雖然未嘗描畫吟詩，但其人必有芬芳悱惻之懷，光明磊落之心，而為可敬可愛之人。若反之，有技術而沒有藝術的心，則其人不啻一架無情的機械了。」[87]於此我們可見豐子愷高超宏觀的藝術視野。

肆、藝術來源與藝術價值及功能之關係

一、從藝術來源到藝術價值的討論

在追究到藝術的來源問題時，豐子愷本其豐富的農村成長背景，做了相當細緻體切的觀察，從而明揭藝術「從群眾中來」的特質。

---

[86] 見《豐子愷文集・藝術卷三・為中學生談藝術科學習法》，頁 43。
[87] 見《豐子愷文集・藝術卷二・新藝術》，頁 576。

豐氏認為民間音樂如山歌、民謠等，充滿了原始趣味，出諸農夫野老口中，雖不免幼稚唐突，同時卻也具備了簡單樸素、單純明快之美，在藝術上頗有研究價值[88]。至於其他民間藝術，如剪紙、戲文等，更是「農家子的教育、修養、娛樂的工具」[89]。此外，由扇面藝術可知書畫在過去中國民間相當發達，連夏日的實用品——扇子都被「藝術化」[90]；而由民間豐富多樣的俗語中，更可見譬喻之廣泛被運用，俚語的「取譬之妙，造語之工，其實不亞於詩詞文學中的譬喻，不過不用文言而用白話而已。」[91]

音樂、戲劇、繪畫、文學等，在民間既都有如此平易近人的發展，而為一般大眾所接受，則藝術的「從群眾中來」殆屬無疑。豐子愷並且進一步強調，藝術既起源於民間，便須植根於民間，如此方能保住國民性與民族精神，從而成就本國藝術的特色[92]。

由於西風東漸，當時有頗多文藝理論家亦感受到國人盲目崇洋、一味西化的弊病，遂提倡「民眾的藝術」，主張文藝須以表現民族性為上[93]。然而此等立言，率都基於西潮席捲全國的社會現象而來，受到外在衝擊後，始作被動的反

---

[88] 參見《豐子愷文集・藝術卷四・《音樂初階》序說》，頁 330。

[89] 見《豐子愷文集・藝術卷三・深入民間的藝術》，頁 381—384。

[90] 見《豐子愷文集・藝術卷三・扇子的藝術》，頁 326—330。

[91] 見《豐子愷文集・藝術卷三・比喻》，頁 422—445。

[92] 見《豐子愷文集・藝術卷四・漫畫的由來》，頁 273。

[93] 如葉秋原著〈思想動搖期中之中國藝術界〉（收錄於《藝術之民族性與國際性》，頁 39—50），鄭以藝著〈民眾的藝術〉（收錄於《中國現代美學叢編》，頁 135—140），二文皆嘗討論及藝術的民間化問題。

省，對於一般民眾既少有接觸，所見就不免流於紙上談兵，
無補於事。而豐子愷的體驗，則由平日實際的農村接觸而
得，濃厚的素民背景，促使他在文章中屢屢引證民間藝術的
趣味與價值所在，並進而發為議論，指出重視與發揚民間藝
術的必要性。就此點言，豐氏的反省當是更本質、更深入，
也更具說服力的思考與洞見。

　　既談及藝術的「植根於民間」，便牽涉到藝術歸趨的討
論。對此一論題，豐子愷首先強調藝術既「從群眾中來」，
便當「到群眾中去」，亦即文藝須本入世精神，滲透到一般
人民的生活裡。若再深入體察，豐氏此種「植根於民間」的
藝術理論，其實包含了兩個層面的意涵：一為題材的「生活
化」，此點涉及藝術價值的討論；二則為內容的「大眾化」，
此又涉及藝術功能層面的反省。

　　先就題材的「生活化」言。對於內容題材的表現，豐
子愷一向強調，藝術須具備「反映生活」的特質。他確信「『藝
術』的根本原則，是『關切人生』，『近於人情』。」[94]的，
為此豐氏不只一次提出，「藝術須與生活相關聯……換言
之，即兒童的繪畫必須是兒童生活的反映。」[95]「生活與藝
術，融合方為自然。健全偉大的藝術，必是生活的反映。今
日為求清逸而描寫現世所無的、與生活無關的古跡，無論
其作品何等優雅清逸，總像所謂『溫室中的花』，美而無
生氣。」[96]換言之，唯有以實際人生作為體驗、抒寫的對象，

---

[94] 見《豐子愷文集・藝術卷四・評中國的畫風》，頁 245。
[95] 見《豐子愷文集・藝術卷三・版畫與兒童畫》，頁 374—375。
[96] 見《豐子愷文集・藝術卷二・中國美術的優勝》，頁 545。

藝術方能展現客觀性廣大的特質，也方能使多數人同感興味、共體美感[97]。觀察豐氏漫畫作品所抒寫的題材，往往有一個很明顯的世俗目的，或是對社會現狀的批評，或是人生中一個有趣的表現，或是對日本侵略者的抨擊，凡此俱從寫實入手。豐氏的寫實甚至「無分雅俗」，連搬腳趾、挖耳朵等一般人極少描繪的題材，他亦可以以之入畫[98]。散文作品亦然，豐氏由市街形式可以感受到生活的快適與壓迫[99]；由吃瓜子則洞見民族習氣之堪憂[100]，可見其作品深具反映現實生活的能力。

其實，藝術作品能否具備永恆的價值，往往取決於它是否具備反映現實、反映時代的能力。藝術的時代性便是其永久性的條件，因為「永久」離開了一個個的時代便不可能，永久本就是個個時代的延續[101]。明乎此，當能體會藝術作品若欲具備永恆的價值，便須植根於生活，以日常事件作為描寫、體察及寄託的對象。而就此點言，豐子愷對藝術須能「反映生活」的堅持，無疑是把握住了藝術價值的認識，也體顯了藝術由「時代性」中透顯「永久性」的特質。

---

[97] 關於文藝具「客觀性」特質的說明，參見《豐子愷文集‧藝術卷四‧藝術的性狀》，頁89。
[98] 豐子愷漫畫反映時代、反映社會的特點，廖雪芳〈豐子愷的人和畫〉、亮軒〈誠懇樸實的畫家〉二文俱有闡發。詳見《雄獅美術》77期，頁64─65、77。
[99] 見《豐子愷文集‧文學卷一‧市街形式》，頁362─363。
[100] 見《豐子愷文集‧文學卷一‧吃瓜子》，頁232─238。
[101] 見程大城《藝術論》，頁140。

二、對藝術功能的反省

復次，再進行對藝術功能的討論。

豐氏對於文藝問題向來抱持頗為通達的看法，他一再強調凡事須掌握大要，須體會其理而不可執著其事，例如對其勸世之作《護生畫集》所應抱持的欣賞態度[102]，以及為學習畫之道須從大處著眼的強調[103] 等。就對藝術的雅俗之辨亦然。他認為音樂的「曲難和寡」未必值得激賞，真正理想的音樂應該是「曲易和眾」的；而所謂「易」，並不一定意味著「低」，儘有曲風「易」而「高」者[104]。換言之，立意標榜峭拔不見得是「雅」；降低身段以從眾也不見得是「俗」。因此就繪畫言，豐子愷亦認為「在文化的，社會的意義上說來，畫家的『孤峭絕俗』實在是一種缺憾。一個人有豐富的畫才，能寫良好的作品，而這些作品流通於世間，不是文化上，社會上的幸事嗎？不是個人對文化的服務，對社會的貢獻嗎？……但中國的畫家以此為『俗』，一定要『不肯』『不

---

[102] 豐氏在〈護生畫三集自序〉中提醒讀者：「『護生者，護心也。』詳言之：護生是護自己的心，並不是護動植物。再詳言之，殘殺動植物這種舉動，足以養成人的殘忍心，而把這殘忍心移用於同類的人。故護生實在是為人生，不是為動植物。普勸世間讀此書者，切勿拘泥字面。倘拘泥字面，而欲保護一切動植物，那麼，你開水不得喝，飯也不得吃。因為用放大鏡看，一滴水中有無數微生蟲和細菌。你燒開水燒飯時都把它們煮殺了……」詳見《護生畫集・第三集》，頁6－9。

[103] 豐子愷在〈為中學生談藝術科學習法〉一文中，告知習畫者當先用素描研究形狀，線條，明暗，後用彩畫兼寫色彩。悟通此畫理之後，鉛筆可以代木炭，水彩或色粉筆可以代油繪，靜物可以代石膏模型，著衣人可以代裸體人。此即所謂「從大處著眼」的學習之法。見《豐子愷文集・藝術卷三》，頁39。

[104] 見《豐子愷文集・藝術卷四・音樂藝術的性狀》，頁432。

賣』才算是『雅』，這分明是一種『不合作』的『個人主義』的行徑。」[105]

從教育的層面看來，豐氏此種「藝術大眾化」的主張，與當時社會上普遍倡導美育的言論恰相呼應[106]，然而就更深層的內在動機而言，豐氏對大眾藝術的倡導，實仍根源於其生命本質的「仁愛」心懷。他曾沉痛地表示：「藝術原是為人生造幸福的，何以這些人（按：指一般民眾）被排斥在藝術的門外，沒有享受藝術的權利呢？」「藝術應該平易，普遍受人欣賞。我們這世間的藝術，為什麼演變得如此複雜，教許多人莫名其妙呢！」[107]為此豐氏極力主張藝術不該再為少數貴族所壟斷，它應該走出高傲的象牙塔，到紅塵來高歌人生的悲歡。就另一層面而言，豐氏此種關懷一般民眾的見解，也實在體現了他深刻高貴的「藝術之心」。此與其後左翼文學基於政治考量而倡導的「大眾藝術觀」，有著本質上的差異。雖然豐氏後來可能因情勢影響，而寫就了〈蘇聯的音樂〉、〈阿薩非也夫〉、〈杜納耶夫斯基〉等諸多推崇蘇聯音樂及音樂家的作品[108]，但根本上，他之所以倡導大眾藝術，仍是基於純粹文藝層面的考量，而非遷就於政治因素。

---

[105] 《豐子愷文集·藝術卷四·評中國的畫風》，頁252。

[106] 如蔡元培、李石岑等，俱曾為美育教育的大力倡導者。蔡元培嘗寫就〈以美育代宗教說〉、〈美育實施的方法〉、〈美育與人生〉等文，見《蔡元培美學文選》，頁79—85、182—188、259—260。李石岑亦嘗寫就〈美育論〉等，見《中國現代美學叢編》，頁91—98。

[107] 以上二段引文見《豐子愷文集·藝術卷四·現代藝術二大流派》，頁334。

[108] 三文寫作時間俱在民國四十年。分別見於《豐子愷文集·藝術卷四》，頁516—525、529—535、536—543。

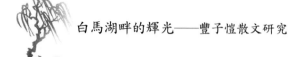

　　此外，基於藝術大眾化、民間化的信念，豐子愷亦「希望有平易而優秀的樂曲的風行，使音樂的園地，門禁解放，大家都可以自由進去遊玩」[109]，他並且明確提出欲將音樂拉下象牙塔，除了須創作「曲高而易」的歌曲外，「第一是要設法改革樂器，發明容易入手的樂器，使有正業的忙碌的一般人，都能在放工或散出事務室以後，在路上，車中，黃昏的楊畔，費極簡的設備與極短的時間來學成。」[110] 因此他推崇口琴的易學易攜。豐氏同時亦了解到，音樂的高下是有耳共賞的，但技術則須慢慢習得。為此他寫就平易淺近的《音樂初階》、《音樂知識十八講》諸書，並嘗為開明函授學校《學員俱樂部》及《中學生》等刊物，寫就諸多藝術欣賞文字[111]，凡此俱可見豐子愷在推動藝術普及化上的理念與實踐。

　　豐子愷除了對繪畫、音樂等表現方式發表意見外，在藝術功能的反省上，他亦不忘擴及於照相、工藝品、廣告、服裝等應用美術層面。對於照相，豐氏指出它介於「美術品」與「實用品」之間，適合表現自然本相之美，屬於再現藝術，這種再現藝術「最合於一般通俗人的美術鑑賞眼。以此作為引渡一般人進入美的世界的寶筏，也是文化藝術進步的一種助力。」[112] 除此之外，豐氏真切的將藝術美感活用於日常生

---

[109] 參見《豐子愷文集‧藝術卷四‧《音樂知識十八講》序言》，頁 428。

[110] 見《豐子愷文集‧藝術卷一‧一般人的音樂》，頁 114—115。

[111] 如〈寫生世界〉、〈野外寫生〉、〈從梅花說到美〉諸文，最初便發表於此類刊物上。

[112] 見《豐子愷文集‧藝術卷三‧照相與繪畫》，頁 339。

活中，對於茶杯、手錶、香煙匣及火柴匣面的圖案等，他曾認真的作過鑒賞與批評[113]；對於兒童的穿著打扮，他亦煞有介事地依照美學上「多樣統一」的原則，加以肯切的評論[114]；而對於當時捨本逐末的商業藝術，他則加以嚴厲的批評[115]。

　　由此類文字看來，豐氏並非小題大作，實在是冀圖經由淺近日常的食衣住行，教導大眾學習用藝術的眼光來體察生活、鑒賞生活，由此提倡真正平民化而又實用的美育教育。對照當時的時代環境，亦可知在純藝術無法存在的現實限制下，欲提高一般人的藝術鑒賞力，便非得由民間的、實用的美術層面著手不可。豐氏顯然是以靈活的眼光觀察時代社會，遂有如是主張。他十分明白，「獨立的藝術，在根本上含有富貴性質，太平氣象，是幸福的象徵。根本不是衣食不足的不幸的環境中所能存在的。衣食不足的環境中倘使要有藝術，只能有當作別種目的的手段的藝術，當作別物的加味的藝術。現在的民眾所能理解的，也只有這種藝術。」[116]豐氏歡喜創作帶有文學意味的小畫，意亦在此，他體察到「為

---

[113] 見《豐子愷文集・藝術卷一・工藝實用品與美感》一文，頁52—62。豐氏認為優良的工藝品，必須滿足「實用」與「趣味」雙方面的要求；既要講究形式，又要講究材料。依此原則，他對毛巾、鐘錶、香煙匣、火柴匣、茶杯、玩具、畫框等逐一作批評與鑒賞。

[114] 見《豐子愷文集・藝術卷二・關於兒童教育》，頁239—241。及《藝術卷三・弟弟的新大衣》，頁529—533。

[115] 參見《豐子愷文集・藝術卷三・商業藝術》，頁2—16。豐氏批評當時造形美術的傾向，形式競尚奇特，色彩競尚強烈，甚至為求觸目而捨棄實用考慮。豐氏認為此係資本主義對藝術的蹂躪，亦是藝術走出象牙塔後之不良發展。

[116] 見《豐子愷文集・藝術卷三・深入民間的藝術》，頁380。

大眾藝術計，在藝術中羼入文學的加味，亦是利於普遍的一種方法。」[117] 所以他無法忘懷、無法停止創作那些小畫。

然而文藝的深入群眾，甚至以實用目的為重要考量，是否便是其終極歸趨呢？豐氏十分明白，直接為人生的藝術誠然實用，畢竟不宜過份。他曾以東西洋的工藝為例，說明太求「為人生」的衣服與椅子，亦不足為訓[118]。可見豐氏之所以贊同文藝以「不純粹」姿態出現，乃是基於時代環境的考量。為使一般人的鑒賞力得以提高，文藝不得不暫時以大眾化、通俗化的形式深入群眾。從某個角度而言，此似亦可視為文藝的「變態」。

同樣情況見之於豐氏對「抗戰文藝」的看法。八年抗戰期間，「文藝無用論」的呼聲，一度甚囂塵上，文藝工作者為肯定用筆來捍衛國家的重要性，一度提出「文章下鄉，文章入伍」的口號與標語；各地作家也紛紛走出書齋，迎向戰區[119]。時代情勢的影響，除了造成豐子愷生活的急遽變化外，其文藝創作內容亦產生微妙轉變，他開始以散文及漫畫，作為諷刺、宣傳與激勵民心的工具。然而在全國憤激潮流的推湧下，豐氏並不曾失卻對文藝本質的思考與堅持。他明白，一如鬥爭是人類生活的變態，不是常態般，「宣傳漫畫是漫畫的變態。我們不妨為正義人道而作宣傳漫畫，但必

---

[117] 見《豐子愷文集・藝術卷二・繪畫與文學》，頁495。

[118] 見《豐子愷文集・藝術卷四・東西洋的工藝》，頁376。

[119] 關於抗戰期間文藝的走向與散文創作概況，參見陳信元〈談抗戰時期的散文創作〉一文。

須知道這不是漫畫的本體。漫畫的本體，應該是藝術的」[120]、應該是「與人心的趣味相一致」[121]的。是以所謂宣傳漫畫，不過是以藝術作方便，人道主義為宗趣。

由此又可知，豐氏對於抗戰文藝的本質，其實持有更高遠的看法，其最終歸趨仍在於仁者情懷的涵養[122]。因此他在抗戰期間，仍強調道德修養，除了反復申明「藝術以仁為本，藝術家必為仁者」[123] 之理外，他並曾作過深刻的自省：「明知諷刺乃小道，但生不逢辰，處此末劫，而根氣復劣，未能自拔於小道，愧恨如何！」[124] 而其晚年序文中，亦有「今老矣！回思少作，深悔諷刺之徒增口業而竊喜古詩之美妙天真，可以陶情適性，排遣世慮也。」[125] 之感歎。可見在豐子愷心目中，始終對文藝陶情養性、慰安人心的作用信仰堅定，他認為無用即是大用，「高尚的藝術，所以能千古不朽而『常新』者，正為其具有這高貴的超現實性的原故。」[126]

歸結言之，儘管豐子愷主張文藝的大眾化、實用化，然而對於藝術的最終歸趨，他始終堅持一種出世、超脫與無目的的情懷，此亦正是其對藝術「體」、「用」功能之深刻洞察。原來藝術在政治、生活上的用，都不過是種工具性的效

---

[120] 見《豐子愷文集・藝術卷四・漫畫的種類》，頁 285。
[121] 見《豐子愷文集・藝術卷三・談日本的漫畫》，頁 405。
[122] 此等說法亦可見之於其對曹聚仁的答辯，與對《護生畫集》繪作宗旨的闡述。參見《豐子愷文集・文學卷一・一飯之恩》，頁 655—658。
[123] 見《豐子愷文集・藝術卷四・桂林藝術講話之一》，頁 13—17。
[124] 見《豐子愷文集・文學卷三・教師日記》，頁 27。
[125] 見《豐子愷文集・藝術卷四・《敝帚自珍》序言》，頁 583。
[126] 見《豐子愷文集・藝術卷二・新藝術》，頁 576。

益;真正由主體之完滿實現而形成的「用」,才具備本質之必然。此種主體性的完滿實現,有賴於藝術結構與美的價值之自我完成;也唯有完成了本體,方能具顯一切用[127],從而享受「藝術即人生,人生即藝術」,二者融合為一的樂趣。藝術的最終歸趨,其實正在於「以無目的為其目的,以無作用為其作用」。豐氏此點主張,與夏丏尊在《文藝論》中的看法正相一致[128]。

伍、小結

縱觀清末民初以降的美學論著,可見此時期之中國現代美學,仍以文學及藝術層面為重[129]。五四之後,源於時代風潮及國人審美興趣的引導,大量美學方面的論文與譯稿,或一一成書,或發表於當時種種文科刊物上。然而由於具備共同的思想吸取背景,各家在美學觀點的闡述上,往往有頗多重疊之處。例如對於美的非功利性論點,便是基於康德美的「無關心」說,其他如立普斯所言的「移情作用」,及源出

---

[127] 參閱龔鵬程《文學散步》,頁 117—135。

[128] 夏丏尊指出文藝的目的在美,那麼供給人以美,這事本身已是有益於人。此外,文藝的本質雖是超越現實功利的美的情感,但情感不能無因而起,必有所緣。因了所緣,就附帶有種種實質。或是關於善的,或是關於真的。簡言之,藝術的功用是全的功用、綜合的功用,把它局限在一方面,是足以減損文藝的本來價值的。從另一方面言,此亦正是藝術「以無用為其大用」的宣言。詳參《文藝論與文藝批評》,頁 19—29。

[129] 此為胡經之將 1919 至 1949 年間的美學資料作了整理匯編後,所提出之觀察報告。見胡氏所編《中國現代美學叢編》一書之前言部份。

叔本華等的「心理距離說」，亦皆融入當時許多美學家的著作裡，而受到廣泛引介與闡發[130]。

　　豐子愷的文藝理論，原非以獨到的洞見與嚴密的邏輯體系取勝；對美學理論建構多所著力的，主要仍是朱光潛、宗白華、蔡儀等美學大師，他們對西方美學家的部份論點，往往更具批判與修正的企圖[131]。相較於此輩大家，由於學力限制及寫作目的的相異，豐子愷在美學觀點的闡釋上，自然不及彼等深入，同時對西方美學理論亦較少批判與反省。此外，對文藝欣賞本身所含有的創造性、文藝批評所須掌握的要點，以及藝術教育能引領人通向心靈自由的可貴特質等，豐氏亦少做闡發與強調[132]。凡此俱為其文藝理論不足之處，此自無庸諱言。

---

[130] 對美的「非功利性」特質、美感鑑賞所須具備的「感情移入」、「心理距離」等態度闡發最力者，首推朱光潛，見其《談美》諸書之論述。此外，散見篇章如范壽康〈美的經驗〉、〈美的觀照〉，呂澂〈什麼是美感〉及黎舒里〈美的理想性——美的性質的孤立的考察〉等文，亦多所闡發強調。參見《中國現代美學叢編》頁 10—19、28—34、48—52、62—75。

[131] 如朱光潛對康德——克羅齊派及黑格爾——托爾斯泰派曾作有力的批判；對叔本華——尼采學說亦嘗作切實之指正。蔡儀則對康德的「無目的說」持有異議。詳參閻國忠《朱光潛美學思想研究·三、一個綜合性的美學構架》及蔡儀《新藝術論·序說》部份。

[132] 關於文藝欣賞的創造性特質，朱光潛特別強調，在《談美》中曾反復論及。參見〈子非魚安知魚之樂〉、〈大人者，不失其赤子之心〉諸文。至於文藝批評則是鑑賞的發展，豐氏在其文藝理論中，已述及文藝消極性的審美要求，此為鑑賞的起點，但對之後鑑賞積極的創造性與批評態度，則缺乏任何申發，此為美中不足之處。此外，文藝教育所啟發的心靈自由特質，豐氏則僅在〈藝術的效果〉一文點到為止。

然而豐氏本不以美學理論的深層建構自期，他所注意
的，乃是基於美育教育普遍化、大眾化的需要，一位作家必
須相應地採用何種寫作筆調、闡述何等美學內容。本著為學
生及一般民眾的藝術教養紮根的理念，豐氏的文藝理論作
品，文字更強調平淺自然、具體詳實；內容則更多對音樂、
美術學習入門的指引，與美感涵養落實於生活的實際鑒賞。
他的文藝理論娓娓道來，毫無說教文字之枯燥，反而令讀者
有如與其對坐閒聊般輕鬆自然[133]，相較之下，自然比一般專
門性的論述更具親和力，此為其最大特色所在。豐氏文藝理
論的另一重要特點，是對「以善為美」信念的強調，此種文
藝主張，貫串其為人、作文及繪畫理想，遂成為豐子愷文藝
思想、人生思想中的重要觀點。

第三節　豐子愷散文中的藝術表現

　　創作者對藝術所抱持的信念，往往關涉到其創作表現。
豐子愷既有大量的文藝理論問世，復有三百餘篇散文創作，
則以豐氏的藝術觀，審視其散文實踐，當是項有趣的課題。
從中亦可見豐子愷的文藝觀與散文創作間，實有著千絲萬縷
的關係。以下分別論述。

---

[133] 此點在夏丏尊、徐蔚南諸人的文藝理論文字中亦可感受得到。

壹、觀察與詮釋角度的特殊性

本段所論述重點有二：一為豐子愷對事物的觀照眼光，具有「繪畫」的觀察，與「音樂」的觀察兩項特色；二則為豐氏對事物的詮釋角度，可謂其藝術觀中「絕緣本相的觀察」，與「感情移入」理論的具體實踐。

先就對事物的觀察言。當森羅萬象展現時，我們對事物的體會，往往有賴眼、耳、鼻、舌、身、意之作用；換言之，感官的協調與統一，共同組成了我們對事物的印象，此本不足為奇。然而豐子愷以作家、畫家兼音樂教育傳播者的身份，進行此等觀照時，其表現方式又別具特色。他曾指出繪畫的印象描寫與文學的印象描寫相通似，因此詩詞文句中，每每可見繪畫性的觀察表現[134]。此外，他亦曾在〈《初戀》譯者序〉中表示：

> ……歐洲人說話大概比我們精密，周詳，緊張得多，往往有用十來個形容詞與五六句短語來形容一種動作，而造出占到半個 page 的長句子。……──這種時候往往使我想起西洋畫：西洋畫的表現法大概比東洋畫精密，周詳，而緊張得多，確是可喜；但看得太多了，又不免嫌其沈悶而重濁。我是用了看西洋畫一般的興味而譯這《初戀》的。[135]

---

[134] 見《豐子愷文集・藝術卷二・文學的寫生》，頁 479。
[135] 見《豐子愷文集・文學卷一》，頁 60。

可見在藝術鑒賞的過程中，豐子愷的觀照態度，每每是將文學與繪畫的觀察融合一處。因此其散文中，遂有了大量繪畫性與音樂性的描寫。

以繪畫性的表現言，豐子愷於寫平凡的眾生相時最擅長於此。此可以〈舊地重游〉及〈兩場鬧〉二文為代表。〈舊地重游〉記敘自己對茶樓外室與樓上雅座中人的觀察：

> ……這雅座顯然是蝕本生意。這樣想來，我們和「小白臉」，「金牙齒」，「仁丹鬚」的清福，全是那「紫銅色的臉」，「翡翠色的臉」和憤恨不平的話聲所惠賜的。[136]

〈兩場鬧〉中亦寫道：

> ……對門是一個菜館，我在窗上望下去，正看見菜館的門口，四輛人力車作帶模樣停在門口的路旁，四個人力車夫的汗濕的「背脊」，花形地環列在門口的階沿石下，和站在階沿石上的四個人的四頂「草帽」相對峙。……
>
> 他摸出銅板，四個「背脊」同時退開，大家不肯接受，又同聲地嚷起來。那「草帽」乘機跨進門檻，把八個銅板放在櫃角上，……
>
> 一件「雪白的長衫」飛上樓梯，不見了。門外四個「背脊」咕嚕咕嚕了一回，其中一個沒精打采地去取了櫃角上的銅板，大家懶洋洋地離開店門。咕嚕咕嚕的聲音還是繼續著。[137]

---

136 同上，頁264。此處引號係筆者所加，下同。
137 見《豐子愷散文集‧文學卷一》，頁267—269。

凡此無不是以繪畫的素描筆法，對人物作具象的、誇大的印象描寫，遂深得傳神之妙。此等白描技巧，每易令人聯想及其簡筆漫畫，舉凡筆調、題材等，無不一一肖似。如他描畫鄉民「話桑麻」之情態，或坐或踞、或言或聽（見附圖二五）；速寫百姓待車之姿，由穿著、攜帶物件，乃至顏面表情等（見附圖二六、二七），皆不過以簡筆勾勒，卻無不神態畢現。

其他如〈白采〉文中，寫白采臨行之際，「用他的通紅的老鷹式的大鼻頭向我點了好幾次而去」[138]；〈訪療養院記〉中，寫不同女子的神態，分用臉孔像「海棠花」、「蓮花」、「玉蘭花」等為擬[139]，則在素描的寫實筆觸之外，復加上譬喻性語句，人物神情因而倍顯生動。凡此細微之處，豐氏俱用筆如畫，以簡潔洗練之描繪，一一勾勒出觀察對象的特徵。此與其漫畫筆觸的簡勁傳神，實有異曲同工之妙，亦深符豐氏藝術理論中「傳神遠重於形似」的主張。

再就音樂性的描寫言。豐子愷在〈音語〉一文中開宗明義地指出：

> 音樂上有「音語」（Music Language）這個名詞。其意是說：高低長短強弱不同的諸音所造成的音樂，雖然不能具體地告訴人一番說話，但能因其構造形式而在人心中惹起一種感情，彷彿告訴人一番說話。這種微妙的作用叫做「音語」。[140]

---

[138] 見《豐子愷文集‧文學卷一》，頁 35。
[139] 見《豐子愷文集‧文學卷一》，頁 507—509。
[140] 見《豐子愷文集‧文學卷一》，頁 627。

此雖是就音樂上的作曲與鑒賞言，但豐氏更進一步，將其運用到日常生活的觀察與體會中。〈午夜高樓〉與〈標題音樂〉二文，可謂最顯著實例。〈午夜高樓〉全文均著力於「聲音」的描繪，由對「一宿行人自可愁」詩句的音樂鑒賞始，至於在高樓上對種種聲音之聽聞與想像，豐子愷一一做了傳神具體的抒寫。例如對餛飩擔子的號音，他作如是形容：

> 餛飩擔上所敲的是一個大毛竹管，其聲低，而大，而緩，其音色混濁，肥厚，沉重，而模糊。處處與餛飩的性狀相似。午夜高樓，燈昏人靜，饑腸轆轆轉響的時候，聽到這悠長的「柝——柝——柝——」自遠而近，即使我是不吃肉的人，心目中也會浮出同那聲音一樣混濁，肥厚，沉重，而模糊的一碗餛飩來。[141]

其他如圓子擔「的，的，的」的號音，豐子愷以「其聲高，小，急；其音色純粹，清楚，圓滑，而細緻」形容，確實令人聯想及純白、渾圓而甘美的圓子。至於吹大糖擔的「鐺，鐺，鐺」聲，豐氏則認為此種華麗、熱鬧、興奮而堂皇的音樂，暗示力尤為豐富。整體說來，〈午夜高樓〉實可謂豐子愷所有散文中，對聲音做到最極致表現的不二佳作。對照俞平伯於一九二二年前後寫就的小詩：

> 門前軟軟的綠草地上，
> 時有叫賣者來。
> 「桂花白糖粥！」

---

[141] 見《豐子愷文集·文學卷一》，頁 545。

　　聲音是白而甜的。

　　「酒釀——酒！」

　　聲音是微酸而澀的。

豐氏此文或許受到俞平伯詩作的影響[142]，但他對各種聲音的不同質感，體會尤為細緻敏銳；再將此等音色與物象結合，則感受更為具體精準，描寫亦形神俱現。寫「聲」而能與「形」、「色」、「味」做到如此貼切的融合，實得力於豐子愷多方兼具的藝術涵養——此種文化背景，顯然為他散文之獨特性，提供了極佳的創作資源。

　　總括而言，「繪畫性」的觀察與「音樂性」的描寫，可謂豐子愷針對不同藝術間的同質性，所做的會通與借鑒。

　　至於豐子愷對事物的詮釋方式，則因其能擺脫既有觀念的束縛，以全新眼光思考、體會，因而每每易有不同角度的議論與申發。以〈憐傷〉文為例，一般人對科學日新月異的研究成果，往往止於贊美，豐氏此文則記錄他偶見石屋能移動的照片後，首先驚嘆，既而憐傷的心情。因為：

　　　科學的抵抗自然的努力，可憐得很；地殼形成的時候偶然微微凹進了一塊，科學就須費數千百人的頭腦和氣力來營造船舶，才得濟渡這凹塊。[143]……

---

[142] 俞平伯此則小詩載於《憶》詩集中，詩末註明係於一九二二年六月前在杭州作。豐子愷〈午夜高樓〉文作於一九三五年，一方面寫作時間晚於俞氏，另一方面子愷亦曾為俞氏此書繪作插圖，故言其寫作題材可能受俞平伯詩作啟發。

[143] 見《豐子愷文集‧文學卷一‧憐傷》，頁143。

此外，在〈榮辱〉文中，他則忽而以數學的算法，忽而以繪畫的著色，反復辯證自身因被誤認而受敬、受罵的經過與得失。全文文意翻騰，層層疊進，顯見在本相的觀察中，豐氏對事件的思考角度，顯然更為多樣、更為活潑了。此點除得力於「向兒童學習」而具備的全新眼光外，當亦加入了豐氏個人人生閱歷豐厚的背景。論者或謂豐子愷的隨筆常議論、多思辯，此係受佛教辯證思維方法的影響[144]，但我以為豐氏此等散文特色，並不從佛教的思維方式借鑒得來，而是解除了事物間種種關係與成見的束縛後，自然而致的全新眼光與觀照。

最後，深刻的「感情移入」，亦使豐子愷在詮釋事物時，每每使用擬人手法，一方面對事物進行設身處地的觀察，另一方面亦引導讀者同時進入角色內部。例如他寫梧桐樹的生衰消長，由綠葉成蔭，終至於落葉滿地：

> 這幾天它們空手站在我的窗前，好像曾經娶妻生子而家破人亡了的光棍，樣子怪可憐的！[145]

而在描述他對春天群花鬥艷的凡庸愚痴態，深感可笑時，豐氏亦寫道：「我想喚醒一個花蕊來對它說：『啊！你也來反復這老調了！』」[146] 此等描寫，實已深入對象生活中，而達物我平等之境。事實上使用擬人法對物象進行描寫，本為文

---

[144] 見譚桂林〈豐子愷與佛教文化的關係〉，收錄於《中國現代、當代文學研究》1993 年 10 期，頁 174。

[145] 見《豐子愷文集·文學卷一·梧桐樹》，頁 557。

[146] 見《豐子愷文集·文學卷一·秋》，頁 163。

學上習用技巧，但對照豐子愷的文藝理論，此等論述所顯示的意義正在於：豐氏已由兒童生活中獲得啟示，從而採用全新的觀物眼光，因此他對物象的擬人化，乃是真正投入的本相觀照。尤有甚者，豐氏每每更進一步，直接進入物象生活中以為描繪。〈物語〉與〈揚州夢〉二文，即分以「動植物」（葡萄、南瓜、鴿子、黑貓）及「地域」（揚州）的第一人稱觀點寫作。豐氏設身處地，以主角身份發話的敘事手法，不僅令人耳目一新，同時也體顯了作者深入體會萬物感受的心懷。其他如〈華瞻的日記〉等作品亦然。

歸結言之，「本相觀察」與「感情移入」的藝術理論，在豐子愷散文中，顯然已有了具體實踐。

貳、「小中見大」的取材走向

本段重由豐氏繪畫與寫作素材的日常化，展現其「小中見大」的內在底蘊。

先就漫畫創作言。以「小中能見大，弦外有餘音」的審美標準，證諸豐氏本人漫畫作品，可見在創作題材的揀擇上，他極擅於以生活中的小小感興，來反映大千世界裡的眾生形貌。例如〈只有醫生聽到的全是真話〉一幅（見附圖二八），畫面本身的描繪本不足為奇，不過是日常生活的瑣碎情事而已。但豐子愷一加上此標題，便畫龍點睛地反映了人世社會的虛詐情狀。此種漫畫題材是隨處可見的，但弦外之音卻含蓄而意蘊豐富，充滿文學意味。豐子愷有時甚至不靠

標題展現意旨,而直接由畫作本身傳達一種不言自明的效果。例如〈拒絕握手〉、〈穿洋裝之洋文盲〉(見附圖二九、三十)兩幅漫畫,便以細微的日常瑣事,具體展現了當時社會受到西方文化衝擊,普遍形成的不諧調與可笑情狀;〈人如狗,狗如人〉及〈賺錢勿喫力,喫力勿賺錢〉二幅(見附圖三一、三二),則以對照手法,含蓄諷刺了社會的不平等情狀。凡此種種,俱為對現實生活的具體摹寫,題材雖小,卻飽寓睹微知著的言外之意。

散文部份的寫作亦然。谷崎潤一郎在其〈讀《緣緣堂隨筆》〉一文中曾表示:「他(豐子愷)所取的題材,原並不是什麼有實用或深奧的東西,任何瑣屑輕微的事物,一到他的筆端,就有一種風韻,殊不可思議。」[147] 此本為豐子愷散文取材的一貫風格。即以其早期最傾心的兒童題材為例,豐氏亦嘗自言他的描寫兒童生活,「正是從反面詛咒成人社會的惡劣。」[148] 凡此俱可見其以日常生活題材,寄寓廣大人生思考,以求「小中能見大,弦外有餘音」的創作用心。其實現代散文自五四新文化運動以來,便在題材的選擇上,形成更廣闊空間,所謂「無意不可入,無事不可言」[149],此種不同層面的取材走向,正為作者個性表現提供了無限可能。豐子愷散文的選材尤其如此,整體說來,他的作品大都是一種日常化的展示,經由生活瑣事的體會與思考,豐氏在其中寄寓了廣大深刻的人生內涵。〈剪網〉、〈實行

---

[147] 見《豐子愷文集·文學卷二》,頁113。
[148] 見《豐子愷文集·藝術卷四·漫畫創作二十年》,頁389。
[149] 周作人語。轉引自《情有所鍾—散文奧秘的探尋》,頁40。

的悲哀〉、〈山水間的生活〉、〈初冬浴日漫感〉等文，均可視為代表作。

　　豐氏此類敘事性的哲理小品，乃是借著特定事件的發展，帶出其哲學觀念；換言之，即採「先敘事，後議論」的方式。例如〈剪網〉一文，以大娘舅至「大世界」（按：當時上海著名遊樂場）遊玩回來後，無意中發出的感嘆：「白相（按：閒遊意）真開心，但是一想起銅錢就不開心。」[150]引發下文作者的深入思考。豐子愷由此事聯想及日常生活中，自己旅遊、教書、買物等諸種活動，俱與「價錢」離不開關係。「價錢」是一種束縛人的世網，因由此等限制，做事的趣味遂減殺了一半。豐氏由此體悟到：一、外在附加的評價標準，最容易限制事物存在的真意義。二、欲認清世界本相，非以藝術、宗教剪除世網不可。此篇散文取材極細微，但卻能由生活化材料中，引出深刻的哲理，並由此表達作者的人生觀。其他如〈實行的悲哀〉一文，由「孩子們無意中發現寒假即將消逝，而興起懊惱之心」一事思考，因而聯想及「實行的悲哀」種種例證，如放假、畢業、愛的歡樂、人生富貴之樂等。經由此等從小至大、由淺及深的鋪陳，作者逐步揭示他的哲理思考：任何事情在預想的當時總是無限甜美、無限可憧憬的，然而一旦身入其中，便要生受種種世間苦的折磨。豐子愷因此悟出：世事之樂不在於實行而在希望，唯有與世事保持客觀的審美距離，方能享有觀照欣賞之樂。

---

[150] 見《豐子愷文集‧文學卷一》，頁93。

其他如〈比較〉一文，以「上車購票」之類平凡無奇的瑣事，引發出各人對世事的評價，其實皆如驗票時以目測方式檢驗身高般，同是由比較而來，當中並無一定標準。〈兒戲〉一文，則由小兒間的忽而相鬥、忽而談笑，聯想及國際紛爭亦如兒童遊戲般，蠻不講理，又通行用武力，因而有「國際的事如兒戲，或等於兒戲」[151] 之諷刺。要之，在此類作品中，豐子愷只以事件做為背景，或者做抽樣切片，借此切片而申發其人生哲理。所謂「小中見大」，經由日常化的展示，豐氏表現了他「文學家」的敏感，與「哲學家」之生活智慧。

總而言之，在生活上，豐子愷本不是大人物，因此他的所見所及，亦都是些小事情。但「夕陽芳草尋常事，解用全成絕妙詞」，豐氏總能在平凡的事物中，體察到他人見不到的奧秘，從而以小見大，寄其弦外之音。顯然，對於「小中見大」的藝術審美標準，他在提挈倡導之外，猶不忘身體力行，於繪畫、文學各方面俱多所展現。擴而至於人生意義的思考，豐氏隱然亦受到此等藝術思想之影響，例如他所曾提出的「個人具足一切宇宙性狀」之觀點，難道不是「小中見大」的另一例證嗎？豐子愷整體人生、藝術思想雖紛雜多樣，但此中自有其「多樣統一」的理序，此點在上章早經論及，此處又得一印證。

---

[151] 同上，頁 262。

參、藝術理論在形式結構上的運用

　　豐子愷的作品向以質樸無華見長，在此種平淡風格的籠罩下，論者每易忽略他在寫作形式方面的用心。實則於〈隨筆漫畫〉一文中，豐氏便曾敘述自己的創作歷程：

> 詳言之，須得先有一個「烟士比里純」（按：指「靈感」），然後考慮適於表達這「烟士比里純」的材料，然後經營這些材料的布置，計劃這篇文章的段落和起迄。這準備工作需要相當的時間。準備完成之後，方才可以動筆。動筆的時候提心吊膽，思前想後，腦筋裡彷彿有一根線盤旋著。直到脫稿之後，直到推敲完畢之後，這根線方才從腦筋裡取出。[152]

可見豐氏的文章看似平淡，實則嚴謹從平淡中來，此中自有其意匠的經營，與結構布局之用心在。即以〈畫鬼〉為例，全文由對傳統畫論的反駁，寫及童年聽聞的鬼魅軼事，最後延伸出對世相的深刻洞察。結構章法看似散亂無章，實則散中有序，此中自有其一以貫之的線索，即「鬼」之一字；因由此，作者得以將人情世事與畫理融合，而進行渾然一體的表達。此等寫作手法，與繪畫上「多樣統一」的原則，有異曲同工之妙，在豐子愷散文的結構、布局上亦處處可見；即文雖廣涉多方，但並不歧出枝蔓，一以主題的烘托為其用心所在。

---

[152] 見《豐子愷文集・文學卷二》，頁 561—562。

除了布局結構的「多樣統一」外，繪畫上諸種創作原則，在豐子愷散文中亦可尋到相近的藝術表現。此處即擬以其藝術理論，證諸豐氏本人的散文創作。在〈藝術的形式〉一文中，豐子愷寫道：

> 藝術形式的法則，重要者有下列六種：1、反復與漸層，2、對稱與均衡，3、調和與對比，4、比例與節奏，5、統調與單調，6、多樣統一。各種藝術的表現形式，都要應用這些法則。[153]……

文學既是藝術的一種，對於這些表現形式，自亦會多所運用。例如「反復」與「漸層」，在繪畫與音樂上或屬色彩的描繪，或屬聲調之表現；而在文學創作中，則以結構經營的形態表出，豐氏散文中，此等寫作技巧的運用便隨處可見，以「反復」為例：

> 是年秋季開學，校中不復有伯豪的影蹤了。先生們少了一個贅累，同學們少了一個笑柄，學校似乎比前安靜了些。我少了一個私淑的同學，雖然仍舊戰戰兢兢地度送我的恐懼而服從的歲月，然而一種對於學校的反感，對於同學的嫌惡，和對於學生生活的厭倦，在我胸中日漸堆積起來了。……世間不復有伯豪的影蹤了。自然界少了一個贅累，人類界少了一個笑柄，世間似乎比前安靜了些。我少了這個私淑的朋友，雖然仍舊戰戰兢兢地在度送我的恐懼與服從的日月，然而

---

[153] 見《豐子愷文集・藝術卷四》，頁91。

一種對於世間的反感，對於人類的嫌惡，和對於生活
的厭倦，在我胸中日漸堆積起來了。……（〈伯豪之
死〉）

和平謙虛的鄉下人大概會聽信他的話，讓他安睡，背
著行李向他所指點的前面去另找「很空」的位置。……
和平謙虛的鄉下人大概不再請求，讓他坐在行李的護
衛中看報，抱著孩子向他指點的那邊去另找「好坐」
的地方了。……和平謙虛的鄉下人大概會聽信他，留
這空位給他那「人」坐，扶著老人向別處去另找坐位
了。（〈車廂社會〉）

「反復」技巧可說是一種較單純的藝術表達方式，其優點在
於形式整齊，印象強明。在上述引文中，經由類近文字的一
再強調，作者對伯豪的懷念、對人世情狀的嫌惡、對社會不
平等現象的諷刺，俱表現得愈發強而有力。

　　然而此等技巧若運用不當，亦可能遭致「呆板」之譏，
豐氏早期散文中，較多此類弊病。例如寫於一九二七、八年
間的〈晨夢〉、〈憶兒時〉、〈自然〉等文，「反復」技巧
的運用便稍嫌拙劣：〈晨夢〉在末尾將全文重點歸結為「『人
生如夢！』不要把這句話當作文學上的裝飾的麗句！……真
我的正念凝集於心頭的時候，夢中的妄念立刻被置之一笑，
誰還留戀或計較呢？」[154] 一段，內容上毫無新意，形式亦
未收強調之功，反而略顯冗長累贅；〈自然〉一文首尾俱寫
道：「『美』都是『神』的手所造的。假手於『神』而造美

---

[154] 見《豐子愷文集‧文學卷一》，頁149。

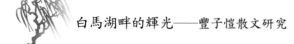

的，是藝術家。」[155] 前後文一致，看似呼應，實則為最原始的反復，技巧亦不高；至於〈憶兒時〉以三段平穩反復的結構，論述豐氏童年時代三件難忘之事，中以「既神往，又懺悔」的心情貫串，在行文上亦殊少變化。可見愈是簡單的藝術形式，愈是難於討巧，因此在運用上尤須注意。

再以「漸層」為例，此為「反復」的更進一步，即在一種形式上漸次變化起來。音階的由高而低，色彩的由深而淡，俱是「漸層」的具體表現。在文學上，則指敘事、議論的層層漸進，至於頂點。豐子愷散文中，這種表現手法所在多是。例如〈鄰人〉一文，敘述自己對以鐵製扇骨置於兩家相鄰交界，藉以防人行為的厭惡，作者為了強調「眼前一片形形色色的都市的光景中，這把鐵扇骨最為觸目驚心。這是人類社會的醜惡的最具體，最明顯，最龐大的表象。」[156]，乃由法律、形罰等「無形的醜惡」，論及城、郭、門、牆等雖然有形，但仍具「裝飾性」的醜惡，再及於諷刺意味明顯的鎖，形雖具又不美觀，但體積猶小，故可謂之「小而不易見」的醜惡，唯獨此把鐵扇骨，其形既大，又全無裝飾性，一望而知係為防人。文意層層漸進，在一物甚於一物的比較中，凸顯了鐵扇骨觸目驚心的效果。此外，〈家〉文則以層層遞進的方式，說明住在朋友家裡雖快樂，但終不及住在旅館中舒服；住在旅館中雖舒服，但終不及住在自己杭州別寓裡自由；住在杭州別寓雖自由，但終不及回到石門灣家居適

---

[155] 同上，頁 103—107。
[156] 見《豐子愷文集・文學卷一》，頁 242。

意；而當回到石門灣家中之後，夜裡躺在床上，仍覺此非自我本宅，豐氏由此得出「既然無『家』可歸，就不妨到處為『家』。上述的屢次的不安心，都是我的妄念所生。」[157]之結論。因由此等循序漸進的鋪陳，文意遂有了變化與漸層之美。

　　於此須提出說明的是，此等結構形式的反復與漸層，以及下文將提及的對稱、對比等形式，雖然本就是文學上的常用技巧，但它們與繪畫手法及音樂結構，確有異曲同工之妙，並且這些技巧在其他藝術創作上，運用也很普遍。豐氏在其理論文字中既已論及此等藝術表現形式，則在實際的繪畫與文學表現中，有所引用與實踐，自亦屬當然。

　　以下再略述對稱、對比、夸張、點睛法等在豐氏散文中的運用。

　　就「對稱」言，此與「反復」同為最原始的藝術形式之一，即將兩項事物並列而論。豐子愷〈兩個「？」〉等文，便是用對稱手法鋪敘，文章在形式結構上遂顯得四平八穩。觀察豐氏散文，此等條理井然的寫法所在多是，〈大人〉、〈車廂社會〉、〈都會之音〉等俱為顯例，可見在「藝術大眾化」的主張下，豐子愷亦借用了此等原始手法，使文章形成勻稱之美，亦更顯得平易可讀。

　　「對比」、「夸張」及「點睛」法則為豐氏由竹久夢二漫畫中，所體會到的創作手法。「對比」的形式表現在漫畫上，如〈兩家的父親〉、〈小車〉、〈欣賞〉（見附圖五及

---

[157] 見《豐子愷文集・文學卷一》，頁 522。

三三、三四）等俱為顯例；表現在文學創作上，則以〈二學生〉、〈兩場鬧〉及〈肉腿〉等文為代表：〈二學生〉以一老成、一活潑的學生之行事互為對比；〈兩場鬧〉以一群人此際在樓下與車夫爭執，堅持不願貼補微薄車資，彼時又各自搶付酒錢的場景互為對比；〈肉腿〉則以運河上踩踏水車的「肉腿」，與舞場上跳舞的「肉腿」互為對比。豐氏在此類場景中，每每讓事件自我呈現，而無須另加議論。藉由此等「對比」手法，文章不但形成一起一伏的波瀾，更因此而達到深化主題之目的。

　　至於「夸張」法更是漫畫習見的一種形式。漫畫既用略筆，必以夸張物象之特點為其要務，在豐氏作品中，〈先喫籬條〉一幅便以一根長於人身的籬條，夸大表現施粥者的傲慢，與被施者的卑微（見附圖三五）。而在散文創作中，〈作客者言〉一文亦以夸張的描寫手法，歷敘作客的種種不便。例如在描述主人迎接敘述者「我」的場景時，豐子愷寫道：

　　……走到望得見我的時候，他的緩步忽然改為趨步，拱起雙手，口中高呼「勞駕，勞駕！」一步緊一步地向我趕將過來，其勢急不可當，我幾乎被嚇退了。因為我想，假如他口中所喊的不是「勞駕，勞駕」而換了「捉牢，捉牢」，這光景定是疑心我是竊了他家廳上的宣德香爐而趕出來捉我去送公安局。……[158]

---

[158] 見《豐子愷文集・文學卷一》，頁 338—339，下同。

而在描繪主人為「我」介紹其他客人時，豐子愷又寫道：

> 他的左手臂伸直，好像一把刀。他用這把刀把新來的
> 一群人一個一個地切開來，同時口中說著：「這位是
> 某某先生，這位是某某君……」

凡此俱夸大敘寫了作客的種種虛偽與拘束。其他如豐氏在描繪人物的形貌、動作時，更可見此等漫畫手法之運用，此處不再贅述。

最後，標題的「畫龍點睛」，亦是使豐氏漫畫與文學作品得以增色的重要原因，此點乃是直接得自夢二漫畫的觸發。以漫畫為例，繪一缺腳挑擔的殘廢者，而名之曰〈腳夫〉（見附圖三六），此等景象令人頓生悲憫；繪二襤褸者蹲踞草地，遙望遠處美侖美奐的樓房，乍看之下似並不突出，然加一「我們所造的」之標題（見附圖三七），圖意遂頓顯立體。凡此俱為以文字輔助繪畫、以標題為漫畫點睛的實例。至於散文，亦得同樣的表現之妙。〈標題音樂〉所描寫著，實為作者家小兒的啼哭之聲，因其聲聲語帶懇求、不滿，有無盡意義蘊於其中，故名曰「標題音樂」；〈物語〉文的標題則兼具雙關意義：就內容言，本文所敘為動植物現身發不平之鳴的過程，另一方面就形式言，此文描寫本非現實生活之實錄，故亦具有日文中「物語」（「故事」）體裁的涵義。以〈物語〉為題，可謂畫龍點睛，兼括了文章形式與內容的雙重說明。

以上所言俱為豐子愷藝術理論在形式結構上的運用，例雖瑣碎，但從中自可見豐氏之藝術理論，與其漫畫、散文創作的密切結合。

肆、語言筆法的多方融合

除了觀察與詮釋眼光之運用、由小見大的取材走向，以及形式結構上對繪畫、音樂等所作的借鑒外，在「廣納中西美學」的基礎信念下，豐子愷對散文語言的吸收使用，亦傾向於多方融合的開明態度。因此在其散文中，文言語句、古典意象與傳統散文筆法，乃至日語、英文字彙及家鄉話等，都有紛然多采的展現，由此形成豐氏散文特殊的語言風貌。

先就古典文學的薰染言。在五四新思潮的推動下，豐子愷雖以語體寫作，但其基礎仍建立在舊文學的陶養上，因此在遣詞造句或引詩據典中，豐氏散文仍不免出現某些文言筆調，試舉數例如下：

> ……游人三三兩兩，分列在樹下的茶桌旁，有相對言笑者，有凭欄共眺者，有矯首遐觀者，意甚自得。（〈實行的悲哀〉）
>
> ……記得有一次在江之島，坐在紅葉底下眺望大海，飲正宗酒。其時天風振袖，水光接天；十里紅樹，如錦如綉。三杯之後，我渾忘塵勞，幾疑身在神仙世界了。（〈我譯《源氏物語》〉）
>
> 緣緣堂主人傾耳而聽，不漏一字；初而驚奇，既而惶恐，終于羞慚。想要辯解，一時找不出理由。土耳其卷煙熄，平旦之氣消，愀然變容，悄然離窗，隱几而臥。（〈物語〉）

凡此莫不充溢著古典文學的趣味。而〈學畫回憶〉一文，更首以文言戲作自傳，後再以語體逐句鋪陳，在寫作形式上頗能出奇制勝，亦從而達到揶揄自嘲的詼諧效果。但豐氏散文中此等古典文句的化用，有時亦不免有文白夾雜，或套用生硬之弊，如〈養鴨〉文末寫道：

> 這兩隻鴨，我決定養他們到老死。我想準備一只籠子，將來好關進籠裡，帶它們坐輪船，穿過巴峽巫峽，經過漢口南京，一同回到我的故鄉。[159]

此在遣詞命意上，便毫無新意。而晚年《緣緣堂續筆》中，諸如〈王囡囡〉、〈歪鱸婆阿三〉等文，尤多文白夾雜語句，此自亦是語言運用上的小小缺陷。

此外，在散文內涵的表達上，豐子愷受到古典詩文影響，亦每每借用頗多此傳統習見的比喻與意象，如「人生如夢」的慨嘆，在〈法味〉、〈晨夢〉、〈舊地重游〉等文中俱有申發。又如在〈梧桐樹〉中，豐子愷以依時序轉換而有不同變化的梧桐樹景，申說人世無常之理；而在〈告緣緣堂在天之靈〉文裡，儘管滿懷悲憤，豐氏亦不忘以抒情的筆調，描繪其對緣緣堂的回憶，當中「芭蕉」的意象始終貫串全篇。由夏日「紅了櫻桃，綠了芭蕉」的和平景象，到初冬最後一日的相處「芭蕉還未凋零，長長的葉子要同粉牆爭高，把濃重的綠影送到窗前」；至於臨去訣別之際，豐子愷在夜色中走進家門，所見的依然是「芭蕉孤危地矗立著，二十餘扇玻

---

[159] 見《豐子愷文集・文學卷二》，頁82。

璃窗緊緊地閉著,全部寂靜,毫無聲息。缺月從芭蕉間照著
你(指緣緣堂),作淒涼之色」;迄於收拾妥當,在黎明中
回頭一望,豐氏印象最深的仍是「朱欄映著粉牆,櫻桃傍著
芭蕉」[160]的景象。自來以「芭蕉」暗示無常之理的詩篇不計
其數,豐子愷在此顯然做了自然的承襲與化用;此種借用既
不失古典,又切合實景,從而喚起讀者一種與「芭蕉」語碼
相應的固定印象,無常感受遂因而增強。

　　除了用字遣詞、意象譬喻等的借鑒外,在寫作筆法上,
豐氏散文亦時有受古典詩文影響之跡:〈王囡囡〉與〈阿慶〉
結段的「筆者曰」,學的是史記的用贊筆法;〈癩六伯〉起
始的「此人姓甚名誰,一向不傳,……只知道他家中只有他
一人,並無家屬」,及〈歪鱸婆阿三〉首段的「歪鱸婆阿三
不知何許人也,亦不詳其姓氏……」,學的則是陶淵明〈五
柳先生傳〉之起筆;而豐氏晚年為他人作傳的文字,諸如〈老
汁鍋〉等,亦隱然有月旦人物之意。再則如〈白象〉一文寫
愛貓的廣受歡迎,豐子愷鋪敘道:

> ……見者無不驚奇讚嘆。收電燈費的人看見了它,幾
> 乎忘記拿鈔票;查戶口的警察看見了它,也暫時不查
> 了。[161]

此段豈非〈陌上桑〉中「行者見羅敷,下擔捋髭鬚;少年見
羅敷,脫帽著帩頭;耕者忘其犁,鋤者忘其鋤。來歸相怨怒,

---

[160]見《豐子愷文集・文學卷二》,頁 56─63。
[161]見《豐子愷文集・文學卷二》,頁 199。

但坐觀羅敷。」的現代版？而〈沙坪小屋的鵝〉一文，在敘事完足後，猶以簡短數語自成結段：

> 這鵝的舊主人姓夏名宗禹，現在與我鄰居著。[162]

〈藝術的逃難〉一文之結尾亦然：

> 趙君名正民，最近還和我通信。[163]

二文均不免令人聯想及歸有光〈項脊軒志〉的末段：

> 庭有枇杷樹，吾妻死之年所手植也，今已亭亭如蓋矣。

凡此寫作筆法上的類近，皆可明顯見到古典散文影響之跡。汪家明並曾進一步指出，「此種明顯的相似，不在於用了同樣的句式和文法，而是一種從容不迫的格調，一種藝術風致。」[164]其言誠然！

　　古典散文語言、筆法的借鑒之外，豐氏作品中亦時可見日語、英語字彙的多方融合，例如「粗末」等語詞的運用等[165]。然對於此等用法，我以為須提出兩點檢討：其一，是英語字彙使用的必要性。豐子愷在許多篇章中，都喜夾雜部份英文詞彙，例如：

---

[162] 見《豐子愷文集・文學卷二》，頁166。
[163] 見《豐子愷文集・文學卷二》，頁174。
[164] 見《佛心與文心——豐子愷》，頁175—177。
[165] 見《豐子愷文集・文學卷一・寄宿舍生活的回憶》，頁167。

> utilitarian 的見解淺薄的 utilitarian 的思想,是中國一
> 切參仿洋法的事業只有表面而內容糊亂的病根。[166]
> ……外婆普陀去燒香買回來給你的泥人,你何等鞠躬
> 盡瘁地抱他,餵他;有一天你自己失手把他打破了,
> 你的號哭的悲哀,比大人們的破產,失戀,broken
> heart,喪考妣,全軍覆沒的悲哀都要真切。[167]

此等英語字彙的雜用,在行文上實無絕對的必要,因其既不
作加強語氣之用,又無其他特殊涵意;而在中文裡,大可尋
得意義相近的字彙來表達。豐氏於此不免有賣弄之嫌,然
這或也是當時中西夾雜的文化背景下,所產生的行文風尚。

再者須提出檢討的是,日文句法對豐氏散文所形成的影
響,實在是負面多於正面。早期赴日進修的背景,一方面激
發了豐子愷初始的寫作興趣;另一方面,亦促使豐氏無形中
受到日語語法影響,而在部份篇章中,造成行文繁冗之弊。
試舉數例如下:

> 戰後「的」江灣「的」荒寂「的」夏日「的」朝晨,
> 我整理了茶盤和紙煙匣,預備做這一日「的」人。
> 下午,汽車把我載到了死一般靜寂「的」閘北中興路
> 「的」湖州會館「的」遺跡「的」門口。……[168]
> ……「我」就開始和他說話,「他」是「我」最初相

---

[166] 見《豐子愷文集・文學卷一・英語教授我觀》,頁 17。
[167] 見《豐子愷文集・文學卷一・給我的孩子們》,頁 253。
[168] 以上二段引文見《豐子愷文集・文學卷一・小白之死》,頁 192、195。
引號部份係筆者所加,下同。

識的一個同學，「他」就是伯豪，「他」的姓名是楊
家儁，「他」是餘姚人。[169]

「我」的知識欲展開翅膀而欲翱翔了。「我」已忘卻
母親的話，自己的境遇，和其他一切的條件了。「我」
「的」唯一「的」掛念，是恐怕這回的入學試驗不能
通過，落第回家。「我」在赴杭投考的同鄉人中，聞
知有同時投考數校的辦法。「我」覺得這辦法較為穩
當，大可取法。「我」便不問……[170]

凡此文句，「的」字及各種人稱詞的使用，均顯然太過頻繁，
致句子不免拗口。幸而此等行文缺陷僅出現於早期作品中；
至於後期散文，文字則已漸達精簡傳神之境。因此整體說
來，豐氏文字仍是瑕不掩瑜的。而江浙方言土語的偶一插
入，諸如「白相」、「晚快」、「淘剩」[171]等，更使豐子愷
的作品富於地方性色彩，親切感亦從而備增。

　　要之，豐氏散文語言的生動自然，實由古典文學、英語、
日語、家鄉話及口語中提煉而來，由此形成曉暢的文字風
格。其他如描繪人物神態，尤其是兒童生活時，所輔以的個
性化語言，不僅切合人物身份，充溢真實感，同時亦使豐氏
行文愈發平實淺近。此種語言筆調的特色，對散文創作風格
的形成顯然大有影響，亦與豐氏本人的人格調性互為應和。

---

[169] 見《豐子愷文集・文學卷一・伯豪之死》，頁 65。
[170] 見《豐子愷文集・文學卷一・舊話》，頁 181。
[171] 以上用詞分見《豐子愷文集・文學卷一》，頁 93、154、205。「白相」
　　在作者家鄉話中意為「閒遊」；「晚快」意約同於「傍晚」；「淘剩」
　　則為「出息」之意。

可以說，豐子愷散文質樸、沖淡的語言所形成的自然風格，是與豐氏內心平易近人的氣質水乳交融、互為表裡的，此在第六段中將續有說明。

伍、大眾化文藝觀的具體實踐

一如本章第二節所述，豐氏對大眾化文藝觀的體認，其實包含了兩個層面的問題，一為內容的「大眾化」，二則為題材的「生活化」。而由創作層面考察，豐子愷對藝術內容普及化、大眾化的實踐，可以他對生活趣味所作的美學鑒賞為代表，換言之，豐氏極力將理論層面的美學，實際應用於日常生活裡，並藉其散文予以推廣。再者，對「題材生活化」理念的實踐，則展現為豐子愷作品中，濃厚素民氣質的流露。換言之，以平凡百姓的平凡生活作為描寫題材，亦與其大眾化文藝理念，有著深切的牽連。

先就「趣味展示與美學鑒賞」的文字言，此部份作品在早年悠閒的生活步調中，表現得最為深刻，〈自然〉、〈顏面〉、〈閒居〉、〈天的文學〉、〈胡桃雲片〉、〈熱天寫稿〉等俱為代表作。以〈閒居〉一文為例，作者用藝術的心，細細體會日常的閒居辰光，在其有情眼光的觀照下，小小斗室猶如圖畫，傢俱可以隨己意作種種布置與改造；而一天的生活情調則猶如音樂，豐氏對此作了生動貼切的比喻：

如果把一天的生活當作一個樂曲，其經過就像樂章
（movement）的移行了。一天的早晨，……猶之第一
樂章的開始，先已奏出全曲的根柢的「主題」
（theme）。一天的生活，……猶如曲中的長音階變
為短音階，C 調變為 F 調，adagio 變為 allegro。其
或晝永人閒，平安無事，那就像始終 C 調的 andante 的
長大的樂章了。以氣候而論，春日是孟檀爾伸
（Mendelsson），夏日是斐德芬（Beethoven），秋日
是曉邦（Chopin）、修芒（Schumann），冬日是修
斐爾德（Schubert）。……[172]

在此文中，豐子愷不僅以繪畫的眼光觀察空間，更以音樂的
眼光觀察時間，遂能賦予閒居生活豐厚的想像，全文主眼俱
在「趣味」二字的展演上。而由以上傳神的比擬可知，豐氏
必然具備深厚的藝術涵養，方能對生活作如此貼切的寫照，
也方能從尋常飲水中，抉發無限藝術情趣。這種對生活的敏
銳體察與鋪陳，除了豐氏自我感觸的抒發外，在無形中，對
於大眾的美感鑒賞，亦必然深有啟發。其他如〈自然〉一文，
作者由照相、對女性妝扮的觀察等生活瑣事，體現「任天而
動」即具自然美的意涵；〈顏面〉文則由對人們臉面的觀察，
作種種表情鑒賞。……凡此俱可見豐子愷以畫家「絕緣」、
「同情」的眼光，對日常生活所作的種種體察。這是將藝術
理論實際運用的一種日常展演，亦是「生活藝術化」、「藝
術生活化」的有力體顯。經由此等觀察與展示，豐氏一方面

---

[172] 見《豐子愷文集・文學卷一》，頁 119。

自得其樂，體會生活於方寸之間；另一方面也顯現了他對藝術生活平民化的一貫主張與致力。

　　第二種形式則是藉由日常化的取材，展現豐子愷濃厚的素民氣質。童年時期受祖母、鄉人種種民俗薰陶的結果，表現在藝術理念上，為豐氏對藝術大眾化的支持；表現在創作層面上，則可見於早、晚期的創作中，豐氏各有一系列描寫農村或童年生活的代表作。早期的〈野外理髮處〉、〈三娘娘〉、〈看燈〉、〈山中避雨〉及〈西湖船〉等文，是他以農村為背景，展現平民生活情調的作品；而〈放生〉、〈蟹〉等文，則可見其對市井小民的深刻體察。至於晚年在言論自由遭受箝制的情況下，豐氏亦寫就了〈塘棲〉、〈酆都〉、〈過年〉、〈元帥菩薩〉等以農村生活為題材的懷舊短文，凡此種種，俱展現了豐氏濃厚的平民氣質，亦形成其散文親切動人的風格。

　　我們由豐子愷在〈隨感十三則〉中的一段短文，可以更清楚地看出他的人生關懷所在：

> 發開十年前堆塞著的一箱舊物來，一一檢視，每一件東西都告訴我一段舊事。我彷彿看了一幕自己為主角的影事。
>
> 結果從這裡面取出一把油畫用的調色板刀，把其餘的照舊封閉了，塞在床底下。但我取出這調色板刀，並非想描油畫。是利用它來切芋艿，削蘿蔔吃。
>
> 這原是十餘年前我在東京的舊貨攤上買來的。它也許曾經跟隨名貴的畫家，指揮高價的油畫原料，制作出

帝展一等獎的作品來博得沸騰的榮譽。現在叫它切芋
芳，削蘿蔔，真是委屈了它。但芋芳，蘿蔔中所含的
人生的滋味，也許比油畫中更為豐富，讓它嘗嘗吧。[173]

相較於部份習於「站在高處俯視一切」的作家，豐子愷並不
以高級知識份子自居，相反的，他更重視「芋芳，蘿蔔中所
含的人生的滋味」，其散文筆調也每每著意於此，因此在他
的作品中，每每展現出一種平易近人的氣質。以下試舉〈山
中避雨〉等文，印證豐子愷的素民特質。

〈山中避雨〉記敘豐子愷一次到西湖山中遊玩，因為避
雨而與三家村青年以「樂」相會的經歷。作者在起始簡潔的
敘事後，便開始抒發他敏銳的體感：由「寂寥而深沉的趣
味」，到胡琴吱吱呀呀響起後，文章開始有聲有色起來；而
兩名女孩與三家村青年，和著西洋小曲歌唱的場景，更將全
文情緒帶至高潮，眾人的歌聲「一時把這苦雨荒山鬧得十分
溫暖」。當中，作者還穿插了他對童年生活的回憶，從較宏
觀的角度看來，這不僅是豐子愷個人身世的敘述，更是對中
國民俗文化深遠背景的一種展示[174]。而末了「樂以教和」的
抒發，則表達了豐氏對音樂應當普及化、平民化的深切期
許。整體說來，本文是呈顯豐子愷藝術風格甚具代表性的作
品，選材平易、語言又淡雅質樸，頗具天然本色。此中尤其
值得注意者，是豐子愷在白描的敘寫中，將「兒童」與「鄉
民」融合於「自然」的場景裡，並加入「民俗音樂」的串連，

---

[173] 見《豐子愷文集‧文學卷一》，頁308。
[174] 說見《現代散文鑒賞辭典》，頁634。

因而倍顯詩趣飽滿。此種選材傾向無疑暗示著：豐氏是將其對理想世界的憧憬，建構在素民氣息濃厚的環境中，唯其如此，他方能架構一質樸本真、毫無污染的大同社會。要言之，此篇散文在人、景、情融為一體的描繪中，一方面由觀察對象體顯了作者的素民氣質，另一方面，實亦具體而微地展現了豐子愷的一貫信仰：童真、自然與藝術的相互交融。此種思想的完整剖析，已見於上章。

再舉兩段豐子愷對市井小民生動的描寫為例，以見其散文中素民氣質之展現。在〈放生〉文中，他寫舟子見大魚自投羅網後，急欲捉牢它的迫切之心：

> 「放到後艙裡來！放到後艙裡來！」
>
> 我聽舟子的叫聲，非常切實，似覺其口上帶著些涎沫的。[175]

此等誇張的勾勒，直把舟子渴欲饞食大魚的情態，描寫得淋漓盡致。再如〈蟹〉一文中，因應敘事情節的發展，豐子愷對於鄰座旅客的嘴臉，也作了生動刻畫。他寫初見此男客時的印象，分就相貌、服裝和舉止，做了詳盡描繪；寫他在無意中打翻「我」的牛奶後，「死命地打撲黃蜂，同時口中謾罵起來⋯⋯似乎把怪怨我吃牛奶，責備自己不小心，痛惜衣服弄髒等種種憤懑，統統在這謾罵和打撲中發洩了。」[176] 而最末寫及男客補償豐氏後的神情，尤其令人莞爾：

---

[175] 見《豐子愷文集・文學卷一》，頁398。
[176] 以下〈蟹〉部份引文俱見《豐子愷文集・文學卷一》，頁510—515。

> 自從打翻牛奶以後，他的臉很不自然，直到送掉了兩
> 隻蟹，方始恢復元氣。這時候他意氣軒昂，眉飛色舞
> 地同我攀談起來。尊姓大名，貴府舍間，寶號敝
> 業……，一直談到他的目的地，「再見，再見！」

在這類散文中，豐子愷所觀察的焦點，俱是平民百姓日常之
生活情態。其實不僅散文題材有平民化傾向，豐子愷的漫
畫，尤其是一般百姓的代言；而他本人顯然亦以「題材生活
化」的手法，推行其「藝術大眾化」，以深入民間的理念。
甚至在以古典詩詞為題材，繪寫「古詩新畫」系列時，豐子
愷猶不忘在詩詞的古典意境中，注入現代情思，有些甚至做
了巧妙轉化。以柳永的〈雨霖鈴〉為例，其詞本為抒寫離人
將別之情愁，場景則設於蒼涼淒清的楊柳岸邊，但豐氏單取
柳詞中「曉風殘月」一句，以活潑的聯想力繪就了農人清晨
於殘月尚懸天際的楊柳岸邊，下水田工作的景況（見附圖三
八），另一幅則為戰士戍守邊疆之景況設想（見附圖三九）。
其事雖與古詩意境相異，但卻賦予「楊柳岸，曉風殘月」句
更為現代化、平民化的展示，而以古典詩詞的「舊瓶」，反
映了民間生活之「新酒」。於此可見豐子愷繪畫、文學中所
展現的素民情懷。

　　要之，無論在生活情趣，或農民生活描寫各方面，豐子
愷都善於以生活瑣事，作平易親切的日常化展示，此點無疑
已成為豐氏散文中最動人的特質之一，亦是他「大眾化」文
藝觀的實踐與表現。

陸、平淡仁厚的審美風格

　　散文風格的表現，殊難具體言明，此乃是在上述諸種寫作技巧的交相配合下，所自然展現的整體特質，它與作者的藝術思想、創作方法緊密相關，又與作者的性格暗合。從豐氏本人的藝術審美標準考察，對「平凡」美的崇尚，形成其散文素樸自然、少作雕飾的寫作風格；重視「弦外餘音」的審美觀念，則促使他在對社會現象做批評時，亦頗少熱辣語言，僅稍作諷刺，而含不盡之意於言外；此種寫作風格又與其藹然仁者的形象互有關聯，「以善為美」即是豐氏另一項審美要求，在此等標準引領下，豐子愷對萬物設身處地的體察，在行文中亦多所表現，由此展露他對散文「善」質的重視。經由以上三項藝術理念的實踐，豐氏成就其「平淡仁厚」的散文風格，以下分別說明。

　　先就豐氏對「平凡」美的崇尚言，此在上段「大眾化文藝」部份，業已有所說明；除此之外，由以上對豐子愷文字的平易淺白、文筆的質樸自然，及寫作手法的白描勾勒等討論，其實亦可看出，「平凡」美是豐子愷藝術表現中，最顯明的一項特質。表現在繪畫上，豐氏的漫畫構圖簡雅，用速寫的筆調表現簡括的造型，從而形成樸實之風格。應用於散文中，則無論在題材選取或表現手法方面，豐氏顯然均將「平凡」、「平淡」引為寫作準據。他用白描的手法、明白如話的文字，描寫最生活化的題材。〈勞者自歌〉中的第七則可為代表：

從茶樓上望下來，看見對面的水門汀上坐著一個丐婆
和她的兩個孩子。那丐婆蓬頭垢面，伸長了頭頸，打
起了江北白叫苦求乞。……

一個穿新皮鞋的洋裝青年從水門汀的一端走來，他的
履聲尖銳強烈而均勻，好像為丐婆的哭聲按拍的檀板
聲。他昂首向天，經過丐婆之旁。

我親看見那白嫩的小腳趾被那新皮鞋踏了一腳，小乞
丐大哭失聲。但那丐婆只管繼續號帳，沒有知道這
事。[177]

　　此段記敘全用描述性文字呈現畫面，題材是日常化的，
文字是平淺易懂的，表現手法則是質樸的，當中作者不做任
何批判，但感觸自然由字裡行間湧露。此是豐子愷散文的一
貫風格：以明白如話、一無矯飾的文字，展現最生活化的題
材，大俗之處，亦正為其大雅之點。趙景深便曾激賞地表示：
「他只是平易的寫去，自然就有一種美，文字的乾淨流利和
漂亮，怕只有朱自清可以和他媲美。」[178]而陳星亦曾一針見
血地指出：「通過樸質的語言表達真率的思想是他散文最大
的藝術特色。」[179]凡此評論，俱是針對豐氏散文「平凡」
的取材，與「平淡」的寫作風格而立言。

　　其次，論豐子愷散文中「含蓄諷喻」的特色。此可謂其
在「弦外有餘音」的審美標準，以及仁厚篤實的人格特質下，

---

[177] 見《豐子愷文集‧文學卷一》，頁 221。
[178] 見〈豐子愷和他的小品文〉，收錄於《人間世》第 30 期，頁 16。
[179] 見《豐子愷的藝術世界‧論豐子愷的文學創作》，頁 84。

所形成的散文風格。由豐氏作品可以發現，其筆下多的是對
社會民生的關懷，但就漫畫言，他慣用「象徵」的表現手法；
就散文言，豐子愷即使對社會現象有所諷刺，亦僅止於含蓄
的譏評。如在〈樓板〉文中，他寫鄰人間的疏遠淡漠，以小
時母親常講的一句古語為喻：「隔重樓板隔重山」。豐氏寫
道：

> 後來我在上海租住房子，才曉得這句古典語的確是至
> 理名言。「隔重樓板隔重山」，上海的空間的經濟，
> 住家的擁擠，隔一重板，簡直可有交通斷絕而氣候不
> 同的兩個世界，「板」的力竟比山還大。[180]

行文中一再強調其親身體驗、一再強調「板的力比山還大」，
唯獨不加以任何譴責性文字。於此文章的表現更具含蓄美
感，亦從而可見豐氏仁厚的人品。

　　此種仁厚特質的展現，尚可見之於豐氏散文中，對眾生
苦處感同身受的關懷。試以〈西湖船〉為例。本篇以平穩的
結構、順時性的記敘，描寫豐子愷眼中所看到的西湖船，在
二十年間經歷了四種變化。作者由船體、船價、色彩、座位、
實用性、坐船人和搖船人等方面，一一做了細緻對比。原來
在豐氏眼中，坐船遊湖的暢快，除了在於坐椅實用的舒適，
與美感欣賞的調和外，猶在於地利、人和等種種條件的配
合。只求個人舒適，卻忽略搖船者衣衫的襤褸，在作者眼中，
是倍感不忍的，豐氏寫道：

---

[180] 見《豐子愷文集・文學卷一》，頁130。

> 我們的衣服與他的衣服，我們的坐位與他的坐位，我
> 們的生活與他的生活，同在一葉扁舟之中，相距咫尺
> 之間，兩兩對比之下，怎不令人心情不快？[181]

全文注目於平民生活，以細微的取材體現了豐子愷對搖船人
之關懷，他們在同業競爭中，境遇每況愈下；而在西湖船形
式變遷的痕跡中，豐子愷也表達了他對社會日趨腐敗、有閒
階級日益萎靡現象的憂心。試觀他如何以夾敘夾議的筆法寄
托嘲諷：

> 最近某年春，我又到杭州遊西湖，忽然看見許多西湖
> 船的坐位又變了形式。前此的躺藤椅已被撤去，改用
> 了沙發。……它那臉皮半軟半硬，對人迎合得十分周
> 到，體貼得無微不至，有時使人肉麻。它那些彈簧能
> 屈能伸，似抵抗又不抵抗，有時使人難過。這又好似
> 一個陷阱，翻了進去一時爬不起來。

此段先敘後議的文字，正是前言「含蓄譏刺」的體現。豐子
愷藉著外在景物，對那些貪圖舒適的遊客作了深刻嘲諷：沙
發的特性，實即因應一般有閒階級對物質生活的貪求而來。
由此亦可看出，豐氏極善於從日常小事中作深入觀察：由遊
船形式之變遷，可以看出搖船人的辛酸，看出種種社會不平
的情狀。豐氏的仁者心懷，在此類描寫中展露無疑，因此其
散文的氣質是健康正面的，此亦正是豐子愷「以善為美」藝
術理念的具體實踐。

---

[181] 以下〈西湖船〉部份引文見《豐子愷文集・文學卷一》，頁 602—606。

總之，豐子愷散文的整體風格，與其藝術理論及人格特質，顯然均融為一體。他在沖淡簡樸的筆調中，表現出靄然仁者的風範；平淡的語言背後，自有其腴厚的心靈展現。雖然豐氏散文的寫作風格，在不同時期曾有不同的變遷，然而大體說來，他所依循的，始終傾向於「平淡」一路筆調，由最早期文字的稍嫌繁冗，漸趨於簡煉淡遠，此中自有陶、白等詩人的影響在。可以說，豐子愷的文思與其畫意、畫論，都是互為貫通的；而此種平淡仁厚的風格，又與豐氏對傳統詩詞的喜好，以及文人畫講究意境的審美追求，有著內在的根本牽連。

第四節　小結

　　本章由起始對文學與諸種藝術間具有共通性的論述，至於第二節豐子愷藝術理論的架構，再及於第三節豐氏藝術理論在其散文中的實踐說明。整體探討進路，大抵是由論述合理性的證明，至於理論的統整梳理，再迄於理論的實際印證。由此得出以下三點結論：

　　其一，豐子愷的散文雖向以質樸的形式呈現，但此中自有其渾然無跡的藝術要求。豐氏對文采的注意，須仔細體會方得。例如誇張的描寫、生動的比喻、多樣卻統一的結構經營等，此中俱有其寫作匠心在。

　　其二，豐子愷藝術表現中最擅長者，乃為所謂「通感」的運用。亦即繪畫上的觀察眼光、筆法表現，以及音樂上的

節奏感、結構形式等，在豐氏散文藝術中，俱有融為一體的表現。關於此，豐子愷多方兼具的才能，遂成為其最大的寫作資源。

其三，豐子愷散文的諸種藝術表現，於其理論中俱可尋到相應之主張。例如他所提出的藝術詮釋重構原則，在散文的觀物眼光中有所實踐；小中見大的審美標準，在散文取材中可見端倪；美感質素的提出，則被應用於散文的形式結構表現中；此外，廣納中西理論的寬大胸襟，亦使他在語言的表達上多方融合；平民化的文藝觀，則造成其寫作題材的生活化與普及化傾向；最重要者，「平凡」及「以善為美」的審美標準，更形成豐子愷散文「平淡仁厚」的整體風格。由此可見，豐氏的藝術理論與其繪畫、散文表現是互為表裡的；而文品、畫品與其人品間，又有著一致性的展現。

最後須提出說明者，即本章對散文「藝術形式」進行探討的必要性。卡西勒曾在論及語言與藝術間的關係時表示：「我們稱作一首詩的內蘊的東西不可能與它的形式分離開。……那些創造出激情的人並不是用激情感染我們。」[182]由此段話看來，對於散文的形式表現，雖應避免過份強調，以致忽略了內涵的精蘊所在；然而從另一角度觀察，亦不應因一再強調內容的精當與否，而漠視形式表現內涵的重要性，畢竟藝術家都須在「形式」這一獨特的媒介中，進行其對世界的重構。因此本章對豐子愷散文藝術表現的討論，或許稍嫌瑣碎，但卻是絕對必要的。

---

[182] 見《符號‧神話‧文化》，頁 119。

第五章　結論

──豐子愷散文的歷史定位與現代意義

　　本書在第二章「思想成因」部份，已曾述及豐子愷在文化的涵養過程裡，乃是以對傳統文人氣質之追慕為其本調；而經由第三、四章的討論，更確認了豐氏散文表現、藝術理論與其人格融合為一的創作特質。此種特質不僅展現在散文與繪畫上，擴及於書法、詩詞及其他藝術創作亦然。由思想層面言，此中自有其人格的一貫性特徵；而就創作表現言，在二、三〇年代的作家中，如此多方兼擅，且皆有卓越成就者亦甚罕見。就較宏觀的視野言，豐子愷此種承襲明清文人活動，且散文風格別樹一幟的特色，置於現代文學史上，該有何等的歷史定位？對照當今文壇，豐子愷散文又能給予創作者什麼啟發與借鑒？以下便分別探討。

第一節　「白馬湖」風格的代表

　　在對豐子愷的散文進行歷史定位前，首須對其所歸屬的「白馬湖」作家群體做一討論。現代文學史上所謂的「白馬湖」風格，乃是八〇年代以後，文學研究者始著意突顯，並

255

多加闡述的一種文學集體風貌[1]。一般說來，此組文學創作者被視為周作人「清淡」小品文派下的分支，張堂錡便曾據此提出稱為「白馬湖作家群」，較之「白馬湖派」更不易引起混淆的說法，因其既為周作人流派的一翼，再稱之為「白馬湖派」便顯不妥，不如以「作家群」名之，較不具爭議性[2]。

　　「白馬湖作家群」的命名原因，一者源於作家們均曾於浙江上虞執教或工作，二則源於此輩作家的行文風格與意境，皆一清如白馬湖水，故以「白馬湖群」稱之。此種集體的文學風格，之所以向未受到突顯，可能係因作家們當時多以「文學研究會寧波分會」為主要依託，在此原有的文學社團身份下，研究者不便將他們劃分為另一流派，以免有別立

---

[1]　「白馬湖派」一詞首見於何處，甚難查考。楊牧在 1981 年寫就的〈中國近代散文〉一文中，曾提出「白馬湖風格」的說法，以為其源出於上虞，此文後收錄於《文學的源流》書中；香港學者黃繼持在 1987 年發表的〈試談小思〉文中，提及小思發表的《豐子愷漫畫選繹》及《路上思》時，也曾說過「即使單以此兩輯文章，小思似已可躋身於當年白馬湖畔散文作家之列」的話；此外，陳星在 1991 年 1 月發表於《杭州師範學院學報》的〈台、港女作家林文月、小思合論〉一文中，也持有相近觀點。而對白馬湖風格作家作品做系統整理，並在〈後記〉中詳加論述者，則首推朱惠民於 1994 年選編的《白馬湖散文十三家》。劉維、陳星及張堂錡分別於中央日報發表的〈春暉園中的文化沙龍──「白馬湖派」創立了美文典範〉、〈令人難忘的「白馬湖作家群」〉及〈清靜的熱鬧──「白馬湖作家群」的散文世界〉諸文，大抵都是以朱書為主要參考資料，所作的觀察與論述。

[2]　見張堂錡〈清靜的熱鬧──「白馬湖作家群」的散文世界〉一文，張氏後並有著作《清靜的熱鬧──白馬湖作家群論》一書，針對此文學群體做更深入的研究。

門戶之嫌[3]。然而不論由外緣的生活狀況、交遊往來、刊物發表，或內在的寫作題材、文學風格等方面考察，以夏丏尊、豐子愷、朱自清、俞平伯等人為中心的「白馬湖作家群」，彼此間確實都存在著頗多共通點。以下即就近來文學研究者的觀察結果，略作陳述。

首先，由地緣關係考察。在文學研究會全盛階段的二〇年代中後期，夏丏尊、朱自清、豐子愷、劉延陵、朱光潛、葉聖陶等，恰都曾在春暉中學任教或講學，並在寧波省立第四中學兼課。一九二五年，他們又先後到上海立達學園義務教學。這批人有共同的執教背景，當時曾被戲稱為「輪船老師」、「火車教員」。在春暉中學執教之際，豐子愷等均攜家帶眷，徜徉於白馬湖秀麗的湖光山色中。當時夏丏尊為自宅命名「平屋」，豐子愷以自家門外的楊柳樹為記，名之曰「小楊柳屋」；此外，經亨頤有「長松山房」；為弘一大師所建之屋則命名「晚晴山房」。他們在課餘仍勤於談文說藝、切磋暢言，在山水的薰染中，將生活與文學做到了最自由、最充份的結合。依此觀之，白馬湖作家群的生活情調，在某些方面與明清以來，文人們興建私家園宅[4]，從而筆墨揮灑於其間的行徑，實有不謀而合之處。

其次就彼此的日常交往考察。以文會友、言詠屬文的情致，是白馬湖同仁間重要的活動之一，他們並以《我們》、

---

[3] 說見王孫〈《白馬湖散文十三家》序言〉，頁5。

[4] 對生活趣味的強調與對俗世的摒棄，促使明清文人每喜興建私家園宅，從而俯仰自得於其間，例如沈周在「有竹居」的「屏蹟杜門，散髮自娛其間，竟日黃鳥為儔，白雲侶賓」，即為個中顯例。

《四中之半月》、《春暉》半月刊及立達會刊《一般》等社
團刊物，做為作品主要的發表處。豐子愷等人於文學上相互
提攜的情誼，朱惠民在〈紅樹青山白馬湖〉文中載之甚詳：

> ……朱自清是夏丏尊的創作、譯作的最早讀者之一，
> 曾為夏丏尊的著作兩次作序；夏丏尊把朱氏散文集
> 《踪跡》介紹給上海出版；豐子愷為《踪跡》製作了
> 一個美觀而有詩意的封面，朱自清給豐子愷第一本漫
> 畫集作序，給他的第二本漫畫集寫跋；劉延陵幫朱自
> 清助編《我們》，朱自清又同俞平伯、葉聖陶共商編
> 輯事宜。朱光潛時在春暉，他回憶說，「佩弦與丏尊、
> 子愷諸人都愛好文藝，常以所作相傳觀。我於無形中
> 受了他們的影響，開始學習寫作。」他寫的〈談動〉、
> 〈談靜〉散文，後匯集成《給青年的十二封信》，由
> 夏丏尊介紹出版。……[5]

此外，俞平伯曾作《憶》詩集，共收三十六首詩，豐子愷亦
為其畫了十八幅插圖（參見附圖四○至四三），此詩集後尚
有朱自清的跋。於此可見白馬湖文友間交往之頻繁，與聯繫
之密切。就此點言，此輩作家的言詠屬文、樂在其中，又與
明清文人彼此間的書畫唱和活動，頗為類近。

復次，再就文學創作本身考察。由於生活遭際的近似，
白馬湖作家群每每易有同題散文的寫作。最為人所熟知者，
首推朱自清與俞平伯同時發表於《我們的七月》上之〈槳聲

---

[5]　見《白馬湖散文十三家》，頁 252—253。

燈影裡的秦淮河〉。無獨有偶，朱氏與豐子愷又曾於《小說月報》上發表同題散文〈兒女〉。此外，以相同題材寫作者，尚有豐子愷、夏丏尊、朱自清、葉聖陶等人寫就的〈白采〉，俞平伯則題為〈眠月—呈未曾一面的白采君〉；而白馬湖既為彼此交游之地，文人筆下自然少不了對此間山水的禮讚，例如朱自清的〈白馬湖〉、〈春暉的一月〉，俞平伯的〈憶白馬湖寧波舊游〉，夏丏尊的〈白馬湖之冬〉，豐子愷的〈山水間的生活〉等文，在抒情、懷友的筆調中，均不乏對白馬湖風光之描繪。

其實，支持此輩創作者蔚為一種文學集體風貌的最主要原因，尤在於白馬湖作家群文風的平實清雋、一無矯飾。楊牧對其風格的評語為「清澈通明，樸實無華，不做作矯揉，也不諱言傷感」[6]，是為此輩作家最大創作特徵。文字的清秀素淨，源自思想的純正、人格的高潔與情感之真摯，就此點言，白馬湖作家群與傳統文人重視「士氣」的風尚，又有著一脈相承之處。

誠然，朱惠民等學者對於「白馬湖作家群」的界定，在標準的寬嚴取捨上，容或有值得商榷之處[7]。然而此種說法的提出，既已不是現代文學史上個別的孤見，則對「白馬湖作家群」概念做一辨析與定位，當亦有其必要性。

---

[6] 見《文學的源流‧中國近代散文》，頁56。

[7] 朱氏以三大群落作為「白馬湖作家群」的組成份子：一為春暉園同志，其後擴展為立達學會同仁，二為「文學研究會寧波分會」團體組織「雪花社」中堅張孟聞等在春暉執教的同仁，三則為劉大白及曾客居紹興和白馬湖畔寫作的徐蔚南、王世穎。見《白馬湖散文十三家》，頁269—270。此種觀點，不免有將「白馬湖風格」刻意擴大與外延之嫌。

「白馬湖作家群」的文學風格，是否都以清淡質樸見長，本屬見仁見智的問題，例如俞平伯早年的作品，便被阿英評為「文字繁褥晦澀，夾敘夾議，一般讀者殊難以理解」[8]；而朱自清〈槳聲燈影裡的秦淮河〉、〈荷塘月色〉等為人所熟知的篇章，在文字表現上亦顯得雕巧繁複，與其〈兒女〉等作品清淡的為文風格殊不相類。唯風格成於個人，流派建於群體。同一個團體的作家，本應有大致相同的美學傾向與美學追求，然而在集體風格之外，作家亦必有自身獨特的散文風貌，否則如何成其在現代文學史上的特殊地位？對於此等觀念的澄清，我尚可引郁達夫的觀點予以補充：

> 原來文學上的派別，是事過之後，旁人（文藝批評家們）替加上去的名目，並不是先有了派，以後大家去參加，當派員，領薪水，做文章，像當職員那麼的。[9]

由此可證所謂的「白馬湖作家群」，彼此本各具獨特的風貌，然而在作家個人風格的基礎上，後來學者又觀察到他們之間大體一致的美學特徵：文風清澈、平淡、質樸。基於此一文學現象，始有「白馬湖作家群」之歸類。

此等論述若再結合以上對「白馬湖作家群」與傳統文人活動的考察，則更可以發現無論在興建園宅、隱居山水的行為上，或在文字相交的歷程，及重視人格的創作傾向方面，

8　見《現代十六家小品》，頁40。
9　見《中國新文學大系·散文二集·導言》，頁12。

「白馬湖作家群」所體現出的特點，俱與明清文士的閒適生活、書畫唱和活動，以及對人品氣韻之講求一一相符；而明清文人的書畫團體，基於恬淡人品的推尚，本身亦並無甚大凝聚力。張懋鎔在《書畫與文人風尚》中曾表示：

> 文人書畫流派大致按風格、地區劃分，但也不盡然；同
> 一時期同一流派的人，相互間也未必認識；至於清代的
> 書畫團體，其組織形式也很鬆散。因為一旦有了嚴格的
> 組織形式和規章制度，文人書畫的基本特徵——自娛性
> 就會消失，所謂文人書畫也就名存實亡了。[10]

以此檢視「白馬湖作家群」的形成，此中創作者的氣質，既都遠承明清文士情調，則在流派風格的建立上，自亦本於前代文人相唱和的一種情懷。他們並不為特殊的政治目的而結派，亦無明揭推行的文學主張。由於此輩創作者既率性寫意、與世無爭，又不具改革社會的強烈意圖，因此在風格上並未曾刻意標榜結派，但考察過往的文學史，它的存在則是不爭之事實。簡言之，陳星的觀點可為此文學群體下一註腳：

> 它（「白馬湖作家群」）的序曲，其實是杭州的浙江
> 省立第一師範學校；它的過渡是白馬湖畔的春暉中
> 學；它的高潮是源於白馬湖作背光後的輝煌；它的尾
> 聲則是白馬湖星散後的立達學園和開明書店，當然它
> 的餘韻則就如今散文界對其的追隨光大了。[11]

---

[10] 見《書畫與文人風尚》，頁20。
[11] 見陳星〈令人難忘的「白馬湖作家群」〉。

「白馬湖」作家群既然有其存在的既定事實，則身為此一文學團體之成員，豐子愷在當中所居處的，又是何等地位？關於此，我們不妨由作者的「個人氣質」與「為文風格」兩方面，進行考察。

先就豐氏與此一文學群體氣質的相契言。如前所述，「白馬湖作家群」的聚合方式，基本上與明清文士的活動風尚相符；而在當時的諸多作家中，豐子愷之生活、行事與人品，又允為其中最具代表者。詩、書、文、畫兼備的創作才能，首先肯定了他文人氣質的承衍。循此，我們可就生活情調、繪畫特質及散文表現三方面，論述豐氏特殊的藝術品味。

首先，就生活情調的相近言。豐子愷對生活向來抱持恬淡自持、不慕名利的態度，此點與傳統文人喜於遠離喧囂鬧市，回歸質樸自然的習氣頗為相近。由其息官辭祿，以教書寫作維生，並為自宅多所命名，如「緣緣堂」、「沙坪小屋」、「日月樓」等，從而俯仰其中的行徑，便可見豐氏對明清文人屏蹟絕俗的生活型態，實多所追慕。此外，與佛教的深刻聯繫，和弘一、廣洽法師等的畢生交誼，因緣雖有不同，無形中卻又暗合明清文士與僧人多所交遊的行為[12]；而與白馬湖諸友的藝事切磋，及馬一浮等人的詩詞往來[13]，更無異於前述文人的書畫唱和活動。至於抗戰期間的賣畫為生，可謂

---

[12] 與僧人交遊之頻繁，亦為明清文人的普遍活動之一。由於書畫與佛經、寫字繪畫與參禪，同樣講求頓悟，亦同具精神解脫的功能，因此文人每每與僧人趣味相投。參見張懋鎔《書畫與文人風尚》，頁14。

[13] 豐子愷與友朋間的詩詞往來唱和成果，俱詳載於《豐子愷文集‧文學卷三》之詩詞部份，可參閱。

文人在面臨生計困頓之際，最典型的謀生之道[14]。凡此俱為豐氏外在行為與明清文人相近之處。

除此之外，最重要的相近點尤在於，豐子愷散文中所反覆提倡的生活趣味主義，與明清文人對趣味的好尚同調；而於實際生活中，豐氏亦每在春秋佳日乘船出遊，寓居外地，興來則寫文作畫，以記其事，〈看燈〉、〈鼓樂〉等文即為此種生活下的抒懷之作。在〈三娘娘〉文中，豐子愷記敘自己靠在船窗吃枇杷，悠閒之餘，猶不忘發抒感慨：「假如我平生也有四恨，枇杷有核該是我的四恨之一。」[15]此中明清文人思想行跡之影響，歷歷可見。

復次，再就繪畫特質的共通點討論，此可分形式、筆法、內容三方面言之。就形式言，由元至清朝間的繪畫，每每必有題詩，有些為畫家自題，有些則為觀畫者作詩而題於其上[16]。此種詩書畫合一的畫風，首要條件在於創作者對諸種藝術形式的兼擅，豐子愷正具備此項特質。觀其「古詩新畫」系列漫畫，以古典詩詞為題，配上現代生活素材，在畫面的

---

[14] 鬻畫行為的產生，是明清以來文人日漸普遍的傾向。原來經濟生活的自足，本為文人情趣之基石；然而若無此等要件，則適時的鬻畫行為，或亦可救燃眉之急。明清時，唐寅、仇英、揚州八怪等畫家俱以賣字畫為生，唐寅並有詩云：「詩文書畫總不工，偶然生計寓其中；肯嫌斗粟囊跬少，也濟先生一日窮」。可見鬻畫在其時不但使文人得以謀生，亦間接促進了藝術作品的大眾化。

[15] 見《豐子愷文集・文學卷一》，頁 368。

[16] 畫上題詩題字，一方面可以申釋畫意，另一方面亦可作為畫之陪襯，詩畫間頗有相輔相成之功。論者便曾指出鄭板橋作畫，常以題款取得畫面平衡，並以詩文點明主題，使詩、書、畫融為一體，形成統一之美感。見《中國巨匠美術週刊・鄭板橋》，頁 13。

配置上，便頗有文人畫幅中，題畫詩與繪畫互為輝映之風；而豐子愷的部份散文，更以「一文一畫」的形式表現，如〈野外理髮處〉、〈窮小孩的蹺蹺板〉、〈黃山松〉等，俱為文畫相襯之顯例（畫見附圖四四至四六），不過此類作品已轉以散文抒發為主，畫面不再居於首要地位。此中又可見文人畫「詩畫一體」形式，在豐子愷作品中的承繼與轉變。

再就筆法表現言。以毛筆作畫是豐子愷的一大特色，晚近之漫畫家，都直接吸收西方潮流，用鋼筆、原子筆表達畫意，隱然已失卻中國固有師承。豐子愷則不但以毛筆為作畫工具，在筆法表現上，更遠承文人畫對「暢神」的要求：一則注重筆墨意趣，一則力求畫面簡古，講究氣韻生動。觀其人物畫筆觸（附圖四七），顯見便是直承吳昌碩等對中國傳統畫風的改良（參見附圖四八「十八羅漢卷局部」）而來，以「遊戲之筆，不求工巧」的精神為之。

最後就豐氏漫畫的內容討論。此可分兩方面言之，一者基於自娛的審美要求，傳統文人畫所表現者，多為生活情趣之抒發。豐子愷的漫畫中，自亦頗多日常瑣事的繪寫，兒童生活系列漫畫，即為個中顯例。時移事異，畫家在題材的選擇上，或因時代與生活背景的不同，而有相異之處，然其展露自我生活情調的基本動機，則並無二致。其次，明末清初以降，文人畫在徐渭、石濤、朱耷及揚州八怪等畫家的倡導下，已漸重社會內容的抒發。畫家筆下關懷的焦點，不再自限於悠閒情趣的展現，相反地，指斥現實社會政治及代貧苦百姓立言，成為文人畫的重要內容。例如八大山人筆下的魚、鳥等以「白眼向人」，就分明表達了對統治階級的蔑視；

鄭板橋則嘗自云：「凡吾畫蘭畫竹畫石，用以慰天下之勞人，非以供天下之安享人也。」此中「慰」之一字，即明顯呈現了文人畫逐步走向群眾、關懷社會的特質。就此點言，豐子愷的藝術主張與漫畫實踐，亦莫不一一沿承文人畫此等轉變。在其漫畫作品中，多的是對現實生活之描繪與諷刺，而其發表範圍之廣、延續時間之長，及表現之平易近人，更促使作品大眾化，而廣受民間百姓的喜好，所謂「天下何人不識君」、「漫畫高才驚四海」[17]實非過譽。以上所言俱為豐子愷漫畫與傳統文人畫的一脈相承之處。

再以明清文人特質觀其散文表現，無論就題材或創作要求兩方面觀察，二者間亦皆頗有共通之點。首先，就寫作題材言，正如漫畫是生活的反映般，豐子愷的散文作品，也充份呈顯了此等特質，其中尤以抗戰前的創作，最多文人平和、閒適生活情調之展示。然而，此等對生活的體悟與美學鑒賞，必須建築在經濟生活相對優裕的條件下。一旦身處亂世，傳統士人的因應之道，往往是由山水中尋求解脫，退隱思想亦成為彼時主潮。因此從某個層面說，山水畫及山水遊記，正是文人在政治黑暗期，持之與現實社會相抗衡的最佳寄託，所謂「胸中正可有雲夢」，便是此等寄情心態的反映。觀諸豐子愷一生的文藝活動，早年作品中的恬淡閒適之氣，

---

[17]「天下何人不識君」句，乃老友傳彬然於抗戰期間桂師送別豐子愷時，集唐人詩以相贈之句。「漫畫高才驚四海」則為馬一浮書贈豐氏之詩，原詩如下：「昔有顧愷之，人稱三絕才畫痴；今有豐子愷，漫畫高才驚四海。但逢井汲歌耆卿，所至兒童識姓名。人生真相畫不得，眼前萬法空崢嶸……」。

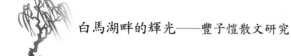

無異於傳統文士之生活情調；在抗戰興起後，豐氏散文漸趨於入世；而大陸淪陷前期，基於某些微妙因素，他則亦嘗寫就諸多遊記，如〈西湖春游〉、廬山遊記及黃山遊記系列等。就此點言，豐子愷創作題材的轉變，與時代經歷誠然有密不可分的關聯，然其出處因應之道，亦實為典型文人傳統的沿襲，此點自不容否認。

其次，再就創作要求討論。傳統中國文人最重者首為「士氣」，「士氣」就是有文學修養的表現。王新偉在論述文人畫的興起時，曾經指出：

> 文人畫思潮是在儒道釋文藝思想綜合影響下的結果，儒學是文人畫思潮的精神及價值的核心，即「士氣」、「節德」是主體創作的動力。[18]

自來論文人畫，亦都以此標準品評。例如鄭板橋畫蘭竹，清瘦疏落；畫山石，則堅挺清峻，此等繪畫表現與鄭氏「倔強不馴」的品格，可謂互為表裡，也深合古人「畫乃心畫者也」的評論。反映於文風中，傳統詩文亦有「文如其人」、「詩品出於人品」、「人外無詩，詩外無人」等要求。就此點言，豐子愷自幼受李叔同「士先器識而後文藝」的思想啟導，並且終生銘記於心，在其創作與生命歷程中，遂時時展露出一種獨特的人格調子，簡言之，即所謂「至真至純的人性美」[19]，此是豐氏散文最大的特色所在，可見其文品實全從

---

[18] 見《超越視覺的藝術——中國繪畫風格流變史》，頁222。

[19] 說見余志明〈一泓清純明澈的泉——淺論豐子愷散文的人性美〉，1993年6月《中國現代、當代文學研究》，頁139。

人品中流出。此種人格、文格與畫格渾融為一的表現，正是傳統文人最重視的創作要求。

由以上生活情趣、繪畫特質及散文表現三方面的討論，其實已不難看出豐子愷上承傳統文人的特殊氣質。在五四後一片文學革命的呼聲中，豐氏散文的地位與價值正在於：於形式上，他採用白話文創作，此本為時勢所趨，而有一定的變革需要；然而在精神上，他並不曾因外在環境的波瀾洶湧，而迷失於紛至沓來的種種文學思潮中。豐子愷以其雍容淡雅的筆調，在當時的大環境中形成一股清流。此種氣質與他素來崇仰的詩人陶淵明，無疑有一脈相承之跡。陶詩秀美恬淡的風格，在新一代作家中，已較少承繼者，而豐子愷是個中能深得陶詩神髓的文學創作者。較之林紓等人的反新文學傾向，他顯然更具開放氣質；然而較諸魯迅、徐志摩等留學生，他則又倍顯沉著東方。可以說，豐子愷是在中西文化衝擊下，以平和、理性的心態，及個人特殊的氣質才性，將傳統與現代做到較完美結合的藝術家。在「白馬湖作家群」中，豐氏此種兼涵中西，而以傳統文人氣質為本調的特色，無疑是極為突出的。

至於在「為文風格」的考察方面，白馬湖作家群體中，若論平淡清澈的共質，自然諸家俱備。然而在寫作筆調的表現上，俞平伯早期文字之繁褥濃麗，本為人所詬病，其走向平淡質樸一路，須待中年後方始完成；朱自清雖稱為一代散文大師，然其諸多篇章亦顯得雕巧拘謹，在風格上不似明清文人筆調之逸放；至於夏丏尊作品的平淡味醇，在「白馬湖作家群」中，雖足堪為代表人物，然本性的多憂善愁，導致

其文風的表現略顯沉鬱，反不如豐子愷的灑脫自在，來得深契此一文人團體之基本情調。同時，豐子愷作品無論就質或量、創作或理論表現言，均堪稱「白馬湖作家群」的佼佼者。豐氏以「平淡即美」、「以善為美」等藝術理念為前導，其散文創作，遂體現出一種風格淡樸、情調灑脫、表現自然隨興之特色；而真善美理想的追求，與和「自然」合一的信念，更為其散文注入了豐實的生命情調。豐子愷誠為「白馬湖作家群」中，深具代表性的藝術創作者。

　　歸結以上討論，我以為所謂的「白馬湖作家群」，當是以夏丏尊、豐子愷、朱自清、俞平伯等為軸心，匯聚一批志同道合者或師承者的自然形成。在現代文學史上，它具有傳承明清文人氣質的重大意義，亦為當時西風東漸下的一股清流。而豐子愷不論在詩文書畫兼擅的文人氣質上，或是散文筆調清幽玄妙的表現方面，均允為其中風格最為突出的代表。他的作品比之傳統散文，已加入了因應時代的自我觀念；較之西方隨筆，則又調和著濃厚的東方情調。而其淡逸的人格特質，更促使豐氏遠離當時文化藝術與政治關係牽連過甚的文壇風尚，進行更超拔的觀照，從而以誠懇真摯的素民情懷，影響、感動了後代的文學欣賞者。現代散文作家如琦君、林海音、張拓蕪，以及林文月、叢甦、許達然、王孝廉等，莫不一一受其沾概[20]。

---

[20] 說見楊牧《文學的源流‧中國近代散文》，頁 56。

第二節　豐子愷散文的現代意義

　　本節擬先就歷來對豐子愷散文的誤解做一廓清，從而論其對當代社會的啟迪。

　　對豐氏散文的誤解之一，為「社會性不強」的評價。此或由於其作品含有濃厚的佛學色彩與淡逸之氣，故易引發類此批評。實則一位敏銳的文學創作者，絕無法自外於所處的時代環境。豐子愷生逢中國對日抗戰、大陸淪陷等危急存亡關頭，以其敏感、善良、憂生的秉性，他不可能漠視廣大百姓的痛苦與掙扎。即以豐氏所崇仰的詩人陶潛為例，淵明在早年猶有「刑天舞干戚，猛志固常在」之類金剛怒目式的句子，更何況深受其薰陶的豐子愷？子愷早歲便受好友伯豪影響，激發了天性中隱藏的反叛氣質。在〈還我緣緣堂〉中，他曾有如下的剛烈之語：「我雖老弱，但只要不轉乎溝壑，還可憑五寸不爛之筆來對抗暴敵。」[21]而在〈口中剿匪記〉裡，他更以壞牙比擬當時的貪官污吏，認為要「連根拔起，滿門抄斬」。凡此對社會亂象的痛恨與反映，在豐子愷散文中尚所在多是，此處不過略舉一二。

　　此外，豐氏之所以作《繪畫魯迅小說》、《漫畫阿Ｑ正傳》等作品，就思想層面言，不亦為對魯迅這位社會改革家的支持與贊許？要言之，在早年生活經歷得到擴展後，豐子愷散文中，便開始反映了對廣大平民的關切。所謂的「社會性不強」，實僅限於對其部份抒發個人生活情趣篇章的觀察。

---

[21] 見《豐子愷文集‧文學卷二》，頁54。

由此亦可引發散文的「社會性」當如何表現之討論。誠然，「關懷社會」本為知識份子無可自外的責任與情操，在議論臧否之餘，將種種建言發抒為文，廣佈社會，自然更具對大眾進行觀念啟迪的積極作用。然而表象的世態本有其短暫性，時移事遷後，一切描述性、評論性的文字，都將失卻社會意義。若從更嚴格的角度觀之，真正有價值的文章，實在仍該在表象的世態之外，透視到事件背後的文化意義與民族特性，如此方能以更深沉的內涵感動人心，從而使作品兼具時代意義與永恆價值。就此方面言，豐子愷散文中部份體察世相的深刻之作，諸如〈吃瓜子〉、〈送考〉等，對於今日致力於社會關懷的文學創作者，當亦能提供若干思考與啟迪。

　　對豐氏散文的誤解之二，為「不重文學技巧」的批評。而經由第四章對其散文藝術形式的探討，可見在豐子愷為數眾多的作品中，容或有結構鬆散、說教味濃，或語法不純等缺失，然而大體說來，他的散文在經歷起始的摸索階段後，便漸趨精純，在形式結構上亦頗能將理論落實於創作層面，以音樂、繪畫的藝術見解，融匯於散文寫作中。對一位以著文教書維生的作家而言，文學創作既多、編輯催稿既頻，則其作品便不免良窳互見。在豐氏為期半個世紀的創作生涯裡，其散文自不可能篇篇均屬精品，然而大體說來，瑕不掩瑜，豐子愷散文在內容與形式上，都堪稱其時的典範。此等寫作技巧在當今競逐新巧的文壇中，可能已不值一顧，然而置於二、三〇年代作家之列，豐子愷散文仍有其特殊性。

更重要的一點尤在於，豐氏散文中所透顯的文人風骨、淡逸情操與悲天憫人的襟懷，至今作家尚少有能望其項背者。由此觀之，當今文壇在競尚繁縟、追逐雕巧之餘，創作者或許應該重行審視此類平淡之作，揣摩其中不重技巧的技巧，與不事修飾的平淡之美。尤其重要者，應深入體察作家風骨的動人之處，從而以人格透顯文格，庶免步入六朝文風頹靡之途。

此外，對應到當代社會與文壇，本節擬特別提出豐子愷的佛理散文加以討論。近二十餘年來，台灣社會曾經瀰漫一股參禪、打坐、學佛的話題與風氣，此亦間接啟動了佛學出版的軸帶。佛教書籍漸如雨後春筍般出現，大眾亦急於汲取佛書文義，以追求生命真相。此等現象反映了當代人心的迷惘與不安，而就宗教社會學的角度言，佛理本亦應自我坎陷，以較通俗化的形式達到宗教與社會的溝通。基於此，散文界開始流傳兩種佛教的傳播形式，一為以文學語錄開釋佛理，一則為文學家創作佛理文學。

然而在「輕薄短小」的實利觀念影響下，多數作品都走向速食文化，導致內容浮濫無趣，僅以善巧方便的結緣方式為功。以林清玄八〇年代的「菩提」系列作品為例，論者便認為此類創作並未突顯他在散文藝術上的成就[22]，就文學角度言，殊少含蓄回味的餘地。深察個中原因，再與豐子愷的散文做一對照，不難看出豐氏對佛學的探索與領悟歷程，是自發自覺地出於內心、出於對宇宙人生的探究而來，並非在

---

[22] 參見鄭師明娳及林燿德選註之《智慧三品‧禪思》，頁20。

遭受社會環境的衝擊後，始於迷惘空虛中尋求真我。此種先行的意念，促使豐子愷的體驗，更能逼近人生本質與生命原型的思考，而非在浮動不安的激切中，所作的短淺求索與對治。再加以濃厚的素民傾向，促使他能以既成熟而又深入淺出的文字，在素淡雋永的筆調中融匯佛理，於委婉曲折的敘述裡寄託深意。此種佛教態度，實乃情感體驗與智性理解，二者兼而有之。相較於同時的許地山，豐子愷的佛理開釋不顯艱深；對照於當代佛學散文，豐氏的見解亦不見輕率功利。此種平和藹然的仁者氣質，反映於當今文壇，尤其發人省思。

　　總之，豐子愷散文以其人格風範為肌理，「文如其人」，他的作品實即真善美人格的體現：童心是真，宗教為善，藝術即美。三者又統歸於自然平淡的文采中。在民初的文化承轉期裡，豐子愷遠契陶淵明清新真摯的文風，近承明清文人以詩、書、畫融合於生活中的藝術風範及社會關懷，從而展露出一種秀美的散文格調，其作品允為「白馬湖作家群」之代表。在今日花團錦簇、競尚文學技巧的風潮中，豐子愷的散文篇章，尤能以其平淡樸素之美，給予當今文壇無盡啟迪。

附　圖

圖一　三娘娘

273

圖二　鼓樂

圖三　大樹被斬伐，生機並不絕。
　　　　春來怒抽條，氣象何蓬勃。

圖四　小學時代的同學。

圖五　兩家的父親。

275

圖六　人散後，一鉤新月天如水。

圖七　昔年歡宴處，樹高已三丈。

圖八　城中好高髻。

圖九　船裡看春景，春景像畫圖。
　　　臨水種桃花，一株當兩株。

圖十　竹久夢二畫作。

圖十一　竹久夢二畫作。

圖十二　竹久夢二畫作。

圖十三　竹久夢二畫作。

圖十四　花生米不滿足。

圖十五　軟軟新娘子，瞻瞻新官人，寶姊姊作媒人。

圖十六　瞻瞻底車。

圖十七　阿寶兩隻腳，凳子四隻腳。

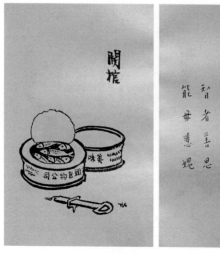

圖十八　開棺。

圖十九　蠶的刑具。

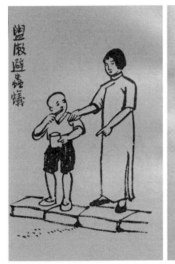

圖二十　盥漱避蟲蟻。

圖二一　將裝義翅的蜻蜓。

圖二二　獨立無言解蛛網，
　　　　放他蝴蝶一雙飛。

圖二三　蝴蝶來儀。

圖二四　燕子飛來枕上。

圖二五　話桑麻。

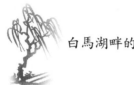

日馬湖畔的輝光——豐子愷散文研究

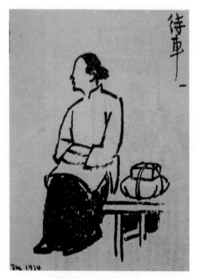

圖二六　待車。

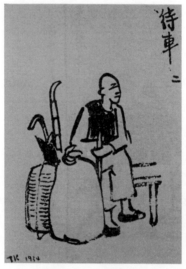

圖二七　待車。

286

圖二八　只有醫生聽到的全是真話。

圖二九　拒絕握手。

圖三十　穿洋裝的洋文盲。

圖三一　人如狗，狗如人。

圖三二　賺錢勿吃力，吃力勿賺錢。

圖三三　小車。

圖三四　欣賞。

圖三五　先喫藤條。

圖三六　　腳夫。

圖三七　　我們所造的。

圖三八　楊柳岸，曉風殘月。

圖三九　楊柳岸，曉風殘月。

圖四十　　《憶》詩集插圖。

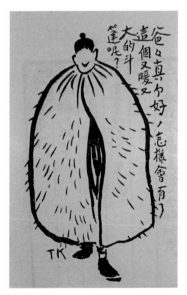

圖四一　　《憶》詩集插圖。

圖四二　　《憶》詩集插圖。

圖四三　　《憶》詩集插圖。

圖四四　野外理髮處。

圖四五　窮小孩的蹺蹺板。

圖四六　黃山蒲團松。

圖四七　新絲。

圖四八　吳昌碩　十八羅漢卷（局部）。

附錄一 豐子愷著譯書目[1]

一、畫集

子愷漫畫	（上海）文學週報社	一九二五年十二月
	（上海）開明書店	一九二六年一月
子愷畫集	（上海）開明書店	一九二七年二月
護生畫集	（上海）開明書店	一九二九年二月
光明畫集	（上海）國光印書局	（一九三一年）[2]
學生漫畫	（上海）開明書店	一九三一年九月
兒童漫畫	（上海）開明書店	一九三二年一月
兒童生活漫畫	（上海）兒童書局	一九三二年三月
雲霓	（上海）天馬書店	一九三五年四月
人間相	（上海）開明書店	一九三五年八月
都會之音	（上海）天馬書店	一九三五年九月
興華大力士（兒童戰時畫）	特種教育社	一九三八年十月
大同大姊姊（兒童戰時畫）	特種教育社	一九三八年
漫畫阿Q正傳	（北京）開明書店	一九三九年七月

---

[1] 本附錄所臚列的豐子愷著譯資料，主要參考北京圖書館書目編輯組編《中國現代作家著譯書目（續編）》（1986年）、豐一吟編《現代美術家畫論、作品、生平／豐子愷》（1987年）、豐華瞻・殷琦編《豐子愷研究資料》（1988年），以及陳星《豐子愷的藝術世界》（1993年）四書。1991年後之書目則大部分為筆者所加入。

[2] 置於（ ）中的出版年代表示待考。

大樹畫冊	（上海）文藝新潮社	一九四〇年二月
護生畫續集	（上海）開明書店	一九四〇年十一月
子愷近作漫畫集	（成都）普益圖書館	一九四一年十月
客窗漫畫	（桂林）今日文藝社	一九四二年八月
畫中有詩	（重慶）文光書店	一九四三年四月
世態畫集（與吳甲原合作）	（桂林）文光書店	一九四四年二月
人生漫畫	（重慶）萬光書局	一九四四年九月
子愷漫畫全集之一：古詩新畫	（上海）開明書店	一九四五年十二月
子愷漫畫全集之二：兒童相	（上海）開明書店	一九四五年十二月
子愷漫畫全集之三：學生相	（上海）開明書店	一九四五年十二月
子愷漫畫全集之四：民間相	（上海）開明書店	一九四五年十二月
子愷漫畫全集之五：都市相	（上海）開明書店	一九四五年十二月
子愷漫畫全集之六：戰時相	（上海）開明書店	一九四五年十二月
毛筆畫冊（一至四冊）	（上海）萬葉書店	一九四六年四月
子愷漫畫選（彩色版）	（上海）萬葉書店	一九四六年十二月
又生畫集	（上海）開明書店	一九四七年四月
劫餘漫畫	（上海）萬葉書店	一九四七年五月
幼幼畫集	（上海）兒童書局	一九四七年七月
豐子愷畫存（第一、二集）	（天津）民國日報社	一九四八年三月
護生畫三集	（上海）大法輪書局	一九五〇年二月
繪畫魯迅小說（一至四冊）	（上海）萬葉書店	一九五〇年四月
子愷漫畫選	（北京）人民美術出版社	一九五五年十一月
豐子愷兒童漫畫	（北京）外文出版社	一九五六年

（有英、德、波蘭文版）

聽我唱歌難上難	（北京）中國少年兒童出版社	

一九五七年七月

子愷兒童漫畫　　　　　　　（天津）天津少年兒童美術出版社

一九五九年九月

護生畫四集　　　　　　　　（新加坡）薝蔔院　　一九六一年

子愷漫畫全集　　　　　　　（香港）嶺南出版社　一九六二年十一月

豐子愷畫集　　　　　　　　（上海）上海人民美術出版社

一九六三年十二月

護生畫五集　　　　　　　　（新加坡）薝蔔院　　一九六五年九月

豐子愷漫畫選繹（明川文）　（香港）純一出版社　一九七六年二月

豐子愷書畫集（周穎南、馬駿編）

（新加坡）全分色製版公司一九七六年三月

豐子愷書畫選　　　　　　　（香港）南通圖書公司　一九七六年

豐子愷彩色漫畫選集　　　　（香港）中流出版社　一九七七年十二月

護生畫集選集（陳廷驊選）　（香港）菩提學會　　一九七八年

護生畫六集　　　　　　　　（香港）香港時代圖書有限公司

一九七九年十月

豐子愷連環漫畫集（莫一點、許征衣編）

（香港）明窗出版社　　　一九七九年十月

豐子愷繪畫魯迅小說（分五冊及合訂）

（杭州）浙江人民出版社

合訂本一九八二年四月出版，

五冊本一九八二年七月出版

豐子愷漫畫選

（豐華瞻、戚志蓉編）　　　（北京）知識出版社　　一九八二年七月

豐子愷漫畫選（畢克官編）　（成都）四川人民出版社　一九八三年一月

豐子愷漫畫　　　　　　　　（上海）上海人民美術出版社

　　　　　　　　　　　　　　　　　　　　一九八三年二月

子愷風景畫集（畢克官編）　　（北京）人民美術出版社　一九八三年六月

子愷漫畫及其師友墨妙（釋廣洽編）

　　　　　　　　　　　　　　（新加坡）勝利書局（非賣品）　　一九八三年

豐子愷漫畫文選集（上、下冊）

（文學禹編）　　　　　　　　（臺北）渤海堂文化公司　一九八七年十一月

豐子愷書畫　　　　　　　　　（新加坡）豐子愷遺作書畫展籌委會

　　　　　　　　　　　　　　　　　　　　一九八七年十一月

豐子愷兒童漫畫集　　　　　　（成都）四川少年兒童出版社

　　　　　　　　　　　　　　　　　　　　一九八八年一月

豐子愷精品畫集　　　　　　　（新加坡）蒼葍院　　一九八八年八月九日

豐子愷連環‧兒童漫畫集　　　（臺北）純文學出版社　一九八九年四月

豐子愷遺作（夏宗禹編）　　　（北京）華夏出版社　　一九八八年十一月

兒童雜事詩圖箋釋（周作人詩‧豐子愷畫‧鍾淑河箋釋）

　　　　　　　　　　　　　　（北京）文化藝術出版社　一九九一年五月

幾人相憶在江樓：豐子愷的抒情漫畫（陳星‧朱曉江編著）

　　　　　　　　　　　　　　（山東）山東畫報出版社　一九九八年

　　　　　　　　　　　　　　（香港）三聯書店　　　二〇〇〇年

爸爸的畫（豐子愷繪‧豐陳寶、豐一吟著）

　　　　　　　　　　　　　　（香港）三聯書店　　　二〇〇〇年

豐子愷護生畫集選（豐子愷編繪‧葛兆光選評）

　　　　　　　　　　　　　　（台灣）書林出版社　　二〇〇一年

豐子愷漫畫魯迅小說集（蕭振鳴編）

　　　　　　　　　　　　　　（福建）福建教育出版社　二〇〇一年

豐子愷古詩新畫（豐子愷圖）　（上海）上海古籍出版社　二〇〇二年

豐子愷兒童畫集（豐子愷繪圖）　（上海）上海古籍出版社　二〇〇三年

豐子愷散文漫畫精選（豐子愷著‧豐一吟選編）

　　　　　　　　　　　　　（北京）中國文聯出版社　二〇〇三年

都會之春：豐子愷的詩意漫畫（陳星編著）

　　　　　　　　　　　（香港）生活‧讀書‧新知三聯書店

　　　　　　　　　　　　　　　　　　　　　二〇〇三年

二、文學

緣緣堂隨筆（隨筆）　　　　　（上海）開明書店　　　　一九三一年一月

中學生小品（隨筆）　　　　　（上海）中學生書局　　　一九三二年十月

子愷小品集（隨筆）　　　　　（上海）開華書局　　　　一九三三年九月

隨筆二十篇（隨筆）　　　　　（上海）天馬書店　　　　一九三四年八月

車廂社會（隨筆）　　　　　　（上海）良友圖書印刷公司

　　　　　　　　　　　　　　　　　　　　　　　　　一九三五年七月

子愷隨筆集（隨筆）　　　　　（上海）中學生雜誌社　　一九三五年

豐子愷創作選（隨筆）　　　　（上海）仿古書店　　　　一九三六年十月

緣緣堂再筆（隨筆）　　　　　（上海）開明書店　　　　一九三七年一月

少年美術故事（兒童故事）　　（上海）開明書店　　　　一九三七年三月

漫文漫畫（隨筆，附圖）　　　（漢口）大路書店　　　　一九三八年七月

子愷隨筆（隨筆）　　　　　　（上海）三通書局　　　　一九四〇年十一月

甘美的回味（隨筆）　　　　　（上海）開華書局　　　　一九四〇年十二月

子愷近作散文集（隨筆）　　　（成都）普益圖書館　　　一九四一年十月

文明國（連環圖配文）　　　　（上海）作家書屋　　　　一九四四年

率真集（隨筆）　　　　　　　（上海）萬葉書店　　　　一九四六年十月

豐子愷傑作選	（上海）新象書店	一九四七年四月
貓叫一聲（兒童故事）	（上海）萬葉書店	一九四七年九月
小鈔票歷險記（兒童故事）	（上海）萬葉書店	一九四七年十月
博士見鬼（童話）	（上海）兒童書局	一九四八年二月
緣緣堂隨筆（新版、隨筆）	（北京）人民文學出版社	一九五七年十一月
楊柳（隨筆）	（香港）香港上海書局	一九六一年七月
緣緣堂集外遺文		
（隨筆，明川編）	（香港）問學社	一九七九年十月
豐子愷散文選集		
（隨筆，豐華瞻・戚志蓉編）	（上海）上海文藝出版社	一九八一年五月
豐子愷文選 I		
（隨筆，楊牧編）	（臺北）洪範書店	一九八二年一月
豐子愷文選 II		
（隨筆，楊牧編）	（臺北）洪範書店	一九八二年五月
豐子愷文選 III		
（隨筆，楊牧編）	（臺北）洪範書店	一九八二年四月
豐子愷文選 IV		
（隨筆，楊牧編）	（臺北）洪範書店	一九八二年九月
緣緣堂隨筆集		
（隨筆，豐一吟編）	（杭州）浙江文藝出版社	一九八三年五月
豐子愷散文選（隨筆）	（香港）山邊社	一九八三年五月
豐子愷故事集（兒童故事）	（香港）山邊社	一九八六年七月
豐子愷散文選集		
（隨筆，葛乃福編）	（天津）百花文藝出版社	一九九一年三月
豐子愷小品——藝術人生		

（隨筆，何乃寬編）　　　　（廣東）花城出版社　　一九九一年十月

豐子愷集外文選

（隨筆，殷琦編）　　　　　（上海）三聯書店　　　一九九二年五月

豐子愷選集（隨筆）　　　　（香港）文學研究社　　（未註明日期）

豐子愷文集（文學卷，共三冊）

　　　　　　　　　　　　　（杭州）浙江文藝出版社

　　　　　　　　　　　　　浙江教育出版社　　　　一九九二年六月

豐子愷趣語（隨筆摘錄，張涵秋編）

　　　　　　　　　　　　　（廣西）漓江出版社　　一九九三年六月

靜觀人生（隨筆，熊一林、段高編）

　　　　　　　　　　　　　（長沙）湖南文藝出版社　一九九四年二月

豐子愷童話集（童話，林文寶編）

　　　　　　　　　　　　　（臺北）洪範書店　　　　一九九五年二月

我與弘一法師（隨筆）　　　（台北）洪範書局　　　一九九六年

豐子愷隨筆精編（隨筆，豐一吟編）

　　　　　　　　　　　　　（浙江）浙江文藝出版社　一九九六年

豐子愷代表作（隨筆，劉亞鐵編選）

　　　　　　　　　　　　　（北京）華夏出版社　　　一九九八年

豐子愷：勝利（隨筆，許禮平編）（台北）翰墨軒　　二〇〇〇年

山水間的生活（隨筆）　　　（香港）三聯書店　　　二〇〇一年

豐子愷自述（隨筆）　　　　（鄭州）大象出版社　　二〇〇三年

豐子愷隨筆精粹（隨筆，豐陳寶、楊子耘編）

　　　　　　　　　　　　　（上海）上海古籍出版社　二〇〇四年

豐子愷遊記（隨筆）　　　　（廣西）廣西師範大學出版社　二〇〇四年

手指・車廂社會（隨筆）　　（上海）復旦大學出版社　二〇〇六年

三、日記・書信

教師日記	（重慶）萬光書局	一九四四年六月
豐子愷致廣洽法師書信選（釋廣洽編）		
	（香港）時代圖書有限公司	一九七七年十一月

四、藝術

藝術教育 ABC	（上海）世界書局	一九二八年七月
構圖法 ABC	（上海）世界書局	一九二八年七月
西洋美術史	（上海）開明書店	一九二八年
谷訶生活	（上海）世界書局	一九二九年十一月
西洋畫派十二講	（上海）開明書店	一九三〇年三月
我教你描畫	（上海）文風書局	一九三〇年
西洋名畫巡禮	（上海）開明書店	一九三一年六月
繪畫與文學	（上海）開明書店	一九三四年五月
近代藝術綱要	（上海）中華書局	一九三四年九月
藝術趣味	（上海）開明書店	一九三四年十一月
開明圖畫講義	（上海）開明書店	一九三四年十一月
藝術叢話	（上海）良友圖書印刷公司	一九三五年四月
繪畫概說	（上海）中國文化服務社	一九三五年八月
西洋建築講話	（上海）開明書店	一九三五年十二月
藝術漫談	（上海）人間書屋	一九三六年十月
藝術修養基礎	（桂林）文化供應社	一九四一年七月
漫畫的描法	（桂林）開明書店	一九四三年八月
藝術與人生	（桂林）民友書店	一九四四年
藝術學習法及其他	（桂林）民友書店	一九四四年四月

圖畫常識　　　　　　　　（桂林）文化供應社　　（一九四四年）

雪舟的生涯與藝術　　　　（上海）上海人民美術出版社

　　　　　　　　　　　　　　　　　　　一九五六年七月

豐子愷論藝術

（豐華瞻、戚志蓉編）　　（上海）復旦大學出版社　一九八五年九月

現代美術家畫論、作品、生平／豐子愷

　　　　　　　　　　　　（上海）學林出版社　　　一九八七年

豐子愷論藝術　　　　　　（臺北）丹青圖書公司　　一九八八年

豐子愷文集（藝術卷，一至四冊）

　　　　　　　　　　　　（杭州）浙江文藝出版社

　　　　　　　　　　　　　　　　浙江教育出版社　一九九〇年九月

少年美術音樂故事　　　　（湖南）湖南文藝出版社　二〇〇〇年

繪畫與文學・繪畫概說　　（湖南）湖南文藝出版社　二〇〇一年

豐子愷護生畫集選　　　　（臺北）書林　　　　　　二〇〇一年

豐子愷西洋美術史　　　　（上海）上海古籍出版社　二〇〇四年

豐子愷美術夜譚　　　　　（上海）上海人民美術出版社　　二〇〇四年

豐子愷美術講堂：藝術欣賞與人生的四十堂課

　　　　　　　　　　　　（台北）三言社　　　　　二〇〇五年

豐子愷談名畫：跟豐子愷一起讀名畫

　　　　　　　　　　東方出版社　　　　　二〇〇五年

五、音樂

音樂的常識　　　　　　　（上海）亞東圖書館　　　一九二五年十二月

音樂入門　　　　　　　　（上海）開明書店　　　　一九二六年十月

近世十大音樂家　　　　　（上海）開明書店　　　　一九三〇年五月

音樂初步　　　　　　　　（上海）北新書局　　　　一九三〇年五月

近代二大樂聖的生涯與藝術　（上海）亞東圖書館　　一九三〇年五月

世界大音樂家與名曲　　　　（上海）亞東圖書館　　一九三一年五月

西洋音樂楔子　　　　　　　（上海）開明書店　　　一九三二年十二月

　　　　　　　　一九四九年重版時改名《西洋音樂知識》

開明音樂講義　　　　　　　（上海）開明書店　　　一九三四年十一月

音樂初階　　　　　　　　　（重慶）文光書店　　　一九四三年四月

音樂合階　　　　　　　　　（桂林）文光書店　　　一九四四年三月

音樂十課　　　　　　　　　（上海）萬葉書店　　　一九四七年八月

音樂知識十八講　　　　　　（上海）萬葉書店　　　一九五〇年

　　　　　　　　　　　　　（湖南）湖南文藝出版社　二〇〇〇年

音樂入門（修訂版）　　　　（上海）上海音樂出版社　一九五七年九月

近世西洋十大音樂家故事　　（杭州）東海文藝出版社　一九五七年十一月

　　　　　　　　新版由杭州浙江人民出版社出版

　　　　　　　　　　　　　　　　　　　　　　一九八〇年八月

豐子愷音樂夜譚　　　　　　（上海）上海人民美術社　二〇〇四年

豐子愷音樂講堂：音樂欣賞入門的二十八堂課

　　　　　　　　　　　　　（台北）三言社　　　　二〇〇五年

六、翻譯

苦悶的象徵　　【日】廚川白村　　（上海）商務印書館　一九二五年三月

孩子們的音樂　【日】田邊尚雄　　（上海）開明書店　　一九二七年十一月

藝術概論　　　【日】黑田鵬信　　（上海）開明書店　　一九二八年五月

現代藝術十二講【日】上田敏　　　（上海）開明書店　　一九二九年五月

生活與音樂　　【日】田邊尚雄　　（上海）開明音樂　　一九二九年十月

| 音樂的聽法 | 【日】門馬直衛 | （上海）大江書鋪 | 一九三〇年五月 |

| 美術概論 | 【日】森口多裏 | （上海）大江書鋪 | 一九三〇年 |

| 初戀 | 【俄】屠格涅夫 | （上海）開明書店 | 一九三一年四月 |

| 藝術教育 | 【日】阿部重孝等 | （上海）大東書局 | 一九三二年九月 |

| 自殺俱樂部 | 【英】史蒂文生 | （上海）開明書店 | 一九三二年 |

| 音樂概論 | 【日】門馬直衛 | （上海）開明書店 | 一九三二年 |

世界大作曲家畫像

| | 罕斯爾、考夫曼合著 | （上海）萬葉書店 | 一九五一年四月 |

管樂器及打擊樂器演奏法

| | 【日】春日加藤治 | （上海）萬葉書店 | 一九五二年七月 |

中小學圖畫教學法（與豐一吟合譯）

	【蘇】孔達赫強	（上海）萬葉書店	一九五三年二月
		（北京）人民教育出版社	
			一九五四年五月

| 蘇聯音樂青年 | 【蘇】高羅金斯基 | （上海）萬葉書店 | 一九五三年五月 |

朝鮮民間故事（與豐一吟合譯）

| | 【朝】霍芝編 | （上海）文化生活出版社 | |
| | | | 一九五三年十一月 |

音樂的基本知識（與豐一吟合譯）

| | 【蘇】華西那·格羅斯曼 | | |
| | | （上海）萬葉書店 | 一九五三年 |

學校圖畫教育	【蘇】科茹霍夫	（上海）春明書店	一九五三年
		（北京）人民教育出版社	
			一九五五年二月

| 阿伊勃裏特醫生 | | （上海）萬葉書店 | 一九五三年 |

幼兒園音樂教學法

　　　　【蘇】維特魯金娜　　（上海）新音樂出版社

　　　　　　　　　　　　　　　　　　一九五四年六月

唱歌課的教育工作（與豐一吟合譯）

　　　　【蘇】格羅靜斯卡雅

　　　　　　　　　　　　（北京）人民教育出版社

　　　　　　　　　　　　　　　　　　一九五四年七月

小學圖畫教學（與豐一吟合譯）

　　　　【蘇】加爾基娜　　（北京）人民教育出版社

　　　　　　　　　　　　　　　　　　一九五四年九月

唱歌和音樂（與楊民望合譯）

　　　　【蘇】沙赤卡雅主編

　　　　　　　　　　　　（北京）人民教育出版社

　　　　　　　　　　　　　　　　　　一九五五年三月

獵人筆記　　【俄】屠格涅夫　　（上海）文化生活出版社

　　　　　　　　　　　　　　　　　一九五三年四月

　　　　　　　　　　　　（北京）人民文學出版社

　　　　　　　　　　　　　　　　一九五五年十一月

幼兒園音樂教育（與豐一吟合譯）

　　　　【蘇】梅特洛夫、車含娃舍著

　　　　　　　　　　　　（北京）人民教育出版社

　　　　　　　　　　　　　　　　　一九五六年二月

小學音樂教學法（與楊民望合譯）

　　　　【蘇】魯美爾等　　（北京）人民教育出版社

　　　　　　　　　　　　　　　　　一九五六年十月

我的同時代人的故事（一至四卷，與豐一吟合譯）

　　　　　　【蘇】柯羅連科　　　（北京）人民文學出版社

　　　　　　　　　　　　　　　　一九五七年至一九六四年

音樂的基本知識（修訂版）　　　（北京）音樂出版社 一九五七年八月

夏目漱石選集（第二卷，與開西合譯）

　　　　　　【日】夏目漱石　　　（北京）人民文學出版社

　　　　　　　　　　　　　　　　一九五八年六月

石川啄木小說集【日】石川啄木　（北京）人民文學出版社

　　　　　　　　　　　　　　　　一九五八年十一月

蒙古短篇小說集（與青西、豐一吟合譯）

　　　　　　【蒙】達姆丁蘇隆　　（上海）新文藝出版社

　　　　　　　　　　　　　　　　一九五九年七月

日本的音樂　　【日】山根銀二　　（北京）音樂出版社

　　　　　　　　　　　　　　　　一九六一年十月

大乘起信論新釋【日】湯次了榮　（新加坡）蕭蔔院

　　　　　　　　　　　　　　　（據譯稿影印）　　一九七三年十月

源氏物語（上、中、下三冊）

　　　　　　【日】紫式部著　　　（北京）人民文學出版社

　　　　　　　　　　　　　　　　一九〇八年十二月

　　　　　　　　　　　　　　　　一九八二年六月

　　　　　　　　　　　　　　　　一九八三年十月

大乘起信論新釋【日】湯次了榮著　（臺北）天華出版社

　　　　　　　　　　　　　　　　一九八一年十月

落窪物語　　　　　　　　　　　（北京）人民文學出版社

　　　　　　　　　　　　　　　　一九八四年二月

七、書法

前塵影事集（弘一法師遺著，豐子愷編寫）

（上海）康樂書店	一九四九年七月

童年與故鄉（吳朗西譯，豐子愷書寫）

（上海）文化生活出版社	一九五一年六月

筆順習字帖	（北京）寶文堂書店	一九五二年四月
豐子愷書法	（成都）四川美術出版社	一九八八年三月
豐子愷遺墨	（北京）華夏出版社	二〇〇〇年

八、編選

中文名歌五十曲（與裘夢痕合編）	（上海）開明書店	一九二七年八月
洋琴彈奏法（與裘夢痕合編）	（上海）開明書店	一九二九年三月
懷娥鈴演奏法（與裘夢痕合編）	（上海）開明書店	一九三一年九月
懷娥鈴名曲選	（上海）開明書店	（一九三一年）
英文名歌百曲	（上海）開明書店	（一九三一年）
洋琴名曲選（上下冊）	（上海）開明書店	（一九三一年）
風琴名曲選	（上海）開明書店	一九三二年五月
口琴吹奏法初步（與蕭而化合編）	（漢口）大路書店	（一九三八年）
開明音樂教本（與裘夢痕合編）	（上海）開明書店	一九三五年七月

抗戰歌選（第一、二冊，與蕭而化合編）

（漢口）大路書店	一九三八年

李叔同歌曲集	（北京）音樂出版社	一九五八年一月
陳之佛畫集	（北京）人民美術出版社	一九五九年八月

弘一大師遺墨（新加坡募款印行，非賣品）

（上海）三一印刷廠印製	一九六二年五月

弘一大師遺墨續集（非賣品）　（新加坡）釋廣洽募印　一九六四年十一月

九、被譯成外文著作部分

緣緣堂隨筆　　【日】吉川幸次郎譯　（大阪）創元社　　一九四〇年四月
山中避雨（中日對照本）

　　　　　　　【日】吉川幸次郎譯　（上海）開明書店　一九四七年
西湖船（中日對照本）

　　　　　　　【日】吉川幸次郎譯　（上海）開明書店　一九四七年
作父親（中日對照本）

　　　　　　　【日】吉川幸次郎譯　（上海）開明書店　一九四七年
漫話家豐子愷　【挪威】何莫邪　　　（挪威）奧斯陸　　一九八四年

十、未發表手稿部分

舊聞選譯（中國古文譯白話）

敝帚自珍（漫畫）

不如歸（譯稿）　　　【日】德富蘆花著

肺腑之言（譯稿）　　【日】中野重治著

美國豬（譯稿）　　　【日】大倉登代治

西洋美術辭典（譯稿）　【日】今泉篤男、山田智三郎編

旅宿（重譯稿）　　　【日】夏目漱石

附錄二　豐子愷生平年表[1]

一八九八　清光緒二十四年　戊戌

十一月九日（夏曆九月二十六日），生於浙江省崇德縣石門灣（今桐鄉縣石門鎮）豐同裕染坊店內廳的樓上。

祖父諱小康，早歿。祖母沈氏。父豐鐄，字斛泉。母鍾氏，生子女十人，豐氏排行第七。因豐為長子，被視如慈母的寶玉，故乳名喚作慈玉。

一九〇二　壬寅　五歲

秋，父斛泉中舉（補行庚子辛丑恩正併科第八十七名舉人）。後因其母沈氏謝世，居喪三年，未出仕。喪期滿時，科舉已廢，無復仕途。遂在家設塾授徒，束脩微薄。

一九〇三　癸卯　六歲

在父親座下讀私塾，修習《三字經》、《千家詩》等。

---

[1] 本年表主要依據潘文彥〈豐子愷年表〉（豐一吟等著《豐子愷傳》，頁 182—221）、豐華瞻〈豐子愷年譜〉（《豐子愷研究資料》，頁 10—38），及豐一吟・豐陳寶〈豐子愷年表〉（豐子愷文集・文學卷三・附錄一，頁 831—847）編寫。潘氏、豐氏所編年表內的部份錯誤，則依陳星著《豐子愷的藝術世界・附論・豐子愷年譜、年表辨誤》中曾指出者，予以修正。

一九〇四　甲辰　七歲

祖母沈氏去世。

一九〇六　丙午　九歲

父豐鐄患肺病去世，終年四十歲（1867—1906）。自此豐氏轉入另一所私塾，從塾師于雲芝讀《論語》、《孟子》，課餘熱愛繪畫。

【按】潘文彥所編年表載豐鐄終年四十二歲。此處所記生卒年月乃據豐子愷長子華瞻所編年譜，享年則以虛歲計之。

一九一〇　庚戌　十三歲

私塾改為「溪西兩等小學堂」，後又改名「崇德縣立第三高等小學」。豐氏為該校第一屆學生，學名豐潤。取名之初，其父認為慈玉的出世和自己的中舉都是祖上恩澤，慈玉又屬水字輩，故名豐潤，潤即澤意。後因選舉風行，對不識字的鄉民言，名字難寫將妨礙日後選舉的獲勝，一位老師遂將其改名豐仁。

【按】豐華瞻所編年譜將「崇德縣立第三高等小學」，誤載為「崇德縣立第三小學」。今據陳星所指出者更正。

一九一四　甲寅　十七歲

夏，以第一名成績畢業於崇德縣立第三高等小學。

秋，考入杭州「浙江省立第一師範學校」，在校五年。校長為經亨頤，夏丏尊教國文、李叔同教圖畫、音樂。其他如單不厂、堵申甫、姜丹書、王更三等亦在該校任教。

一九一五　乙卯　十八歲

初，從國文老師單不厂學。單師據「豐仁」之名，為取字「子顗」，「顗」與「愷」通，後即用「豐子愷」之名。

一年級起，李叔同教習圖畫、音樂，因受鼓勵，對此二科發生極大興趣。當時西洋繪畫及音樂，多由日本介紹進來，為接觸原著，課餘又從李叔同學日文。

【按】潘文彥、豐華瞻所編年表及年譜，均誤載李叔同至豐氏二年級起，始教習圖畫、音樂。其實豐於一九一四年秋入浙江省立第一師範學校，而在〈為青年說弘一法師〉一文中，他自言十七歲（實歲）起受教於李叔同，此乃入學後第一學年之第二學期，即一九一五年初春至一九一五年夏。又根據林子青所編〈弘一大師年表〉可知，一九一五年李叔同「兼任了南京高等師範圖畫、音樂教員，每月往來杭寧之間。」[2]此當為豐氏文中所言李叔同教學期間時常請假之因。可見李叔同在豐子愷入學的第一個學年，就已成為豐子愷的老師了。

一九一六　丙辰　十九歲

是年起由夏丏尊任教國文，對中國文學興趣甚大。

一九一七　丁巳　二十歲

常陪日本諸畫家（李叔同之友）在西湖寫生。

---

[2] 見《弘一法師》，北京文物出版社 1984 年版。轉引自陳星《豐子愷的藝術世界》，頁 241。

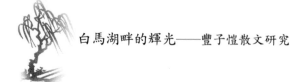

　　參加校中金石篆刻研究會「樂石社」（後改名「寄社」），對金石篆刻頗有興趣。亦加入繪畫研究會，初名「桐蔭畫會」，後改名「洋畫研究會」。

一九一八　戊午　二十一歲

　　李叔同祝髮入山，法名演音，號弘一。剃度前將在俗時的照片、早期畫稿及部份美術材料贈與子愷，至抗戰時毀於炮火。幸豐氏早將此等珍貴文物製版，披露於報端。《小說月報》曾有〈前塵影事〉一文流布世間。

　　李之出家對豐氏思想影響甚大。豐氏自小對宇宙時空便充滿困惑，自此轉入宗教中尋求解答。

一九一九　己未　二十二歲

　　夏曆二月十二日（花朝），與徐芮蓀長女徐力民女士結婚。

　　五月，畫會同人舉行第一次作品對外展覽，並請弘一法師檢閱指導。會後，全體畫會會員與弘一合影留念。此為豐氏作品第一次公開展出。

　　七月，畢業於浙江省立第一師範學校。

　　秋，與吳夢非、劉質平在上海籌辦上海專科師範學校，任教美術，以日本正則洋畫講義為主要參考教材，崇尚寫實風。同年，發起成立「中華美育會」，曾出版會刊《美育》七期，豐氏撰文發表，為我國早期有關美術教學之論文。

一九二〇　庚申　二十三歲

　　仍任上海專科師範教職，兼於城東女校教畫。

夏曆七月十五日，長女陳寶生。

一九二一　辛酉　二十四歲

年初赴日本留學。因家境清貧，經費有限，在日本只作短暫停留，十個月內四處廣泛涉獵學習。

結識陳之佛、關良、黃涵秋等學友，日後始終保持聯繫。

自日本歸國後，仍任教於上海專科師範學校。陳望道為該校美學教師，二人過從甚密。此外並於吳淞中國公學中學部兼課，同事有朱光潛、匡互生、陶載良等。

夏曆九月初六，次女林先（今又名宛音）生。

一九二二　壬戌　二十五歲

經夏丏尊介紹往浙江上虞白馬湖，任春暉中學教職，教授音樂、美術。同事有夏丏尊、朱自清、朱光潛、匡互生、劉薰宇等。期間並在寧波第四中學兼課。

初夏，胞姐豐滿生女寧馨（今名寧欣，小名軟軟），自幼跟隨豐氏成長，豐氏視同己出。

九月，與劉薰宇一起參加「婦女評論社」，成為該社社友。

十月，妻生一女孩，取名三寶，兩年後么折。

譯屠格涅夫小說《初戀》，當時未出版。豐氏自謂此為其文藝生涯之「初戀」。

一九二四　甲子　二十七歲

夏曆二月十六日，長子華瞻生。

發表漫畫〈人散後，一鉤新月天如水〉於朱自清與俞平伯合

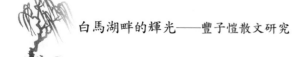

辦之刊物《我們的七月》上。

八月,為朱自清詩集《踪跡》作封面。

春暉中學同人與校長經亨頤教育理念不合,教師多人(含豐子愷)辭職,以匡互生為首,在上海老靶子路租屋,籌辦立達中學。

到上海後,豐氏復往上海專科師範兼課。

【按】潘文彥與豐華瞻在年表、年譜中分別指出〈人散後,一鉤新月天如水〉,乃豐氏「最初發表」、「一生中所發表之第一幅畫」。但根據張偉考察[3],早在發表此作之前,豐便已於一九二二年十二月二日創作了「經子淵先生底講演」、「女來賓」兩幅漫畫,並發表在同年的《春暉》上。

一九二五　乙丑　二十八歲

一月,妻小產,生一男,即死,取名「阿難」。豐氏作散文〈阿難〉。

三月,所譯《苦悶的象徵》由上海商務印書館出版。此為豐氏出版之第一本譯作。

夏,立達在江灣自建校舍落成,全部遷往,改名「立達學園」。「立達」者,即「己欲立而立人,己欲達而達人」之意。豐氏亦遷家屬往江灣。

立達學會成立,參加者有茅盾、葉聖陶、鄭振鐸、胡愈之、劉大白、朱自清、周予同等。辦有刊物名《一般》,由豐氏擔任美術裝幀設計,豐氏亦為該刊作畫撰文。

本年春始,鄭振鐸主編之《文學周報》上陸續刊登有豐氏漫

3　見 1986 年 12 月 20 日北京《文藝報》第三版張偉〈豐子愷研究的一個重要收穫〉。

畫。十二月，由文學周報社出版《子愷漫畫》。此為豐氏出版之第一本畫集，亦為中國最早的漫畫集。

十二月，妻生男孩，取名奇偉，四年後病死。曾為奇偉作畫〈花生米不滿足〉，奇偉亡故後又作畫〈亡兒〉。

為俞平伯的詩集《憶》作畫十八幅。

【按】潘文彥所編年表記載共作畫二十幅，經與一九二五年十二月樸社出版之《憶》詩集比對，目錄上載「詩卅六首‧附圖十八」，內文亦僅有十八幅插圖。「二十幅」之數，當係潘氏誤記。另豐華瞻所編年譜以《憶》為散文集，亦有誤。

一九二六　丙寅　二十九歲

「上海專科師範學校」與「上海東方藝術專科學校」合併，改名「上海藝術大學」，仍聘豐氏兼任教職。

弘一雲遊上海，下榻江灣永義里豐宅。豐氏與弘一以抓鬮方式為寓所命名「緣緣堂」。

十月，《音樂入門》由開明書店出版，此為豐氏撰寫的通俗音樂理論著作，在普及西洋音樂知識方面起過良好作用。

是年先後為《小說月報》、《教育雜誌》、《民鐸》、《一般》等雜誌撰稿。

一九二七　丁卯　三十歲

二月，第二本漫畫冊《子愷畫集》由開明書店出版。有朱自清跋，謂豐氏愛畫並善畫楊柳與燕子，友人俞平伯曾贈予「豐柳燕」之稱號。

四月，與立達同事裴夢痕合編《中文名歌五十曲》。

夏曆六月十五日，次子之超（後改元草）生。

秋，弘一法師又到上海，仍居永義里豐宅。據殷琦及陳星考證，此年豐子愷從弘一皈依佛教，法名嬰行。

上海成立「著作人公會」，由作家和編輯工作者鄭振鐸、胡愈之、葉聖陶等人發起，豐氏亦簽名加入。

本年受澄衷中學之敦聘，兼任該校藝術教師。

一九二八　戊辰　三十一歲

本年夏，立達學園因經費困難，洋畫科停辦，秋起豐氏在立達不任課，只任校務委員，仍居永義里，著述為生。

譯日本黑田信鵬所著《藝術概論》。

著《藝術教育ＡＢＣ》與《構圖法ＡＢＣ》，均由世界書局出版。

十一月，為弘一雲水萍蹤，居無定所，且風聞政府有毀寺滅佛之議，乃發起集資為其築一常住之處。後於上虞白馬湖附近買地造屋三椽，並名是屋為「晚晴山房」。

一九二九　己巳　三十二歲

為祝弘一法師五十壽，豐氏作護生畫五十幅，由弘一題字五十頁，交開明書店出版。此即《護生畫集》一集。

夏曆三月二十七日，幼女一吟生。

任開明書店兼職編輯。後大部份音樂美術論著及散文集，均由此出版。其他編輯尚有葉聖陶、胡墨林、徐調孚等。編輯部負責人為夏丏尊。

六月，重校於一九二二年初譯成的《初戀》。

八月，譯畢史蒂文生的《自殺俱樂部》。

秋，受江蘇省松江女子中學之聘，兼任該校圖畫及藝術論兩課。同事有攝影家郎靜山。

【按】潘文彥及豐華瞻所編年表、年譜，俱將出版《護生畫集》事列於一九二八年條目下。然根據豐一吟對弘一大師及豐子愷當時書信來往所作的考證，弘一與豐氏於一九二八年二月以後，仍就繪製《護生畫集》進行通信商議。而弘一生於一八八〇年，他的五十歲壽辰亦應該在一九二九年。是以《護生畫集》正確的出版日期當為一九二九年二月，原版權頁上註明「民國十七年二月」，係為誤排。

一九三〇　庚午　三十三歲

一月，開明書店創辦《中學生》雜誌，豐氏任編輯之一。

夏曆正月初五，母鍾氏病逝。服喪後遂蓄鬚。

三月，《西洋畫派十二講》由開明書店出版。

五月，《近世十大音樂家》由開明書店出版。

秋，患傷寒，辭去教職，臥病嘉興。

一九三一　辛未　三十四歲

一月，《緣緣堂隨筆》由開明書店出版。此為豐氏出版之第一本散文集，收散文二十篇。

四月，英漢對照本《初戀》由開明書店出版。

六月，《西洋名畫巡禮》由開明書店出版。

由弘一介紹，為廈門南普陀寺廣洽法師繪釋迦牟尼像。此

後，豐氏與廣洽法師間常有書信往還，十分投合。

一九三二　壬戌　三十五歲

一月，《兒童漫畫》由開明書店出版。

一二八淞滬戰事起，江灣校舍嚴重損壞，匡互生四處奔走籌募經費，於車禍中受傷，未幾辭世。立達同人於匡氏逝後出現分歧，豐氏遂不復過問校事。

十二月，《西洋音樂楔子》由開明書店出版。

一九三三　癸酉　三十六歲

春，石門灣緣緣堂落成，位豐同裕染坊之後，夾梅紗弄與舊宅相對，故豐氏在緣緣堂門額匾上自書「欣及舊棲」四字。

夏，政治勢力滲入立達學園校務，豐氏感於立達已變質，遂離去。

七月一日，《文學》月刊創刊，鄭振鐸、陳望道、葉聖陶等七人為編委，豐氏亦為該刊同人。

是年先後為《東方雜誌》、《新中華》、《現代》、《前途》、《文學》等刊物撰稿。

一九三四　甲戌　三十七歲

專事著譯，往來於上海、杭州、石門灣之間。

一月，被聘為《文學季刊》特約撰稿人。

五月，《繪畫與文學》由開明書店出版。

六月，《隨筆二十篇》由天馬書店出版。

十一月，《藝術趣味》由開明書店出版。

是年先後為《文學季刊》、《新中華》、《東方雜誌》、《申報月刊》、《中學生》、《人間世》、《教育雜誌》、《太白》、《文學》等刊物撰稿。

一九三五 乙亥 三十八歲

居石門灣緣緣堂，專事著譯，間也往返於滬杭等地。

三月，為「手頭字」推行運動發起人之一。

四月，畫集《雲霓》由天馬書店出版。《藝術叢話》由良友圖書印刷公司出版。其他散文集《車廂社會》、畫集《人間相》、《都會之音》，及《繪畫概說》、《開明音樂教本》、《西洋建築講話》等亦於本年出版。

是年先後為《申報月刊》、《文飯小品》、《文學》、《中學生》、《太白》、《創作》、《論語》、《人間世》、《宇宙風》等刊物撰稿。

一九三六 丙子 三十九歲

開明書店創辦《新少年》雜誌，豐氏為編輯之一。

六月，加入「中國文藝家協會」，並簽名於宣言中。參加者尚有王統照、朱自清、茅盾、郭沫若等共一百十一人。

十月，參與發表「文藝界同人為團結禦侮與言論自由宣言」，宣言指出：「在文字上，我們不強求其相同，但在抗日救亡上，我們應團結一致，以求行動之更有力」；「我們要求政府當局即刻開放言論自由」等。

十月，《藝術漫談》出版。

一九三七　丁丑　四十歲

「八一三」事變，關閉杭州別寓。

十一月六日，石門灣被炸，當晚率全家及岳母避居妹雪雪（豐雪珍）夫家所在之南深濱。

十一月二十一日，率眷離南深濱往桐廬避寇。住河頭上黃村埠，常至陽山阪聆聽馬一浮教誨。

十二月二十一日離桐廬，經蘭溪、衢州、常山，進入江西省。

一九三八　戊寅　四十一歲

一月底，在萍鄉暇鴨塘蕭氏宗祠內度戊寅年春節。其間獲悉故鄉緣緣堂已全部被毀。

二月底三月初離萍鄉。三月十三日到湖南長沙。旋即應漢口開明書店之邀，率陳寶、林先去漢口，以筆代槍參與抗日宣傳。

三月二十七日，中華全國文藝界抗敵協會成立。四月，該協會出版會刊《戰地文藝》，成立編委會。豐氏被推舉為三十三個編輯委員之一，為該刊創刊號畫封面並題簽，積極從事抗日宣傳工作。後因九江失守，遂回長沙。

應桂林師範學校之聘，率眷於六月二十四日抵桂林，在桂師任教圖畫、國文兩科。十月二十四日開始寫《教師日記》，同日幼子新枚生。

是年先後為《文藝陣地》、《抗戰文藝》、《宇宙風》等刊物及《大公報》文藝副刊撰稿。

年底，辭桂師職，準備往浙大任教。滯留候車之時，第三次作《漫畫阿Q正傳》，並於一九三九年出版。

一九三九　己卯　四十二歲

一月十二日，傅彬然氏集唐人詩為豐氏送別，有「天下何人不識君」之句。

三月四日，得上海《文匯報》高柯靈信，謂上海《申報》時有署名「次愷」者投畫稿，字畫均酷肖豐氏，特剪一幅見寄，題為〈拜年與壓歲〉。豐氏亦驚其恪摹之工。

三月二十一日起重作《漫畫阿Ｑ正傳》。至三十日全稿完成，並作序。七月由開明書店出版。

四月五日率眷離雨江，八日抵宜山，住城郊龍崗園開明書店棧房中。在浙大任講師，授藝術教育、藝術欣賞二課。並呼籲改善音樂教育。

八月，遷家屬至思恩。日寇攻南寧，再作逃難打算。

一九四〇　庚辰　四十三歲

元旦，全家相聚於都勻。仍在浙大任講師兼全校藝術指導。在都勻約住一個月後，又隨校遷遵義。初居城內，不久即遷近郊羅莊。後又遷居獅子橋附近南壇巷熊宅新屋，自名其室為「星漢樓」。

四月，在日本出版吉川幸次郎日譯本《緣緣堂隨筆》，為豐子愷散文初次在國外翻譯出版。

完成《續護生畫集》，由弘一法師題字，共六十幅，為祝弘一大師六秩壽。英譯者吳契悲。此書初由開明書店印行，後由佛學書局翻印，有精裝本、平裝本、大開本、小開本、英漢對照本流佈中外，發行量頗大。有夏丏尊先生序，李圓淨居士跋。

一九四一　辛巳　四十四歲

在浙大增授新文學課。秋,升副教授。

在星漢樓重繪舊作漫畫,成六冊,名《子愷漫畫全集》,於一九四五年十二月由上海開明書店出版。

一九四二　壬午　四十五歲

十月十八日,得弘一法師十三日生西電報,發願為師造像一百尊。

應國立藝術專科學校校長陳之佛之聘,於十一月離遵義到四川重慶沙坪壩。

十一月下旬,在重慶夫子池舉行生平第一次個人畫展,展出逃難以來所作彩色人物風景畫。並發表〈畫展自序〉,闡述由黑白簡筆漫畫轉變為彩色人物風景畫之經過。

一九四三　癸未　四十六歲

二月到四月,豐氏為紀念弘一大師,特地經瀘州、自貢、五通橋,至樂山,訪馬一浮先生,請其為弘一大師作傳。

五月,遷居劉家墳租屋,與雕刻家劉開渠為鄰。夏,因感抗日或將曠日持久,乃於正街以西租地自建「沙坪小屋」。不久辭去藝專教職,以寫文賣畫為生。

一九四四　甲申　四十七歲

二至三月,率幼女一吟至長壽、涪陵、酆都旅遊並舉行個人畫展。

六月，由萬光書局出版《教師日記》。是年，重行整理《宇宙風》編輯陶亢德寄來的剪報，輯成《人生漫畫》。

是年冬，沿嘉陵江而上，游川北諸地，在南充、閬中舉辦個人畫展。

一九四五　乙酉　四十八歲

六月中旬，往隆昌參加立達學園成立二十周年紀念（立達在抗日時期由陶載良率領師生逃到四川隆昌復校），並舉行個人畫展。

七月，往內江、成都開畫展，八月初返渝。

八月，日本投降。準備還鄉，因舟車擁擠，暫時未能成行。

十一月，於重慶兩路口社會服務處舉行個人畫展。

一九四六　丙戌　四十九歲

四月二十日，賣去沙坪小屋，遷居重慶凱旋路特七號開明書店棧房，候舟車返江南。

四月二十三日，夏丏尊師逝世，五月一日作〈悼丏師〉文。

船票難買，只得走隴海路。於七月三日乘汽車離重慶，經綿陽、廣元到陝西漢中、寶雞，在夏宗禹母家小住，然後到開封。因內戰，蘭封道中有阻。病臥開封，盤川將絕。不得已回鄭州，下武漢。住開明書店，並舉行個人畫展以籌盤川。然後乘江輪至南京，坐火車於九月十五日抵上海，暫居學生鮑慧和家。不久，赴故鄉憑弔劫後之緣緣堂。然後到杭州，暫住裏西湖畔之招賢寺。

秋，在上海大新公司舉辦個人畫展。

十二月，萬葉書店出版豐子愷第一本彩色畫冊《子愷漫畫選》。

一九四七　丁亥　五十歲

二月，為立達學園籌募復校基金，往南京開個人畫展。同年，又為故鄉石門小學重建校舍舉行漫畫義賣。

三月，遷入杭州靜江路（即今北山路）八十五號小平屋內，有友人贈聯曰：「居鄰葛嶺招賢寺，門對孤山放鶴亭。」

梅花時節，在上海訪梅蘭芳，有文記其事。

本年出版之新著《劫餘漫畫》，乃抗戰時緣緣堂被毀前一日，親友代為搶出的箱子中所存之畫稿，整理補充而成。

一九四八　戊子　五十一歲

九月八日，率幼女離杭赴滬，二十七日與開明書店負責人章錫琛及其家屬赴台灣遊覽。在台北舉行個人畫展，遊阿里山、日月潭。並應台灣電台之邀，以「中國藝術」為題，作廣播講演。

十一月二十三日，渡海到廈門，與來自新加坡的廣洽法師在南普陀相會，係通信十七年後初次會面。

應廈門佛教學會請，十一月發表講演「我與弘一法師」。旋又應廈門大學請，講演「藝術的精神」。後專程赴泉州，憑弔弘一法師圓寂之地。同時應邀往晉江、石獅、石碼等地，舉辦個人畫展，發表講演，深受各界人士歡迎。

一九四九　己丑　五十二歲

一月五日，妻力民率子元草、新枚遷廈門，一月十四日賃居古城西路四十三號二樓。

四月五日，豐氏由廈門往香港。一來為請葉恭綽為《護生畫

三集》題字，二來為舉行畫展，以解決今後卜居上海之生活費。

四月，豐氏家屬離開廈門北上。豐氏本人則於四月底由香港乘飛機返回上海。

五月二十七日，上海淪陷。

七月，被選為「南方代表第二團」的代表，列名「中華全國文學藝術工作者代表大會」（未到會）。

十二月十四日，作《繪畫魯迅小說》序言。

【按】關於豐子愷抵達香港的時間，潘文彥及豐華瞻所載俱為「三月下旬」。但由香港《星島日報》一九四九年四月六日第六版〈當代名書畫家豐子愷氏抵港〉一文中可知，豐氏當為四月五日到達香港。

一九五〇　庚寅　五十三歲

一月二十三日遷至福州路六七一弄七號章錫琛舊居。開始學俄文。

二月，《護生畫三集》出版。

七月，列席華東軍政委員會第二次會議。

一九五一　辛卯　五十四歲

開始閱讀屠格涅夫《獵人筆記》原著及托爾斯泰《戰爭與和平》原著。

一九五二　壬辰　五十五歲

年底前，譯成《獵人筆記》，於次年四月由上海文化生活出版社出版，一九五五年十一月改由人民文學出版社出版。

一九五三　癸巳　五十六歲

仍在福州路寓所，從事音樂美術譯著。有《中小學圖畫教學法》等陸續出版。

四月，被聘為上海市文史研究館館務委員。

九月，與錢君匋、章錫琛、葉聖陶、黃鳴祥等集資在杭州虎跑後山為弘一大師築舍利塔。次年一月十日落成。

一九五四　甲午　五十七歲

是年起，任中國美術家協會常務理事，上海美術家協會（原華東美協）副主席。

八月，患肺病與肋膜炎。

九月一日，遷居自己頂租之陝西南路三十九弄九十三號小洋屋中。因二樓室內日月明亮，取名為「日月樓」。在此定居，直至逝世。

一九五五　乙未　五十八歲

居日月樓，專事著譯。

七月，率眷遊莫干山。

一九五六　丙申　五十九歲

北京外文出版社以英、德、波蘭三種外文出版《豐子愷兒童漫畫》。是為豐子愷畫冊最早由我國出外文本。

七至八月率眷遊廬山。

十一月，作漫畫〈城中好高髻〉，並加注：「改政移風，必有

其本，上之所好，下必甚焉。」

　　同月，接待日中友好協會副會長內山完造。

　　十二月，當選為上海市人民代表，並出席大會。

一九五七　丁酉　六十歲

　　繼續從事著譯工作。

　　與幼女合譯的俄國作家柯羅連科《我的同時代人的故事》一至四卷，從本年起陸續由人民文學出版社出版。

　　五月廿九日，平生第一次戲做小說〈六千元〉。

　　六月，率幼女、幼子遊鎮江、揚州。

　　十一月，由人民文學出版社出版作者重新編成的《緣緣堂隨筆》。

　　始任上海市政協委員、上海市外文協會理事。

　　編《李叔同歌曲集》，交北京音樂出版社於次年一月出版。

一九五八　戊戌　六十一歲

　　七月，由新加坡廣洽法師在南洋募款，擬籌建弘一大師紀念館，由豐氏主其事。後因故未能成立，決定將此款移作出版《弘一大師遺墨》之用。

　　是年起，任第三屆全國「政協」委員。

一九五九　己亥　六十二歲

　　是年，任中華書局新編本《辭海》（未定稿）編輯委員、藝術分冊主編。

一九六〇　庚子　六十三歲

六月二十日，就任上海「中國畫院」院長。

七月，任上海市「對外文化協會」副會長。

本年譯成日本著名文學家德富蘆花的名作《不如歸》。同時譯出的還有中野重治的《肺腑之言》。

一九六一　辛丑　六十四歲

四月偕妻及幼女遊黃山。有詩、文、畫發表於報刊。

八月一日，開始為譯日本古典文學巨著《源氏物語》作閱讀準備。

九月一日，隨參觀團往江西，遊南昌、贛州、瑞金、井崗山、撫州、景德鎮等地，歷時三週，行程五千里，有諸多詩篇與畫稿記其事。同行者中，有故交陳望道。

本年完成《護生畫四集》，由朱幼蘭居士題字，經廣洽法師募款出版。

一九六二　壬寅　六十五歲

五月，當選為上海市「美協」主席、上海市「文學藝術界聯合會」副主席。在上海市第二次「文代大會」上發言，積極擁護文藝「雙百」方針，對於強求一律的做法，斥為剪冬青樹的大剪刀。呼籲應讓小花、無名花也好好地放。

五月下旬至六月，偕妻及幼女遊金華。

秋，由中央新聞紀錄電影製片廠拍成紀錄片「畫家豐子愷」。

十二月十二日始，正式開譯《源氏物語》。

一九六三　癸卯　六十六歲

三月，遊寧波、舟山、南海普陀。妻力民、子元草、女一吟同行。

十月，再遊鎮江、揚州。

十二月，上海人民美術出版社出版《豐子愷畫集》，豐氏作詩代序。

一九六四　甲辰　六十七歲

《弘一大師遺墨續集》出版，由廣洽法師募款，豐氏為作後記。

一九六五　乙巳　六十八歲

完成《護生畫第五集》，由佛學院虞愚教授題字，經由廣洽法師募款出版。

九月二十九日，譯畢《源氏物語》。

十一月至十二月，新加坡廣洽法師歸國觀光，豐子愷陪同前往蘇州、杭州。

一九六六　丙午　六十九歲

三月，偕妻率長孫女遊紹興、嘉興、南潯、湖州、菱湖。

五月起，「文化大革命」開始，豐子愷無端被迫到畫院「交代問題」，每日緊張奔波，夏中暑住院。

一九六七　丁未　七十歲

坐牛棚，挨批鬥。八月十六日，在黃浦劇場對豐子愷開專場

批鬥會，並出版「打豐戰報」。初秋，與邵洛羊一同被關在上海
美術學校內數十天。

一九六八　戊申　七十一歲

三月，「狂妄大隊」衝擊畫院，豐子愷備受污辱。

一九六九　己酉　七十二歲

改為每日早上六時半到上海博物館坐牛棚。但豐氏均提早於
四時起身，在微弱的小檯燈光下伏案工作。或寫字作畫，或從事
譯作。此段時期，他寫出長幅手卷《古詩十九首》和鄭彥龍的〈調
笑轉踏〉，贈學生潘文彥。

秋冬，被帶到上海郊區港口曹行公社民建大隊從事三秋勞
動。睡地鋪，逢下雪時枕邊有雪。

受風寒侵襲，漸漸得病。先是病足，行動不便，繼而病肺，
有熱度。

一九七〇　庚戌　七十三歲

一月，留滬治病。

二月，病轉為中毒性肺炎，住淮海醫院治療。初時高燒不退，
繼而血壓遽降，經搶救脫險。一個多月後出院，但肺病並未根治。
之後便居家養病。

是年，悄悄譯出日本古典文學《落窪物語》、《竹取物語》，
後交幼子珍藏。

一九七一　辛亥　七十四歲

集舊作重畫數套，名之曰《敝帚自珍》，「交愛我者藏之，今生畫緣盡於此矣。」

是年起始寫《往事瑣記》，後改名《緣緣堂續筆》。

同年由日文譯出日本湯次了榮解釋之《大乘起信論新釋》（此書已由新加坡廣洽法師影印出版）。

一九七二　壬子　七十五歲

本年譯成日本平安時代歌物語《伊勢物語》，交學生胡治均抄藏，並為抄本作序。

十二月三十日得畫院通知：「審查」結束，結論為：「不戴資產階級反動學術『權威』的帽子，酌情發給生活費。」

是年起，陸續完成散文《緣緣堂續筆》三十三篇，後交幼子新枚珍藏。

一九七三　癸酉　七十六歲

三月，由弟子胡治均陪同赴杭州，探望三姐豐滿。

一九七四　甲寅　七十七歲

一月，重譯日本夏目漱石《旅宿》，交弟子胡治均收藏。

是年，在所謂「批林批孔」運動中，豐子愷的畫又被陳列在所謂「黑畫展」上。後在勞動劇場（即天蟾舞臺）參加大會，接受批判。

一九七五　乙卯　七十八歲

四月十二日至二十二日，由學生胡治均、次女林先等陪同，

赴故鄉探望胞妹雪雪。

八月初，右手手指麻木，漸及右臂，熱度不退。十五日得三姐豐滿逝世消息，病勢轉劇。

九月二日經上海華山醫院攝胸片，診斷為右葉尖肺癌，已轉移到腦。九月十五日中午十二時零八分，在華山醫院急診觀察室與世長辭。九月十九日，由上海畫院在龍華火葬場大廳舉行追悼會，老友葉聖陶作悼詩，內有句云「瀟灑風神永憶渠」。

一九七八　戊午

六月五日，上海市文化局作出結論，為豐子愷平反昭雪。

一九七九　己未

六月二十八日，由上海市文化局、文聯、畫院出面，為豐子愷舉行骨灰安放儀式，將骨灰安放在上海烈士陵園革命幹部骨灰室。

一九八五　乙丑

故居緣緣堂在摯友廣洽法師資助下，由浙江省桐鄉縣人民政府重建落成。

一九八六　丙寅

四月，豐子愷衣冠與妻徐力民、胞姐豐滿、胞妹雪雪及妹夫蔣茂春，同葬於浙江省桐鄉縣石門鎮南深濱雪雪之子蔣正東家自留地上。

參考資料

　　本書所列的主要參考資料，約分為九類：一為豐子愷著作文本，中又依散文、漫畫及譯著三類，依序排列；二為關於豐子愷傳記及作品之研究資料；三為豐氏生平交遊、其他現代作家、畫家之著作及研究資料；四為現代文學史、兒童文學史相關著作；五為文學理論及兒童文學理論資料；六為散文鑒賞相關著述；七為哲學、佛學、心理學論著；八為美學相關論著及書畫鑒賞文字；九為各種學報、期刊之專門論文。同類之中，又依性質所近及出版先後為序。至於書目、單篇論文之出版年月，則一以西元紀年為書寫標準，未註明版次者即為一版。茲將詳目臚列於後：

一

《豐子愷文選》・豐子愷著，楊牧編・洪範書店・1982.9

《現代美術家畫論・作品・生平》・豐子愷著，豐一吟編・上海
　　學林出版社・1987

《豐子愷論藝術》・豐子愷・丹青出版社・1989 再版

《豐子愷小品——藝術人生》・豐子愷著，何乃寬編・花城出版社
　　・1991.10

《豐子愷散文選集》・豐子愷著，葛乃福編・百花文藝出版社・
　　1992.1 再版

《緣緣堂隨筆集》・豐子愷著，豐一吟編・浙江文藝出版社・
　　1992.1 三版

《豐子愷集外文選》・豐子愷著，殷琦編・上海三聯書店・1992.5

《豐子愷文集》（共七卷）・豐子愷著，豐陳寶、豐一吟編・浙
　　江文藝出版社、浙江教育出版社　1992.6

《車廂社會》・豐子愷著，張華點評・陝西人民出版社・1992.10

《緣緣堂隨筆》・豐子愷著・開明出版社・1992.12

《豐子愷趣語》・豐子愷著，張涵秋選編・漓江出版社・1993.6

《靜觀人生》・豐子愷著，熊一林、段高選編・湖南文藝出版社
　　・1994.2

《緣緣堂隨筆・緣緣堂再筆》・豐子愷著・河北教育出版社・
　　1994.5

《豐子愷童話集》・豐子愷著・林文寶編・洪範出版社・1995.2

《漫畫阿Ｑ正傳》・豐子愷・開明書店・1940.7 三版

《子愷近作漫畫集》・豐子愷・普益圖書館・1941.10

《客窗漫畫》・豐子愷・今日文藝社・1942.8

《人生漫畫》・豐子愷・萬光書局・1946.6　二版

《豐子愷漫畫文選集》（上、下）・豐子愷著・文學禹編・渤海
　　堂文化公司・1987.11

《豐子愷連環・兒童漫畫集》・豐子愷・純文學出版社・1989.4

《兒童雜事詩圖箋釋》・周作人詩，豐子愷畫，鍾叔河箋釋・文
　　化藝術出版社・1991.5

《豐子愷漫畫選繹》・明川・香港三聯書店・1992.5 四版

《護生畫集》（共六集）・豐子愷・海天出版社・1993.3

《大乘起信論新釋》・湯次了榮著，豐子愷譯・天華出版社・
　　1981.10

《源氏物語》・紫氏部著，豐子愷譯・遠景出版社・1992.3 再版

二

《現代中國作家評傳（上）》‧李立明‧香港波文書局‧1980.1

《早期新散文的重要作家》‧陳敬之‧成文出版社‧1980.7

《中國現代作家評傳》（第四卷）‧徐迺翔主編‧山東教育出版
社‧1986.12

《豐子愷傳》‧豐一吟等‧蘭亭書店‧1987.3

《中國現代文學詞典》（散文卷）‧徐迺翔主編‧廣西人民出版
社‧1989.5

《佛天藝海——豐子愷與李叔同傳奇》‧陳星‧文殊出版社‧
1990.6

《閒話豐子愷》‧陳星‧世界文物出版社‧1991.8

《人間情味豐子愷傳》‧陳星‧佛光出版社‧1992.6

《佛心與文心——豐子愷》‧汪家明‧花山文藝出版社‧1992.7

《回憶父親豐子愷》‧豐華瞻、戚志蓉‧大雁書店‧1992.10

《中國現代作家著譯書目》‧北京圖書館書目編輯組編

《豐子愷研究資料》‧豐華瞻、殷琦編‧寧夏人民出版社‧1988.11

《夏丏尊‧豐子愷》‧黃濟華編選‧海風出版社‧1992.2

《以文代畫：豐子愷小品文之翻譯與評論》‧湯麗明‧輔仁大學
翻譯學研究所碩士論文‧1992

《青少年豐子愷讀本》‧陳星編選‧業強出版社‧1993.1

《豐子愷的藝術世界》‧陳星‧佛光出版社‧1993.9

《功德圓滿——護生畫集創作史話》‧陳星‧業強出版社‧1994.6

三

《弘一大師傳》‧陳慧劍‧三民書局‧1969.10

《弘一大師法集》（四─六）‧蔡念生彙編‧新文豐出版公司‧
1976.10

《弘一文集》‧洪啟嵩、黃啟霖主編‧文殊出版社‧1988.1

《弘一大師與文化名流》‧陳星‧佛光出版社‧1992.4

《永遠的弘一法師》（共二冊）‧夏丏尊原編，曾議漢增編‧帕
米爾書店‧1992.6

《弘一大師全集八‧雜著卷、書信卷》‧弘一大師‧福建人民出
版社‧1992.9

《呀！弘一》‧林清玄‧音樂中國出版社‧1992.10

《弘一法師傳奇》‧瀟琴‧新潮社‧1992.11

《弘一大師語摘》‧緣生編‧漢藝色研出版社‧1992.12

《索性做了和尚》‧弘一大師‧圓明出版社‧1993.7

《李叔同》‧柯文輝、劉雪陽、豐一吟編‧上海人民美術出版社
‧1993.12

《芳草碧連天──弘一大師傳》‧陳星‧業強出版社‧1994.6

《馬一浮評傳》‧馬鏡泉、趙士華‧百花洲文藝出版社‧1993.8

《夏丏尊選集》‧夏丏尊著，林綠編選‧黎明文化事業股份有限
公司‧1977.3

《夏丏尊代表作》‧夏丏尊著，陳信元編‧蘭亭書店‧1986.1

《平屋雜文》‧夏丏尊‧漢風出版社‧1990.2

《朱自清集》‧朱自清‧河洛圖書出版社‧1977.4

《朱自清作品欣賞》‧陳孝全、劉泰隆‧廣西人民出版社‧1986.8

二版

《朱自清及其散文》‧許琇禎‧師大國研所碩士論文‧1990

《散文大師‧朱自清》‧陳孝全‧新潮社文化事業有限公司‧
　　1992.12

《朱自清名作欣賞》‧林非主編‧中國和平出版社‧1993.6

《朱自清散文藝術論》‧吳周文、張王飛、林道立‧江蘇教育出
　　版社‧1994.7

《憶》‧俞平伯‧樸社‧1925.12

《俞平伯散文選集》‧孫玉蓉編‧百花文藝出版社‧1990.6

《俞平伯先生從事文學活動六十五周年紀念文集》‧王保生等‧
　　巴蜀書社‧1992.3

《談美》‧朱光潛‧金楓出版有限公司‧1987.8

《談文學》‧朱光潛‧金楓出版有限公司‧1987.8

《朱光潛美學思想研究》‧閻國忠‧駱駝出版社‧1987.8

《文藝心理學》‧朱光潛‧開明書店‧1991.6 二版

《葉聖陶散文選集》‧朱文華‧百花文藝出版社‧1992.1

《葉聖陶和兒童文學》‧韋商編‧少年兒童出版社‧1990.11

《一代才華鄭振鐸傳》‧陳福康‧業強出版社‧1993.5

《中國現代女作家論稿》‧王家倫‧中國婦女出版社‧1992.1

《冰心名作欣賞》‧浦漫汀主編‧中國和平出版社‧1994.4　二版

《周作人論》‧錢理群‧萬象圖書公司‧1994.1

《中國新文學大系‧散文二集》‧郁達夫編選‧業強出版社‧
　　1990.2

《現代十六家小品》‧阿英編校‧天津市古籍書店‧1990.8

《白馬湖散文十三家》‧朱惠民‧上海文藝出版社‧1994.5

《智慧三品——禪思》・鄭師明娳、林燿德選註・正中書局・
　1991.7
《生命情結的反思》・林幸謙・麥田出版社・1994.7
《夏目漱石》（當代世界小說家讀本）・太宰治著，鄭清文譯・
　光復書局・1987.11
《夏目漱石文學主脈研究》・李國棟・北京大學出版社・1990.5
《我是貓》・夏目漱石著，于雷譯・譯林出版社・1993.7
《夢二えはがき帖》・酒井不二雄編・日貿出版社・平成五年
　二月

四

《中國現代散文的發展》・周麗麗・成文出版社・1980.7
《中國新文學史》・周錦・逸群圖書有限公司・1983.11 三版
《文學的源流》・楊牧・洪範書店・1984.1
《中國新文學史》・司馬長風・駱駝出版社・1987.8
《中國現代文學手冊》・劉獻彪主編・中國文聯出版公司・1987.8
《中國現代文學的主潮》・賈植芳主編・復旦大學出版社・1990.2
《中國現代文學詞典》・鄂基瑞等・上海辭書出版社・1991.10 二
　版
《二十世紀中國文學流派》・江邊・青島出版社・1992.12
《中國現代文學發展史》・黃修己・中國圖書刊行社・1994.2
《二十世紀中國文學圖志》（上、下）・楊義、中井政喜、張中
　良合著・業強出版社・1995.1
《中國現代文學史料術語大辭典》（一至五冊）・周錦編著・智

燕出版社・1988.10

《兒童文學史料初稿》（1945—1989）・邱各容・富春文化事業
股份有限公司・1990.8

《中國童話史》・吳其南・河北少年兒童出版社・1992.8

《中國現代兒童文學史》・蔣風主編・河北少年兒童出版社

五

《文藝論與文藝批評》・夏丏尊、傅東華・莊嚴出版社・1982.1

《中國現代散文理論》・現代散文研究小組編・蘭亭書店・
1986.10

《現代散文縱橫論》・鄭師明娳・長安出版社・1986.10

《文學論》・韋勒克、華倫著・王夢鷗、許國衡譯・志文出版社
・1987.12 二版

《文學散步》・龔鵬程・漢光文化事業公司・1988.4 四版

《現代散文類型論》・鄭師明娳・大安出版社・1988.11 三版

《現代散文構成論》・鄭師明娳・大安出版社・1989.3

《苦悶的象徵》・廚川白村著，顧寧譯・晨星出版社・1990.5 三
版

《文學概論》・涂公遂・五洲出版社・1990.8

《現代文學欣賞與創作（上冊）》・簡宗梧編著・國立空中大學
・1991.9 三版

《中國文學理論》・劉若愚著，杜國清譯・聯經出版事業公司・
1991.10 三版

《在歷史與現實的交合點上——中國現代作家文化心理分析》・龍

泉明・陝西人民出版社・1992.7

《現代散文現象論》・鄭師明娳・長安出版社・1992.8

《不老的繆思——中國現當代散文理論》・盧瑋鑾編・天地圖書有限公司・1993

《中國現當代散文研究》・佘樹森・北京大學出版社・1993.4

《死亡・情愛・隱逸・思鄉——中國文學四大主題》・陶東風、徐莉萍・杭州大學出版社・1993.12

《兒童文學論述選集》・林文寶主編・幼獅文化事業公司・1989.5

《中國兒童文學現象研究》・王泉根・湖南少年兒童出版社・1992.10

《兒童文學故事體寫作論》・林文寶著・富春文化事業股份有限公司・1993.3 二版

《童年的消逝》・Neil Postman 著，蕭昭君譯・遠流出版公司・1994.10

六

《修辭析論》・董季棠・益智書局・1981.10

《古代名家寫作技巧漫談》・辜振甫等・木鐸出版社・1987.7

《散文藝術論》・傅德岷・重慶出版社・1988.2

《隔海說文》・徐學・廈門大學出版社・1988.9

《現代散文鑒賞辭典》・王彬編・農村讀物出版社・1988.12

《中國現代文學辭典》・徐榮街、徐瑞岳主編・中國礦業大學出版社・1988.12

《字句鍛鍊法》・黃永武・洪範書店・1989.1 六版

《散文鑑賞入門》・魏怡・國文天地雜誌社・1989.11

《中國現代散文欣賞辭典》・王紀人主編・漢語大詞典出版社・1990.1

《情有所鍾——散文奧妙的探尋》・曹國瑞・光明日報出版社・1990.7

《采菊東籬下》・何師寄澎、劉佩玉編著・幼獅文化事業公司・1991.4

《中國現代散文選析》・李豐楙等・長安出版社・1992.3

《百家散文名作鑒賞》・馬連儒、王鳳海主編・北京出版社・1992.5 三版

《給一個青年詩人的十封信》・里爾克著，馮至譯・帕米爾書店・1992.6

《中國散文精品分類鑒賞辭典》・李樹平主編・南京出版社・1992.12

《文學與寫作技巧》・余我・國家出版社・1993.1

《散文瞭望角》・范培松・業強出版社・1993.4

《當代台灣文學評論大系・散文批評》・何師寄澎主編・正中書局・1993.5

《中國文學縱橫論》・王瑤・大安出版社・1993.7

《中國散文百家譚》・曾紹義主編・四川人民出版社・1993.7

《文學讀解與美的再創造》・龍協濤・時報文化出版公司・1993.8

七

《人譜》（國學基本叢書四百種）・劉宗周・臺灣商務印書館・1968.3

《哲學十大問題》・鄔昆如・東大圖書公司・1978.5

《論戴震與章學誠——清代中期學術思想史研究》・余英時・華世出版社・1980.1 二版

《中國人的人生觀》・方東美著，馮滬祥譯・幼獅文化事業公司・1980.7 二版

《中國哲學十九講》・牟宗三・學生書局・1983.10

《哲學與人生》・傅統先・水牛出版社・1985.4

《哲學概論》・黃公偉・帕米爾書店・1987.1 二版

《書簡與雜記》（思光少作集・柒）・勞思光・時報文化出版公司・1987.12

《哲學概論》・鄔昆如・五南圖書出版公司・1989.8 三版

《先秦儒法思想中的血緣問題與國家》・林啟屏・台大中研所博士論文・1995

《大乘佛教概述》・高觀如・常春樹書坊・1984.9

《佛法概論》・印順・正聞出版社・1991.4 二版

《佛法知見》・慧廣法師・圓明出版社・1991.12

《佛教僧伽的十有思想》・星雲大師講・佛光出版社・1992.2

《靈光照眼——當代哲理散文選》・方杞編選・業強出版社・1992.2

《臺灣佛教與現代社會》・江燦騰・東大圖書公司・1992.3

《佛教僧伽的十無思想》・星雲大師講・佛光出版社・1992.4

《佛教的慈悲主義》・星雲大師講・佛光出版社・1992.8

《人證悟之後的生活怎麼樣》・星雲大師講・佛光出版社・1992.11

《佛教對命運的看法》・星雲大師講・佛光出版社・1993.5

《佛教對時空的看法》‧星雲大師講‧佛光出版社‧1993.7

《佛門的人生大智慧》‧洪丕謨‧國際村文庫書店‧1993.8

《從阿彌陀經說到淨土思想的建立》‧星雲大師講‧佛光出版社
‧1993.11

《初機學佛決疑》‧釋知義‧佛陀教育基金會‧1994.1

《佛教的真諦》‧星雲大師講‧佛光出版社‧1994.2

《從入世的生活說到佛教出世的生活》‧星雲大師講‧佛光出版
社‧1994.4

《從佛教各宗各派說到各種修持的方法》‧星雲大師講‧佛光出
版社‧1994.12 二版

《人格心理學》‧陳仲庚、張雨新編著‧五南圖書出版公司‧
1989.10 二版

八

《藝術的奧秘》‧ 姚一葦‧臺灣開明書店‧1968.2

《藝術論》‧程大城‧黎明文化事業公司‧1973.9

《蔡元培》‧尹雪曼等編‧華欣文化事業中心‧1979.3

《美學》‧德尼斯‧于斯曼著，欒棟、關寶艷譯‧聯經出版事業
公司‧1984.3

《詩與畫的界限（拉奧孔）》‧朱光潛譯‧元山書局‧1985.4　二
版

《六大觀念——真、善、美、自由、平等、正義》‧Mortimer J. Adler
著‧蔡坤鴻譯‧聯經出版事業公司‧1986.4

《中國美學思想史》（共三卷）‧敏澤‧齊魯書社‧1987.7

《中國現代美學叢編》‧胡經之編‧北京大學出版社‧1987.7

《蔡元培美學文選》‧聞笛、水如編‧淑馨出版社‧1989.11

《符號‧神話‧文化》‧卡西爾（卡西勒）著，羅興漢譯‧結構
　　群文化事業有限公司‧1990.4

《六朝畫論研究》‧陳傳席‧學生書局‧1991.5

《意義》‧Michael Polanyi、Harry Prosch 著，彭懷棟譯‧遠流出
　　版公司‧1991.6

《新藝術論》‧蔡儀‧上海商務印書館‧1992

《藝術之民族性與國際性》‧葉秋原‧上海聯合書店‧1992

《藝術叢論》‧林風眠‧正中書局‧1992

（以上三書收錄於《民國叢書》第四編第六十一冊，上海書店出
　　版）

《藝術論》‧托爾斯泰著‧耿濟之譯‧遠流出版公司‧1992.10

《美學散步》‧宗白華‧世華文化社

《中國畫的根本精神與學術文化的背景》‧程曦‧1957.3

《中國民初畫家》‧蔣健飛編著‧藝術家出版社‧1980.5

《中國畫民初各家宗派風格與技法之探究》‧邱定夫‧中國文化
　　大學出版部‧1988.4

《「晚明文人」型態之研究》‧黃明理‧師大國研所碩士論文‧
　　1989

《書畫與文人風尚》‧張懋鎔‧文津出版社‧1989.8

《明清文人畫新潮》‧林木‧上海人民美術出版社‧1991.8

《超越視覺的藝術──中國繪畫風格流變史》‧王新偉‧浙江美術
　　學院出版社‧1992.12

《中國巨匠美術周刊‧沈周》‧何傳馨‧錦繡出版社‧1994.12

《中國巨匠美術周刊‧吳昌碩》‧龔產興‧錦繡出版社‧1994.12

《中國巨匠美術周刊‧鄭板橋》‧徐改‧錦繡出版社‧1995.3

九

〈豐子愷先生繪《護生畫集》因緣略記〉‧朱幼蘭‧《內明》雜
　　誌 172 期‧1986.7.1

〈豐子愷皈依佛教及「緣緣堂」命名的時間考證〉‧殷琦‧《中
　　國現代文學研究叢刊》‧1987.1

〈《苦悶的象徵》的兩種譯本〉‧朱金順‧《中國現代文學研究
　　叢刊》‧1987.1

〈豐子愷「台灣之作」探尋小記〉‧吳埗‧《雄獅美術》第 204
　　期‧1988.2

〈豐子愷出版了多少漫畫集〉‧黃可‧《圖書館雜誌》‧1986.2

〈豐子愷養生軼事〉‧金玉良‧《體育文史》‧1994.5

〈豐子愷研究的回顧與評析〉‧陳星‧《浙江社會科學》‧1994.3

〈豐子愷散文中的「廣西所見」〉‧江東‧《科技文萃》‧1994.5

〈豐子愷妙繪詞意圖〉‧高鋅‧《科技文萃》‧1994.5

〈高山流水長相知——周穎南與豐子愷的交往〉‧朱開平‧《福建
　　黨史月刊》‧1994.6

〈豐子愷先生在遵義〉‧王質平‧《文史天地》‧1995.2

〈豐子愷的畫具〉‧豐一吟‧《文史天地》‧1995.2

〈東渡日本與豐子愷藝術精神之形成〉‧于文傑‧《徐州師範大
　　學學報》（哲學社會科學版）‧1995.3

〈昏昏燈火話緣緣——訪豐子愷故居石門緣緣堂〉‧黃驤‧《中央

日報・副刊版》・1991.8.6

〈從幾部現代作家傳記談「作家傳記」觀念〉・董炳月・《文學
評論》・1992.1

〈一代漫畫大師——豐子愷〉・王向民・《科技文萃》・1994.5

〈豐子愷人道主義思想淺論〉・王文勝・《徐州師範大學學報》
（哲學社會科學版）・1995.4

〈一位心繫大眾的藝術家——豐子愷文藝觀述評之一〉・徐型・
《鎮江師專學報》（社會科學版）・1995.4

〈論豐子愷散文語言風格〉・馬今起・《勝利油田黨校學報》・
1995.4

〈豐子愷集外遺文〉・豐子愷・《聯合文學》101 期・1993.3

〈關於護生畫集的爭論〉・蔡惠明・《龍樹》月刊・1993.12.16

〈豐子愷研究資料的新發現〉・俞尚曦・《新文學史料》・1994.3

〈郁達夫豐子愷合論〉・許欽文・《人間世》28 期・1935.5

〈豐子愷和他的小品文〉・趙景深・《人間世》30 期・1935.6

〈豐子愷的佛教思想〉・蔡惠明・《內明》雜誌 138 期・1983.9.1

〈夏丏尊、豐子愷、朱自清在白馬湖畔的文學活動〉・韋葦・《中
國現代、當代文學研究》・1983.10

〈樸實而真誠的自白——漫談豐子愷的散文〉・高洪波・《新文學
論叢》第 2 期・1984.2

〈試論豐子愷的散文創作〉・周曉揚・《文學評論》叢刊・1984
第 21 輯

〈率真品質，渾然本色——淺論豐子愷散文的幽默美〉・彭書傳・
《河池師專學報》・1994.4

〈豐子愷散文漫議〉・李復興・《濰坊教育學院學報》・1994.1

〈論豐子愷散文的幽默美〉‧彭書傳‧《湘潭師範學院學報》（社會科學版）‧1994.4

〈豐子愷贊柳〉‧《中學語文教學》‧1994.10

〈「閑文化」的兩個面──讀豐子愷《中國人吃瓜子》和賈平凹《弈人》〉‧姜新宇‧《名作欣賞》‧1994.6

〈秋的蠱惑──豐子愷散文《秋》賞析〉‧沈光明‧《名作欣賞》‧1994.6

〈豐子愷筆下的蘇州人〉‧張鏞‧《科技文萃》‧1994.5

〈豐子愷的台灣風情畫〉‧胡世慶‧《科技文萃》‧1994.5

〈豐子愷的革新精神〉‧豐陳寶‧《科技文萃》‧1994.5

〈豐子愷文藝觀述評〉‧徐型‧《南通師範學院學報》（哲學社會科學版）‧1995.1

〈從《兒女》看豐子愷散文的創作特色〉‧李力‧《廣西大學學報》（哲學社會科學版）‧1995.3

〈豐子愷對當代人的存在主義批判〉‧王煜‧《貴州師範大學學報》（社會科學版）‧1995.3

〈先器識而後文藝──略論豐子愷的重德輕文文藝觀〉‧徐型‧《南通師範學院學報》（哲學社會科學版）‧1995.4

〈讀〈兒女〉──談朱自清、豐子愷同題散文〉‧殷琦‧《中國現代文學研究叢刊》‧1986.3

〈豐子愷散文論〉‧湯哲聲‧《文學評論》‧1991.2

〈夏目漱石與豐子愷〉‧楊曉文‧《吉林大學社會科學學報》‧1993.1

〈試論漱石文學的特質〉‧麥永雄‧《暨南學報》（哲學社會科學）‧1993.1

〈論豐子愷散文的情趣美〉‧徐型‧《中國現代、當代文學研究》
‧1993.3

〈一泓清純明澈的泉──淺論豐子愷散文的人性美〉‧余志明‧
《中國現代、當代文學研究》‧ 1993.6

〈論豐子愷與佛教文化的關係〉‧譚桂林‧《中國現代、當代文
學研究》‧1993.7

〈美與教育〉‧潘元石‧《雄獅美術》第 77 期‧1977.7

〈豐子愷的人和畫〉‧廖雪芳‧《雄獅美術》第 77 期‧1977.7

〈誠懇樸實的畫家〉‧亮軒‧《雄獅美術》第 77 期‧1977.7

〈小中見大　弦外餘音──讀《子愷漫畫》札記〉‧畢克官‧《文
藝研究》‧1980.4

〈豐子愷解放前夕的漫畫〉‧豐華瞻‧《藝壇》第二期‧1982.2

〈永恆的盟約──讀豐子愷的《護生畫集》〉‧席慕蓉‧《有一首
歌》‧洪範書店‧1987.12

〈子愷漫畫〉‧豐一吟‧《雄獅美術》第 204 期‧1988.2

〈豐子愷畫周作人兒童雜事詩箋釋〉‧鍾叔河‧《中國文化》創
刊號‧1989.10

〈「緣緣堂」的故事──子愷畫作真偽之辨〉‧王壽來‧《藝術家》
第 223 期‧1993.12

〈小品文的發展〉‧黎錦明‧《申報》月刊三卷七號‧1934.7.15

〈論個人筆調的小品文〉‧陳鍊青‧《人間世》20 期‧1935.1

〈小品文之餘緒〉‧林語堂‧《人間世》22 期‧1935.2.20

〈還是講小品文之餘緒〉‧林語堂‧《人間世》24 期‧1935.3.20

〈論中國現代散文的「閒話」和「獨語」〉‧余凌‧《文學評論》
‧1992.1

〈試論閒適派散文——兼及周作人、林語堂、梁實秋散文之比較〉
  ・蔣心煥・吳秀亮・《中國現代、當代文學研究》・1993.9

〈談抗戰時期的散文創作〉・陳信元・《文訊》月刊 14 期・1984.10

〈中國現代散文流派及其演變〉・汪文頂・《中國現代文學研究
  叢刊》・1986.4

〈略論文學研究會的「兒童文學運動」〉・王泉根・《貴州社會
  科學》・1987.10

〈論中國現代文學社團〉・聞雨・《中國現代、當代文學研究》
  ・1990.1

〈關於文學研究會寧波分會〉・朱惠民・《浙江學刊》・1992.5

〈春暉園中的文化沙龍——「白馬湖派」創立了白話美文典範〉・
  劉維・《中央日報・長河版》・1994.11.14

〈令人難忘的「白馬湖作家群」〉・陳星・《中央日報・長河版》
  ・1995.4.2

〈清靜的熱鬧——「白馬湖作家群」的散文世界〉・張堂錡・《中
  央日報・長河版》・1995.5.16—18

〈從李叔同到弘一大師〉・蔣勳・《中國時報・藝術版》・
  1992.10.13

〈弘一大師簡傳〉・陳慧劍・《龍樹》月刊・1993.12.16

〈但求眾生皆偓——李叔同《化身》尋繹〉・陳星・《中央日報・
  副刊》・1994.4.19

〈初探弘一的騷動——從「弘一大師傳」談起〉・張大春、楊照・
  《聯合報・副刊》・1994.5.4

〈一位「即修即悟」的出家人——馬一浮與彭遜之的友誼〉・陳星
  ・《中央日報・長河版》・1994.11.2

〈一九七六── 一九九二：宗教與文學──從一個角度對近年文學的回顧〉‧王利芬‧《中國現代、當代文學研究》‧1993.9

〈新時期文學中佛教發生的深層原因〉‧石杰‧《中國現代、當代文學研究》‧1993.12

〈佛書一片天〉‧鄭羽書‧聯合報‧《讀書人》專刊‧1994.6.23

〈當代中國美學家、文藝理論家朱光潛〉‧熊自健‧《鵝湖月刊》20：9‧1995.3

〈論朱自清的散文〉‧余光中‧《青青邊愁》‧純文學出版社‧1977

〈被喚醒的美學：「意在表現自己」──朱自清散文美學思想的一個描述〉‧吳周文‧《中國現代、當代文學研究》‧1990.8

〈朱自清與豐子愷：傳統餘脈的變形與延伸〉‧曹萬生‧《中國現代、當代文學研究》‧1992.5

〈詩教理想與人格理想的互融──論朱自清散文的美學風格〉‧吳周文‧《中國現代、當代文學研究》‧1993.7

〈論冰心前期創作的浪漫主義傾向〉‧劉岸汀‧《中國現代、當代文學研究》‧1990.11

〈略論冰心的創作觀〉‧李保初‧《中國現代、當代文學研究》‧1993.8

〈魯迅小說的繪畫效果及其成因探尋〉‧劉艷‧《文藝理論研究》‧1993.2

〈擬古與創新──評林文月擬古散文之創作〉‧羅宏益‧《國文天地》10：9‧1995.2

〈中國現代文學研究的歷史和現狀〉‧王瑤‧《中國現代、當代文學研究》‧1986.7

〈臺灣地區現代散文研究概論（1949—1987）〉・陳信元・《文
　　訊》32 期・1987.10

〈中日兒童文學術語異同比較〉・朱自強・《中國現代、當代文
　　學研究》・1993.10

〈散文的經營〉・林文月・《午後書房》・洪範書店・1986

〈現代散文中人物典型塑造手法初探〉・李春淮・《中國現代、
　　當代文學研究》・1987.10

〈白先勇回家〉・林懷民・《驀然回首》・爾雅出版社・1978

〈陶淵明的政治立場與政治理想〉・齊益壽・《中國古典文學研
　　究叢刊——散文與論評之部》・巨流圖書公司・1979.10

〈陶詩「任真」說〉・唐翼明・《古典今論》・東大圖書公司・
　　1991.9

〈陶淵明的價值轉換及其審美意義——兼論莊子思想對陶淵明的
　　影響〉・葉伯泉・《北方論叢（哈爾濱）》・1993.2

〈論陶淵明的美學觀〉・林麗珠・《江海學刊（南京）》・1993.3

〈悲秋——中國文學傳統中時空意識的一種典型〉・何師寄澎・
　　「中國文化中的時空觀念」學術研討會・1993.5.27

〈浮生若夢——由中國敘事文學的一個課題所引發的思考〉・吳盛
　　青・《國文天地》10：11・1995.4

【增補：一九九五年後豐子愷研究相關資料】

一、碩博士論文

《豐子愷散文析論》・孫中峰・暨南國際大學中國語文學系碩士

論文‧1998

《豐子愷散文護生思想之研究》‧馬志蓉‧華梵大學東方人文思
想研究所碩士論文‧2000

《佛心與文心——豐子愷生命風貌之探究》‧蔡琇瑩‧國立高雄師
範大學國文學系碩士論文‧2002

《豐子愷文人抒情漫畫研究——以 1937 年以前畫作為例》‧黃蘭
燕‧國立中央大學藝術學研究所碩士論文‧2002

《豐子愷繪畫藝術之研究》‧邱士珍‧屏東師範學院視覺藝術教
育學系碩士論文‧2003

《豐子愷散文中的兒童主題研究》‧黃怡雯‧國立中興大學中國
文學系碩士論文‧2003

《豐子愷散文及教學研究》‧施宜馨‧國立高雄師範大學國文教
學碩士班碩士論文‧2004

《豐子愷藝術比較論研究》‧鄧友女‧中國藝術研究院藝術理論
史碩士論文‧2005

二、書籍

《豐子愷金句漫畫》‧戴逸如繪，于憑選編‧上海書店‧1995

《豐子愷隨筆精編》‧豐子愷著，豐一吟編‧浙江文藝出版社‧
1996

《憶》‧俞平伯撰，豐子愷畫，朱自清跋‧北京燕山出版社‧1996

《豐子愷傳——時代彗星系列》‧汪家明‧世界書局‧1996

《從黃遵憲到白馬湖》‧張堂錡‧正中‧1996

《教改先鋒：白馬湖作家群》‧陳星‧幼獅文化‧1996

《豐子愷傳：從李叔同、夏丏尊的得意門生到中國漫畫之父》‧

汪家明、于青編著・世界書局・1996

《我與弘一法師》・豐子愷著・洪範書局・1996

《豐子愷新傳：清空藝海》・陳星著・北嶽文藝・1998

《寫意豐子愷》・鍾桂松、葉瑜蓀編・浙江文藝・1998

《白馬湖作家群》・陳星著・浙江文藝・1998

《瀟灑風神：我的父親豐子愷》・豐一吟著・華東師範大學出版
社・1998

《幾人相憶在江樓：豐子愷的抒情漫畫》・陳星、朱曉江編著・
山東畫報出版社・1998（三聯書店・2000）

《豐子愷代表作》・中國現代文學館編，劉亞鐵編選・華夏出版
社・1998

《周作人豐子愷兒童雜事詩圖箋釋》・鍾叔河作・中華出版社・
1999

《清靜的熱鬧：白馬湖作家群論》・張堂錡著・東大・1999

《豐子愷：文苑丹青一代師》・黃江平著・上海教育出版社・1999

《豐子愷遺墨》・華夏出版社・2000

《爸爸的畫》・豐子愷繪，豐陳寶、豐一吟著・三聯書店・2000

《君子之交：弘一大師，豐子愷，夏丏尊，馬一浮交遊紀實》・
陳星著・讀冊文化・2000

《試論我國近代童話觀念的演變：兼論豐子愷的童話》・林文寶
著・萬卷樓出版社・2000

《豐子愷：勝利》・許禮平編・翰墨軒・2000

《長亭古道芳草碧——憶弘一大師等師友》・林子青著・法鼓出版
社・2000

《豐子愷：佛心與文心》・吳禾著・香港中華書局・2000

《少年美術音樂故事》‧豐子愷著，豐陳寶校訂‧湖南文藝出版
　　社‧2000

《音樂知識十八講》‧豐子愷著，豐陳寶校訂‧湖南文藝出版社
　　‧2000

《繪畫與文學‧繪畫概說》‧豐子愷著，豐陳寶校訂‧湖南文藝
　　出版社‧2001

《豐子愷護生畫集選》‧豐子愷編繪，葛兆光選評‧書林出版社
　　‧2001

《豐子愷漫畫魯迅小說集》‧蕭振鳴編‧福建教育出版社‧2001

《豐子愷與讀書》‧石一寧編著‧婦女與生活社‧2001

《山水間的生活》‧豐子愷書‧香港三聯書店‧2001

《漫畫大師豐子愷》‧鄭彭年著‧新華出版社‧2001

《豐子愷護生畫集選》‧豐子愷編繪‧書林‧2001

《豐子愷》‧徐國源著‧國家出版社‧2002

《豐子愷古詩新畫》‧豐子愷圖‧上海古籍出版社‧2002

《豐子愷：含著人間情味》‧鍾桂松著‧大象出版社‧2002

《豐子愷》‧劉英著‧湖北人民出版社‧2002

《白馬湖畔話弘一》‧陳星著‧東大讀書公司‧2002

《名家的親情》‧豐子愷等著‧牧村圖書出版社‧2002

《豐子愷兒童畫集》‧豐子愷繪圖‧上海古籍出版社‧2003

《豐子愷散文漫畫精選》‧豐子愷著，豐一吟選編‧中國文聯出
　　版社‧2003

《都會之春：豐子愷的詩意漫畫》‧陳星編著‧生活.讀書.新知三
　　聯書店‧2003

《豐子愷自述》‧豐子愷著‧大象出版社‧2003

《豐子愷》・鍾桂松著・三聯書店・2003

《緣緣堂主：豐子愷傳》・陳野著・浙江人民出版社・2003

《青少年豐子愷讀本》・陳星編選、導讀・名田文化・2004

《緣在紅塵：豐子愷的藝術世界》・陳野著・三民書局・2004

《豐子愷美術夜譚》・豐子愷著・上海人民美術出版社・2004

《名人沉浮錄》・馮澤君著・臺灣商務・2004

《豐子愷隨筆精粹》・豐子愷著，豐陳寶、楊子耘編・上海古籍
出版社・2004

《豐子愷遊記》・豐子愷著・廣西師範大學出版社・2004

《豐子愷音樂夜譚》・豐子愷著，張文心編・上海人民美術出版
社・2004

《豐子愷散文選集》・豐子愷著，葛乃福編・百花文藝・2004

《感悟豐子愷：豐子愷漫畫散文賞析》・丁秀娟著・東華大學出
版社・2004

《李叔同說佛》・李叔同著，豐子愷插圖，星雲法師點評・陝西
師範大學出版社・2004

《豐子愷西洋美術史》・豐子愷著・上海古籍出版社・2004

《豐子愷漫畫研究》・陳星著・西冷印社・2004

《平屋主人：夏丏尊傳》・王利民著・浙江人民出版社・2005

《豐子愷談名畫：跟豐子愷一起讀名畫》・豐子愷著・東方出版
社・2005

《豐子愷——一個有菩薩心腸的現實主義者》・[挪威]何莫邪・山
東畫報出版社・2005

《豐子愷美術講堂：藝術欣賞與人生的四十堂課》・豐子愷著・
三言社・2005

《開明國語課本》・葉聖陶編，豐子愷繪・上海科學技術文獻・
　2005

《豐子愷音樂講堂：音樂欣賞入門的二十八堂課》・豐子愷著，
　張文心編・三言社・2005

《中國文人畫家の近代：豐子愷の西洋美術受容と日本》・西
　偉著・思文閣出版・2005

《豐子愷的審美世界》・余連祥著・學林出版社・2005

《豐子愷年譜》・盛興軍主編・青島出版社・2005

《手指・車廂社會》・豐子愷著・復旦大學出版社・2006

三、期刊論文

〈樸實無華　自然醇厚──談夏丏尊的《白馬湖之冬》〉・錢谷融
　・《名作欣賞》・1995.2

〈懷念先師豐子愷先生〉・郝石林・《東方藝術》・1996.2

〈竹久夢二──豐子愷漫畫藝術的階梯〉・孔耘・《杭州師範學院
　學報》（社會科學版）・1996.2

〈佛緣、人生與藝術表現──論豐子愷的散文精神〉・經建燦・《麗
　水師範專科學校學報》・1996.6

〈豐子愷散文對比手法的運用〉・徐型・《南通師範學院學報》
　（哲學社會科學版）・1996.4

〈豐子愷〉・孫郁・《中國圖書評論》・1996.3

〈豐子愷散文的美學特徵〉・張光全・《固原師專學報》・1996.4

〈抗戰時期的豐子愷〉・豐陳寶・《民國春秋》・1996.2

〈「從頂至踵是個藝術家」──朱光潛談豐子愷的人品和畫品〉・
　錢念孫・《藝術界》・1996

〈對真、善、美的執著追求——豐子愷散文主題初探〉‧韓府‧《大
同職業技術學院學報》‧1996.3

〈劉大白與白馬湖〉‧張堂錡‧《中國現代文學理論》‧1997.3

〈白馬湖作家群的編輯實踐〉‧舒米‧《杭州師範學院學報》‧
1997.2

〈論豐子愷的《緣緣堂續筆》〉‧徐型‧《佳木斯大學社會科學
學報》‧1997.4

〈儒學和佛學對豐子愷世界觀的影響〉‧徐型‧《南通師範學院
學報》（哲學社會科學版）‧1997.4

〈略論豐子愷先生的書法造詣〉‧劉宗超‧《濱州教育學院學報》
‧1997.2

〈豐子愷的墨情與茶情〉‧凱亞‧《文史精華》‧1997.11

〈豐子愷藝術教育思想述評〉‧褚弘文‧《中國美術教育》‧1997.4

〈豐子愷兒童觀探微〉‧王宜青‧《浙江大學學報》（社科版）
‧1997

〈佛心相印——豐子愷與廣洽法師〉‧汪稼明‧《老照片》‧1997.3

〈梅蘭芳和豐子愷〉‧梅紹武‧《老照片》‧1997.8

〈豐子愷散文中的主體世界——社會關懷與批判〉‧石曉楓‧《中
國現代文學理論》‧1997.12

〈豐子愷與兒童〉‧林文寶‧《兒童文學家》‧1997.12

〈明星與「後光」——豐子愷與弘一大師〉‧陳星‧《中國現代文
學理論》‧1997.9

〈新文藝名家名作析評（7）——樸素與真誠——豐子愷的散文〉
‧楊昌年‧《國文天地》‧1997.8

〈豐子愷「漸」一文的哲思〉‧邱敏捷‧《國文天地》‧1997.1

〈豐子愷與周穎南的通信〉（香港）・周穎南・《新文學史料》
　　・1998.10—12

〈淺論豐子愷散文的風格　紀念豐老誕生 100 週年〉・徐國強・《修
　　辭學習》・1998.11—12

〈真性清涵萬里天──論豐子愷創作的傳統文化意蘊〉・姬學友・
　　《文學評論》・1998.2

〈記豐子愷抗日時期在宜山、環江、河池的生活片斷〉・韋人慶
　　・《廣西廣播電視大學學報》・1998.2

〈特立於時代思潮之外──談豐子愷的文化個性〉・朱曉江・《杭
　　州師範學院學報》・1998.5

〈豐子愷散文思想簡論〉・石一寧・《理論與創作》・1998.2

〈論豐子愷散文中的人物描寫〉・徐型・《南通師範學院學報》
　　（哲學社會科學版）・1998.3

〈豐子愷藝術思想的內涵〉・朱朝輝・《山東師大學報》（社會
　　科學版）・1998.2

〈讀豐子愷先生《貪汙的貓》〉・吳小如・《文學自由談》・1998.2

〈曲高和眾雅俗共賞──論豐子愷的藝術觀及其漫畫特徵〉・朱琦
　　・《文藝研究》・1998.4

〈簡之至者縟之至──豐子愷漫畫意境成因試析〉・朱琦・《美術
　　觀察》・1998.12

〈紀念豐子愷先生誕辰 100 週年〉・黃遠林・《美術觀察》・
　　1998.12

〈豐子愷和他的緣緣堂〉・李家平・《縱橫》・1998.7

〈別具一格的「子愷漫畫」──紀念豐子愷誕生一百周年〉・葉瑜
　　蓀・《文化交流》・1998.2

〈豐子愷的幽默〉‧于丁文‧《中國會計電算化》‧1998.4

〈童心的率真——豐子愷散文淺論〉‧韋易‧《常熟高專學報》‧
　1998.1

〈漫畫意趣的審美觀——豐子愷散文創作漫談〉‧馬金起、郭貞‧
　《勝利油田黨校學報》‧1998.4

〈豐子愷的「楊柳」哲學——試析其「楊柳」一文〉‧陳淑滿‧《中
　國語文》‧1998.8

〈豐子愷「直視」審美觀解讀〉‧張海華‧《復旦學報》（社會
　科學版）‧1999.2

〈永遠的白馬湖〉‧趙暢‧《今日中國》（中文版）‧1999.6

〈追尋一道消逝的風景——豐子愷文化個性的成因〉‧朱曉江‧
　《杭州師範學院學報》‧1999.4

〈豐子愷藝術生活中的邊緣化傾向〉‧劉海斌‧《杭州師範學院
　學報》‧1999.4

〈豐子愷散文創作簡論〉‧孫希娟‧《蘭州大學學報》（社會科
　學版）‧1999.1

〈佛心‧童心‧詩心——豐子愷文章論〉‧王蕾‧《四川大學學報》
　（哲學社會科學版）‧1999

〈豐子愷的兒童文學創作〉‧徐型‧《南通師範學院學報》（哲
　學社會科學版）‧1999.3

〈豐子愷不朽——紀念豐子愷先生百歲誕辰〉‧常君實‧《美術》
　‧1999.4

〈「裁書刀下」之二——佑護蒼生——讀豐子愷《護生畫集》〉‧
　周澤雄‧《書屋》‧1999.2

〈豐子愷和「緣緣堂」〉‧周海榮‧《上海集郵》‧1999.2

〈大才子豐子愷〉‧沈海清‧《章回小說》‧1999.6

〈豐子愷抗日時期生活片斷〉‧韋人慶‧《新文學史料》‧1999

〈善待生靈祈禱和平 紀念豐子愷誕辰 101 周年〉‧《法音》‧
　　1999.1.15

〈天真的禮讚——豐子愷圖文並茂的兒童世界〉‧李梁淑‧《國文
　　天地》‧1999

〈戲說白馬湖〉‧陳凱軍‧《中國地名》‧2000.3

〈讀張堂錡《清靜的熱鬧——白馬湖作家群論》〉‧唐翼明‧《文
　　訊》‧2000.8

〈佛光裏的生命咀嚼——試論豐子愷小品散文的佛教意蘊〉‧葉青
　　‧《福建論壇》（文史哲版）‧2000.1

〈豐子愷的藝術理論與漫畫創作〉‧成立‧《杭州師範學院學報》
　　‧2000.4

〈豐子愷與周氏兄弟〉‧陳星‧《中共杭州市委黨校學報》‧2000.1

〈自然和易 真淳雋永——豐子愷散文風格簡論〉‧張龍福‧《青
　　島大學師範學院學報》‧2000.3

〈豐子愷勾畫的民間飲食圖〉‧朱希祥‧《食品與生活》‧2000.2

〈論豐子愷散文思想內容的兩重性〉‧胡赤兵‧《安順師範高等
　　專科學校學報》‧2000.1

〈徐國源豐子愷傳簡評〉‧陳剛‧《蘇州大學學報》‧2000.1

〈月黑燈彌皎，風狂草自香——當代視野中的豐子愷〉‧黃發有‧
　　《中國現代、當代文學研究》‧2000.7

〈中國近代漫畫：豐子愷與竹久夢二〉‧吉川建一‧《二十一世
　　紀》‧2000.12

〈豐子愷散文中的譯音詞〉‧何永清‧《中國語文》‧2000.7

〈白馬湖的平屋及其主人們〉‧高志林‧《華夏文化》‧2001.1

〈豐子愷培植「藝術心」的美育觀〉‧姜莉‧《安徽師範大學學報》（人文社會科學版）‧2001.2

〈對主體性失落的警惕──豐子愷的藝術觀與科學觀〉‧朱曉江‧《杭州師範學院學報》（社會科學版）‧2001.3

〈各有「一方園地」──比較秦牧和豐子愷同題散文《秋》〉‧孫桂芬‧《佳木斯大學社會科學學報》‧2001.3

〈豐子愷舊體詩詞創作探論〉‧向諍、涂小馬‧《蘇州大學學報》‧2001.4

〈豐子愷的小楊柳屋茶風〉‧凱亞‧《茶葉》‧2001.4

〈豐子愷漫畫與魯迅小說〉‧蕭振鳴‧《魯迅研究月刊》‧2001.10

〈白馬湖之冬〉‧夏丏尊‧《語文世界》（小學版）‧2001.12

〈從佛境眺望人生──許地山豐子愷創作審美特徵比較〉‧王黎君‧《紹興文理學院學報》‧2001.4

〈童心與佛理契合的世界──豐子愷審美理想解讀〉‧李松‧《廣西師院學報》（哲學社會科學版）‧2001.3

〈豐子愷的酒趣〉‧何有基‧《台聲》‧2001.3

〈近六年來豐子愷研究述評〉‧向諍‧《文教資料》‧2001.3

〈李叔同和豐子愷：中國現代木刻版畫的先行者〉‧畢克官‧《尋根》‧2001.3

〈佛心‧童心‧詩心──豐子愷現代散文新論〉‧王泉根、王蕾‧《中國現代文學研究叢刊》‧2001.4

〈《豐子愷漫畫全集》出版〉‧《美術》‧2001.7

〈豐子愷的抗戰漫畫：現代通俗文化的一個面向〉‧陳逢申‧《國立臺北師範學院學報》‧2001.9

〈豐子愷繪畫新探〉‧吉川建一‧《藝術家》‧2001.6

〈野鶴無糧天地寬──漫畫家豐子愷其人其事〉‧周潤澡‧《浙江月刊》‧2001.4

〈豐子愷與圖書裝幀〉‧吳東辰‧《圖書館建設》‧2001.9

〈試析豐子愷童話「赤心國」中之理想世界〉‧張慧珍‧《中國語文》‧2001.3

〈豐子愷「阿難」一文的生命觀〉‧邱敏捷‧《國文天地》‧2001.1

〈豐子愷散文的漫畫思維〉‧張勝璋‧《閩江學院學報》‧2002.5

〈豐子愷在遵義〉‧李連昌‧《文史天地》‧2002.6

〈以「藝術心」燭照憂患人生──豐子愷藝術教育思想形成發展史初探〉‧姜莉‧《淮北煤師院學報（哲學社會科學版）》‧2002.3

〈道義架起心靈的橋樑──秦嵐與豐子愷父女 40 多年的友情故事〉‧于光‧《老年人》‧2002.11

〈閱讀心靈──豐子愷散文精神瑣談〉‧黃海紅‧《閩西職業大學學報》‧2002.01

〈論豐子愷散文的藝術特質〉‧陳艷玲‧《韶關學院學報》‧2002.4

〈豐子愷故居緣緣堂今昔〉‧豐一吟‧《新文學史料》‧2002.3

〈淡在其色，濃在其味──讀豐子愷散文〉‧吳麗萍‧《遠程教育雜誌》‧2002.1

〈人間的藝術與兒童──談豐子愷《山中避雨》〉‧巫唐‧《語文建設》‧2002.7

〈豐子愷和他的散文〉‧王峰‧《語文建設》‧2002.7

〈豐子愷漫畫欣賞〉‧陳星、朱曉江‧《語文教學與研究》‧2002.4

〈淺談豐子愷和他的《子愷漫畫》〉‧王小路‧《中國出版》‧

2002.6

〈豐子愷自我調侃〉‧《中學文科》‧2002.12

〈國民音樂教育的先驅豐子愷先生生平簡錄〉‧李蔚、陳建華‧
《中國音樂教育》‧2002.6

〈豐子愷散文淺論〉‧鄒焰‧《安徽電力職工大學學報》‧2002.4

〈朱自清與豐子愷散文比較〉‧蔣松德‧《邵陽學院學報》‧2002

〈豐子愷的藝術占位策略〉‧陳鳴‧《上海大學學報》（社會科
學版）‧2002.4

〈絕版豐子愷──《豐子愷藝術讀物》編輯箚記〉‧艾華‧《書屋》
‧2002.11

〈有意味的遺忘：對科學思維的拒斥──豐子愷「中國美術優勝論」
解析〉‧朱曉江‧《華東師範大學學報》（哲學社會科學版）
‧2002.5

〈豐子愷先生的藝術創作與佛教的關係〉‧謝菊‧《中國學研究》
‧2002.6

〈豐子愷的創作觀〉‧張俐雯‧《中國語文》‧2002.12

〈豐子愷「畫鬼」析論〉‧張俐雯‧《中國語文》‧2002.10

〈藝術與宗教的信徒──豐子愷與佛教文化關係論之一〉‧哈迎飛
‧《福州大學學報》（哲學社會科學版）‧2003.1

〈亦僧亦俗話人生──試論儒佛融通的人生觀對豐子愷文藝創作
的影響〉‧金妮婭‧《浙江師範大學學報》（社會科學版）
‧2003.1

〈「風」言「風」語──《白馬湖之冬》析賞〉‧何永清‧《國文
天地》‧2003.1

〈談白馬湖作家──夏丏尊的散文風格〉‧耿秋芳‧《國文天地》

‧2003.3

〈豐子愷的兩幅「黑畫」〉‧陳星‧《文史天地》‧2003.5

〈豐子愷先生的人生三層樓〉‧達亮‧《佛教文化》‧2003.3

〈一顆絕假純真的童心──《豐子愷文集》讀後〉‧姜莉‧《滁州師專學報》‧2003.4

〈豐子愷早期抒情漫畫意境構成要素淺析〉‧陳學君‧《泉州師範學院學報》‧2003.5

〈佛光隱隱蘊童心──試論豐子愷兒童題材創作的藝術特色〉‧王黎君‧《紹興文理學院學報》‧2003.4

〈豐子愷和京劇〉‧豐一吟‧《上海戲劇》‧2003

〈徐廣中與豐子愷的一次特殊交往〉‧王勇則‧《鐘山風雨》‧2003.5

〈從緣緣堂到沙坪小屋談豐子愷的竹影和白鵝〉‧孫良好‧《語文建設》‧2003.7

〈豐子愷「窮小孩的蹺蹺板」分析〉‧劉怡伶‧《國文天地》‧2003.12

〈在藝術與群眾之間──重論「白馬湖作家群」〉‧孫中峰‧《東華中國文學研究》‧2003.6

〈豐子愷繪畫風格演變初探〉‧黃蘭燕‧《議藝份子》‧2003.3

〈關於豐子愷的木刻漫畫〉‧陳星‧《杭州師範學院學報》（社會科學版）‧2004.1

〈試論豐子愷散文的藝術特色〉‧徐杏芬‧《衛生職業教育》‧2004.7

〈豐子愷的童心論與傳統文化〉‧劉剛‧《棗莊師範專科學校學報》‧2004.1

〈1939—豐子愷在宜山——記抗戰時期豐子愷在廣西宜山縣教學創作事略〉‧謝少萍‧《八桂僑刊》‧2004.1

〈豐子愷在遵義〉‧王質平‧《當代貴州》‧2004.6

〈在人間情味中尋求藝術真諦——豐子愷的詩歌創作略論〉‧姜莉‧《淮北煤炭師範學院學報（哲學社會科學版）》‧2004.2

〈童心永駐豐子愷〉‧高續增‧《銀行家》‧2004.5

〈豐子愷散文的生命意蘊〉‧陳邑華‧《閩江學院學報》‧2004.3

〈豐子愷美術史著作簡述〉‧張斌‧《榮寶齋》‧2004.3

〈傳統精神特質與時代的融合之路——談豐子愷的人生價值追求〉‧何霄燕‧《唐山學院學報》‧2004.3

〈宗教情懷：人生煩惱的清涼劑——許地山、豐子愷創作的歸依體驗及其治療作用〉‧武淑蓮‧《固原師專學報》‧2004.2

〈豐子愷的「好笨而不遷」〉‧李丹‧《語文教學與研究》‧2004

〈豐子愷的眾生平等思想〉‧劉剛‧《濮陽職業技術學院學報》‧2004.3

〈豐子愷漫畫的台灣情緣〉‧葉瑜蓀‧《文化交流》‧2004.6

〈「清人」豐子愷〉‧曾慶鴻‧《咬文嚼字》‧2004.12

〈集多種藝術於一身的音樂理論家豐子愷老師——紀念豐子愷老師逝世三十周年〉‧繆天瑞‧《天津音樂學院學報》‧2004.4

〈走在夢與真的邊緣——試論豐子愷儒佛互融的生命感悟及其文藝創作〉‧金妮婭‧《台州學院學報》‧2004.5

〈豐子愷藝術教育實踐中的音樂教育思想〉‧徐文武‧《中國音樂學》‧2004.4

〈豐子愷美術史著作簡述〉‧張斌‧《中國書畫》‧2004.12

〈病車：豐子愷的機械觀及其現代性反思〉‧朱曉江‧《浙江傳

媒學院學報》‧2004.4

〈歷史語境中的周作人與豐子愷〉‧余連祥‧《魯迅研究》月刊
‧2004.4

〈豐子愷和現代書法藝術思維〉‧子牧‧《中國書法》‧2004.2

〈沈達夫與民國名人書法──漫畫高才豐子愷〉‧李培潔‧《書法
叢刊‧深圳市博物館藏品專輯》‧2004.9

〈反學校與在家自行教育的觀想與思辨：從豐子愷之「學校教育
的烏托邦──無學校的教育」談起〉‧陳建銘‧《國教新知》
‧2004.12

〈豐子愷與其《緣緣堂隨筆》──藝術靈肉之創生〉‧陳宜政‧《人
文與社會學報》‧2004.6

〈豐子愷與竹久夢二──《豐子愷文集》讀後〉‧李兆忠‧《書屋》
‧2005.1

〈兒童文學五代人與《豐子愷童話》〉‧眉睫‧《中國圖書評論》
‧2005.3

〈瑣屑平凡率真純情──論豐子愷散文特色〉‧李力‧《河南教育
學院學報》（哲學社會科學版）‧2005.1

〈弘一大師圖論（5）：弘一大師在白馬湖〉‧陳星‧《普門學報》
‧2005.3

〈豐子愷在宜山〉‧謝少萍‧《文史月刊》‧2005.2

〈外公豐子愷先生鼓勵我學物理〉‧宋菲君‧《物理》‧2005.4

〈豐子愷與竹久夢二〉‧李兆忠‧《文藝研究》‧2005.3

〈豐子愷圖傳〉‧《博覽群書》‧2005.1

〈豐子愷的藝術教育思想〉‧胡心怡‧《無錫教育學院學報》‧
2005.1

〈魯迅‧豐子愷‧《苦悶的象徵》〉‧余連祥‧《魯迅研究月刊》‧2005.4

〈豐子愷晚年的心路歷程〉‧劉英‧《博覽群書》‧2005.5

〈童心未泯的護花使者——葉聖陶、冰心、豐子愷兒童文學敘事模式比照〉‧胡瑞香‧《河南機電高等專科學校學報》‧2005.1

〈豐子愷家居生活中的旅行（石門灣）〉‧黑陶‧《江南論壇》‧2005.4

〈豐子愷和他的《護生畫集》〉‧劉麗‧《綠葉》‧2005.2

〈「平靜」與「不平靜」中散射出的人生況味——漫談豐子愷、朱自清的同題散文《兒女》〉‧何霄燕‧《寧波大學學報（人文科學版）》‧2005.2

〈淺論豐子愷的潛在寫作〉‧祁敏‧《高等函授學報（哲學社會科學版）》‧2005.2

〈人走後一鉤新月天如水——《豐子愷漫畫展》掠影〉‧張彥娟、宋莉潔‧《河北教育》‧2005.10

〈「一粒沙裏見世界，半瓣花上說人情」——論豐子愷散文的細碎之美〉‧祁敏‧《中南民族大學學報》（人文社會科學版）‧2005

〈豐子愷與漫畫〉‧宋麗梅‧《初中生輔導》‧2005.10

〈豐子愷在文革中〉‧沈霞‧《人才開發》‧2005.6

〈抗戰初期的豐子愷和他的創作〉‧方繼孝‧《收藏家》‧2005.5

〈未泯的童真——豐子愷散文裏的童真〉‧祁敏‧《襄樊職業技術學院學報》‧2005.5

〈貌合神離：豐子愷與「論語派」〉‧徐型‧《南通大學學報》（社會科學版）‧2005.3

〈繪心複合於文心——豐子愷散文的漫畫藝術〉・徐貞同・《泰州
　　職業技術學院學報》・2005.5

〈弘一大師圖論（9）：從弘一大師與豐子愷的交往解析弘一大師
　　繪畫作品〉・陳星・《普門學報》・2005.11

〈文學家的童年——愛畫畫捏泥巴的孩子豐子愷〉・馬景賢・《小
　　作家月刊》・2005.1

〈豐子愷的漫畫與文學〉・吳裕巽・《樂清會刊》・2005.6

〈論豐子愷的佛教思想〉・蔡琇瑩・《普門學報》・2005.1

〈漫畫:在何種意義上成為社會史素材——以豐子愷漫畫為對象的
　　分析〉・小田・《近代史研究》・2006.1

〈關於拓展豐子愷研究領域的思考〉・畢克官・《杭州師範學院
　　學報》（社會科學版）・2006.1

〈豐子愷與「論語派」關係初探〉・徐型・《杭州師範學院學報》
　　（社會科學版）・2006.1

〈豐子愷「同情說」解讀〉・朱曉江・《杭州師範學院學報》（社
　　會科學版）・2006.1

〈豐子愷散文文化精神解讀〉・李小妹・《安徽農業大學學報》
　　（社會科學版）・2006.1

〈鄉野文化與都市文化的對抗——豐子愷漫畫論析〉・陳占彪・
　　《寶雞文理學院學報》（社會科學版）・2006.1

〈緣——豐子愷與宗教〉・孫蓮蓮、鄒紅・《北京理工大學學報》
　　（社會科學版）・2006.1

〈豐子愷散文的語言形象〉・王建華、周雲・《江西社會科學》
　　・2006.1

〈兒童漫畫——浙江省桐鄉市豐子愷漫畫學校漫畫選登〉・《生活

教育》‧2006.3

〈兒童漫畫——浙江省桐鄉市豐子愷漫畫學校漫畫選登〉‧《生活
　　教育》‧2006.4

〈生活教育〉‧徐春娜‧《山東教育》‧2006.12

〈豐子愷眼中的音樂大師〉‧張小艷‧《車間管理》‧2006.2

〈葉淺予、豐子愷、張樂平漫畫中的上海社會〉‧陳占彪‧《南
　　京師範大學文學院學報》‧2006.1

〈含情的落英——論豐子愷散文的藝術特色〉‧樂娜‧《社會科學
　　家》‧2006

〈豐子愷：中國「感想漫畫」的開拓者〉‧余連祥‧《藝術百家》
　　‧2006.2

〈筆情墨趣寄兒童——豐子愷散文與漫畫作品分析〉‧彭英‧《理
　　論與創作》‧2006.3

〈豐子愷「緣緣堂」〉‧張雲萍‧《少年作文輔導（小學版）》
　　‧2006

〈藝術的真諦——讀豐子愷《竹影》〉‧段崇軒‧《語文教學通訊》
　　‧2006

〈「兒童崇拜者」豐子愷〉‧竺悅波‧《語文世界（初中）》‧
　　2006.5

〈略談年譜人名索引編製的幾個問題——兼評《〈豐子愷年譜〉主
　　要人名索引》〉‧鮑國海‧《中國索引》‧2006.6

〈豐子愷散文中的佛教哲理〉‧陳素玲‧《中國語文》‧2006.6

國家圖書館出版品預行編目

白馬湖畔的輝光：豐子愷散文研究 / 石曉楓著
. -- 一版. -- 臺北市：秀威資訊科技，
2006[民 95]
　　面；　公分. -- （語言文學類；AG0054）
參考書目：面
ISBN 978-986-6909-27-6（平裝）

1.豐子愷 － 作品研究

855　　　　　　　　　　　　　　　95025817

 語言文學類　AG0054

白馬湖畔的輝光——豐子愷散文研究

作　　者 / 石曉楓
發 行 人 / 宋政坤
執行編輯 / 詹靚秋
圖文排版 / 郭雅雯
封面設計 / 莊芯媚
數位轉譯 / 徐真玉　沈裕閔
銷售發行 / 林怡君
網路服務 / 徐國晉
出版印製 / 秀威資訊科技股份有限公司
　　　　　　台北市內湖區瑞光路 583 巷 25 號 1 樓
　　　　　　電話：02-2657-9211　　　傳真：02-2657-9106
　　　　　　E-mail：service@showwe.com.tw
經 銷 商 / 紅螞蟻圖書有限公司
　　　　　　台北市內湖區舊宗路二段 121 巷 28、32 號 4 樓
　　　　　　電話：02-2795-3656　　　傳真：02-2795-4100
　　　　　　http://www.e-redant.com

2007 年 1 月 BOD 一版
定價：450 元

讀 者 回 函 卡

感謝您購買本書,為提升服務品質,煩請填寫以下問卷,收到您的寶貴意見後,我們會仔細收藏記錄並回贈紀念品,謝謝!

1. 您購買的書名:＿＿＿＿＿＿＿＿＿＿＿＿＿＿＿＿＿

2. 您從何得知本書的消息?

　　□網路書店　　□部落格　　□資料庫搜尋　　□書訊　　□電子報　　□書店

　　□平面媒體　　□ 朋友推薦　　□網站推薦　□其他＿＿＿＿＿＿

3. 您對本書的評價:(請填代號　1.非常滿意 2.滿意 3.尚可 4.再改進)

　　封面設計＿＿　　版面編排＿＿　　內容＿＿　　文/譯筆＿＿　　價格＿＿

4. 讀完書後您覺得:

　　□很有收獲　　□有收獲　　□收獲不多　　□沒收獲

5. 您會推薦本書給朋友嗎?

　　□會　□不會,為什麼?＿＿＿＿＿＿＿＿＿＿＿＿＿＿＿＿＿＿

6. 其他寶貴的意見:＿＿＿＿＿＿＿＿＿＿＿＿＿＿＿＿＿＿＿

＿＿＿＿＿＿＿＿＿＿＿＿＿＿＿＿＿＿＿＿＿＿＿＿＿＿＿＿＿＿＿

＿＿＿＿＿＿＿＿＿＿＿＿＿＿＿＿＿＿＿＿＿＿＿＿＿＿＿＿＿＿＿

＿＿＿＿＿＿＿＿＿＿＿＿＿＿＿＿＿＿＿＿＿＿＿＿＿＿＿＿＿＿＿

讀者基本資料

姓名:＿＿＿＿＿＿＿＿＿　　年齡:＿＿＿＿　　性別:□女 □男

聯絡電話:＿＿＿＿＿＿＿＿　E-mail:＿＿＿＿＿＿＿＿＿＿

地址:＿＿＿＿＿＿＿＿＿＿＿＿＿＿＿＿＿＿＿＿＿＿＿＿

學歷:□高中(含)以下　　□高中　　□專科學校　　□大學

　　　□研究所(含)以上 □其他＿＿＿＿＿＿＿

職業:□製造業 □金融業 □資訊業 □軍警 □傳播業 □自由業

　　　□服務業 □公務員 □教職　　□學生 □其他＿＿＿＿＿＿

秀威與 BOD

BOD（Books On Demand）是數位出版的大趨勢，秀威資訊率先運用 POD 數位印刷設備來生產書籍，並提供作者全程數位出版服務，致使書籍產銷零庫存，知識傳承不絕版，目前已開闢以下書系：

一、BOD 學術著作—專業論述的閱讀延伸
二、BOD 個人著作—分享生命的心路歷程
三、BOD 旅遊著作—個人深度旅遊文學創作
四、BOD 大陸學者—大陸專業學者學術出版
五、POD 獨家經銷—數位產製的代發行書籍

BOD 秀威網路書店：www.showwe.com.tw
政府出版品網路書店：www.govbooks.com.tw

永不絕版的故事・自己寫・永不休止的音符・自己唱